Ruth Gogoll

Wachgeküsst

Ruth Gogoll

Wachgeküsst

Roman

édition el!es
www.elles.de
info@elles.de
Umschlaggestaltung und Satz: graphik.text Antje Küchler
Umschlagillustration: © Rosario Rizzo – Fotolia.com
ISBN 978-3-95609-075-2

1

D*as ist es nun also.* Ryleigh sah sich in dem altertümlichen Hotelzimmer um. *So sieht es in der Provinz aus.* Sie war gerade eben angekommen. Mit Schwung stellte sie ihre Reisetasche aufs Bett. Mehr an Gepäck hatte sie nicht. Sie belastete sich nicht mit unnötigem Ballast.

Lässig ließ sie den Zimmerschlüssel mit dem großen Anhänger, der wohl das Verlieren verhindern sollte, neben die Tasche fallen. Die meisten Hotelzimmer in den Städten, die sie kannte, hatten heutzutage elektronische Schlösser, aber in diesem Städtchen sah alles aus, als wäre die Zeit stehengeblieben.

Sie ging hinüber zu dem kleinen Waschbecken und schaute in den halbblinden Spiegel, der darüber hing. Ihre blauen Augen changierten leicht ins Grüne, was man aber nur bei ganz bestimmten Lichtverhältnissen sah. Die blonden Haare passten perfekt dazu. Sie war groß, und als sie die Jacke auszog, sah man ihre trainierten Muskeln, die unter der angespannten Haut spielten.

Sie warf die Jacke auf einen Stuhl und legte sich rückwärts quer über die Matratze. Die Decke hätte auch mal einen Anstrich vertragen können. Tief atmete sie durch. Das war also ihr neues Zuhause: ein Hotelzimmer in Hadockville, Maine.

Die Tür wurde aufgerissen, und ein junges Mädchen stürmte herein. Der erste Eindruck von ihr war irgendwie – rot. Ein rotes Stirnband bildete einen reizvollen Kontrast zu ihren dunklen

Haaren, die lang und wild hinter ihr herwehten, dazu trug sie ein rotes, sehr knappes Top und unter dem nackten Bauchnabel eine ebenso knappe rote Hose. In den extrem kurzen, praktisch nicht vorhandenen Hosenbeinen steckten lange, schlanke, sehr attraktive Beine.

»Oh, sorry, wusste nicht, dass das Zimmer belegt ist«, stieß sie atemlos hervor. »Gerade angekommen?«

Ryleigh erhob sich überrascht vom Bett. »Ja«, sagte sie. »Und Sie sind –?«

»Pacey.« Die junge Frau kam mit ausgestreckter Hand und einem gewinnenden Lächeln auf Ryleigh zu. »Die Enkelin der Besitzerin dieses …«, sie machte eine allumfassende Geste, »Grand Hotels.«

Ryleigh musste lachen, nahm die Hand und fühlte den angenehm warmen Druck. Wer sagte, dass ein warmer Händedruck nicht auch sehr nett sein konnte? »Ryleigh«, stellte sie sich vor. »Ryleigh Grant. Meine Freunde nennen mich Leigh.«

»Okay, Leigh.« Pacey strahlte über das ganze Gesicht. »Und was machst du hier?«

»Was kann man denn hier überhaupt machen?«, fragte Ryleigh zurück. »Insbesondere, wenn man so jung und energiegeladen ist wie du?«

»Oh, ich finde immer was. Ich mag die Wälder. Und davon haben wir hier eine Menge. Aber natürlich …«, Pacey zog einen Schmollmund, »ist es manchmal auch sehr langweilig. Es kommen nicht oft neue Leute in die Stadt. Ich liebe Fremde!« Sie strahlte über das ganze Gesicht.

»Wenn du jeden Fremden so enthusiastisch begrüßt, wundert es mich, dass nicht mehr kommen«, erwiderte Ryleigh belustigt. »Aber danke für das herzliche Willkommen.«

»Ich wollte eigentlich nur … saubermachen.« Pacey schaute sich mit gerunzelter Stirn im Zimmer um. »Denkst du, das ist nötig?«

Ryleigh schmunzelte. »Nicht wirklich, glaube ich. Mir kommt es nicht sehr dreckig vor.«

Sofort strahlte Pacey wieder. »Dann mache ich es morgen.« Jetzt erst musterte sie Ryleigh genauer. »Bist du mit dem Motorrad gekommen?« Ihr Blick streifte die schwarze Lederjacke auf dem Stuhl und die enge schwarze Hose, die Ryleigh trug.

»Ja.« Ryleigh nickte. »Ich liebe es, uneingeschränkt durch die Landschaft zu gleiten. Autos sind wie Käfige. Die nehmen einem jegliche Freiheit.«

»Cool«, sagte Pacey bewundernd. »Nimmst du mich mal mit?«

»Klar, warum nicht?«

»Ich kann dir die Stadt zeigen, wenn du willst«, bot Pacey im Gegenzug an. »Ich meine, es gibt nicht viel zu sehen außer der Hauptstraße, aber ich könnte dich allen vorstellen. Oh –« Sie hielt sich die Hand vor den Mund. »Ich weiß ja gar nicht, ob du länger bleiben willst. Vielleicht willst du hier ja nur übernachten und morgen gleich wieder mit deiner Maschine losdüsen?« Es war ihr deutlich anzusehen, dass dieser Gedanke Enttäuschung in ihr hervorrief.

Ryleigh lächelte. »Ich fahre nicht gleich weiter.«

Das Strahlen in Paceys Gesicht kehrte zurück. »Cool«, wiederholte sie, und dann gleich noch mal: »Cool! Also dann zeige ich dir alles.«

Da *alles* lediglich ein paar Geschäfte waren, eine Bibliothek mit einem schönen, alten Uhrenturm, ein kleiner Hafen und ein wie aus einem anderen Zeitalter stammendes Postamt, war die Besichtigung schnell beendet. Sie kehrten in das Café ein, das zu dem kleinen Hotel gehörte und ebenfalls von Paceys Großmutter betrieben wurde.

»Wo warst du die ganze Zeit?«, wurden sie nicht sehr freundlich von ihr begrüßt. Das heißt, diese Frage richtete sich an Pacey.

»Ich habe Leigh die Stadt gezeigt«, antwortete Pacey trotzig. »Schließlich ist sie neu hier.«

»Es waren viele Gäste da. Ich musste alle allein bedienen«, schimpfte ihre Großmutter. »Und sind die Zimmer sauber?« Sie funkelte ihre Enkelin ärgerlich an.

»Leigh fand, ihr Zimmer war sauber genug. Und die anderen sind sowieso nicht belegt«, entgegnete Pacey widerborstig.

Ryleigh hob die Hände. »Ich denke, das war meine Schuld. Ich habe ihr gesagt, sie muss mein Zimmer nicht saubermachen. Und ich habe sie gebeten, mir die Stadt zu zeigen.« Sie lächelte die Frau mit den von würdigem Grau durchzogenen Haaren entschuldigend an. »Ich wollte keinen Ärger machen. Tut mir leid.«

Paceys Großmutter zog noch einmal mit einem Blick auf ihre Enkelin die Augenbrauen zusammen, dann entspannte sie sich.

»Das tun Sie nicht«, sagte sie zu Ryleigh. »Das schafft meine Enkelin schon ganz allein.« Sie schaute Pacey streng an. »Geh. Mach Kaffee. Es ist keiner mehr da.«

Paceys Augen, die merkwürdig hell strahlten angesichts ihrer dunklen Haarfarbe, schossen Blitze, aber sie begab sich beleidigt hinter die Theke.

»Es tut mir wirklich leid«, wiederholte Ryleigh. »Ich wusste nicht, dass Pacey hier so viel zu tun hat. Ich dachte –« Sie schaute sich in dem kleinen Café um, in dem jetzt kaum etwas los war.

»Sie dachten, hier sagen sich Fuchs und Hase gute Nacht?« Paceys Großmutter lachte und erschien jetzt sehr sympathisch. Sie war gar nicht so alt, wie man sich eine Großmutter im Allgemeinen vorstellte. Ihre Augen wirkten jung und funkelten verschmitzt.

Ryleigh zuckte die Schultern. »So ungefähr. Ich komme gerade aus New York.«

»Dann haben Sie wohl Recht. Verglichen mit dem großen Apfel ist hier wirklich nicht viel los.« Paceys Großmutter streckte Ryleigh die Hand hin. »Ich bin übrigens Elaine.« Dann legte sie fragend den Kopf zur Seite. »Möchten Sie etwas essen? Unsere Küche ist vielleicht nicht so abwechslungsreich wie die in einer Großstadt, aber ich glaube, wir müssen uns trotzdem nicht dafür schämen.«

Ryleigh legte eine Hand auf ihren Magen. »Sie erinnern mich da an was. Ich habe tatsächlich Hunger.« Sie lächelte Elaine an.

»Dann setzen Sie sich.« Elaine wies auf einen Tisch in der Ecke, der in einem kleinen, verglasten Erker stand. Man konnte von dort die Straße von oben bis unten entlangschauen. »Pacey bringt Ihnen gleich die Karte.«

Ryleigh saß eine Weile da und beobachtete das Treiben innerhalb und außerhalb des Cafés, während sie aß. Es schien so, als ob sich alle Leute kannten. Wie in vielen kleinen Dörfern und Städten. Jeder begrüßte jeden auf der Straße, blieb stehen, hielt ein Schwätzchen. Leute kamen ins Café, wurden mit ihrem Namen begrüßt, bekamen Kaffee oder etwas zu essen, ohne dass sie es extra bestellen mussten. Pacey und ihre Großmutter wussten genau, was jeder wollte. Anscheinend hingen die Einwohner dieses abgelegenen Fleckens sehr an ihren Gewohnheiten.

Es war so friedlich hier. Ryleigh konnte sich kaum vorstellen, dass in dieser Idylle irgendetwas passieren konnte.

»Großmütter sind genauso schlimm wie Mütter ...« Pacey stellte sich neben Ryleigh an den Tisch und warf einen unwilligen Blick zu Elaine an der Theke hinüber.

»Sei froh, dass du eine hast«, sagte Ryleigh.

»Hast du keine?«, fragte Pacey erstaunt.

»Nein.« Ryleigh schüttelte den Kopf. »Ich bin in Kinderheimen und Pflegefamilien aufgewachsen. Glaub mir, ich hätte gern eine Mutter oder Großmutter gehabt, die mich ausschimpft, weil sie sich um mich sorgt.«

»Ich darf überhaupt nichts.« Pacey verzog die Lippen. »Aber ich bin doch kein kleines Kind mehr!«

Ryleighs Blick fuhr rasch über Paceys lange Beine und den Rest ihrer hochgewachsenen Gestalt. »Nein, das bist du tatsächlich nicht«, bestätigte sie. »Aber Mütter und Großmütter machen sich eben immer Sorgen ... habe ich gehört.«

»Wieso hast du keine Familie?«

Pacey wollte sich gerade zu ihr setzen, als ein paar Jugendliche hereinstürmten. Sie waren offensichtlich betrunken und auf Ärger aus.

»He, Granny, gib uns was zu trinken!«, rief der Anführer laut und fordernd. In seiner Hand glitzerte etwas, aber es war kein Geld.

»Von mir kriegt ihr keinen Alkohol«, erwiderte Elaine ruhig. »Das wisst ihr doch.« Sie schaute dem halbwüchsigen Jungen, der nun vor ihr stand, direkt in die Augen.

Es schien fast, als wollte er zurückweichen, aber seine Kumpels drückten ihn nach vorn.

»Gib schon!«, sagte er barsch. »Oder willst du, dass wir alles hier zu Klump schlagen?«

»Hier schlägt niemand irgendetwas zu Klump.«

Die Jungs fuhren herum.

Ryleigh war aufgestanden und ging langsam auf sie zu. »Ihr hattet genug, Jungs. Geht nach Hause und schlaft euren Rausch aus.«

Der Anführer hob drohend das Messer in ihre Richtung. »Was mischst du dich ein? Ich hab dich hier noch nie gesehen. Das geht Fremde nichts an.«

»Ich mag es nicht, wenn Leute mit Messern rumfuchteln, die nicht damit umgehen können«, sagte Ryleigh. »Gib es mir.« Sie streckte die Hand aus.

»Wer sagt, dass ich nicht damit umgehen kann?« Der Junge warf einen selbstbewussten Blick auf seine Kumpels. Die grinsten. »Probier's besser nicht aus. Mach dich vom Acker!«

Ryleigh atmete tief durch. »Wenn du mir das Messer gegeben hast.«

»Das kannst du haben!«, brüllte der Junge. »In deinem Bauch!« Er machte einen Schritt nach vorn und stieß zu.

Ryleigh wich ohne große Anstrengung aus, hielt seinen Arm fest und schlug ihm aufs Handgelenk. Das Messer fiel zu Boden.

Plötzlich waren alle still im Raum.

Ryleigh bückte sich nach dem Messer und ließ den Jungen los. »Und nun ab! Verschwindet hier. Sonst zeige ich euch, was *ich* mit einem Messer machen kann.«

Der Anführer hielt sich seinen Arm, starrte sie wütend an, aber dann ging er zur Tür, und seine Anhänger folgten ihm. »Das war nicht das letzte Mal, dass wir uns gesehen haben«, knurrte der Junge Ryleigh an, sie schlichen hinaus, und das Glöckchen an der Tür bimmelte ihnen harmlos hinterher.

»Wow!« Pacey musterte Ryleigh bewundernd. »Du bist ja mutig. Das hätte ich mich nie getraut.«

Ryleigh schaute auf das Messer. »Er hatte keine Ahnung. Er wusste noch nicht einmal, wie man ein Messer richtig hält, wenn man damit kämpfen will. Keine große Sache.«

»Und woher weißt du das?«, fragte Pacey. Auch alle anderen im Café starrten Ryleigh immer noch entgeistert an. »Du hast ihn entwaffnet, als ob es nichts wäre. Wo hast du das gelernt?«

»Hier und dort«, sagte Ryleigh. »Aber bevor mich jetzt alle für die erwachsene Version der Jungs da halten ...« Sie schaute sich im Café um. »Ich stehe auf der anderen Seite. Ich bin der neue Polizeichef.«

»Du bist –?« Pacey war sprachlos.

Dafür fand ihre Großmutter ihre Sprache nun endlich wieder. »Danke, Chief«, sagte sie. »Das ist ja eine Überraschung. Wir hatten einen Mann erwartet.«

»Das wiederum«, Ryleigh grinste, »ist keine Überraschung. Passiert mir oft. Kein Problem. Wo die Polizeistation ist, weiß ich dank Paceys Führung«, sie lächelte Pacey zu, »ja nun auch schon. Ich denke, ich werde mich mal da hinbegeben und mich vorstellen. Eigentlich geht mein Dienst ja erst in ein paar Tagen los.«

»Unser jetziger Sheriff wird sich freuen, dass Sie früher gekommen sind.« Elaine kam lächelnd auf Ryleigh zu. »Er ist froh, dass er endlich in Rente gehen kann.«

»Bis eben dachte ich noch, dass man sein Geld praktisch ohne Arbeit verdient, wenn man in dieser Stadt für Recht und Ordnung sorgen soll, aber ein bisschen was passiert ja anscheinend doch hier«, bemerkte Ryleigh tatsächlich etwas überrascht.

»Ach die.« Elaine winkte ab. »Eine Bande von Halbstarken. Sie kommen sich sehr toll vor, aber eigentlich sind sie harmlos. Und du, Pacey«, sie wandte sich in einem scharfen Tonfall an ihre Enkelin, »weißt jetzt hoffentlich, dass ich nicht umsonst nicht will, dass du dich mit denen rumtreibst.«

»Ja, schon gut.« Pacey brummelte unzufrieden vor sich hin. »Hank ist nicht so schlimm, wie er tut. Er will nur angeben.«

Ryleigh steckte das Messer ein. »Das darf er«, sagte sie, »aber wenn er dabei ein Messer in der Hand hat, muss leider die Polizei eingreifen. Ich hoffe, das hat er begriffen.«

»Bisher weiß er noch nicht, dass du die Polizei bist«, bemerkte Pacey, momentan offensichtlich zwischen ihren Gefühlen für Hank und für Ryleigh hin und her gerissen.

»Bald wird er es wissen«, sagte Ryleigh. Sie lächelte Pacey an. »Und ich hoffe, du bist mir nicht böse.«

Pacey begann zu grinsen. »Solange du dein Versprechen hältst und mich auf deinem Motorrad mitnimmst . . .«

Ryleigh lachte. »Ich halte meine Versprechen immer.«

»Dann ist ja alles in Ordnung.« Pacey ging sehr zufrieden hinter die Theke zurück.

2

Eine Woche später saß Ryleigh zum ersten Mal allein im Büro des Sheriffs, man hätte auch sagen können: dem Polizeipräsidium von Hadockville.

Mit dem, was man in New York so bezeichnete, hatte das Gebäude allerdings nicht viel zu tun. Es war nur ein kleiner Bau mit zwei Gefängniszellen, die – wenn überhaupt – lediglich einmal für die Ausnüchterung von Leuten benutzt wurden, die einen über den Durst getrunken hatten. Es kam nicht allzu oft vor, und es waren immer dieselben Insassen, wie der alte Sheriff Ryleigh erklärt hatte: Arbeiter, die zum Ende der Woche ihren Lohn erhielten und ihn dann sofort in Alkohol umsetzten.

Das erste Wochenende hatten sie noch gemeinsam bewältigt, aber Ryleigh traute sich durchaus zu, das auch allein zu tun. Die Männer waren nicht wirklich gewalttätig, sie wollten nur ein bisschen Spaß haben nach einer Woche harter Arbeit. Dass dabei manchmal etwas zu Bruch ging oder ein wenig Blut floss bei einer Schlägerei nahmen sie in Kauf. Und den darauf folgenden Gefängnisaufenthalt auch. Er war ohnehin nach einer durchgeschlafenen Nacht beendet. Am nächsten Morgen waren die Raufbolde wieder die Gutmütigkeit in Person.

Ryleigh lehnte sich mit ihrem Kaffeebecher auf dem Stuhl des Sheriffs zurück, der jetzt ihrer war. Durch die Glaswände ihres Büros hatte sie alles im Blick. Allerdings war da im Moment nichts, was sie im Blick haben musste. Die Zellen waren leer, der Schreibtisch des Hilfssheriffs, an dem sie bisher gesessen hatte, auch. Sie war allein und nun verantwortlich für die Sicherheit im Örtchen Hadockville.

Sie schüttelte den Kopf und schmunzelte. Es gab nicht viele Gelegenheiten, an denen diese Sicherheit gefährdet war. Die jugendlichen oder auch erwachsenen Raufbolde waren fast die einzige Abwechslung bei einem Job, der sich großzügig Polizeichef nannte, den Namen aber kaum verdiente, denn Ryleigh war die ganze Polizei, und mehr brauchte es auch nicht.

Da sie nicht so recht wusste, was sie tun sollte, stand sie auf, um sich noch einen Kaffee zu holen. Sie musste aufpassen, dass sie hier vor lauter Langeweile nicht zum Kaffee-Junkie wurde. Aber sie hatte diesen Job ja gewollt. Nur hatte sie sich das Ganze etwas anders vorgestellt. Nein, eigentlich hatte sie sich gar nichts vorgestellt, wenn sie ehrlich war. Sie hatte nur –

Sie brach ihre eigenen Überlegungen ab und goss sich Kaffee aus der Kaffeekanne ein, die neben dem Schreibtisch des Hilfssheriffs stand, als sie hörte, wie jemand die Polizeistation betrat.

Ein gestohlenes Fahrrad? Ryleigh lachte in Gedanken. Das wäre wahrscheinlich ein großes kriminelles Ereignis hier.

Eine Frau betrat den Raum. Und als sie hereinkam, schnappte

Ryleigh unwillkürlich nach Luft, denn es schien, als ob die plötzlich knapp geworden wäre. Die eintretende Person hatte sie hinausdrängt, weil kein Platz neben ihr war.

Die Frau mit den halblangen, schwarzen Haaren schaute Ryleigh interessiert an. In der Tat musterte sie Ryleigh von oben bis unten und wieder zurück. »Sie müssen der neue Polizeichef sein«, sagte sie mit einer angenehm tiefen, etwas rauen Stimme, die Ryleigh sofort eine Gänsehaut bescherte.

Ryleigh räusperte sich. Sie musste sich zusammenreißen. »Ja«, bestätigte sie so unbeeindruckt wie möglich. »Der bin ich.« Sie hob fragend die Augenbrauen. »Was kann ich für Sie tun?«

»Mein Name ist Hadock«, sagte die Frau. »Avalon Hadock.« Sie schaute Ryleigh an, als ob sie nicht mehr sagen müsste.

Musste sie auch nicht, denn der alte Sheriff hatte Ryleigh alles über die Hadocks erzählt, deren Namen die Stadt trug.

Ryleigh nickte leicht. »Ryleigh Grant«, sagte sie.

»Ich weiß«, erwiderte Avalon Hadock lächelnd.

Dieses Lächeln ließ Ryleigh gleichzeitig das Blut in den Adern gefrieren und es kochen. Unmöglich, aber so fühlte es sich an. So ein Lächeln hatte sie noch nie gesehen. *Reiß dich zusammen! Die Frau ist nichts für dich!*

Als würde sie das alles nicht berühren, machte Ryleigh ein paar Schritte auf ihr Büro zu, neben dem die Besucherin stehengeblieben war. »Kann ich Ihnen irgendwie helfen?«, fragte sie.

»Im Moment nicht.« Avalon Hadocks Lächeln wurde aus einem nicht erkennbaren Grund leicht ironisch. »Ich wollte nur wissen –« Ihre schwarzbraunen Augen wanderten wie ein Laserstrahl über Ryleighs Gesicht. »Den alten Sheriff kannte ich seit Jahren«, fuhr sie währenddessen fort, »und unsere Zusammenarbeit war immer unkompliziert. Wir sind hier nicht so förmlich wie in der Stadt.«

Ryleigh lächelte nun auch. »Es waren Ihre Arbeiter, die ich am Wochenende eingesperrt habe, ich weiß.«

Avalon Hadock lachte leise. »Deswegen komme ich nicht. Das ist jedes Wochenende so. Hauptsache, sie sind am Montag wieder bei der Arbeit.«

Ryleigh hätte am liebsten tief durchgeatmet. Avalon Hadocks Stimme fuhr ihr durch Regionen ihres Körpers, die sie lieber nicht benennen wollte. Und das war absolut unangebracht. Sie versuchte sich zu beherrschen. »In dieser Hinsicht wird sich wohl kaum etwas ändern«, sagte sie. »Ich sehe jedenfalls keinen Anlass dazu.«

»Das ist gut.« Die schwarzen Brauen über den dunklen Augen hoben sich. »Meine Leute sind in Ordnung. Sie sind nur ein bisschen rau.« Avalon lächelte wieder. »Liegt wohl an unserem Klima hier.«

»Die Wälder sind wunderschön«, sagte Ryleigh. »Kam mir fast wie ein Märchenwald vor, als ich durchgefahren bin.«

»Mit dem Motorrad«, ergänzte Avalon.

Ryleigh lachte leicht. »Haben Sie Erkundigungen über mich eingezogen?«

»Das musste ich gar nicht. So etwas spricht sich hier schnell herum.« Avalon betrachtete Ryleigh, als ginge ihr etwas durch den Kopf, aber sie sagte es nicht.

»Möchten Sie vielleicht einen Kaffee?«, fragte Ryleigh und deutete auf die Kaffeemaschine. »Wenn ich sonst nichts für Sie tun kann?«

»Nein, danke.« Avalon lächelte erneut, diesmal allerdings, als hätte sie einen Sieg errungen. Bei was auch immer. »Ich trinke keinen Kaffee. Ich wollte nur mal reinschauen und mich bekanntmachen. Seit mein Urgroßvater diese Stadt gegründet hat, sorgt meine Familie dafür, dass es allen hier gutgeht. Wir möchten nicht, dass sich das ändert.«

War das eine Drohung? dachte Ryleigh. *Weshalb? Habe ich irgendwas gesagt?* Sie nickte. »Das ist auch in meinem Interesse. Je weniger Ärger, desto besser.«

»Dann sind wir uns ja einig.« Avalon Hadock griff an das Revers der Jacke, die sie lässig über ihre Schultern geworfen hatte. »Das war eigentlich alles.« Sie nickte Ryleigh zu und ging zur Tür. Dort drehte sie sich noch einmal um. »Schönen Tag noch, Chief. Und zögern Sie nicht, mich anzurufen, wenn meine Leute Ihnen Ärger machen.« Sie lächelte und verließ die Polizeistation.

Ryleigh hob die Augenbrauen. *Das war alles.* Wie ein Chef, der einen Angestellten entlässt. Obwohl Avalon Hadock das Büro verlassen hatte und nicht Ryleigh, fühlte Ryleigh sich so, als wäre es umgekehrt gewesen. Avalon Hadock schien hier der Boss zu sein. Jedenfalls führte sie sich so auf.

Und nach allem, was Ryleigh erfahren hatte, wohl zu Recht.

Die Hadocks waren die Herren der Stadt, ihnen gehörte alles, sie gaben allen Arbeit. Es gab kaum einen Job, der nicht von einer Firma vergeben wurde, die den Hadocks gehörte oder auf dem Grund und Boden der Hadocks betrieben wurde.

Das hier war keine Stadt, das war ein kleines Königreich.

Und Avalon Hadock war die Königin.

3

Sind Sie der Sheriff?« Eine junge Frau blickte fordernd auf Ryleigh hinunter, die an ihrem mittlerweile Stammplatz, dem Tisch in dem kleinen Erker, im *Hadockville Café* saß und frühstückte.

Ryleigh schaute hoch. »Ja?«

»Sie müssen einen Mord untersuchen.« Die junge Frau setzte sich ihr gegenüber.

»Wie bitte?« Ryleigh legte überrascht ihren Löffel zur Seite. »Mir ist kein Todesfall gemeldet worden.«

»Das war vor fünfzehn Jahren«, sagte die junge Frau.

»Oh. Ach so.« Ryleigh lehnte sich zurück. »Da war ich noch nicht hier. Das hat der damalige Sheriff untersucht.«

»Der?« Die junge Frau lachte hohl auf. »Der hat gar nichts untersucht! Hätte ja die Hadocks betreffen können. Und nichts, was die Hadocks betrifft, wird untersucht.« Ihre Augenbrauen zogen sich zusammen. »Sie tun das bestimmt auch nicht.«

»Langsam, langsam.« Ryleigh lächelte die junge Frau besänftigend an. »Vielleicht sagen Sie mir erst einmal, worum es geht und wer Sie sind.«

»Lynn Mullally.« Sie schob etwas über den Tisch. »Meine Karte.«

Ryleigh warf einen Blick darauf. »Sie sind Anwältin.« Sie hob fragend die Augenbrauen. »Sind Sie hier, weil jemand Sie beauftragt hat?«

Lynn Mullally schüttelte den Kopf. »Niemand hat mich beauftragt. Es war mein Vater, der ermordet wurde.«

Ryleighs Brauen wanderten noch weiter nach oben. »Ihr Vater?«

»Ich stamme aus Hadockville«, erklärte Lynn Mullally. »Mein

Vater hat hier im Sägewerk gearbeitet. Er starb vor fünfzehn Jahren bei einer Explosion – oder dem Brand. Noch nicht einmal das wissen wir genau.«

»Klingt nach einem Unfall«, sagte Ryleigh.

»Ja, sicher.« Lynn Mullally gab ein abschätziges Geräusch von sich. »Hier ist alles ein Unfall, was den Hadocks nicht in den Kram passt.« Sie beugte sich vor, und ihre Augen glühten. »Aber warum haben sie dann so eine hohe Entschädigung gezahlt? So hoch, dass ich weggehen und meine ganze Ausbildung damit finanzieren konnte? Ohne das Geld wäre ich heute nicht Anwältin.«

»Sollten Sie da nicht eher dankbar sein?«, fragte Ryleigh.

»Dankbar?« Lynn Mullally explodierte fast. »Dafür, dass sie meinen Vater umgebracht haben?«

Ryleigh hob die Hände. »Ja, schon gut. Das war falsch formuliert. Aber wie ich hörte, kümmern die Hadocks sich um alle Leute hier in der Stadt. Könnte es nicht einfach sein, dass das der Grund für die hohe Entschädigung war?«

»Von wem haben Sie das gehört?«, fragte Lynn Mullally mit mahlenden Kiefern.

»Avalon Hadock erwähnte so etwas«, erwiderte Ryleigh.

»Avalon?« Lynn Mullally warf den Kopf zurück und lachte. Dann beruhigte sie sich wieder. »Sie haben Avalon kennengelernt?« Sie lachte erneut, bitter. »Das ist wohl unvermeidlich. Sie bezahlt Sie ja. Ich verschwende hier nur meine Zeit.« Sie stand auf.

Ryleigh blickte zu ihr hoch. »Ich vertrete das Gesetz. Die Stadt bezahlt mich.«

»Die Hadocks *sind* die Stadt.« Lynn Mullallys Mundwinkel verzogen sich geringschätzig. »Sie sind genauso wie der alte Sheriff. Sie werden keinen Finger rühren gegen die Hadocks.«

»Beruhigen Sie sich.« Ryleigh stand ebenfalls auf. »Wenn Sie wollen, dass ich etwas untersuche, müssen Sie mir Anhaltspunkte bieten. Kommen Sie doch in mein Büro. Es muss ja eine Akte zu dem Fall geben.«

Lynn Mullally wiegte resigniert den Kopf. »Das glaube ich kaum«, sagte sie. »Und sowieso ... Sobald ich weg bin, rufen Sie Avalon an, und sie sagt Ihnen, was Sie zu tun haben. Was unterhalte ich mich noch mit Ihnen?« Sie drehte sich weg zum Ausgang.

»Niemand ...«, Ryleigh vertrat ihr den Weg, »sagt mir, was ich zu tun habe. Avalon Hadock ist eine Bürgerin dieser Stadt wie jede andere. Ich mache keine Unterschiede. Und genauso wie jeder andere Bürger hat sie das Recht, als unschuldig betrachtet zu werden bis zum Beweis des Gegenteils.«

»Ja, natürlich.« Lynn Mullally musterte sie, als wäre sie ein Käfer. »Und wer soll das Gegenteil schon beweisen?« Sie ging wütend durch die Tür hinaus.

Ryleigh schaute ihr kurz nach, dann setzte sie sich wieder, um ihr Frühstück zu beenden.

Pacey kam zu ihr herüber. »Wer war das denn?«

Ryleigh schob ihr die Karte über den Tisch. »Keine Ahnung. Eine Anwältin.«

»Mullally?«, sagte Pacey überrascht. »Den Namen kenne ich. Der ist tot. Mein Vater hat geholfen, den Brand zu löschen, dabei ist er selbst gestorben.«

»Das tut mir leid.«

Pacey atmete tief durch. »Ich kannte ihn praktisch nicht. Ich war damals noch nicht einmal zwei Jahre alt. Nachdem mein Vater tot war, wollte meine Mutter nicht mehr hierbleiben. Sie lebt jetzt in Boston. Glauben wir jedenfalls. Wir haben lange nichts mehr von ihr gehört.«

»Und ich erzähle dir was über Mütter«, bemerkte Ryleigh mit schief verzogenen Mundwinkeln.

»Ach, macht nichts.« Pacey winkte ab. »Meine Mutter stammte aus der Großstadt. Granny sagt, sie hat sich hier nur gelangweilt. Sie hat die ganze Zeit auf meinen Vater eingeredet, dass wir hier weggehen sollen.« Sie hob die Augenbrauen. »Dann hätte ich jetzt ein weniger langweiliges Leben.«

»Großstädte sind nicht unbedingt das Pflaster, das ich für junge Mädchen empfehlen würde«, sagte Ryleigh. »Da kannst du später noch hingehen.«

»Das sagt Granny auch immer.« Pacey seufzte. »Wenn ich volljährig bin, werde ich das bestimmt machen. Dann hält mich hier nichts mehr.«

Ryleigh trank ihren Kaffee aus und stand auf. »Ich muss rüber. Ist zwar nichts los, aber die Polizeistation sollte besetzt sein.« Sie nahm die Karte und steckte sie ein. *Diese Frau hasst Avalon Hadock,* dachte sie. *So sehr, dass sie sie am liebsten umbringen würde.*

Kurz darauf suchte sie im Büro nach der Akte Mullally. Sie fand sie auch. Sie enthielt nur ein Blatt. Unfall. Keine weiteren Untersuchungen. Ryleigh stülpte nachdenklich die Lippen vor. Vielleicht steigerte diese Lynn Mullally sich da in etwas hinein. Schon seit Jahren. Sie war damals praktisch noch ein Kind gewesen, genauso wie Avalon Hadock.

Avalon Hadock ... Ryleigh setzte sich an ihren Schreibtisch. Diese Frau war ganz sicher eine, die starke Gefühle auslöste. Auch bei Ryleigh. Diese Stimme, die ganze Haltung, der Gang ... alles an Avalon Hadock strahlte Macht aus, Selbstbewusstsein, Arroganz. Sie hatte garantiert noch nie Zweifel an irgendetwas gehabt, das sie tat.

Ryleigh mochte starke Frauen, denn Stärke bedeutete Leidenschaft. Allerdings schien diese Leidenschaft in Avalon Hadock gezügelt, als ob eine Schicht von Eis sie umgab und kühlte. Die Frage war: Konnte man das Eis durchbrechen?

Der altertümlich aussehende Telefonapparat auf Ryleighs Schreibtisch klingelte. Sie nahm ab.

»Kommen Sie sofort her!«, überfiel sie eine Stimme.

Ryleigh brauchte eine Sekunde, um sie zu erkennen. »Ms. Hadock?«, fragte sie.

»Kommen Sie schon!«, schnappte Avalon Hadock. »Wir haben einen Eindringling hier.«

»Einbruch?«, fragte Ryleigh, aber Avalon hatte schon aufgelegt.

Ryleigh runzelte die Stirn. Etwas genauere Angaben wären hilfreich gewesen. Avalon hatte noch nicht einmal gesagt, wo sie war. Vermutlich nahm sie an, dass das jeder wusste. Ryleigh rief die zentrale Nummer von *Hadock Enterprises* an, da das alte Telefon keine Rückruffunktion hatte. »Ms. Hadock hat mir gerade einen Einbruch angezeigt«, sagte sie, als die Telefonzentrale sich meldete. »Können Sie mir sagen, wo?«

»Einbruch?« Die Telefonistin schien verwirrt. »Moment, ich frage nach.« Die Leitung wurde stummgeschaltet. Kurz darauf erklang die Stimme der Telefonistin wieder. »Es ist jemand in Ms. Hadocks Büro«, sagte sie. »Sie sollen kommen.«

»Hauptverwaltungsgebäude?«, fragte Ryleigh sicherheitshalber nach.

»Ja«, sagte die Telefonistin. »Kommen Sie schnell.« Sie legte auf.

Ryleigh griff nach dem Lederholster, in dem sie ihre Dienstwaffe trug, und schnallte es um. Dann zog sie ihre Uniformjacke darüber, lief hinaus und sprang in den Wagen mit der Aufschrift *Sheriff*. Sie düste mit lautem Sirenengeheul die Hauptstraße hinunter und war kaum zwei Minuten später bei dem großen Gebäude angekommen.

Es schien merkwürdig ruhig zu sein, niemand stand herum, es war keine Aufregung zu spüren. Ryleigh ging hinein. In der Eingangshalle saß hinter einem großen Tresen nur ein einsamer Pförtner. Ryleigh steuerte ihre Schritte schnell in seine Richtung. »Wo ist der Einbruch?«

»Einbruch?« Er wirkte überrascht.

»In Ms. Hadocks Büro ist ein Eindringling, wurde mir mitgeteilt«, fuhr Ryleigh ungeduldig fort. Was war denn hier los?

»Oh, Ms. Hadocks Büro.« Er nickte. »Oben im ersten Stock. Ganz am Ende des Ganges.«

Es gab einen Aufzug, aber Ryleigh stürmte die Treppe hinauf und den Gang hinunter. Je näher sie der hinteren Tür kam, desto lauter wurden die Stimmen, die sie hörte. Sie zog ihre Waffe und verlangsamte ihre Schritte, versuchte herauszukriegen, woher genau die Stimmen kamen, um zu entscheiden, wie sie das Büro betreten sollte, damit niemand gefährdet wurde.

»Ich glaube, die brauchen Sie nicht, Sheriff«, sagte eine Stimme von rechts.

Ryleigh fuhr angespannt herum.

Eine junge Frau lächelte sie unsicher an. »Ich bin Ms. Hadocks Sekretärin. Molly Connors.«

»Was ist mit dem Einbrecher?«, fragte Ryleigh verwirrt.

Molly schüttelte den Kopf. »Nur eine ungebetene Besucherin, aber sie will nicht gehen. Sie hatte keinen Termin, ist einfach reingestürmt.«

Ryleigh atmete tief durch und steckte die Waffe wieder ins Holster. Das war allerdings eine andere Situation als die, die sie erwartet hatte. »Danke, Molly«, sagte sie.

Molly wies auf die Verbindung, die von ihrem Büro in das nächste führte. »Kommen Sie hier entlang.«

Ryleigh folgte ihr, und durch die offene Tür sah sie Avalon Hadock hochaufgerichtet hinter ihrem Schreibtisch stehen. Es war ein großes Büro und ein großer Schreibtisch.

»Der Sheriff ist da«, sagte Molly und ließ Ryleigh vorbei.

Ryleigh trat ein paar Schritte in das Büro hinein, und nun sah sie auch, wer die ungebetene Besucherin war: Lynn Mullally.

Ryleigh zog die Stirn kraus. »Sollte das hier nicht ein Einbruch sein?«

»Ist es auch.« Avalon Hadocks dunkle Augen blitzten. »Sie ist ohne Erlaubnis in mein Büro eingedrungen.«

Ryleigh schaute Lynn Mullally an. »Stimmt das?«

Lynn verzog das Gesicht. »Sie wollte mir keinen Termin geben. Sie hat es abgelehnt, überhaupt mit mir zu sprechen.«

»Ich habe viel zu tun«, sagte Avalon. »Ich kann mich nicht mit jeder unwichtigen Kleinigkeit beschäftigen.«

»Unwichtige Kleinigkeit?« Lynns Augen blitzten mindestens ebenso wie Avalons. »Du nennst den Tod meines Vaters unwichtig? Die Hadocks sind dafür verantwortlich, und die Hadocks werden dafür bezahlen!«

Avalons Mundwinkel verzogen sich zu einem süffisanten Lächeln. »Haben wir das nicht schon? Ihr habt eine großzügige Entschädigung bekommen, deine Mutter und du.«

»Geld wiegt doch kein Menschenleben auf!« Es sah aus, als wollte Lynn Avalon an die Gurgel springen.

»Ruhig, ruhig.« Ryleigh hielt Lynns Arm fest. »So löst man keine Probleme.«

Lynn starrte Ryleigh an, dann entspannte sie sich ein wenig, so dass Ryleigh ihren Arm loslassen konnte. »*Sie* ist das Problem!«, fauchte Lynn. »Das sollte mal jemand lösen!«

»Entfernen Sie diese Frau aus meinem Büro, Sheriff – und aus der Stadt. Ich will, dass sie Hadockville sofort verlässt«, forderte Avalon mit einem befehlsgewohnten Blick auf Ryleigh.

Ryleigh hob die Augenbrauen. »Ms. Mullally muss selbstverständlich Ihr Büro verlassen, wenn Sie sie dazu auffordern, aber es gibt kein Gesetz dagegen, dass sie sich in der Stadt aufhalten darf.«

»Wie bitte?« Avalon schien für einen Moment verblüfft. »Dann sperren Sie sie ein«, fuhr sie nach einer kurzen Pause fort. »Unerlaubtes Betreten von Privatbesitz. Hausfriedensbruch. Das werden Sie ja wohl können.«

»Wenn Sie Anzeige erstatten, ja«, sagte Ryleigh. »Aber finden Sie das nicht ein bisschen übertrieben? Ich nehme Ms. Mullally jetzt mit. Damit sollte die Sache erledigt sein.«

Avalon Hadocks Lippen öffneten sich zu einem erstaunlichen

Lächeln, so süß, dass man kaum glauben konnte, wie wütend sie eben noch ausgesehen hatte. »Übertrieben? Sie finden es übertrieben, einen Kriminellen für seine Taten zu bestrafen? Als Vertreterin des Gesetzes?« Sie hob die Augenbrauen. »Dann sollten Sie vielleicht noch einmal über Ihre Berufswahl nachdenken. Die Bürger dieser Stadt legen sehr viel Wert auf die Einhaltung der Gesetze. Dafür werden Sie von ihnen bezahlt.«

Jetzt ist es keine Frage mehr, das war eindeutig eine Drohung, dachte Ryleigh. *Wenn du nicht tust, was ich sage, Sheriff, bist du deinen Job los.* Sie nickte. »Ja, so habe ich das auch verstanden.« Sie warf einen Blick auf Lynn neben sich. »Ich denke, wir sollten gehen. Ich will Sie nicht in Handschellen abführen.«

Lynn verzog abschätzig die Mundwinkel. »Ich wusste es. Sie tun nichts gegen die Hadocks. Genau wie alle anderen.«

»Ms. Mullally, ich fordere Sie nicht noch einmal auf, mit mir mitzugehen«, erwiderte Ryleigh mit der ganzen Autorität ihres Amtes. »Seien Sie vernünftig. Sie sind Anwältin. Sie wissen, dass Sie kein Recht haben, hier zu sein, wenn es Ihnen nicht erlaubt wird.«

»Recht!« Lynn spuckte das Wort fast aus. »Das hat *die*«, sie streckte ihren Arm aus und zeigte mit dem Finger auf Avalon, »noch nie geschert!«

»Kommen Sie.« Ryleigh ergriff Lynns Arm und zog sie mit sich zur Tür.

»Es ist gut, Sheriff«, sagte Avalons süffisante Stimme hinter ihr, »dass Sie wissen, wo Sie stehen.«

Ryleigh warf kurz einen Blick zu ihr zurück. »Ja, das weiß ich«, sagte sie. Ihr Blick kreuzte sich mit Avalons, und sie sah den Triumph in den Augen der anderen. »Auf der Seite des Gesetzes«, fügte sie ruhig hinzu.

Dann verließ sie mit der immer noch leicht widerstrebenden Lynn das Büro.

»Ich werde das nicht zulassen! Nicht noch einmal!«, fauchte Lynn Ryleigh an, als sie zusammen im Polizeiwagen saßen.

Ryleigh legte den Gang ein und fuhr los. »Ich habe mir die Akte angesehen«, erläuterte sie dabei. »Es steht nichts drin.«

Lynn stieß geringschätzig die Luft aus. »Überraschung!«

Neugierig warf Ryleigh einen Blick auf sie. »Warum denken

Sie, dass es kein Unfall war?«

»Weil ich es einfach weiß!« Lynn rauchte wie ein Kamin, der mit Gewalt geschlossen gehalten wurde.

»Das reicht aber nicht, Frau Anwältin. Das wissen Sie genauso gut wie ich.«

»Was werden Sie jetzt tun?«, fragte Lynn. »Mich einsperren, wie Avalon es Ihnen befohlen hat?«

»Sie hat mir nichts befohlen, weil sie mir nichts befehlen *kann*«, sagte Ryleigh. »Aber Sie haben eindeutig Hausfriedensbruch begangen, und dafür könnte ich Sie in der Tat einsperren, das stimmt.«

»Und Sie werden mich so lange schmoren lassen, wie es Avalon passt.« Lynn lachte hohl.

»Es gibt Gesetze für so etwas«, sagte Ryleigh.

»Ja, richtig. Gesetze. Und das Gesetz in dieser Stadt heißt Avalon Hadock.«

»Das Gesetz heißt Gesetz«, korrigierte Ryleigh. »Es ist genau das Gesetz, das Sie studiert haben, und ich vertrete es.«

Lynns Mundwinkel zuckten. »Dann werden Sie Mittel und Wege finden, es so zu verdrehen, dass Avalon damit zufrieden ist.«

»Das klingt sehr persönlich.« Ryleigh warf einen Blick zu ihr auf den Beifahrersitz. »Was haben Sie gegen Ms. Hadock? Außer dass sie jetzt gerade eben nicht sehr nett zu Ihnen war?«

»Wir sind zusammen aufgewachsen«, erwiderte Lynn. »Das reicht.«

»Sie sind verwandt?«, fragte Ryleigh erstaunt.

»Nein.« Lynn schüttelte den Kopf. »Aber wir sind gleich alt. Als Kinder haben wir zusammen gespielt. Manchmal.«

»Und Sie mochten sich nicht«, vermutete Ryleigh.

»Im Gegenteil. Wir waren beste Freundinnen.«

Ryleigh schaute sie verdutzt an. »Nach besten Freundinnen sah das eben aber nicht aus.«

»Wir sind ja auch keine Kinder mehr«, sagte Lynn.

Leicht verwirrt schüttelte Ryleigh den Kopf, während sie vor der Polizeiwache anhielt. »Ich muss Ihre Personalien aufnehmen«, kündigte sie an, als sie ausstieg. »Wo wohnen Sie in Hadockville?«

»Im Haus meiner Mutter.« Lynn folgte ihr in die Wache hinein. »Jetzt ist es wohl meins. Aber ich war seit der Beerdigung nicht mehr hier.«

Ryleigh ging zu einem Ablagekorb und nahm ein Formular heraus. Sie legte es auf den Tisch. »Könnten Sie das bitte ausfüllen?«

Während Lynn sich an den Tisch setzte, zog Ryleigh ihre Uniformjacke aus und hängte sie an den Garderobenständer, dann schnallte sie das Holster ab und legte es mit der Waffe in eine Schublade ihres Schreibtischs. Sie setzte sich Lynn gegenüber.

»Ich werde Sie nicht einsperren«, sagte sie. »Das ist nicht nötig. Sie haben eine feste Adresse, und auch wenn Anwälte nicht den besten Ruf haben«, sie grinste leicht, »glaube ich Ihnen, dass Sie nicht versuchen werden zu fliehen.«

Lynn schaute von dem Formular auf und hob die Augenbrauen. »Was wird Avalon dazu sagen?«

Ryleigh schüttelte den Kopf. »Es ist meine Entscheidung. Sie wissen selbst, wie das Gesetz lautet. Wenn keine Fluchtgefahr besteht, gibt es bei einer solchen Bagatelle keinen Grund für eine Festnahme. Sie bekommen eine Anzeige, und Sie zahlen eine Strafe, das ist alles.«

»Eine Strafe dafür, dass ich mit Avalon reden wollte. Toll.« Lynn verzog das Gesicht.

»Sie können sie nicht dazu zwingen, mit Ihnen zu reden, das ist nun einmal so«, sagte Ryleigh. »Und das wissen Sie.«

»Ja.« Lynn nickte. »Das war schon immer das Problem. Die Hadocks kann man zu nichts zwingen. Sie tun einfach, was sie wollen, und niemand hindert sie daran.«

»Das Gesetz gilt für alle«, sagte Ryleigh.

»Für die einen mehr, für die anderen weniger«, berichtigte Lynn. »Und für manche gar nicht.«

»Nicht in meiner Stadt«, sagte Ryleigh.

»Oho!« Lynn lachte auf. »Lassen Sie das bloß nicht Avalon hören! Für sie ist das hier *ihre* Stadt!«

Ryleigh lächelte leicht. »Sie kann es gern hören. Ich sehe keinen Grund, warum nicht. Sie meinen zu wissen, dass der Tod Ihres Vaters kein Unfall war. Warum?«

»Jeder in der Stadt weiß, dass es kein Unfall war«, erwiderte Lynn abschätzig. »Aber sollte jemand versuchen, herumzufragen und etwas darüber herauszufinden, kann er sich darauf gefasst machen, ebenfalls auf dem Friedhof zu landen. Niemand wird etwas beweisen können, wenn er unter der Erde liegt.«

»Sie haben davor anscheinend keine Angst«, stellte Ryleigh fest.

»Mein Vater hatte keine Angst vor den Hadocks, und ich bin nicht Anwältin geworden, um Angst zu haben.« Lynn schaute Ryleigh entschlossen an. »Avalon ist die letzte der Hadocks. Bis jetzt. Sollte sie heiraten und Kinder haben, wird es ewig so weitergehen. Hadockville heißt nicht umsonst Hadockville. Es ist Privateigentum der Hadocks. Jeder, der den Namen Hadock trägt, ist unangreifbar. Das darf einfach nicht sein.«

Ryleigh nickte nachdenklich. »Da haben Sie Recht. Vor dem Gesetz ist jeder gleich, ohne Ansehen der Person. Und jedes Verbrechen sollte aufgeklärt und gesühnt werden.« Sie hob die Augenbrauen. »Die Frage ist nur: Liegt überhaupt ein Verbrechen vor? Dafür habe ich bisher noch keinen Anhaltspunkt.«

»Selbst wenn Sie hundert hätten, würden Sie nichts tun«, bemerkte Lynn verächtlich. »Niemand hier tut etwas. Avalon würde sie in den Boden stampfen. Im wahrsten Sinne des Wortes.«

Ryleigh lehnte sich zurück und breitete fragend die Arme aus. »Was soll ich tun? Ohne einen einzigen Hinweis? *›Ich weiß, dass es kein Unfall war‹* ist leider keine Aussage, die eine Untersuchung rechtfertigt – geschweige denn vor einem Richter Bestand hätte. Und fünfzehn Jahre, nachdem etwas geschehen ist, kann man kaum mehr den Tatort nach Spuren absuchen und Beweise sichern.«

»Ich weiß, dass mein Vater einen Anruf bekam an jenem Abend«, erklärte Lynn. »Er sagte, es wäre einer seiner Gewerkschaftskumpels gewesen, aber ich habe meiner Mutter angesehen, dass sie ihm nicht geglaubt hat – auch wenn sie das nie öffentlich gesagt hätte.« Sie atmete tief durch. »Ich habe meinen Vater sehr geliebt, aber jetzt, wo ich erwachsen bin, weiß ich, dass er … den Frauen nicht abgeneigt war. Und seine Freunde in der Gewerkschaft haben ihn gedeckt, wenn er mal ein Alibi brauchte. Meine Mutter wusste es, aber sie liebte meinen Vater. Es war nicht einfach für sie.«

»Das tut mir leid«, sagte Ryleigh. »Sie denken also, dass eine Frau angerufen hat und ihr Vater zu ihr ging?«

Lynn nickte. »Und ich denke, dass ich weiß, wer diese Frau war.«

»Selbst wenn Sie das wissen, was hat das mit dem Unfall zu tun?«

»Ich denke – nein: ich weiß«, Lynn beugte sich vor, »dass es Avalons Mutter war, Christine Hadock.«

»Wollen Sie damit sagen, Avalons Vater hätte den Unfall inszeniert? Aus Eifersucht?«

»Oder Christine selbst. Sie war eine ehrgeizige Arbeitertochter, genau wie ich. Als sie heiratete, war sie bettelarm und musste einen Ehevertrag unterschreiben, der sie zur Treue verpflichtete. Sie hätte alles verloren, wenn es herausgekommen wäre.«

Ryleigh atmete tief durch. »Nichts davon können Sie beweisen. Sie wissen noch nicht einmal genau, ob es so war.«

»Doch.« Lynn nickte. »Ich habe nach dem Tod meines Vaters einen Brief gefunden, von Christine Hadock. Der ist ziemlich eindeutig.«

»Das ist«, Ryleigh hob die Hände, »möglicherweise ein Beweis für Untreue, aber noch lange nicht für einen Mord.«

Lynn schaute zur Seite auf den Boden. Nach einer Weile hob sie den Blick. »Das weiß ich auch«, sagte sie resigniert. »Aber ich weiß ebenso, dass der Sheriff damals etwas gefunden hat. Es ist nur nie in die Akte eingegangen. Doch es war genug, um Brandstiftung zu vermuten.«

Ryleigh stand auf und nahm die Akte aus dem Schrank. »Das ist alles, was ich habe.« Sie legte die Akte vor Lynn auf den Tisch. »Und da steht nichts von Brandstiftung.«

»Weil die Versicherung dann nicht gezahlt hätte. Weil vielleicht jemand vermutet hätte, es wären die Hadocks selbst gewesen, um die Versicherungssumme zu kassieren.« Lynn klopfte mit einem Finger auf den Tisch. »Die Geschäfte gingen damals nämlich nicht gut. Deshalb wurde es als Unfall hingestellt. Es wurde behauptet, mein Vater hätte geraucht und damit Lösungsmittel entzündet, die im Sägewerk gelagert waren. Er hätte eine Explosion verursacht, die ihn tötete und das darauf folgende Feuer entfachte, das die halbe Stadt niederbrannte. Die Sache wurde so schnell wie möglich zu den Akten gelegt.« Sie schüttelte den Kopf. »Danach ging es den Hadocks wieder prächtig. Sie konnten investieren, und alles nur wegen des Geldes, das sie von der Versicherung bekommen haben.«

Ryleigh schaute auf Lynn hinunter. »Das sind alles nur Spekulationen. Können Sie mir nicht wenigstens einen einzigen handfesten Beweis liefern?«

»Doch.« Lynn blickte zu Ryleigh auf und schürzte die Lippen. »Mein Vater hat nicht geraucht.«

4

Wenn Ryleigh morgens aufstand, verließ sie ihr Hotelzimmer und ging ins Café hinüber, wo Pacey oder Elaine schon auf sie warteten. Ebenso wie die alteingesessenen Bewohner der Stadt wurde Ryleigh nicht mehr gefragt, was sie wollte, es wurde ihr einfach serviert. Da sie nicht sehr viel Wert auf Abwechslung beim Frühstück legte, fand sie das sehr angenehm.

Während sie an ihrem Tisch im Glaserker saß, blätterte sie in der Zeitung und überflog die Meldungen. Nicht dass sie sehr interessant gewesen wären. Schon der Diebstahl eines Fahrrades war – wie Ryleigh vermutet hatte – ein lokales Ereignis, über das berichtet wurde. Das war wirklich nicht zu vergleichen mit New York, wo sie jeden Tag bereits von Mord und Totschlag gelesen hatte, bevor sie überhaupt ihren Dienst antrat und dann in der Realität damit konfrontiert wurde.

Sie hob ihre Kaffeetasse an und nahm sie in beide Hände. Nachdenklich schaute sie über den Rand, ohne zu trinken. New York. Das erschien jetzt fast schon wie eine andere Welt. Genauso weit weg wie alles, was dort passiert war.

»Wie war Ihr Gespräch mit Ihrem Vorgänger?« Als wäre sie gerade aus dem Nichts aufgetaucht, stand Avalon Hadock plötzlich vor ihr. Sie lächelte süß. »Ja, Sie vermuten richtig. Ich weiß über alles Bescheid, was in der Stadt vorgeht.« Mit einem eleganten Hüftschwung setzte sie sich gegenüber von Ryleigh an den Tisch.

Ryleigh hob die Augenbrauen. »Hat er es Ihnen erzählt?«

»Nun ja, da es mich betraf ...« Avalon lehnte sich zurück und schlug die Beine übereinander. Schöne Beine in hochhackigen Schuhen.

»Es betraf nicht Sie«, entgegnete Ryleigh, während sie ihren Blick nur mit Mühe von diesen höchst attraktiven Beinen in dem wenig bedeckenden Rock abwandte.

»Es betraf meine Familie, das ist dasselbe«, sagte Avalon, immer noch lächelnd, aber jeder, der in diesem Lächeln Freundlichkeit vermutet hätte, wäre wohl fehlgegangen. »Ich möchte Sie bitten, alles, was meine Familie betrifft, in Zukunft zuerst mit mir zu besprechen.« Ihr Tonfall war von dem einer Bitte weit entfernt. Es war ein Befehl.

Ryleigh nippte an ihrem Kaffee. »Das wäre dann wohl so ziemlich alles, was hier passiert«, erwiderte sie. »Haben Sie überhaupt so viel Zeit?«

Avalon beugte sich irritiert vor. »Versuchen Sie, witzig zu sein?«

»Aber nein, das liegt mir fern. In so etwas war ich noch nie gut.« Ryleigh stellte ihre Tasse ab. »Ich versuche nur, die Realitäten zu erfassen, Ereignisse ins richtige Verhältnis zu setzen. Schließlich bin ich neu in der Stadt.«

»Deshalb«, Avalon lächelte wieder dieses unglaublich zweischneidige Lächeln, »erkläre ich Ihnen jetzt, was die Realitäten sind: Sie berichten mir und machen sich keine Gedanken über meine Zeiteinteilung. Das können Sie ruhig mir überlassen. Ist das klar?« Ihre Augen schienen Ryleigh zu durchbohren.

Ryleigh hielt dem Blick stand und wartete eine Sekunde. »In welcher Funktion berichte ich Ihnen?«, fragte sie dann. »Sind Sie die Bürgermeisterin?«

Als hätte sie die Frage gar nicht gehört, lehnte Avalon sich zurück und betrachtete ihre Fingernägel. »Wie Sie soeben richtig festgestellt haben«, bemerkte sie nach einer Weile gelassen, »habe ich wenig Zeit. Ein öffentliches Amt würde mir zu viel davon rauben. Aber die Interessen dieser Stadt sind auch meine Interessen. Da gibt es keinen Unterschied.«

»Ist das so.« Ryleigh lächelte entschuldigend. »Sie müssen verzeihen, wenn ich mich erst an diese Dinge gewöhnen muss. Ich habe noch nie in einer Kleinstadt gewohnt. In Großstädten decken sich die Bedürfnisse der Stadt kaum je mit den Bedürfnissen von Einzelpersonen.«

»Ich bin nicht so sehr eine Einzelperson, sondern die Präsidentin von *Hadock Enterprises*«, erklärte Avalon süß. »Der Firma, die praktisch allen Leuten in der Stadt Arbeit gibt. Wenn es *Hadock Enterprises* gutgeht, geht es der Stadt gut.« Sie machte eine wirkungsvolle Pause. »Und umgekehrt. Geht es der Firma schlecht, sind viele Arbeitsplätze gefährdet, genauso wie das Wohlergehen der Stadt selbst.«

Mit Drohungen ist sie immer schnell bei der Hand, dachte Ryleigh.

Das scheint ihr Spezialgebiet zu sein. »Ich verstehe«, sagte sie. »Aber ich stehe nicht auf Ihrer Gehaltsliste. Das ist jetzt für mich ein bisschen ein Problem, was die Zuständigkeit betrifft.« Ihre blauen Augen wirkten unschuldig, als sie auf Avalons dunklen Blick trafen.

»Entfernen Sie Lynn Mullally aus der Stadt und legen Sie den Fall ihres Vaters wieder zu den Akten – wo er hingehört«, entgegnete Avalon scharf. »Versuchen Sie nicht, etwas herauszufinden, wo es nichts herauszufinden gibt. Es war ein Unfall. Niemand hat das je bezweifelt.«

Da habe ich aber etwas anderes gehört, dachte Ryleigh. Sie nickte. »Wenn es so war, kann ich ja auch nichts herausfinden«, sagte sie. »Und ich habe so wenig zu tun hier. Auf diese Art kann ich mich etwas mit den Gegebenheiten in der Stadt vertraut machen.«

Avalon stand abrupt auf. »Meine Familie«, zischte sie, »hat genug gelitten, als sie die halbe Stadt wieder aufbauen musste. Suchen Sie sich einen anderen Spielplatz, um zu üben!« Sie drehte sich um und rauschte aus dem Café hinaus.

Ryleigh lachte leise. »Das war ein klares Statement.«

Elaine kam zu ihr herüber und räumte den Tisch ab. »Sei vorsichtig«, bemerkte sie mit besorgtem Blick. Mittlerweile hatte sie Ryleigh quasi in die Familie aufgenommen, und sie duzten sich. »Sie war schon als Kind ziemlich aufbrausend, und das ist nicht besser geworden, seit sie erwachsen ist.«

Ryleigh schaute die Straße hinunter, wo Avalon mit ihrem schwarzen Mercedes Coupé verschwunden war. »Sie ist schon ein ganz besonderes Kaliber«, schmunzelte sie.

»Nimm das nicht zu leicht.« Immer noch klang Elaines Stimme besorgt. »Unterschätz sie nicht. Sie ist auf keinen Fall harmlos. Sich mit ihr anzulegen kann unvorhersehbare Folgen haben.«

»Ach, Elaine ...« Ryleigh lächelte sie beruhigend an. »Ich bin Drogendealer gewöhnt, Mörder, Totschläger – das hier kommt mir dagegen wie Disneyland vor. Sie kann nicht so schlimm sein wie das ganze organisierte Verbrechen von New York.«

»Wenn du dich da nicht mal irrst ...«, erwiderte Elaine zweifelnd und ging mit dem Geschirr in die Küche.

Ryleigh blieb nachdenklich zurück. Avalon Hadock wollte eindeutig nicht, dass Ryleigh diesen Unfall von vor fünfzehn Jahren untersuchte, und das machte Ryleigh stutzig. Der alte Sheriff, dem sie einen Besuch abgestattet hatte, hatte sich auch ziemlich gewunden. Sie solle schlafende Hunde nicht wecken, hatte er Ryleigh empfohlen. Was vorbei sei, sei vorbei. In dieser Stadt gingen die Uhren anders.

Sie gehen so, wie Avalon Hadock es will, dachte Ryleigh. *Nicht schneller und nicht langsamer. Und wenn es ihr passt, lässt sie sie einfach anhalten.*

Ryleigh war eindeutig jemand, die diese Uhren wieder in Gang gesetzt hatte, und das beunruhigte Avalon Hadock, das war ihr deutlich anzumerken. Ryleigh hatte genug Verhöre durchgeführt, um Körpersprache lesen zu können. Avalons Körper sprach sehr laut, auch wenn sie versuchte, das zu verschleiern. Ihre Bewegungen waren ein wenig zu beherrscht, um echt zu sein. Selbst wenn sie ruhig sprach, drohend, war die Anspannung, die im Hintergrund lauerte, unverkennbar.

Avalons Körper ... Ryleigh musste zugeben, dass sie ihn nicht nur beobachtet hatte, um die Sprache zu lesen. Sie hatte ihn auch deshalb beobachtet, weil er äußerst attraktiv war. Die ganze Avalon Hadock war von oben bis unten äußerst attraktiv. Sie regte Ryleigh zu Gedanken an, die nichts mit Job oder Drohungen zu tun hatten. Ganz im Gegenteil.

Sie seufzte und lehnte sich zurück. Die interessantesten Frauen hatten immer irgendwie einen Haken. Avalons Haken war, dass sie Ryleigh hasste. Sie hasste es zumindest ganz offensichtlich, wenn man ihr in die Quere kam, in den Schein ihrer Sonne trat oder ihn verdunkelte. Sie wollte ungestört im Licht stehen.

Ryleigh mochte Avalon Hadock nicht, und gleichzeitig fühlte sie sich ungeheuer von ihr angezogen. Diese Frau betrachtete sich als Herrscherin der Stadt und alle anderen Menschen nur als Ameisen. Wie sie sehr deutlich gemacht hatte, waren alle von ihr abhängig, und sollte es ihr gefallen, konnte sie Hadockville dem Erdboden gleichmachen, genauso, wie ihre Familie es aus dem Nichts aufgebaut hatte.

Bevor Lynn Mullally gekommen war, bevor Ryleigh angefangen hatte, diesen alten Fall aufzurollen, war Hadockville wie eine Stadt im Dornröschenschlaf gewesen, wie ein ruhiger See, dessen Oberfläche glatt wie ein Spiegel vor sich hin schimmerte, ohne eine einzige Welle, ohne jede Störung.

Wie trügerisch diese Ruhe auch immer gewesen war, Ryleigh

hatte sie beendet, einen leichten Wind verursacht, der die Oberfläche des Sees kräuselte. Und dann hatte Lynn einen Stein hineingeworfen, der nach langer Zeit einmal wieder Wellen schlug, immer größere Kreise zog.

Schon Ryleighs Ankunft hatte mehr Wellen geschlagen, als Avalon das vermutlich erwartet hatte. Aber nach ihrem Besuch in der Polizeistation war sie wohl ganz zufrieden gewesen. Sie hatte ihre Position klargemacht und angenommen, dass Ryleigh sich danach richten würde.

Aber nun tat sie es nicht, und das machte Avalon wütend. Sie war schön in ihrer Wut, schön und begehrenswert, aber Ryleigh musste bei dem Gedanken lachen, was passieren würde, wenn Ryleigh Avalon diese Gedanken mitteilte.

Sie schüttelte über sich selbst den Kopf. Hatte sie immer noch nicht genug von dieser Art Frauen?

5

In den nächsten Tagen versuchte Ryleigh, etwas über den Unfall herauszufinden, aber wie immer war es schwierig, einer so kalten Spur zu folgen.

Im Sägewerk arbeiteten noch einige ehemalige Kollegen von Joe Mullally, und Ryleigh fuhr hin, um sie zu befragen. Alle waren sehr verschlossen. Sie wussten von nichts, sie hatten nichts gesehen, nichts gehört, solche Unfälle waren tragisch, aber sie passierten eben.

Als Ryleigh sich gerade mit einem der Männer unterhielt, merkte sie, wie sein Blick plötzlich über ihre Schulter nach oben wanderte. Er schien wortwörtlich zu erstarren.

Ryleigh drehte sich um. Oben auf der Galerie, die zum Büro des Sägewerksleiters führte, stand Avalon Hadock. Sie stand dort und schaute auf die Männer und Ryleigh hinunter, als wäre diese Galerie ihr Thron und alle, die da unten kreuchten und fleuchten, ihre Untertanen.

Ryleigh drehte sich zu dem Mann zurück und lächelte ironisch. »Gehe ich recht in der Annahme, dass ich jetzt gar nichts mehr erfahren werde?«

Der Mann antwortete nicht, aber das war Antwort genug.

»Gut.« Ryleigh atmete tief durch. »War ja sowieso nicht sehr ergiebig.« Sie überlegte kurz, dann wandte sie sich um und ging langsam die Treppe zur Galerie hinauf.

Avalon Hadock erwartete sie oben. Ihr Blick folgte Ryleigh die ganze Zeit, als sie heraufkam. »Sie interessieren sich für die Arbeit in einem Sägewerk, Sheriff Grant?«, fragte sie scheinbar amüsiert, nachdem Ryleigh oben angekommen war.

»Hier ist Joe Mullally gestorben«, erwiderte Ryleigh.

»Ach, die alte Geschichte immer noch«, bemerkte Avalon wegwerfend, als hätte sie schon lange keinen Gedanken mehr daran verschwendet. »Und nein, hier ist er nicht gestorben. Das Sägewerk war völlig abgebrannt und wurde neu aufgebaut sowie gleichzeitig modernisiert. Hier ist nichts mehr so, wie es damals war.«

»Einige der Arbeiter sind noch dieselben«, sagte Ryleigh.

Avalon hob die Augenbrauen. »An was auch immer sich jemand nach fünfzehn Jahren noch erinnert.«

»Sie würden sowieso nichts sagen«, bemerkte Ryleigh. »Und falls Sie das beruhigt: Sie haben auch nichts gesagt, bevor Sie da waren.«

»Warum sollte mich das beruhigen ... oder beunruhigen?«, fragte Avalon mit einem harmlosen Blick. »Ich habe nichts zu verbergen.«

Ryleigh betrachtete sie und versuchte herauszufinden, ob sie das wirklich glaubte. Sie schien ganz ernst. »Wenn, dann ist es tief begraben«, entgegnete sie. »So tief, dass Sie glauben, niemand könnte es je finden.«

Avalon lächelte leicht. »Sie können die ganze Stadt umgraben und werden nichts finden«, erwiderte sie. »Abgesehen davon, dass ich das natürlich nie erlauben würde. Meinen Grund und Boden umzugraben, meine ich.«

»Es gibt nicht viel, was Ihnen nicht gehört in dieser Stadt, nicht wahr?«

»So gut wie nichts.« Avalon trat auf Ryleigh zu und stemmte eine Hand in die Hüfte. »Und damit hier keine Missverständnisse aufkommen: Niemand wird mir je etwas von dem wegnehmen, was mir gehört.« Sie starrte Ryleigh an. »Niemand.«

Ryleigh verzog die Lippen. Sie musste sich beherrschen, so

nah, wie Avalon jetzt vor ihr stand. Trotz des Sägemehls und des Staubs konnte Ryleigh ihr Parfum riechen, und der Duft war unwiderstehlich. »Davon bin ich überzeugt«, sagte sie. Sie hob eine Hand. »Ich habe hier nichts mehr zu tun. Ich werde gehen. Kein Grund mehr, Ihre Arbeiter zu überwachen. Sie haben ja sicher auch noch andere Dinge zu tun.«

»Was unterstehen Sie sich –?« Als Ryleigh sich umdrehte, machte Avalon einen schnellen Schritt auf sie zu.

Ryleigh nahm die Bewegung hinter sich wahr, wandte sich zurück, und im selben Moment taumelte Avalon und fiel ihr entgegen. Einer ihrer hohen, schmalen Absätze hatte sich zwischen den rohen Brettern verfangen, die die Galerie bildeten.

Ryleigh fing sie auf, und für einen Augenblick lag Avalon in ihren Armen, als wollte sie dort sein.

Aber nicht lange. Sie stieß sich wie angewidert von Ryleigh ab und richtete sich auf. Energisch klopfte sie den Staub von ihrer Jacke, ohne Ryleigh anzusehen.

»Diese Schuhe sind entschieden nichts für ein Sägewerk«, bemerkte Ryleigh schmunzelnd.

»Was geht Sie das an?« Avalons Augen funkelten wild. »Was geht es Sie an, was für Schuhe ich trage?«

»Oh, gar nichts.« Ryleigh hob entschuldigend die Hände. »Sie stehen Ihnen zweifellos gut. Sie sind nur ein bisschen . . . hoch.«

»Und wenn sie wolkenkratzerhoch wären, das hat Sie nicht zu interessieren«, fauchte Avalon, während sie sich am Geländer festhielt. Der Absatz, der sich verfangen hatte, war abgebrochen. »Wollten Sie nicht gehen?«

»Hätte ich Sie fallen lassen sollen?«, fragte Ryleigh zurück und hob die Augenbrauen. »Ich erwarte ja keine Dankbarkeitsbekundungen, aber es hätte unangenehmer werden können, als in meinen Armen zu landen.«

»Das ist noch die Frage«, knurrte Avalon. Sie balancierte auf einem Bein, und für einen Augenblick erschien sie geradezu menschlich. »Würden Sie mich jetzt bitte alleinlassen?«

Wie immer war diese Bitte keine Bitte, aber Ryleigh sah keinen Grund, länger hierzubleiben. »Mit Vergnügen«, erwiderte sie. »Ich kann mir nichts Schöneres vorstellen.«

Schnell sprang sie die Treppe hinunter. Als sie sich umdrehte, um noch einmal nach oben zu schauen, stand Avalon immer noch am Geländer und blickte ihr nach, als könnte sie nicht glauben, was sie da sah.

Ryleigh hob die Augenbrauen und warf ihr einen fragenden Blick zu. Daraufhin drehte Avalon sich abrupt um und beugte sich zu ihrem Schuh hinunter.

Ryleigh grinste. Dann ging sie pfeifend hinaus. Sie fühlte sich wirklich ziemlich gut.

Später, als sie wieder in ihrem Büro angekommen war, spürte sie immer noch Avalons Körper an ihrem. Selbst ihr Duft war noch da, wo sie in Ryleighs Arm gelegen hatte.

Sie atmete tief durch. Gut, dass Avalon so eine Bitch war. Sonst hätte sie sich glatt vergessen können.

Nach einer Weile bekam sie Hunger und ging ins Café hinüber. Wenn jemand etwas von ihr wollte, kam er ohnehin ins Café, wenn sie nicht in ihrem Büro war. Und wenn sie dort nicht war, konnte jeder sie auf ihrem Handy erreichen.

Polizeiarbeit war unberechenbar, sie konnte nicht immer im Büro sein. Dafür hätte sie wenigstens einen Hilfssheriff haben müssen, aber den hatte sie nicht. Und das war auch nicht nötig. Raufereien, kleine Diebstähle, Trunkenbolde – mehr gab es nicht. Bis auf den Fall Mullally natürlich, und da waren wohl keine neuen Erkenntnisse zu erwarten, die ihre sofortige Anwesenheit erforderten.

Nachdem Elaine ihr einen Hamburger über die Theke geschoben hatte, fragte sie ganz automatisch: »Na, wie war dein Tag bis jetzt?«

»Phantastisch.« Ryleigh biss ab und kaute.

»Das ist so übertrieben, das kann nicht wahr sein«, erwiderte Elaine lachend. »Ist irgendwas passiert?«

»Eigentlich nicht. Ich war im Sägewerk.« Ryleigh nahm den nächsten Bissen.

»Hat jemand etwas zu dem Unfall gesagt?«

»Nein.« Ryleigh schüttelte den Kopf. »Und dann kam Avalon. Das hat ihnen jede Lust vertrieben, es sich noch einmal zu überlegen.«

»Das glaube ich.« Elaine lehnte sich auf die Theke. »Als Malcolm starb, mein Sohn, habe ich auch ein paar Fragen gestellt. Er wurde bei den Rettungsarbeiten verschüttet, und es war ganz klar, dass es da Sicherheitsmängel gab. Möglicherweise hätte er nicht sterben müssen. Aber Christine ... Es war hoffnungslos.«

Ryleigh hob fragend die Augenbrauen. »Christine? Avalons Mutter?«

»Ja. Sie hat alles abgeblockt. Das hat sie von Anfang an getan, schon direkt nachdem sie, Ron, Avalons Vater, geheiratet hatte. Sie hat alles an sich gerissen. Ron war nicht unbedingt der stärkste Charakter. Bevor Christine kam, haben er und ich zusammen *Hadock Enterprises* geleitet.«

»Avalons Vater und du waren ...?« Ryleigh blieb der Mund offenstehen.

»Nein, nein.« Elaine lachte. »Wir waren fast wie Bruder und Schwester. Unsere Väter waren beste Freunde. Ron und ich sind zusammen aufgewachsen. Der alte Hezekiel Hadock, der die Stadt gründete, hatte meinen Vater eingestellt, aber schon bald war klar, dass Hezekiels Sohn Clark und mein Vater die Firma gemeinsam weiterführen sollten, wenn Hezekiel sich zurückzog. Und so wurde es dann gemacht.«

»Aber wieso ...?«

»Wieso dann jetzt alles allein auf Avalon übergegangen ist?« Elaine nickte. »Clark Hadock war ein großer Macher, aber von Organisation, Planung, Kalkulation und so weiter verstand er nichts. Das hat mein Vater gemacht. Er war sozusagen der Verwaltungschef, Clark Hadock der Chef der Produktion. Alles wurde halbe-halbe geteilt. Sie waren gleichberechtigte Partner. Als sie beide kurz hintereinander starben, ging diese Partnerschaft auf Ron und mich über.« Sie seufzte. »Ron war kein Macher. Ganz und gar nicht. Er war mehr ein ... Träumer.« Ein verständnisvolles Lächeln überzog ihr Gesicht. »Endeffektlich blieb alle Arbeit an mir hängen, aber wir behielten die Partnerschaft bei. Dann heiratete ich, wurde schwanger, musste mich um Malcolm und meinen Mann kümmern und konnte nicht mehr so viel im Geschäft sein. Ich dachte, Ron würde es schaffen, aber er schaffte es nicht. Innerhalb kurzer Zeit stand die Firma vor dem Ruin. Alles, was unsere Väter aufgebaut hatten.« Sie atmete tief durch. »Ich war damals nicht in Hadockville, mein Mann und ich machten mit Malcolm eine Europareise, und als wir zurückkamen ... war Ron mit Christine verheiratet, und ich war raus.«

Ryleigh runzelte die Stirn. »Aber ich denke, es war eine gleichberechtigte Partnerschaft?«

»Tja, wie das so ist ...« Elaine zuckte die Schultern. »Es war eine Männerfreundschaft. Vieles war nicht schriftlich festgelegt. Keiner hatte das für nötig gehalten. Ich auch nicht. Ich war noch sehr jung damals, und Ron und ich – wie gesagt, wir waren wie Bruder und Schwester. Ich hätte nie im Leben damit gerechnet, dass so etwas passieren könnte.« Sie lachte resigniert. »Dass *Christine* passieren könnte ...«

»Deshalb gehört Avalon jetzt alles«, stellte Ryleigh fest.

»Nicht ganz.« Elaine lächelte. »Das hier gehört ihr nicht. Das Hotel und das Café, die Grundstücke und noch einige andere Kleinigkeiten sind mein Eigentum. Sie hat keinen Zugriff darauf und kann mich nicht unter Druck setzen – was sie schon des Öfteren geärgert hat.« Jetzt lachte sie ziemlich zufrieden. »Die kleine Avalon. Mein Gott, wer hätte gedacht, dass aus ihr so ein Biest werden könnte? Aber andererseits ... bei dieser Mutter ...«

»Beide Eltern sind tot?«

»Ja.« Elaine nickte. »Ihr Vater wurde von einem Einbrecher erschossen. Ungefähr um dieselbe Zeit, als Joe Mullally starb. Zwei Tragödien kurz hintereinander. Es hat die Stadt damals sehr erschüttert. Christine starb bei einem Flugzeugabsturz, als Avalon gerade einundzwanzig geworden war. Seither hat sie das Sagen.« Sie hob die Schultern. »Und ich muss zugeben, was das Geschäft betrifft, macht sie es gut. Genauso wie ihre Mutter. Die hat damals mit rücksichtslosen Methoden die Firma vor dem Ruin bewahrt, an dessen Rand Ron sie gebracht hatte. Diesen Geschäftssinn hat sie ihrer Tochter vererbt. Avalon hat nicht viel von ihrem Vater. Er war ein freundlicher, liebenswürdiger Mann.«

Ryleigh schmunzelte. »Ja, das kann man von Avalon wirklich nicht behaupten.«

»Sie war nicht immer so.« Die Türglocke klingelte, und beide wandten ihren Blick der eintretenden Person zu. »Lynn müsste es eigentlich am besten wissen«, fuhr Elaine fort, während Lynn Mullally näherkam. »Nicht wahr, Lynn?«

»Was?« Lynn setzte sich auf den Hocker neben Ryleigh.

»Avalon und du – ihr wart zwei so hübsche kleine Mädchen, die besten Freundinnen.«

»Was soll das denn jetzt?« Lynn schaute erst Elaine und dann Ryleigh irritiert an.

»Ach, wir schwelgen nur ein bisschen in der Vergangenheit«, sagte Elaine. »Aber es stimmt doch. Immer, wenn Avalon in den Ferien hier war, wart ihr unzertrennlich.«

»Zeitweise«, gab Lynn widerstrebend zu. »Aber diese Internate haben ihr nicht gutgetan. Sie kam jedes Mal mit einem größeren Ego zurück.«

Elaine nickte. »Ihre Mutter hat sie wie eine Prinzessin aufgezogen, das hat wohl abgefärbt.«

»Allerdings.« Lynn seufzte. »Wenn ich da an unsere Auseinandersetzung kürzlich in ihrem Büro denke ... Unglaublich. Als ob sie mich gar nicht kennen würde.« Sie lachte hohl. »Schlimmer noch. Als ob ich eine lästige Fliege wäre, die sie nur verscheuchen müsste.«

»Sie war wirklich mal anders?«, fragte Ryleigh erstaunt.

»Nun ja, sie war immer ... die Prinzessin. Wir Kinder selbst haben sie so genannt«, sagte Lynn. »Aber sie war ... nett. Zu Anfang jedenfalls. Bevor sie in all diese ausländischen Internate geschickt wurde.« Sie schüttelte den Kopf. »Ihre Mutter war furchtbar.«

»Darin scheinen sich wohl alle einig zu sein«, nickte Ryleigh. »Ihre Mutter muss geradezu eine Hexe gewesen sein.« Plötzlich empfand sie Mitleid für Avalon. Keine Mutter zu haben war schlimm, aber so eine Mutter zu haben ... eventuell noch schlimmer.

»Ja, es hätte mich nicht gewundert, wenn sie Dinge einfach so hätte auftauchen und verschwinden lassen oder uns Kinder in einen Käfig gesperrt hätte«, bestätigte Lynn. »Sie hat mir Angst gemacht.«

»Sie war ehrgeizig und rücksichtslos«, stimmte Elaine zu. »Sie stammte aus sehr armen Verhältnissen, und arm, das wollte sie nie wieder sein. Sie hat Geld und Macht gesammelt wie andere Briefmarken.«

»Eher wie Medaillen, um sie an die Wand zu hängen«, sagte Lynn. »Genau wie Avalons Spielzeug. Sie wurde damit überschüttet, aber nur, um zu zeigen, wie reich die Hadocks waren, dass sie sich alles leisten konnten. Mit Avalon hatte das nichts zu tun.« Sie verzog das Gesicht. »Manchmal wurden wir Dorfkinder eingeladen – ins Schloss, wie wir sagten. Es war natürlich nur das Haus der Hadocks. Das größte Haus in der Stadt. Dann zeigte Avalon uns alles, was sie hatte, und wir durften auch damit spielen, wenn sie es erlaubte.« Sie schüttelte den Kopf. »Und wenn sie Lust dazu hatte. Oft wurden wir mitten im Spielen weggeschickt, weil Avalon ihre Meinung änderte.«

»Aber trotzdem waren Sie befreundet«, bemerkte Ryleigh befremdet.

»Wenn Avalon und ich allein waren ... war sie meistens ganz anders«, sagte Lynn. »Aber sie war furchtbar launisch. Wir waren zum Spielen verabredet – wir gingen gern in den Wald –, ich war da, wartete auf sie, sie kam nicht. Das nächste Mal sagte sie, sie hätte etwas anderes vorgehabt, gab mir keine Erklärung, ließ mich einfach stehen. Ich wusste nie, woran ich mit ihr war.« Sie atmete tief durch. »Dann sah ich sie nicht mehr. Nachdem mein Vater gestorben war, zogen wir weg. Als ich die High School abgeschlossen hatte und aufs College ging, kehrte meine Mutter allein hierher zurück. Ich aber erst zu ihrer Beerdigung vor ein paar Jahren. Ich sah Avalon nur von weitem in ihrem Mercedes vorbeifahren. Wir haben nicht miteinander gesprochen. Direkt nach der Beerdigung bin ich wieder abgereist, und erst jetzt –« Sie brach ab. »Ich wollte mit ihr reden, und sie hat mich einfach rausgeschmissen. Rausschmeißen *lassen*.« Sie warf einen nicht sehr freundlichen Blick auf Ryleigh.

»Tut mir leid«, sagte Ryleigh, »aber ich konnte nichts anderes tun. Das ist mein Job.«

»Und es ist ganz sicher auch Ihr Job, nichts über den Tod meines Vaters herauszufinden«, schnappte Lynn.

»Langsam. Ganz ruhig.« Elaine lächelte besänftigend. »Wie wäre es, wenn ihr zwei jetzt erst mal Du zueinander sagt? Ich spendiere den Drink.«

Lynn und Ryleigh sahen beide etwas verwirrt aus.

»Ihr seid praktisch im gleichen Alter«, erklärte Elaine, während sie zwei Gläser auf den Tresen stellte. »Und auch wenn Lynn das noch nicht glaubt, aber ich weiß, ihr zieht am selben Strang. Also seid nett zueinander.« Sie blickte fordernd auf die Gläser. »Trinkt.«

Ryleigh lachte. »Ich bin einverstanden, aber ich weiß nicht, ob –« Sie warf einen Blick auf Lynn.

»Ryleigh ermittelt wegen deinem Vater.« Elaine schaute Lynn eindringlich an. »Glaub mir, sie tut alles, was sie kann. Sie steht nicht auf Avalons Seite. Sie will wirklich wissen, was damals passiert ist. Genau wie du.«

Lynn sah skeptisch aus. »Die Hadocks haben den Sheriff schon immer in der Hand gehabt«, sagte sie.

»Weil alle Sheriffs hier aus dem Ort waren«, erwiderte Elaine. »Ryleigh ist das nicht. Sie ist vor noch gar nicht langer Zeit aus New York gekommen, und sie hat keine Familie hier.« Sie zwinkerte. »Na ja, Pacey und mich vielleicht, aber wir sind nicht ihre richtige Familie. Also ist sie unabhängig. Sie kann keine Wunder bewirken, aber sie wird das Unmögliche versuchen. Nicht wahr, Leigh?«

Ryleigh hob zweifelnd die Augenbrauen. »Ich bin nicht irgend so eine Superfigur aus den Comics«, sagte sie. »Aber wenn das Unmögliche bedeutet, auch gegen die Hadocks zu ermitteln, wenn es nötig sein sollte, tue ich das.«

Lynn lächelte, allerdings eher vorsichtig als überzeugt. »Vielleicht habe ich mich wirklich geirrt.«

»Ganz bestimmt«, sagte Elaine. »Und nun macht schon, Mädels, der Drink wird warm.«

6

»Ms. Hadock.«

»Sheriff Grant.«

Die beiden Frauen maßen sich mit einem Blick, als hätten sie sich zum Duell am Coral getroffen, auch wenn es nur die Hauptstraße von Hadockville war.

»Sollten Sie nicht in Ihrem Büro sein und an irgendeinem Fall arbeiten?« Avalons Augen schossen Blitze wie üblich.

Ryleigh zuckte die Schultern. »Ist zur Zeit nicht viel los in Hadockville.« Ein amüsiertes Lächeln überzog ihr Gesicht. »Das sollte Sie doch eigentlich freuen, nicht?«

»Tut es auch.« Avalon wollte sich anscheinend abwenden, zögerte aber. »Gibt es denn gar keine ... Akten zu ordnen oder so was?«

»Ich sehe vielleicht nicht so aus«, Ryleigh hob die Hände, »aber ich bin ein sehr ordentlicher Mensch. Mit Unordnung fängt man keine Gangster.«

»Hm. Gut.« Was auch immer Avalon aufhielt, sie stand weiterhin vor Ryleigh, ohne sich zu rühren. »Dann«, sie wedelte vage mit der Hand, »machen Sie einfach damit weiter, was Sie ... gerade machen.«

»Das hatte ich vor.« Ryleigh lächelte. »Ich wollte mit Pacey Kaffee trinken. Sie hat Liebeskummer. Kennen wir ja alle, nicht wahr?« Sie schaute Avalon unschuldig an. War Avalon je schon einmal verliebt gewesen? Man konnte es sich kaum vorstellen.

»Jungmädchenschwärmereien interessieren mich nicht, das hat weder Sinn noch Verstand«, fauchte Avalon gereizt.

»Ach?« Wieder verzog sich Ryleighs Gesicht, aber diesmal hob sich nur eine Braue. »Und ich dachte, Sie nehmen Anteil an allem.«

»Gefühle«, Avalon atmete tief durch, »diese Art von Gefühlen – ist nur Einbildung, flüchtig wie der Nebel im Wind. Es lohnt sich nicht, sich damit zu beschäftigen.«

»Tatsächlich.« Ryleigh schien zu überlegen. »Ja, Sie haben Recht«, stimmte sie dann zu. »Ich habe auch nie viel darauf gegeben.« Ein Blick zwischen blaugrünen und schwarzbraunen Augen verband sie für einen kurzen Moment. »Ich muss los«, sagte Ryleigh nach einer langen Sekunde. Sie nickte Avalon kurz zu und schlug den Weg zum *Hadockville Café* ein.

Irgendetwas war merkwürdig gewesen an diesem Gespräch, dachte Ryleigh. Sie wusste nicht genau, was, aber sie schaute sich noch einmal um – und sah Avalon davonhumpeln.

Humpeln? Wieso humpelte sie? Sonst sah sie immer aus, als hätte sie einen Stock verschluckt. War das eine Folge des abgebrochenen Absatzes? Nein, das konnte eigentlich nicht sein. Das war schon eine Weile her. Ryleigh runzelte die Stirn, schüttelte dann aber den Kopf. Warum sollte sie das irgendetwas angehen?

Sie betrat das Café, wo Pacey schon sehnsüchtig auf sie wartete und unglücklich aussah. »Na, was hat er jetzt wieder angestellt?«, fragte Ryleigh und trat auf die Theke zu. Erst, als sie Paceys verletzten Blick sah, ergänzte sie mit einem schiefen Lächeln: »Entschuldige. Das wollte ich nicht sagen. Erzähl einfach.« Sie setzte sich gegenüber von Pacey an den Tresen.

»Hank wollte nichts Böses tun«, setzte Pacey an. »Er ist wirklich nicht schlecht.«

»Oh je, so schlimm ist es?«, fragte Ryleigh, während sie an ihrem Kaffee nippte, den Pacey automatisch vor sie hingestellt hatte. »Ich habe gar nichts gehört. Mir ist kein Vorfall gemeldet worden.«

»Nicht hier«, sagte Pacey. »In Portland. Er hat mich angerufen, nachdem sie ihn verhaftet hatten.«

Ryleigh rollte die Augen. »Das kann ja wohl nicht wahr sein!«

»Du musst etwas tun. Bitte ...«, flehte Pacey sie mit rotgeweinten Augen an. »Du bist doch auch bei der Polizei. Auf dich hören sie bestimmt.«

»Für die bin ich nur ein Dorfsheriff«, sagte Ryleigh. »Ich bin nicht mehr Detective in New York.« Sie sah, wie Paceys Augen immer feuchter wurden, sie schwammen schon fast. »Schon gut, schon gut«, sagte sie schnell. »Ich kümmere mich darum.« Sie machte eine kurze Pause. »Wenn du mir *eine* Frage beantwortest: Was findest du an dem Kerl?«

»Er ist nicht schlecht«, wiederholte Pacey. »Er kann sehr süß sein.« Sie lächelte geradezu hingerissen, wenn auch unter Tränen.

Teenager. Ryleigh seufzte. Aber sie wusste genau, dass sie in dem Alter nicht besser gewesen war. Und so lange her war das bei ihr auch noch nicht. »Was hat er getan?«, fragte sie.

»Er hat«, Pacey schluckte, »ein Auto geklaut. Das Auto seines Vaters, um genau zu sein.«

»Toll«, sagte Ryleigh. »Warum hat sein Vater das nicht gemeldet?«

»Weil er weiß, dass es Hank war. Und weil er weiß, warum.«

»Aha«, sagte Ryleigh. »Sehr interessant. Muss ich Hanks Vater fragen, oder weihst du mich in das Geheimnis ein?«

»Hanks Vater ist ...« Pacey zögerte. »Wenn er betrunken ist, dann ... Hank hat keine Mutter mehr«, beendete sie den Satz, als ob das alles erklären würde.

»Ich weiß«, sagte Ryleigh. »Ich habe ihn schon mehrmals bei seinem Vater zuhause abgeliefert. Ist ja nicht so, dass es das erste Mal wäre, dass er die Grenze zwischen Mein und Dein ausprobiert – oder mit einem Messer auf Leute losgeht.« Sie hob die Augenbrauen. »Aber da sein Vater den Diebstahl gar nicht gemeldet hat: Wieso wurde Hank dann in Portland verhaftet?«

»Er ist wohl«, Pacey schluckte, »Schlangenlinien gefahren.«

»Er war betrunken«, stellte Ryleigh trocken fest. »Klar, das Allerbeste, wenn man ein Auto geklaut hat und keinen auf sich aufmerksam machen will.«

»Er – Du verstehst das nicht«, sagte Pacey. »Hilfst du ihm?«

»Nur, wenn du mir sagst, was los ist«, verlangte Ryleigh. »Ansonsten kann er eine Weile in Portland schmoren, bis sie ihn rauslassen.«

»Ich sagte doch, er hat keine Mutter mehr. Und auch keine Großmutter wie ich. Er ist seit seinem zehnten Lebensjahr nur bei seinem Vater aufgewachsen.« Paceys Blick schweifte durch das Café, als ob er Halt suchte.

»Und daraus ergibt sich ganz logisch, dass er das Auto seines Vaters klaut und sein Vater keine Anzeige erstattet?«, fragte Ryleigh verständnislos.

»Du verstehst das nicht. Hank ... musste weg. Sein Vater hätte ihn sonst –« Pacey biss sich auf die Lippe.

»Was?«, fragte Ryleigh. »Was hätte sein Vater?«

»Ihn totgeschlagen«, flüsterte Pacey fast unhörbar. »Hank konnte sich gerade noch ins Auto retten. Und dann ist er gefahren und gefahren. Unterwegs hat er an einer Tankstelle ein Sixpack Bier gekauft. Bis er in Portland war, hatte er das getrunken.«

»Klasse.« Ryleigh atmete tief durch. »Hanks Vater schlägt ihn regelmäßig?«

»Wenn er betrunken ist«, sagte Pacey. »Sonst ist er der beste Mensch. Hank liebt ihn abgöttisch.«

»Kein Wunder, dass Hank so gewalttätig ist«, bemerkte Ryleigh nachdenklich. »Ich habe eine ganze Menge solche Jungs gekannt. Landen irgendwann auf der Straße, und meistens werden sie nicht alt.«

»Leigh! Nein!« Pacey schrie auf.

Ryleigh hob beschwichtigend die Hände. »Im Moment sitzt er sicher in einer Gefängniszelle. Vermutlich das Beste, was ihm passieren konnte.« Sie stand auf. »Ich kümmere mich um die Sache. Und mit Hanks Vater muss ich wohl auch mal ein Wörtchen reden.«

»Danke, Leigh.« Pacey schluchzte erleichtert auf. »Hank wollte nicht, dass ich irgendetwas sage. Sein Vater hat sich nie davon erholt, dass Hanks Mutter gestorben ist.«

Ryleigh hob die Augenbrauen. »Das ist aber noch lange kein Grund, seinen Sohn zu prügeln.« Sie nickte Pacey zu. »Ich rufe gleich in Portland an. Hast du die Nummer des Reviers?«

Pacey sagte sie ihr.

»Gut«, sagte Ryleigh. »Betrachte die Sache als erledigt. Ob sie Hank allerdings gleich gehen lassen, kann ich nicht versprechen. Es kommt darauf an, ob er irgendwelchen Schaden angerichtet hat.«

Pacey nickte. »Hauptsache, sie wissen, dass er nicht schlecht ist.«

»Darauf bestehst du, hm?« Ryleigh schmunzelte.

»Und ... Leigh ...« Pacey schaute sich schnell um. »Sag Granny nichts davon. Sie will sowieso nicht, dass ich Hank sehe. Dann wird es noch schlimmer.«

»Schon klar.« Ryleigh winkte Pacey verabschiedend zu und ging hinaus.

Nachdem sie aus ihrem Büro mit der Polizei in Portland telefoniert hatte, war das Ausmaß des Schadens bekannt. Hank hatte einige Autos beschädigt bei seiner betrunkenen Fahrt. Das würde seinen Vater einiges kosten, und abgesehen davon, dass es sehr unwahrscheinlich war, dass Hanks Vater das überhaupt bezahlen konnte, machte Ryleigh sich auch Sorgen darüber, wie er reagieren würde, wenn Hank zurückkam. Nicht gut wahrscheinlich. Ryleigh wusste aus Erfahrung, dass so etwas sehr schwierig werden konnte, insbesondere wenn der Sohn den Vater liebte.

Sie lehnte sich zurück und streckte die Arme über den Kopf. Es gab kaum etwas Unerfreulicheres als Gewalt in der Familie. Bei manchem, was sie da schon gesehen hatte, war sie froh gewesen, dass sie keine Familie hatte.

Die Hadocks waren auch so ein Fall. Was nützte alles Geld der Welt, wenn es sonst nichts gab? Wenn alles an materiellen Werten gemessen wurde, wie es Christine Hadock offenbar getan hatte?

Und als brave Tochter hatte Avalon es von ihr übernommen. Oder war sie schon so geboren? Nein, dagegen sprachen Lynns Aussagen. Niemand wurde böse geboren, das kam erst mit der Zeit.

Aber was nützte es, wenn es so war? Die Zeit hatte aus Avalon auf jeden Fall keinen liebenswürdigen Menschen gemacht.

Was allerdings nichts daran änderte, dass Ryleigh sie attraktiv fand. *Sehr* attraktiv. Sie hatte sogar schon von ihr geträumt – und der Traum war nicht jugendfrei gewesen.

Im Traum hatte Avalon nicht gehumpelt. Das passte überhaupt nicht zu ihr. Sie gab sich nie eine Blöße, sie musste höllische Schmerzen haben, wenn sie das nicht mehr schaffte.

Geht mich nichts an. Geht mich absolut nichts an. Sie ist nun wirklich nicht meine Freundin. Ryleigh lachte trocken auf. *Ganz bestimmt nicht.*

Doch ohne es verhindern zu können, erinnerte sie sich plötzlich daran, wie sie Avalon aufgefangen hatte, als sie stolperte. Wie sie in ihrem Arm gelegen hatte für jenen kurzen Moment. Wie sie sich angefühlt hatte. Wie sie gerochen hatte.

Dank hatte Ryleigh für ihre Rettungsaktion natürlich nicht geerntet, ganz im Gegenteil. Es war, als ob Avalon sie am liebsten umgebracht hätte, als sie sich wieder voneinander lösten. Allein schon deswegen, weil sie in diesem Moment schwächer gewesen war als Ryleigh, was sie eindeutig hasste.

Nein, das hatte absolut nichts mit ihrem Job als Sheriff oder sonst etwas zu tun. Ob Avalon Schmerzen hatte oder nicht, das ging das Büro des Sheriffs nichts an. Sollte sie doch allein damit fertigwerden.

Wie sehr Ryleigh auch versuchte, sich dagegen zu wehren, ihre Gedanken hörten nicht auf, um Avalon zu kreisen. Es war zu ungewöhnlich gewesen, Avalon so zu sehen. Vielleicht ein Hexenschuss? Ryleigh musste lachen. Das würde ja passen.

Weil sie zu unruhig war, um irgendetwas anderes zu tun, stieg Ryleigh in den Polizeiwagen und fuhr los. Vielleicht fand sie ja doch noch jemand, der irgendetwas anstellte in Hadockville, dann konnte sie die Sirene aufheulen lassen und sich darauf konzentrieren, den Schuldigen zu verfolgen, zu verhaften, ins Gefängnis zu stecken …

Eine Weile fuhr sie Streife, aber leider erfüllte sich ihre Hoffnung nicht. Hadockville war eben ein sehr ruhiger Ort, wenn nicht gerade –

Sie stoppte abrupt.

Avalons Mercedes stand vor dem Verwaltungsgebäude von *Hadock Enterprises*, und wie von Geisterhand lenkte Ryleigh den Polizeiwagen daneben und blieb stehen. Ihr Blick wanderte über den Lack des schnittigen Modells.

Schnittig. Ja, irgendwie passte der Wagen zu Avalon – in mehr als einer Hinsicht. Ob sie immer noch Schmerzen hatte?

Und was geht dich das an, Ryleigh Grant, selbst wenn es so wäre?

»Ja, okay.« Ryleigh seufzte. Aber entgegen allem, was in ihrem Kopf vorging, stieg sie aus und betrat das Gebäude.

»Wieder ein Einbruch, Sheriff?«, fragte der Pförtner, als sie hereinkam.

»Nein.« Ryleigh schüttelte den Kopf. »Ist Ms. Hadock da? Kann ich sie sprechen?«

Der Pförtner grinste leicht. »Das würde ich Ihnen nicht raten. Außer Sie sind lebensmüde.«

»So schlecht gelaunt ist sie?«

»Ein Wunder, dass das Gebäude noch steht«, sagte er.

Die Schmerzen. Sie machten Avalon noch ungenießbarer als sonst schon. Wahrscheinlich konnte sie sich kaum noch beherrschen, und das war nicht gerade ungefährlich.

Wenn sie eine Gefahr darstellt, bin ich doch zuständig. Schließlich soll ich als Sheriff die Leute vor Gefahren bewahren.

– Man kann sich auch in die Tasche lügen, Ryleigh.

Ryleigh atmete tief durch. Sie war zuständig, ganz eindeutig, entschied sie. Zuerst etwas zögernd, dann jedoch mit entschlossenem Schritt ging sie die Treppe hinauf und über den langen Gang auf Avalons Büro zu.

»Sheriff Grant? Möchten Sie einen Termin?«, hielt Avalons Sekretärin sie kurz vor der Tür auf.

»Nein, ich möchte Ms. Hadock *jetzt* sprechen. Es ist dringend.«

Molly Connors verzog das Gesicht. »Das ist keine gute Idee.«

»Hab ich schon gehört«, erwiderte Ryleigh ungeduldig, »aber ich komme auch nicht, um Ideen zu verteilen. Ich bin der Sheriff, und ich will Ms. Hadock sprechen.« Sie warf von oben herab einen strafenden Blick auf die arme Sekretärin, die sichtlich nicht wusste, was sie tun sollte. »Ich kann Sie natürlich auch verhaften wegen Behinderung der Justiz.«

»Nein, nein.« Molly Connors hob die Hände. »Ich behindere gar nichts.« Sie machte eine Geste zur Tür hin. »Auf Ihre eigene Verantwortung.«

Ryleigh schüttelte augenrollend den Kopf und öffnete die Tür. Im nächsten Moment landete etwas an ihrer Schulter, das gleich darauf vor ihren Füßen in tausend Stücke zerbrach. Es war eine Vase gewesen. Und da Avalon sich nicht die Mühe gemacht hatte, Blumen und Wasser vorher zu entfernen, gesellten sich einige Stängel zu den Resten der Vase auf dem Boden, während die

Flüssigkeit von Ryleighs Jacke tropfte.

»Ich hatte doch gesagt, ich will nicht gestört werden!«, begleitete ein wütender Aufschrei diesen floralen Angriff.

Ryleigh musterte Avalon, die hinter ihrem Schreibtisch stand, mit einem forschenden Blick. Erst jetzt fiel ihr auf, dass Avalon auch vorhin auf der Straße schon gequält ausgesehen hatte, und dieser Ausdruck hatte sich noch verschlimmert. Ihr Gesicht war zu einer schiefen Grimasse verzogen, gegen die selbst ihr perfektes Make-up nicht ankam, um den makellosen Eindruck zu erzeugen, der sonst Avalons Markenzeichen war.

»Tut mir leid, darauf kann ich jetzt keine Rücksicht nehmen«, bemerkte Ryleigh trotz des Wasser, das an ihr herunterlief, trocken. »Ich komme wegen eines dringenden Notfalls, den ich mit Ihnen besprechen muss.«

Man sah förmlich, wie Avalon sich zusammenriss. »Ja, bitte?«, fragte sie. »Worum handelt es sich?«

»Um Sie«, sagte Ryleigh.

Avalon brauchte einen Moment, bis sie erfasste, was Ryleigh meinte. »Wenn Sie deshalb gekommen sind, können Sie gleich wieder gehen«, schnappte sie dann. »Hier gibt es keinen Notfall!«

»Doch, ich denke schon.« Ryleigh ging auf Avalons Schreibtisch zu, hinter dem sie sich geradezu verschanzt hatte, und Avalon machte eine Geste, die fast so aussah, als wollte sie nach einer Waffe greifen.

»Sie haben doch nicht etwa einen Revolver da im Schreibtisch versteckt, oder?«, fragte Ryleigh, ging schnell auf Avalon zu und beugte sich vor, um zu sehen, ob eine Schublade geöffnet war.

Avalon hatte vielleicht wirklich einen Revolver im Schreibtisch, aber der Gedanke daran verschwand aus Ryleighs Geist in dem Moment, in dem sie Avalon so nah war, dass sie ihr Parfum riechen konnte und die Wärme ihres Körpers spüren.

Oh Gott, dachte Ryleigh und richtete sich schnell auf. »Da ich die Verantwortung für die Sicherheit der Bürger in dieser Stadt trage«, sagte sie, während sie ein Schlucken versteckte, »wäre es wohl am besten, wenn ich Sie jetzt nach Hause bringe.«

Avalon lachte abschätzig auf. »Was hat die Sicherheit der Stadt mit meinem Aufenthaltsort zu tun? Ob ich im Büro bin oder bei mir zu Hause? Das ist lächerlich.« Sie versuchte, sich aus der leicht krummen Position, in der sie sich die ganze Zeit befunden hatte, in eine gerade aufzurichten, und ihr Gesicht durchzuckte ein schmerzvoller Blitz, als sie, ohne dem Versuch die Tat folgen lassen zu können, sofort wieder erstarrte, noch krummer als zuvor.

»Sie haben Entscheidungen zu treffen als Präsidentin von *Hadock Enterprises*, die die ganze Stadt betreffen«, sagte Ryleigh. »Wenn Sie nicht in der Lage sind, Entscheidungen zu treffen, könnte das schlimme Folgen haben. Für alle.«

»Wer sagt, dass ich nicht in der Lage bin –« Avalons Versuch, Stärke zu zeigen, endete erneut mit einem Gesichtsausdruck, der ihren Schmerz deutlich widerspiegelte.

»Ich«, sagte Ryleigh. »Und ich würde vorschlagen, Sie gehen jetzt nach Hause, gönnen sich ein schönes, heißes Bad oder was auch immer Sie entspannt, und ruhen sich aus.«

»Ich kann mich nicht ausruhen. Es gibt eine Menge zu tun«, erwiderte Avalon mit einem Blick über ihren vollgepackten Schreibtisch.

»Hadockville wird nicht gleich vom Erdboden verschwinden, nur weil Sie sich einen Tag Ruhe gönnen.« Ryleigh fasste Avalon am Arm.

»Lassen Sie mich sofort los!«, zischte Avalon. »Ich habe Ihnen nicht erlaubt, mich anzufassen!«

»Schon gut.« Ryleigh hob beide Hände in Augenhöhe, um zu zeigen, dass sie Avalon nicht mehr berühren konnten. »Aber lassen Sie mich Sie wenigstens nach Hause fahren.«

»Auf keinen Fall!« Avalon humpelte mühsam hinter dem Schreibtisch hervor. »Das schaffe ich schon allein.«

»Ja, sicher«, murmelte Ryleigh, während sie Avalons sich langsam und mühevoll zur Tür bewegenden Gestalt folgte. Es war kaum zu glauben, dass das dieselbe Frau war, die sonst alle mit der Spitze ihres kleinen Fingers beherrschte. Oder auch nur mit einem Blick.

Avalons schmerzverzerrtes Gesicht erschreckte als nächstes ihre Sekretärin, als sie ihr zuzischte: »Ich bin ab jetzt zu Hause zu erreichen.«

»Ist gut, Ms. Hadock.« Die Augen von Molly Connors landeten äußerst dankbar auf Ryleigh, und es sah aus, als wollten sie fragen: Wie haben Sie das geschafft?

Ryleigh nickte ihr zu, während Avalon bereits am Aufzug stand.

Sonst nahm sie immer die Treppe, aber das stand heute außer Frage, das hatte offensichtlich selbst sie einsehen müssen. Sie fuhren stumm gemeinsam hinunter, und obwohl Ryleigh auf dem Parkplatz noch einmal anbot, Avalon nach Hause zu bringen, stieg Avalon unter offensichtlichen Qualen in ihren Mercedes und fuhr los.

Ryleigh setzte zurück, zögerte einen Moment und drehte den Streifenwagen dann, um in dieselbe Richtung zu fahren wie Avalon. Kurz darauf war sie am größten Haus der Stadt, dem ›*Schloss*‹, wie Lynn es genannt hatte, angekommen.

Avalon hatte den Weg ins Haus hinein bereits geschafft, da Ryleigh Abstand gehalten hatte, um sie nicht noch zusätzlich zu verärgern, wenn Avalon merkte, dass Ryleigh ihr folgte, aber offenbar hatte Avalon nicht mehr genug Kraft gehabt, die Tür hinter sich zu schließen. Sie stand einen Spalt offen.

Ryleigh setzte ihren Wagen hinter Avalons schwarzglänzendes Coupé und ging zum Hauseingang hinüber. Sie drückte den Spalt etwas weiter auf und sah Avalon, die ans Geländer geklammert auf der Treppe hinauf in den ersten Stock stand und versuchte, die nächste Stufe zu erklimmen. Es gelang ihr nicht. Ihr entfuhr ein dumpfer Schmerzensschrei, und sie brach auf der Treppe zusammen.

Ryleigh stürzte zu ihr und stützte sie, soweit sie konnte. Avalon lag fast in ihrem Arm. Gleich würde bestimmt wieder das *Ich habe Ihnen nicht erlaubt, mich anzufassen* kommen.

Aber es kam nicht. Avalon atmete schwer von der Anstrengung des Schmerzes und ließ es mit sich geschehen, dass Ryleigh sie festhielt, damit sie nicht von der Stufe rutschte.

»Wie wäre es, wenn Sie erst einmal hier unten bleiben?«, fragte Ryleigh leise. »Der Weg nach oben ist doch recht weit.«

Avalon biss die Zähne zusammen. »Kam mir bisher nicht so vor«, quetschte sie durch den schmalen Spalt.

»Einmal ist immer das erste Mal«, entgegnete Ryleigh in betont lockerem Tonfall. »Die Couch im Wohnzimmer ist auf jeden Fall näher.«

»Woher kennen Sie sich so gut in meinem Haus aus?«

»War nur eine Vermutung«, sagte Ryleigh. »Stimmt sie?«

»Ja, sie stimmt.« Nur widerwillig gab Avalon das zu.

Ryleigh merkte, dass Avalons warmer und wenn auch angespannter, so doch erstaunlich weicher Körper in ihrem Arm seine Wirkung auf sie nicht verfehlte. Avalons Duft tat ein übriges. *Mein Gott,* dachte Ryleigh. *Ich könnte sie gleich jetzt und hier –*

Sie räusperte sich. »Glauben Sie, dass Sie aufstehen können?«

»Natürlich.« Avalons Augen blitzten schon wieder. Ihr Schwäche zu unterstellen war wirklich das Schlimmste, was man tun konnte. Sie gab sich einen Ruck, um sich aufzurichten und aus Ryleighs Arm zu befreien, aber außer, dass ihr Körper sich kurz anspannte und ihr erneut ein erstickter Schmerzensschrei entfuhr, passierte nichts.

»Warten Sie«, sagte Ryleigh, stand vorsichtig auf und stützte Avalon weiterhin mit ihrem Bein. Als sie um sie herumgreifen konnte, fasste sie unter ihre Achseln und hob sie hoch.

Avalons Gesicht verzog sich zu einer fast unmenschlichen Grimasse, aber sie presste die Lippen so sehr zusammen, dass kein Laut entweichen konnte. Diese Blöße wollte sie sich nicht noch einmal geben. In Ryleighs Gegenwart schon gar nicht.

Ryleigh beugte sich hinunter, legte sich Avalons Arm um den Nacken und umschlang fest ihre Taille. Langsam bewegten sie sich beide ins Wohnzimmer, wo Ryleigh Avalon vorsichtig auf die Couch sinken ließ.

»Sie können jetzt gehen, Sheriff«, presste Avalon gewaltsam hervor, sobald sie wieder genug Luft hatte, um zu sprechen. »Ich brauche Sie nicht mehr.«

»Das sehe ich anders.« Ryleigh blickte auf das Häufchen Elend hinunter, das kaum Ähnlichkeit mit der strengen und unerbittlichen Herrin der Stadt hatte, die alle kannten. »Versuchen Sie, sich auszustrecken. Ich bringe Ihnen etwas zu trinken.«

Sie begab sich in die Küche hinüber und füllte ein Glas mit Wasser, das sie Avalon brachte, die kaum anders dalag als zuvor. »Ich helfe Ihnen«, sagte Ryleigh, reichte Avalon das Glas, und bevor sie protestieren konnte, zog Ryleigh ihr die Schuhe aus und brachte ihre Beine in eine bequeme Position. Danach stopfte sie ihr ein Kissen unter den Kopf.

»Ich sehe, es war völlig falsch, Sie zum Sheriff zu ernennen«, bemerkte Avalon ätzend. »Ihre Talente liegen wohl eher in einer Tätigkeit als Krankenschwester.«

»Nicht wirklich.« Ryleigh lächelte. »Aber ich habe mal ein paar Massagegriffe gelernt, als ich eine Weile in einer Hippiekommune lebte. Davon könnten Sie jetzt profitieren.«

»Hippiekommune.« Avalon maß sie mit einem abschätzigen Blick aus ihren dunklen Augen, die jetzt vor Schmerz fast schwarz schimmerten, in perfekter Übereinstimmung mit ihrem durch die Umstände nicht mehr ganz so perfekten Haar. »Da hätten Sie bleiben sollen. Passt gut zu Ihnen.«

»Wenn Sie meinen.« Ryleigh erschütterten die Angriffe Ihrer Erzfeindin diesmal nicht. Da hatte sie schon ganz andere Dinge von ihren ›Kunden‹ gehört. »Wissen Sie was? Ich gebe Ihnen eine Fußmassage. Das geht gut, so wie Sie jetzt liegen.«

»Unterstehen Sie sich –«

»Kommen Sie schon, Ms. Hadock.« Ryleigh legte leicht den Kopf schief. »Sie haben höllische Schmerzen. Soll das so bleiben?«

Avalon runzelte widerstrebend die Stirn. »Das wird schon wieder. Ich brauche keine Hilfe.«

»Die brauchen Sie nie, das wissen wir alle«, erwiderte Ryleigh ruhig. »Aber das ist ja auch keine Hilfe für Sie persönlich, es ist eine offizielle Angelegenheit. Ein Dienst an der Stadt. Und dafür bin ich eingestellt.«

Avalon zog sehr skeptisch die Augenbrauen zusammen, aber als sie im nächsten Moment ihre Position ein wenig verändern wollte, durchzuckte es sie heftig. »Na gut«, sagte sie. »Ein Dienst an der Stadt. Und wehe, Sie lassen etwas anderes verlauten.«

»Ich werde mich hüten.« Ryleigh lachte leicht. Dann spitzte sie die Lippen, als sie Avalons Körper auf der Couch betrachtete. Der Rock war kein Problem, aber die Strumpfhose. Die Füße sollten für die Massage unbedeckt sein. »Darf ich Sie anfassen?«, fragte sie. »Ihre Strumpfhose –«

»Das ist nicht Ihr Ernst!« Avalon spie Feuer wie ein Drache.

»Ms. Hadock …« Ryleigh beugte sich hinunter zu ihrem Gesicht. »Erinnern Sie sich? Ein Dienst an der Stadt. Niemand wird je etwas davon erfahren.«

Avalons Wangenmuskeln mahlten. »Schneiden Sie sie auf«, sagte sie dann. »Anders wird es nicht gehen. Auf dem Tisch liegt eine Schere.«

Ryleigh sah sich um, nahm die Schere vom Tisch und kehrte zu Avalon zurück. Sie schnitt in Höhe des Rocksaums in die Strümpfe, trennte den unteren Teil vom oberen Teil und zog die nun haltlosen Stücke über Avalons Füße.

Avalon gab keinen Laut von sich, und als Ryleigh hochschaute, sah sie, dass ihr Gesicht geradezu verzerrt aussah. Mit diesen Schmerzen hätte jeder andere wohl ununterbrochen geschrien, aber sie unterdrückte es.

»Ein bisschen Öl oder so etwas wäre gut«, bemerkte Ryleigh in einem bewusst professionellen Tonfall, obwohl sie sich gar nicht so fühlte. Die Berührung von Avalons Beinen, dieser glatten, weichen Haut, die nach oben hin bestimmt noch viel weicher wurde –

Nein, daran denke ich jetzt nicht!

Sie drängte das Kribbeln und Prickeln in ihrem Bauch und an ihren Fingerspitzen zurück, die am liebsten sofort zu Avalons Haut zurückgekehrt wären.

»Hier unten gibt es nur Salatöl«, bemerkte Avalon. »Wäre Olivenöl in Ordnung?« Sie starrte Ryleigh ungnädig an.

»Na ja, zur Not«, sagte Ryleigh. »Etwas anderes haben Sie nicht?«

»Alles andere ist in meinem …«, Avalon zögerte sehr lange, »Schlafzimmer«, fuhr sie dann fort, »und ich möchte nicht, dass Sie –«

Ryleigh hob eine Hand und unterbrach sie. »Sie möchten nicht, dass ich Ihr Schlafzimmer betrete, ich verstehe schon. Dann muss es eben so gehen.«

Avalon hob überrascht die Augenbrauen. »Ich hätte nicht gedacht, dass Sie sich nach meinen Wünschen richten.«

»Tue ich das nicht immer?« Ryleigh lächelte.

»Nicht freiwillig«, stellte Avalon fest. »Nur wenn ich Sie dazu zwinge. Und das kann ich im Moment nicht. Ich könnte Ihnen kaum ins obere Stockwerk folgen.«

»Olivenöl also«, sagte Ryleigh und ging in die Küche, um das Öl zu suchen. Sie kam mit einer kleinen, exklusiven Flasche zurück und hielt sie leicht hoch. »Ich wage nicht zu vermuten, was Sie dafür bezahlt haben.«

Avalon lächelte das erste Mal an diesem Tag, wenn auch nicht gerade freundlich, sondern in der siegesgewissen, herablassenden Art, die sie auch sonst immer zur Schau trug. »Gar nichts«, sagte sie. »Es war ein Geschenk.«

Ryleigh rollte mit den Augen. »Solche Freunde möchte ich auch mal haben.«

»Sie könnten sicher ganz viele Freunde haben – außerhalb von Hadockville«, erwiderte Avalon, immer noch mit diesem Lächeln im Gesicht. »Warum versuchen Sie es nicht mal?«

»Das habe ich«, sagte Ryleigh. »Hat nicht funktioniert. Hier in Hadockville klappt es besser.«

Avalon schaute sie an, sagte aber für den Moment nichts mehr. »Fangen Sie schon an«, befahl sie barsch, nachdem Ryleigh immer noch dabei war, die Ölflasche zu inspizieren. »Bringen wir es hinter uns. Damit Sie gehen können.«

»Das werde ich. Darauf können Sie sich verlassen«, entgegnete Ryleigh. »Ich tue hier nur meinen Dienst, dann bin ich weg.«

»Schön.« Avalon zog die Augenbrauen zusammen. »Dann tun Sie Ihren Dienst schon. Wie lange soll das Vorspiel denn noch dauern?«

Vorspiel? Ryleigh musste unwillkürlich grinsen. *Na ja, wenn du es so siehst* ... Sie träufelte Öl auf ihre Hände und rieb damit Avalons Füße ein. Es erschien ihr, als würde Avalon sich noch mehr anspannen, so als ob sie der Berührung ausweichen wollte – was sie nicht konnte. »Entspannen Sie sich. Es gibt Triggerpunkte an den Füßen, die sich direkt auf den Rücken auswirken. Wenn Sie es zulassen, werden Sie die Besserung bald merken.«

»Ich finde diese ganze Situation ... absurd«, stieß Avalon gereizt hervor. »So etwas ist mir noch nie passiert.«

»Sie sind nie krank, nicht wahr?« Ryleigh schürzte die Lippen. »Noch nicht einmal ein Schnupfen.«

»Krankheit ist Schwäche«, sagte Avalon.

»Trotzdem kann man es manchmal nicht verhindern.« Ryleighs Augen strahlten wie Türkise, als sie Avalon ansah. Ihre Finger gruben sich in Avalons Fußsohlen, dass Avalon aufstöhnte.

»Nennen Sie das Massage?«, zischte sie mit abgerissenem Atem.

»Ja«, sagte Ryleigh. »Das sind die Triggerpunkte, und die tun furchtbar weh, wenn man damit etwas erreichen will. Zumindest beim ersten Mal. Bei jedem Mal mehr entspannt sich der verkrampfte Rücken, und Sie werden bald nichts mehr spüren.«

»Das erste Mal hat mir schon gereicht«, knurrte Avalon.

»Sie sind doch sonst nicht so empfindlich, Ms. Hadock«, bemerkte Ryleigh höchst amüsiert.

»Ihnen macht das natürlich höllischen Spaß, nicht wahr?« Avalon regte sich mehr und mehr auf. »Für die Schmerzen bin *ich* ja zuständig.«

Ryleigh schaute kurz hoch, während ihre Finger weiter über Avalons Füße strichen und dann massierend an ihren Waden hochwanderten. »Ja, das sind Sie«, sagte sie ernst. »Unzweifelhaft.«

»Oh, bitte ...« Nun klang Avalons Stimme wieder wie meistens, hochmütig und sich ihrer Macht bewusst. »Habe ich Ihre zarte Seele verletzt? Das tut mir aber leid.«

Ryleighs Hände glitten schnell nach oben, schoben Avalons Rock hoch, und ihre Daumen landeten mit einem harten Ruck auf dem Stoff der Strumpfhose in Avalons Schritt. »Ja, das hättest du«, sagte sie, »wenn ich so eine zarte Seele hätte.«

Avalon war bei der Berührung zwischen ihren Schenkeln schwer zusammengezuckt und starrte Ryleigh nun von unten herauf mit ihren dunklen Augen an. »Was soll das?«, fragte sie mit kalter Gelassenheit.

»Das weißt du genau«, flüsterte Ryleigh, und auch ihre Stimme klang nicht wirklich warm, sondern nur heiser vor Erregung. Sie beugte sich zu Avalon hinunter und küsste sie.

Avalon weigerte sich im ersten Moment, ihre Lippen zu öffnen, aber als Ryleigh mit ihrer Zunge auf sie eindrang, tat sie es plötzlich doch.

Der Kuss war nicht zärtlich, nicht liebevoll, sondern sehr gewaltsam von beiden Seiten. Es war ein Kampf um die Überlegenheit. Als er endete, atmeten sowohl Ryleigh als auch Avalon schwer.

»Bist du jetzt zufrieden?«, fragte Avalon spöttisch, aber offenbar in keiner Weise verärgert.

»Wenn du mich so fragst: Nein«, antwortete Ryleigh immer noch schwer atmend. »Ich will noch viel mehr von dir.«

»Ich weiß«, sagte Avalon. »Das weiß ich schon lange.«

Ryleighs Augen wanderten über Avalons Gesicht, ihre Wangen, ihre Nase, ihren Mund. »Du bist so verdammt süß, wenn du lächelst, und ich kann dich dafür nicht ausstehen.«

»Das ist ein gutes Stichwort«, sagte Avalon. Auch ihre Augen wanderten über Ryleighs Gesicht, und es war nicht klar, auf welches Wort sich ihre Aussage bezog. »Vielleicht sollten wir da weitermachen.«

»Wo?« Ryleigh runzelte verwirrt die Stirn.

»Mit dem, womit wir gerade aufgehört haben«, erwiderte Avalon leise, legte ihren Arm um Ryleighs Nacken und zog sie zu sich herunter.

Diesmal war der Kuss so süß wie Avalons Lächeln, bevor sie etwas sagte, das den anderen in den Boden rammte.

Ryleighs Zunge suchte sich erneut einen Weg durch die weichen Lippen, die diesmal keinen Widerstand leisteten. Avalon seufzte leise in ihrem Mund und ließ ihre Zunge um Ryleighs kreisen, bis Ryleigh aufstöhnte. Sie fühlte, wie ihr ganzer Körper auf Avalon reagierte, sich ihr entgegendrängte, nach ihr fieberte.

Ich sollte das nicht tun, dachte Ryleigh noch, *ich sollte das auf keinen Fall tun,* aber alle ihre Überlegungen versanken in einem diffusen Verlangen nach Avalons Haut, Avalons Haar, Avalons Mund, als ob es nichts anderes auf der Welt gäbe.

Ihre Hände fuhren schnell hinauf zum Bund von Avalons abgeschnittener Strumpfhose, und sie zog sie zusammen mit dem Slip bis auf Avalons Schenkel hinunter, so dass das Zentrum der Lust nun unbedeckt vor ihr lag.

Avalon zog scharf die Luft ein, löste ihre Lippen aber nicht von Ryleighs. Während sie sich weiter leidenschaftlich küssten, begann Ryleigh, Avalon zwischen den Beinen zu streicheln.

Avalons Hüften wanden sich zuckend, und sie gab Laute von sich, die wie Schmerzenslaute klangen, wie zuvor, als Ryleigh begonnen hatte, ihre Füße zu massieren.

Ryleigh löste sich gegen ihren eigenen Willen von Avalons Mund, aber sie musste es einfach tun. Sie schaute in Avalons Augen, die so schwarz wie die Nacht wirkten. »Tue ich dir weh?«

Avalon lächelte leicht. »Du hattest Recht. Massage hilft bei Rückenschmerzen. Anscheinend *jede* Art von Massage.«

Ryleigh lachte erleichtert auf. »Dann hast du nicht vor Schmerz gestöhnt?«

»Nicht wirklich.« Avalons Mundwinkel verzogen sich zu einem sehr amüsierten Lächeln. »Eher im Gegenteil.«

Ryleigh ließ eine Hand zwischen Avalons Beinen liegen, mit der anderen knöpfte sie ihre Bluse auf. »Ich will deine Brüste sehen«, flüsterte sie rau. Mittlerweile rauschte das Blut wie ein reißender Wildbach durch ihre Adern.

Um Avalons Mund spielte ein leichtes Lächeln, während sie Ryleigh dabei beobachtete, wie sie sie auszog. Sie bewegte sich nicht, überließ Ryleigh die Entscheidung, was und wie sie es tun wollte.

Ryleigh schob die geöffnete Bluse über Avalons Schultern, schob den BH ebenfalls hoch, über ihre Brüste, bis sie offen vor Ryleighs Blick lagen. Sie zog scharf die Luft ein. »Ich wusste, dass sie schön sind«, flüsterte sie.

»Da bin ich ja erleichtert, dass sie dir gefallen.« Avalons Mundwinkel zuckten.

Ryleigh richtete sich auf. »Du weißt genau, wie attraktiv du bist.« Sie schaute auf Avalon hinunter, die jetzt halb angezogen und halb entblößt dalag. Ein ungeheuer verführerischer Anblick. »Teuflisch attraktiv.«

»Ach ja?« Avalon hob spöttisch die Augenbrauen. »Und dafür bekomme ich jetzt . . . was? Einen schmachtenden Blick?«

Ryleigh betrachtete zweifelnd das Sofa. »Das ist definitiv zu klein für zwei.«

»Dafür ist es auch nicht gedacht. Es ist ein antikes Stück.« Avalon maß den Abstand zum Boden vor der Couch mit einem abschätzenden Blick. »Leg dich da hin.«

»Was?« Ryleigh starrte sie etwas entgeistert an.

»Leg dich da hin«, wiederholte Avalon mit dem befehlenden Unterton, der allen ihren Aussagen eigen war. »Auf den Rücken.«

Ryleigh wirkte sehr skeptisch.

»Meine Güte!« Avalon rollte die Augen zur Decke. »Ich glaube nicht, dass ich einfach so aufstehen kann, um meine Position zu wechseln, aber wenn du da liegst –«

»Ah, okay.« Ryleigh verstand. Bevor sie sich hinlegte, zog sie jedoch noch schnell ihre Kleidung aus.

Avalon drehte sich auf der Couch zur Seite und schaute auf die nackte Ryleigh unter sich hinunter. »So mag ich es«, schmunzelte sie zufrieden.

Ryleigh hob eine Hand. »Wenn du nicht bald kommst, hole ich dich.«

Avalon ergriff die Hand und ließ sich auf Ryleigh hinuntergleiten. Als sie auf ihr lag, griff Ryleigh nach Bluse und BH und zog ihr beides endgültig aus, so dass Avalons Oberkörper nun auch nackt war. Als Avalon sich daraufhin wieder auf Ryleigh legte, stöhnte Ryleigh unvermittelt auf, als ihre Brüste miteinander verschmolzen, als wären sie dafür gemacht. »Avalon . . .«, flüsterte sie.

»Gefällt dir das?« Avalon lächelte, und wie immer hätte man äußerst geteilter Meinung über die Bedeutung dieses Lächelns sein können.

Ryleigh legte ihre Arme um Avalons jetzt nackten Rücken. »Wenn du mich das fragen musst, hast du irgendetwas nicht mitgekriegt.« Obwohl ihr ganzer Körper vor Verlangen brannte, schaute sie besorgt in Avalons Gesicht. »Hast du noch Schmerzen?«

»Ein bisschen«, sagte Avalon, »aber das ist vernachlässigbar. Man muss Prioritäten setzen können.«

»Das kannst du auf alle Fälle.« Ryleigh grinste.

Avalons Lippen senkten sich auf Ryleighs, und diesmal war sie es, die fast mit Gewalt in Ryleighs Mund eindrang, stöhnte, Ryleighs Zunge dazu aufforderte, zu erwachen und das leidenschaftliche Spiel mitzuspielen.

Ryleighs Hände streichelten Avalons Rücken, ihre Seiten, die Rundungen ihrer Brüste, dann wanderten sie hinunter zu ihrer Taille, und mit vor Erregung zitternden Fingern zogen sie den Reißverschluss an Avalons Rock herunter, schoben ihn ihr von den Hüften.

Avalon erstarrte für einen kurzen Moment, dann flüsterte sie: »Ich muss mich ganz auf den Teppich rollen, dann kannst du ihn mir ausziehen.«

Ryleigh umschlang Avalon fest, so dass sie nicht herunterrutschen konnte, und rollte sich mit ihr herum, dann glitt sie schnell etwas tiefer und beseitigte das letzte Hindernis zum freien Blick auf Avalons Körper. »Liegst du gut?«, raunte sie heiser, denn der Anblick von Avalons nun vollständig nackter Haut machte sie rasend vor Begehren.

»Komm her.« Avalon hob einen Arm und öffnete leicht ihre Beine. »Wir probieren es aus.«

Ryleigh legte sich vorsichtig halb auf Avalon, ein Schenkel rutschte wie von selbst in den einladenden Abstand, den Avalon sofort vergrößerte, während sie gleichzeitig aufstöhnte. »Ja ...«

»Avalon ...« Ryleigh glitt noch etwas mehr auf Avalons Körper, immer ihr Gesicht beobachtend, ob sich dort ein Anzeichen von Schmerz zeigte. »Du bist so unglaublich schön.«

»Bekommen schöne Frauen keinen Sex?«, fragte Avalon neckend und, wie es schien, fast liebevoll.

Ryleigh verzog das Gesicht zu einem breiten Lächeln. »Nicht, wenn sie Rückenschmerzen haben«, antwortete sie.

»Ich habe keine mehr«, behauptete Avalon. »Deine Massage war geradezu magisch.«

»Du bist nicht gerade der wahrheitsliebendste Mensch, den ich kenne«, erwiderte Ryleigh genauso neckend wie Avalon zuvor, »aber ich glaube dir mal ausnahmsweise.«

Avalons Hüften begannen sich unter Ryleigh zu bewegen. »Dann tu was«, flüsterte sie rau. »Geredet haben wir genug.«

Ryleigh fühlte die heißen Flammen aus ihrer Mitte emporlodern, als Avalons nur angedeutete Bewegungen sie an viel zu vielen Stellen auf einmal reizten. Sie war so erregt, dass Avalons Haut ihr heiß wie die Hölle erschien – und trotzdem wollte sie am liebsten darin versinken, in Avalons Augen, in ihrem Mund, in ihren Brüsten, in ihrem Schoß.

Sie küsste Avalon zärtlich und glitt dann langsam an ihr hinunter, mit ihren Lippen eine kitzelnde Spur hinterlassend, die Avalon dazu brachte, die Augen zu schließen und immer heftiger zu atmen.

An Avalons Brüsten verharrte Ryleigh, betrachtete für einen Moment die hervorstehenden Brustwarzen und fuhr sich mit der Zunge über die Lippen, weil sie auf einmal trocken wie die Wüste geworden waren. Dann senkte sie ihren Mund wie eine weiche Kappe über eine der harten Erhebungen, und Avalon stöhnte auf.

Ryleighs Zunge wischte mit neckender Leichtigkeit über die Oberfläche, was die Brustspitze noch mehr dazu brachte anzuschwellen, sie hatte nun fast die Größe einer Murmel erreicht.

Avalons Finger versuchten sich in den Teppich zu krallen, und als das nicht gelang, krallten sie sich in Ryleighs Rücken.

Ryleigh stöhnte auf, denn Avalons Fingernägel nahmen keine Rücksicht auf ihre Haut, aber sie fühlte, dass der leicht brennende Schmerz sie noch mehr erregte. Sie war davon überzeugt, dass Avalon noch immer mehr Schmerzen hatte, als sie zugab, und so waren sie sich dadurch noch näher.

Avalons Mund hauchte ein leises »Nein«, als Ryleigh zur anderen Brustwarze wechselte, sie versuchte Ryleighs Schultern weiter hinunter zu schieben.

»Warte«, flüsterte Ryleigh. »Du bekommst alles, was du willst.«

Die Spannung in Avalons Körper ließ nach, aber nur für einen

Moment, dann ging ein Ruck durch ihn, als Ryleigh die andere Brustwarze in den Mund nahm, und Avalon warf ihren Kopf hin und her. »Du bist gemein«, hauchte sie mühsam.

»Schau mal an, wer das sagt«, antwortete Ryleigh schmunzelnd.

Avalon öffnete die Augen zu einem schmalen Spalt und warf ihr einen blitzenden Blick zu.

»Nicht jetzt«, sagte Ryleigh. »Du kannst dich später dazu äußern.« Während ihr Mund noch immer Avalons Brustwarze verwöhnte, fuhr ihre Hand hinunter zu dem Punkt, an dem Avalons Schenkel sich trafen.

Avalon zuckte erneut zusammen, als Ryleighs Finger über die angeschwollenen Schamlippen strich, vorn in die nasse, weit geöffnete Höhle eindrang. Nun konnten selbst die Schmerzen Avalon nicht mehr davor zurückhalten, ihre Hüften anzuheben, ihre Mitte Ryleigh entgegen zu drängen. Sie stöhnte, dann seufzte sie wieder, stöhnte ungeduldig noch einmal, während ihre Schamlippen sich zusammenkrampften und Ryleighs Hand in sich hineinzuziehen versuchten.

»Langsam«, flüsterte Ryleigh weich. »Nimm dir Zeit. Du musst keine Rekorde brechen. Hierbei nicht.«

»Ryleigh ...« Es war das erste Mal, dass Avalon Ryleigh mit ihrem Vornamen ansprach, und ihre Augen, die sich nun auf Ryleigh richteten, schleuderten keine wütenden Blitze wie sonst, sondern waren nur dunkel vor Erregung. »Bitte ...«

Auch dieses Wort hörte Ryleigh von ihr zum ersten Mal. Es ließ ein sanftes Gefühl in ihr aufwallen, das ihr im Zusammenhang mit Avalon bisher fremd gewesen war. Sie hob die Hand und strich eine schweißnasse Strähne aus Avalons Gesicht. Bislang hatte sie geglaubt, dass Avalon überhaupt nicht schwitzen konnte. Sie war wohl menschlicher, als Ryleigh angenommen hatte.

»Ganz ruhig«, hauchte sie an Avalons Lippen, streichelte sie leicht mit ihren eigenen. »Du bekommst alles, was du willst, das habe ich dir doch versprochen.«

»Das ist ein großes Versprechen«, erwiderte Avalon, auf einmal wieder kühl. »Übernimm dich da nicht.«

Ryleigh lächelte Avalon liebevoll an, aber ihre Mundwinkel hoben sich in selbstsicherer Gewissheit. »Bestimmt nicht. Du wirst schon sehen.« Sie glitt schnell an Avalon hinab und landete mit ihrem Mund zielsicher zwischen Avalons Schenkeln.

Avalon schrie auf, während sich ihr Rücken nach oben wölbte. »Nein«, brachte sie mühsam hervor, als Ryleigh mitten in der Bewegung erstarrte. »Es tut nicht weh. Hör nicht auf.«

Ryleigh hatte so ihre Zweifel an Avalons Aussage, aber sie konnte sich dem Reiz des Anblicks zwischen Avalons Beinen nicht entziehen, so rot, so geschwollen, so weit offen und einladend, bereit zu empfangen, was immer Ryleigh geben konnte und wollte.

Sie schob Avalons Oberschenkel etwas weiter auseinander, um sich Platz zu verschaffen, dann glitt ihre Zunge in Avalon hinein, und Avalon schrie noch lauter als zuvor, presste sich jedoch schnell die Faust auf den Mund und stöhnte nur noch dumpf.

»Ich wusste, dass dir das gefällt«, grinste Ryleigh.

Avalon stöhnte, sie konnte nicht sprechen, aber Ryleigh fühlte das Blut in ihren Adern pochen, an ihren Lippen. Ihre erfahrene Zunge stieß immer kräftiger in Avalon hinein, glitt rundherum in der warmen, weichen Höhle, streichelte jede Stelle, die sie erreichen konnte, zog sich zurück und beschäftigte sich mit dem Türmchen am Eingang, das weit hervorstand und doch nichts verwehren konnte.

Avalon griff hinunter und grub ihre Finger in Ryleighs Haar, versuchte Halt zu finden, weil ihr Körper sich anscheinend ihrer Kontrolle entzog, sich wand und zuckte; ihre Beine spreizten sich so weit, dass Ryleigh zweimal dazwischen Platz gehabt hätte.

Ryleigh drückte Avalons Schenkel kräftig auf den Boden hinunter, weil Avalon sie plötzlich wieder schloss und fast Ryleighs Kopf damit zerquetschte. »Du hast nichts davon, wenn du mir die Luft abschnürst«, keuchte sie. »Du schadest dir nur selbst.«

Die Spannung in Avalons Schenkeln ließ nach, Ryleighs Zunge glitt noch einmal von unten nach oben über die ganze Pracht dazwischen, dann stieß sie plötzlich mit aller Kraft und mehreren Fingern in Avalon hinein.

Avalon bäumte sich auf, schrie erneut, machte sich diesmal nicht die Mühe, den Schrei abzudämpfen. Sie keuchte schwer.

Langsam bewegte Ryleigh ihre Finger hinein und hinaus, leckte dabei mit ihrer Zunge über Avalons Perle und genoss Avalons Stöhnen, erst leise, dann immer lauter.

»Ich wusste, dass du dein Versprechen nicht hältst«, stieß Avalon zwischen dem Stöhnen abgerissen hervor. »Das hätte ich mir denken können.«

Ryleigh lachte leise auf. »Du brauchst das«, wisperte sie grinsend. »Du bist hier nicht der Boss, du hast nichts zu befehlen.«

Sie reizte Avalon bis kurz vor dem Orgasmus, dann brach sie ab, hörte sich ihre enttäuschten Beschimpfungen an, quälte sie noch ein bisschen, bis sie merkte, dass Avalons Kraft nachließ.

Erneut stieß sie in Avalon hinein, und diesmal nahm sie die Perle fest zwischen ihre Lippen, rollte sie hin und her, ließ ihre Zungenspitze darauf tanzen.

Avalons Stöhnen wurde wieder lauter, ihre Hüften hoben sich, senkten sich, hoben sich, senkten sich.

Immer schneller wurden Ryleighs Finger und ihre Zunge. Sie spürte, wie Avalons Inneres immer mehr aufriss wie ein Krater, der von Lava geweitet wird, die hinauswill.

Auf einmal erstarrte sie. Eben hatten ihre Hüften noch wild gezuckt, plötzlich absolute Stille. Ihr Bauch fühlte sich hart wie Stein an, als Ryleigh ihre andere Hand darauflegte.

Dieser Zustand dauerte länger an, als Ryleigh es je erlebt hatte, und sie wollte Avalon schon fragen, was los war, da löste sich plötzlich ein Schrei aus Avalons Kehle, der alle anderen davor in den Schatten stellte. Sie brach zusammen und rang so sehr nach Luft, dass es aussah, als würde sie ersticken.

»Avalon.« Besorgt glitt Ryleigh nach oben und schaute in Avalons Gesicht. »Ist alles in Ordnung?«

Avalon lag da, fast wie tot, wenn nicht ihr heftiger Atem gewesen wäre, die schwarzen Haare bildeten einen reizvollen Kontrast zu den hellen Kissen, ihr Gesicht war gerötet, und Schweiß stand auf ihrer Stirn.

Endlich schlug sie die Augen auf, wenn auch nur halb. »Und was jetzt?«, fragte sie. »War das dein Plan, mich außer Gefecht zu setzen?«

Ryleigh lachte. »Gute Idee. Wenn ich das gewusst hätte . . .« Sie strich eine Locke aus Avalons Stirn. »Ich wusste, dass du leidenschaftlich bist, jeder kann das sehen.« Sie lachte erneut. »Und jetzt hat es auch jeder gehört.«

Avalon hob die Augenbrauen. »Ich glaube nicht. Das Haus ist ziemlich solide gebaut.«

»Auch gut.« Ryleigh beugte sich zu ihr hinunter und hauchte einen Kuss auf ihre Lippen. »Du warst phantastisch.«

Avalon schaute sie nur an, zweifelnd und fast etwas überrascht.

Sie bedankte sich nicht für das Kompliment. »Weißt du was?«, sagte sie stattdessen. »Ich glaube, meine Rückenschmerzen sind tatsächlich weg.«

»Bist du sicher?« Ryleigh hatte gedacht, dass ein Teil des Schreis auf Schmerz beruht hatte und deshalb so laut gewesen war.

»Lass mich aufstehen, dann weiß ich es sicher.« Avalon musterte sie mit einem Blick, den Ryleigh nicht deuten konnte. Er glich den abschätzenden Blicken, mit denen Avalon sie manchmal abtastete, aber die Kälte, die diesen Blick normalerweise begleitete, war daraus verschwunden.

»Okay.« Ryleigh stand auf und reichte Avalon eine Hand. »Versuchen wir's.«

Avalon betrachtete Ryleighs ausgestreckte Hand zuerst etwas skeptisch, dann griff sie danach und ließ sich hochziehen. Als sie stand, bewegte sie ein wenig ihre Hüften. »Nichts mehr«, sagte sie. Sie konnte es offensichtlich selbst kaum glauben. »Fühlt sich alles wieder normal an.« Beim nächsten Satz schien sie zu zögern. »Na ja, nicht ganz«, fügte sie dann, anscheinend widerstrebend, hinzu. »Ich stehe hier nackt mit einer anderen nackten Frau in meinem Wohnzimmer.«

Ryleigh sah sich um und griff nach einer Decke, die auf einem Sessel lag. Mit einer schnellen Bewegung legte sie sie Avalon um die Schultern. »Jetzt nicht mehr.« Sie wies mit den Augen zur Treppe in der Eingangshalle. »Soll ich dich nach oben bringen?«

»Da ich wieder laufen kann, ist das nicht nötig«, erwiderte Avalon. »Ich glaube, ich möchte jetzt lieber allein sein.«

Ryleigh hob die Augenbrauen. Natürlich. Warum sollte Avalon sich auch nur einen Deut um ihre, Ryleighs, Bedürfnisse scheren? Nur ihre eigenen waren ihr wichtig, die anderer berührten sie nicht. »Ich soll also gehen?«, fragte sie.

»Ja, Sheriff.« Avalon begab sich, vollständig in die Decke gehüllt, zur Treppe. »Ihre Dienste werden hier nicht länger benötigt.«

Während Avalon nach oben ging, klaubte Ryleigh ihre Kleidung aus allen Ecken zusammen und zog sich an. »Was habe ich mir nur dabei gedacht?«, murmelte sie wütend. »Was habe ich von ihr erwartet? Liebe? Oder wenigstens Zuneigung oder Sympathie? Davon weiß sie nichts. Und selbst wenn sie etwas davon wüsste, wäre ich sicher die letzte Person, der sie die Gnade erweisen würde.«

Sie ging zur Tür und zog sie auf. Zweifelnd warf sie einen Blick die Treppe hinauf. Avalon war verschwunden.

Laut ließ Ryleigh die Tür ins Schloss fallen, als sie das Haus verließ.

7

Am nächsten Morgen saß Ryleigh an ihrem Schreibtisch im Sheriffbüro und schlürfte schon den dritten Becher Kaffee. Sie hatte nicht sehr gut geschlafen in der vergangenen Nacht.

Wie auch? Avalon hatte sie mit im wahrsten Sinne des Wortes heruntergelassenen Hosen einfach stehenlassen und ihr gezeigt, dass jede – selbst eine rein triebgesteuerte – Annäherung reine Illusion war.

Warum will ich ihr überhaupt näherkommen? Sie ist es doch gar nicht wert.

Sie stellte den Kaffeebecher auf dem Tisch ab, lehnte sich zurück, verschränkte die Hände hinter dem Kopf und seufzte. Sie hatte sich die ganze Sache selbst zuzuschreiben, das wusste sie genau. Avalon hätte wohl kaum einen Versuch unternommen, Ryleigh zu verführen, obwohl man bei ihr nie wusste, woran man war und was sie als nächstes ausheckte.

War sie deshalb immer so kratzbürstig gewesen, weil sie gespürt hatte, dass Ryleigh sie attraktiv fand? War das ihre Art, sich gegen unerwünschte Annäherungen zu wehren?

Ryleigh lachte trocken auf. Dann müsste jeder in der Stadt dieselben Absichten gezeigt haben wie Ryleigh, denn Avalon behandelte jeden gleich schlecht.

Die Tür öffnete sich, und jemand betrat die Polizeistation. »Leigh?«

Ryleigh versuchte ihre Gedanken wieder ihrer Arbeit zuzuwenden und blickte zur Tür, woraufhin sie etwas Rotes entdeckte. »Pacey?«

»Wegen Hank ...«, setzte Pacey vorsichtig an. »Vorhin im Café konnte ich nicht richtig reden, weil Granny da war.«

»Ja, richtig.« Ryleigh nickte. »Also der Stand der Dinge ist der, dass geklärt werden muss, wer die Schäden bezahlt. Vorher lassen sie ihn nicht raus.«

»Das ist nicht gut.« Pacey kaute auf ihrer Unterlippe herum. »Hanks Vater hat kein Geld. Und Hank schon gar nicht.«

»Hm.« Ryleigh wiegte den Kopf. »Ich habe noch nicht mit Hanks Vater gesprochen, das wollte ich heute noch tun. Wenn er aber kein Geld hat, bringt das in dieser Hinsicht auch nichts.« Sie atmete tief durch. »Wir müssen eine Möglichkeit finden. Der Wagen war nicht versichert. Es bleibt alles an Hank und seinem Vater hängen.«

»Sch- … Mist!«, sagte Pacey, sich im letzten Moment der guten Erziehung ihrer Großmutter erinnernd, die das erste Wort, an das sie gedacht hatte, verbot. »Was sollen wir denn nur machen?«

»Ich muss mal überlegen.« Ryleigh legte die Hände auf den Tisch. »Kaution wäre eine Möglichkeit, aber auch da muss man jemand haben, der dafür bürgt.«

»Könntest du das nicht –?«, fragte Pacey verzweifelt.

Ryleigh hob die Augenbrauen. »Ich bin auch nicht gerade reich. Aber ich kenne noch aus meiner Zeit in New York ein paar Leute. Ich werde mal rumfragen, was da geht.«

»Danke!« Pacey atmete erleichtert aus, sprang zu ihr an den Schreibtisch und fiel ihr um den Hals. »Du bist die Beste!«

»He, he, schon gut!« Ryleigh lachte und schob sie zurück. »Noch ist nichts entschieden. Aber ich denke, es tut Hank gut, wenn er mal ein paar Tage im Gefängnis verbringt. Da kann er nachdenken.«

Pacey verzog das Gesicht. »Er sieht das bestimmt nicht so. Aber ich glaube, du hast Recht. So kann es nicht weitergehen.« Ihr Blick blieb an den dunklen Ringen unter Ryleighs Augen hängen. »Du siehst so mitgenommen aus. Kann ich dir irgendwie helfen? Telefon abnehmen, Akten ordnen oder so?«

Ryleigh lächelte gezwungen. »Das ist nett von dir, Pacey, aber nein, danke. Es ist alles in bester Ordnung. Nicht viel los.«

In diesem Moment klingelte das Telefon, und Ryleigh starrte sehr zweifelnd darauf, nahm es aber nicht ab.

Nach ein paar Sekunden, in denen sich daran nichts geändert hatte, griff Pacey nach dem Hörer und meldete sich mit »Sheriffbüro?«

»Nein, Ms. Hotchins«, sagte sie, nachdem sie kurz zugehört hatte, »dafür sind wir nicht zuständig. Rufen Sie am besten die Feuerwehr an. Oder warten Sie, ich verbinde Sie gleich weiter.« Sie drückte ein paar Knöpfe am Telefon. »Teddy? Bitte sei so gut und hol Ms. Hotchins Katze vom Baum. Sie hat sich wohl in irgendwas verfangen.« Wieder drückte sie einen Knopf. »Die Feuerwehr kommt gleich, Ms. Hotchins.« Sie lächelte bei der Antwort. »Nichts zu danken, dafür sind wir doch da.« Dann legte sie auf.

»Ich glaube«, bemerkte sie mit einem nachdenklichen Blick auf Ryleigh, »du brauchst doch jemand für den Telefondienst.«

»Nein, ich –« Ryleigh fuhr sich durch die Haare und atmete tief durch. »Vielleicht hast du Recht. Ich habe schlecht geschlafen, ich bin nicht wirklich einsatzfähig heute.«

»Dann geh doch nach Hause. Ich mache das schon.« Pacey ließ sich neben dem Schreibtisch auf einem Stuhl nieder und streckte ihre langen Beine aus.

»Das geht nicht, Pacey«, lächelte Ryleigh sie müde an. »Ich bin der Sheriff.« Sie lachte leicht. »Oder ich vereidige dich als Deputy.«

Pacey hob die Hände. »So weit wollte ich eigentlich nicht gehen. Großmutter lernt mich jetzt für die Geschäftsführung an, da habe ich genug zu tun.«

»Dann sollte ich dich nicht davon abhalten«, sagte Ryleigh.

»Nein, nein. Großmutter weiß Bescheid. Sie ist auch der Meinung, dass du Hilfe brauchst«, bemerkte Pacey lässig.

»Was?« Ryleigh starrte sie an.

»Sheriff Grant?« Eine weitere Person trat in den großen Raum vor Ryleighs Glasbüro.

Ryleigh bewegte sich nicht. »Ms. Hadock«, sagte sie nach einer Verzögerung, die ewig zu dauern schien. »Was kann ich für Sie tun?«

Avalon schwenkte in ihrer eleganten Art zur Tür herein, wie üblich auf hochhackigen Schuhen – ihre Rückenschmerzen kamen nicht von ungefähr –, als würde sie darauf schweben. Bis auf diese eine Ausnahme im Sägewerk. Ihr Blick landete auf Pacey.

»Oh ...« Pacey sprang auf. »Ich glaube, Granny war ebenfalls der Meinung, dass du einen Pfannkuchen brauchst«, warf sie Ryleigh hektisch hin. »Ich hole dir schnell einen.« Sie nickte

Avalon zu. »Ms. Hadock.«

Avalon folgte Pacey mit ihren Blicken, als sie das Sheriffbüro mit langen Schritten verließ. »Hübsches Kind«, bemerkte sie.

»Hat die Geschäftsleitung von *Hadock Enterprises* dem Sheriffbüro etwas mitzuteilen?«, fragte Ryleigh frostig. »Oder ist das nur wieder einer Ihrer üblichen Höflichkeitsbesuche, Ms. Hadock? Wenn ich irgendetwas für Sie tun kann, sagen Sie es bitte, ansonsten …«, sie machte mit der Hand eine vage Geste durch ihr Büro, »habe ich viel zu tun.«

Avalon blieb stehen und betrachtete Ryleigh nachdenklich. »Ich glaube, ich bin dir noch etwas schuldig«, sagte sie.

»Was? Jetzt? Hier?« Ryleigh lachte laut auf. »Ich traue dir ja vieles zu, aber findest du das nicht etwas unangemessen? Ich glaube, hier sind die Wände nicht so schalldicht. Und blickdicht schon gar nicht. Ich kann mich erinnern, dass du etwas gegen nackte Frauen in irgendwelchen Zimmern hattest.«

Avalon lächelte leicht. »Ich verstehe, dass du wütend bist.«

»Aber nein, warum sollte ich wütend sein? Gibt es dafür irgendeinen Grund?« Ryleigh stand so heftig auf, dass ihr Stuhl halb umkippte und sie ihn festhalten musste. Als sie ihn wieder in eine aufrechte Position gebracht hatte, drehte sie sich um und nahm die Kaffeekanne in die Hand. Dabei bemerkte sie, dass sie leer war.

Sie ging zum Wasserhahn hinüber. Je länger sie Avalons Blick ausweichen konnte, desto besser. Am liebsten hätte sie sie geschlagen, und dann wieder zogen Avalons rote Lippen sie so an, dass sie sie noch viel lieber geküsst hätte. Ihre chaotischen Gefühle brachten sie fast um den Verstand.

Sie wollte nichts von Avalon, und noch weniger wollte Avalon etwas von ihr. Warum auch immer sie heute hier aufgetaucht war. Wahrscheinlich nur, um sich über Ryleigh lustig zu machen, wie sie es immer tat, um ihre Macht auszuspielen und Ryleigh auf ihren Platz als diejenige zu verweisen, die ihren Befehlen gehorchen musste. Der Sheriff hatte nichts zu melden, wenn *Hadock Enterprises* anwesend war. Das wollte Avalon wahrscheinlich wieder einmal klarmachen.

Vielleicht war es gestern zu sehr in eine Richtung gegangen, in der Avalon sich unterlegen gefühlt hatte. Es war ein Wunder, dass sie nicht gleich feuerspeiend hereingerauscht war und alles in

Brand gesetzt hatte.

»Ryleigh …« Avalon war hinter sie getreten, während Ryleigh immer noch die Kaffeekanne mit Wasser füllte. »Ich bin nicht gekommen, um mich zu streiten.«

»Ach nein?« Ryleigh drehte den Wasserhahn zu und stützte sich mit beiden Händen auf dem Rand der Spüle ab. »Ganz was Neues. Sag, was du zu sagen hast. Aufträge aus der Geschäftszentrale werden immer bevorzugt behandelt, das weißt du ja.«

»Ich bin nicht als Präsidentin von *Hadock Enterprises* hier, sondern … privat«, sagte Avalon leise hinter ihr. »Bitte, dreh dich um.«

»Ihr Wunsch ist mir doch immer Befehl, Frau Präsidentin«, versetzte Ryleigh ätzend und drehte sich, bis sie Avalon ins Gesicht sehen konnte. »Wie könnte es auch anders sein?« Sie musterte Avalons Gesicht. »Also, was willst du?«

»Ich war gestern … nicht ganz ich selbst«, setzte Avalon an.

»Ah, das ist es.« Ryleigh verzog abschätzig die Mundwinkel. »Hast du Angst, dass ich es rumerzähle? Musst du nicht. Das war kein Ruhmesblatt für mich. Ich würde mich ins eigene Fleisch schneiden. Die Leute würden dich wahrscheinlich sogar noch bedauern und mich auslachen.«

»Warum sollten sie das?«

»Weil ich mir eingebildet habe, ich könnte … du könntest … Ach, lassen wir das doch!« Ryleigh schlug mit der Hand durch die Luft, nahm die Kaffeekanne und ging in ihr Büro zurück. »Vergessen wir die ganze Sache. Sie ist nie passiert.«

»Ich fürchte, meine Erinnerung ist nicht so leicht manipulierbar«, sagte Avalon, die Ryleigh gefolgt war und sie nun dabei beobachtete, wie sie Wasser in die Kaffeemaschine goss.

Ryleigh setzte die Kanne unter den Auslauf und drehte sich um. »Und weil du nicht vergessen kannst, soll ich gehen. Damit ich dich nicht mehr an diesen … Fehltritt erinnere. Ist das so?«

Avalon lächelte, diesmal ziemlich süß. »Du bist zauberhaft, wenn du wütend bist.«

»Das ist ja wohl –« Ryleigh schnappte nach Luft. »Wenn du mich aus deinem Bett vertreiben willst, schön. War sowieso eine dumme Idee. Aber aus der Stadt wirst du mich nicht vertreiben!«

»Wir waren gar nicht im Bett«, erwiderte Avalon lässig. »Es sei denn, mein Erinnerungsvermögen ist doch schlechter, als ich dachte.«

»Du machst dich über mich lustig. Bitte. Das habe ich erwartet. Ich bin selbst schuld.« Ryleigh starrte sie an. »Aber ich hoffe, du hast jetzt alles gesagt, was du sagen wolltest, und damit ist unsere Unterhaltung beendet.«

»Ich wollte dich auf einen Kaffee einladen«, sagte Avalon.

Ryleigh war sprachlos. Sie starrte Avalon an, als wäre sie gerade erst wie eine Erscheinung aus der Luft aufgetaucht, und zwar nicht als erfreuliche Überraschung. »Du bist wirklich – überspann den Bogen nicht«, quetschte sie zwischen den Zähnen hervor.

»Ryleigh ...« Avalon trat auf sie zu. Ihre Gesichter waren nur Zentimeter voneinander entfernt. »Nimm es doch einfach so, wie ich es sage. Kaffee. Im *Hadockville Café*. Nichts weiter.«

»Du willst dich tatsächlich entschuldigen?«

Avalon richtete sich konsterniert auf.

»Das denn doch nicht, oder?« Ryleigh musste lachen. Avalon sah einfach zu süß verwirrt aus, und das war ein äußerst seltener Anblick, den Ryleigh sehr genoss. »Okay. Ich nehme deine Entschuldigung an.« Sie musterte Avalon aufmerksam. »Aber denk nur nicht, dass damit alles erledigt ist. Wenn du irgendeine Absicht damit verbindest –«

»Wie kommst du denn darauf?« Avalon hob die Augenbrauen in einer so unschuldigen Geste, dass man fast nicht anders konnte, als ihr zu glauben.

»Weil du das immer tust«, sagte Ryleigh. »Aber in Ordnung, ich akzeptiere den Kaffee. Du zahlst.«

Sie verließen gemeinsam das Büro, nachdem Ryleigh den offiziellen Apparat des Sheriffs auf ihr Handy umgeleitet hatte.

»Du bist ja sehr pflichtbewusst«, stellte Avalon dazu fest. »Denkst du, dass die Kriminellen aus ihren Löchern gehuscht kommen, nur weil du einen Kaffee trinken gehst?«

»Kann man nie wissen.« Ryleigh atmete tief durch. »Ich habe mal geglaubt, die Menschen wären ehrlich, wenigstens einige. Das war mein Fehler. Als ich das merkte, habe ich ihn mir schnell abgewöhnt.«

»Das ist immer ein Fehler«, bestätigte Avalon düster. »Die Menschen sind schlecht, unehrlich, unzuverlässig. Sie stoßen dir ein Messer in den Rücken, sobald du dich umdrehst. Deshalb ist es am besten, man lässt das gar nicht erst zu.«

»So wie du es tust?« Ryleigh betrachtete Avalons Gesicht von der Seite, während sie nebeneinander herliefen. »Du vertraust niemandem, nicht wahr?«

Avalon verzog die Lippen. »Du denn?« Sie warf einen schnellen Blick auf Ryleigh und schaute dann wieder nach vorn.

Ryleigh antwortete nicht darauf. Avalon hatte Recht. Vertrauen war Ryleigh nicht gerade in die Wiege gelegt worden. Überhaupt nicht viel. Ein Waisenkind konnte niemandem vertrauen, und wenn es das versuchte, wurde es immer enttäuscht. Das hatte Ryleigh schon sehr früh gelernt.

Avalon bog in eine kleine Gasse ab, was Ryleigh erst bemerkte, als sie noch ein paar Schritte weitergegangen war. Sie blieb stehen und drehte sich erstaunt um. Avalon stand halb im Schatten und schaute zu ihr herüber.

»Das ist nicht der Weg zum Café«, stellte Ryleigh fest.

»Nein.« Avalon schaute sie an, sagte aber nichts mehr.

Ryleigh machte einen Schritt auf sie zu, dann noch einen. Endlich ging sie zu ihr und blieb vor ihr stehen. »Was ist jetzt schon wieder? Was hast du vor? Werde ich hier von deinen aus den Löchern gehuschten Kriminellen überfallen?«

»Warum denkst du immer nur an so was?«, fragte Avalon leise. Sie legte einen Arm um Ryleighs Hals, schmiegte sich an sie und küsste sie.

Ryleigh war überrascht von der Sanftmut, die in Avalons Kuss lag. Nach der gestrigen Leidenschaft war das hier etwas völlig Neues. Dennoch löste sie sich von ihr und schob sie leicht von sich. »Was willst du? Was soll ich für dich tun? Warum ist das hier nötig?« Sie starrte Avalon misstrauisch ins Gesicht.

»Es ist nicht nötig, wenn … du nicht willst«, entgegnete Avalon. »Ich wollte nur für einen Augenblick noch einmal das fühlen, was ich gestern gefühlt habe. Es war … schön.«

»Und deshalb hast du mich rausgeworfen?« Ryleigh glaubte Avalon kein Wort. Sie wollte etwas, und um das zu bekommen, log sie, dass sich die Balken bogen. Wie immer.

»Es hätte Schlimmeres passieren können«, sagte Avalon. »Ich hätte dich umbringen können, so wütend war ich. Sei froh, dass ich mich für den Rauswurf entschieden habe und dafür, mich in mein Schlafzimmer zurückzuziehen.«

»Oh, wie gnädig, Euer Majestät.« Ryleigh verneigte sich spöttisch.

»Was soll das?« Avalon starrte sie an.

»Hör auf, Avalon. Lassen wir die Spielchen.« Ryleigh atmete tief durch. »Du willst Sex, und ich will Sex. Also warum nicht? Wir sind beide nicht für eine Beziehung geschaffen. Jedenfalls waren wir wohl nicht sehr erfolgreich darin, sonst wären wir nicht allein. Uns zusammenzutun ist gar keine so schlechte Idee. Wir bekommen, was wir wollen, und gehen keinerlei Verpflichtung ein. Sollte dies allerdings ein Versuch sein, auf mich als Sheriff Einfluss zu nehmen, bist du schief gewickelt. Du bekommst Orgasmen, darüber hinaus gibt es keinerlei Zugeständnisse. Ich bin nicht der alte Sheriff.«

Avalon warf den Kopf zurück und lachte, allerdings fast lautlos. »Ein reines Geschäft? Gut. Ich bin einverstanden. Das ist eine solide Basis. Und jetzt –«, sie trat vor, »will ich einen Vorschuss.« Sie griff mit einer Hand fest in Ryleighs Schritt und drückte zu.

Ryleigh zuckte zusammen. Sie konnte sich noch so sehr mit Avalon streiten, schon eine einzige Berührung von ihr machte sie scharf. »Doch nicht hier, Avalon«, brachte sie mühsam hervor. »Zwei nackte Frauen im Wohnzimmer fandst du schon schlimm, was werden die Leute zu zwei nackten Frauen an einem öffentlichen Ort sagen? Zumal, wenn eine von beiden die Chefin von *Hadock Enterprises* ist?«

»Ich glaube, der Sheriff würde auch einiges an Respekt verlieren«, ergänzte Avalon nickend. »Willst du jetzt deinen Kaffee?«

Diesmal musste Ryleigh lachen. »Du bist unbezahlbar.« Sie beugte sich zu Avalon und küsste sie. »Nein, ich will jetzt keinen Kaffee«, flüsterte sie an ihren Lippen. »*Danach* hätte ich nichts dagegen.«

8

»Ein Bett ist definitiv eine dankenswerte Erfindung«, stellte Ryleigh fest, nachdem sie beide in Avalons Schlafzimmer angekommen waren und sie sich auf das Bett geworfen hatte. »Kein Vergleich zu gestern.«

»Überhaupt kein Vergleich.« Avalon hatte die Schuhe schon auf der Treppe von den Füßen geworfen und knöpfte nun schnell ihre Bluse auf, zog sie aus dem Bund, hielt aber dann inne. »Nackte Frauen in meinem Schlafzimmer stören mich überhaupt nicht«, bemerkte sie irritiert.

Ryleigh war, obwohl sie auf dem Bett lag, immer noch angezogen. »Ich musste das gestern schon allein tun«, sagte sie mit glänzenden Augen, die Avalon begehrend betrachteten. »Heute erwarte ich etwas mehr Einsatz von dir. Du bist nicht mehr gehandicapt.«

»Ist das Teil des Vertrages?« Avalon lächelte, als würde es ihr gefallen, so etwas in einem Vertrag festzuhalten. »Einmal du, einmal ich?«

»Solche Verträge mache ich nicht«, sagte Ryleigh, »aber ich finde, du hast es immer viel zu leicht. Alle tun sofort, was du ihnen befiehlst. Wo bleibt denn da die Spannung?«

Avalons Lächeln wurde noch süßer, und Ryleigh erwartete eine Bösartigkeit, aber stattdessen senkten Avalons Lippen sich auf ihre.

Der Kuss begann so sanft, dass Ryleigh aufseufzte. Avalon konnte unglaublich gut küssen, aber was konnte sie schon nicht unglaublich gut? Ryleigh hatte noch nie erlebt, dass Avalon bei irgendetwas versagte. Deshalb war die Geschichte mit dem Rücken so eine Überraschung gewesen.

»Warum trägst du eigentlich immer so hochhackige Schuhe?«, fragte sie unvermittelt, als Avalons Lippen zu ihrer Wange wanderten.

»Bitte?« Avalon hob den Kopf und starrte sie irritiert an.

»Ist nicht gesund.« Ryleigh zuckte die Schultern. »Hast du doch gestern gesehen. Wie wäre es mit ein, zwei Zentimetern weniger?«

Avalon warf den Kopf zurück, und diesmal lachte sie laut. Dann schaute sie Ryleigh erneut an, und es schien, als ob sie sich nicht entscheiden konnte, welcher Gesichtsausdruck angemessen war. »Das meinst du ernst, oder?«

»Sicher.« Ryleigh nickte. »Die Dinger sind ja lebensgefährlich, und das fällt in mein Ressort.«

»Du bist –«, Avalon brach ab und betrachtete Ryleigh mit einem höchst merkwürdigen Blick, »besorgt um mich?«, fuhr sie dann mit einem ebenso merkwürdigen Tonfall in der Stimme fort.

Ryleigh hätte nie geglaubt, dass die Antwort auf diese Frage *Ja* lauten könnte, aber nun, da Avalon sie stellte, merkte sie, dass es so war. Was auch immer Avalon Ryleigh schon angetan hatte oder versucht hatte ihr anzutun, da war immer etwas gewesen, das unter der Oberfläche lag, das sie versteckte, etwas Geheimnisvolles, Rätselhaftes, Unergründliches, und das schien nicht nur eine Freude für Avalon zu sein. Vielleicht war es sogar der Grund für ihre Bösartigkeit. Sie war irgendwann so schwer verletzt worden, dass sie sich jetzt an allen nur noch rächen wollte.

Ryleigh hob eine Hand und strich sanft über Avalons Haar. »Du arbeitest zu viel, hast viel zu viel Stress, kümmerst dich nicht um deine Gesundheit – das kann schon Anlass zu Besorgnis geben.«

Avalon wirkte für einen Moment wie eine Statue, ihr Gesicht war eine Maske, und sie rührte sich nicht. Dann verzogen sich ihre Lippen zu dem bekannten Lächeln. »Aber deshalb bist du nicht hier. Das hat einen ganz anderen Grund.« Sie schob Ryleighs Pullover hoch und zog ihn ihr aus, dann riss sie mit einem Ruck ihr Hemd auseinander, dass die Knöpfe davonflogen.

»He!« Ryleigh lachte.

»Du kannst was von mir haben«, flüsterte Avalon mit rauer Stimme, weil sie Ryleighs Brüste betrachtete, die jetzt nur noch vom BH bedeckt waren.

»Avalon …« Ryleigh versuchte erneut, Avalons Haar zu streicheln, aber Avalon ließ sie nicht.

Sie griff nach Ryleighs Handgelenken und presste sie über Ryleighs Kopf auf die Matratze. »Ich schulde dir etwas, und das wirst du bekommen. Ich zahle meine Schulden immer zurück.«

Sie presste ihre Lippen auf Ryleighs und zwang sie zu einem Kuss, der nichts mehr von der Sanftheit enthielt, die Ryleigh so überrascht hatte. Gleichzeitig rammte sie ihr ein Knie zwischen die Beine, dass Ryleigh aufstöhnte.

Avalon ließ Ryleighs Handgelenke los und öffnete ihre Hose, glitt mit einer Hand hinein, suchte die Mitte. Während ihre Zunge weiterhin in Ryleighs Mund stieß, zuckten und rieben ihre Finger heftig über Ryleighs nasses Zentrum.

Ryleigh war froh, dass sie so nass war, denn sonst wäre Avalons Angriff wohl sehr schmerzhaft gewesen. So aber brachte er Ryleigh in kürzester Zeit auf einen gewaltsamen Höhepunkt, der sich ebenso gewaltsam entlud. Ryleigh fühlte brennende Krämpfe in ihrem Bauch, Wellen wie aus Feuer, ihre angeschwollenen Brustspitzen rieben am BH, alles vereinigte sich zu einer großen Explosion, die sie fast zerriss, während sie gequält stöhnte und ihre Hüften sich verzweifelt aufbäumten, bis sie endlich zusammenbrach.

Danach lag sie keuchend da und fragte sich, was da eben geschehen war. Das war Avalon pur. Keine Rücksicht auf Verluste, kein Gefühl, schon gar kein Mitgefühl.

Avalon schaute auf sie hinunter, und in ihren dunklen Augen lag keine Zärtlichkeit. »Das war nur der Anfang«, sagte sie. »Ich hoffe, du bist zufrieden.«

Ryleigh seufzte tief auf. »Was ist los, Avalon? Warum bist du auf einmal so wütend auf mich?«

Avalon gab einen hohlen Laut von sich. »Ich bin immer wütend auf dich, ununterbrochen. Hast du gedacht, das hier ändert etwas daran?«

»Nein, nicht wirklich.« Ryleigh betrachtete Avalons angespanntes Gesicht, als ob in ihr ein Kampf tobte, den sie nicht nach außen dringen lassen wollte. »Soll ich gehen?«

»Hat dir das schon gereicht?« Avalons Blick wurde nicht einen Deut liebevoller, eher im Gegenteil. »Du bist tatsächlich nicht anspruchsvoll.« Sie stand auf und stopfte ihre Bluse etwas unordentlich in den Bund. Dann ging sie zum Fenster und schaute hinaus.

Ryleigh betrachtete ihre abgewandte Gestalt und spitzte nachdenklich die Lippen. Es war schwierig zu entscheiden, was jetzt die richtige Vorgehensweise war. Avalon konnte genauso wütend werden, wenn Ryleigh ging wie wenn sie blieb.

Sie stand auf und ging langsam zu Avalon hinüber. »Komm runter, Avalon. Es ist nichts passiert. Absolut gar nichts. Wir wollten nur ein bisschen Spaß haben, das sollten wir uns jetzt nicht verderben.« Leicht legte sie eine Hand auf Avalons Schulter.

Obwohl Ryleigh das eigentlich erwartet hatte, schüttelte Avalon die Hand nicht ab, also legte Ryleigh die andere Hand um ihre Taille und zog sie zu sich heran. Avalons Duft war noch intensiver geworden, und er wirkte fast wie ein berauschender Zauber auf Ryleigh. Sie schloss die Augen.

Avalon schien weicher zu werden in ihrem Arm, als ob die Anspannung, die sie sich selbst auferlegt hatte, langsam nachließ.

So standen sie eine Weile da und schauten in den Garten hinaus. Dann senkte Ryleigh ihre Lippen auf Avalons Hals und begann die warme Haut zu liebkosen.

Avalon legte den Kopf ein wenig zur Seite und schmiegte sich in Ryleighs Arm.

Ryleigh fühlte, wie Avalons Körper immer mehr in wohlige Entspannung sank, sich immer mehr dem Halt von Ryleighs starken Armen anvertraute. Es war ein wundervolles Gefühl, denn man konnte sich kaum vorstellen, dass die alles beherrschende Herrin der Stadt die Verantwortung je einmal abgab.

Langsam zog Ryleigh die Bluse von Avalons Schultern, öffnete ihren BH, während sie nun Avalons Schultern mit ihren Lippen streichelte.

Avalon seufzte leise auf. Dann drehte sie sich weich in Ryleighs Arm und schaute sie an. Ihre Augen waren dunkel, aber nicht mehr wütend.

Ryleigh lächelte leicht, und Avalon schob Hemd und BH von ihren Schultern, wie sie es zuvor bei ihr getan hatte. Stumm zogen sie sich gegenseitig aus und schauten sich nur in die Augen, streichelten sich, berührten sich sanft, hauchten Küsse auf samtige Lippen.

Endlich, als sie nackt waren, küssten sie sich leidenschaftlicher, Ryleigh drängte Avalon an die Wand und ließ ihr keine Zeit zu überlegen, ob ihr das gefiel. Sie verließ Avalons Mund und glitt an ihr hinab, hauchte Begrüßungsküsse auf ihre Brüste, bevor sie tiefer wanderte und mit ihrer Zungenspitze zwischen Avalons Beine schnellte, als sie sich auf einem Knie vor ihr niederließ.

Avalon stöhnte auf und presste ihre Handflächen gegen die Wand neben sich, sie schien fast den Halt zu verlieren.

Ryleigh legte ihre Hände auf Avalons Schenkel und spreizte sie, drang tiefer mit ihrer Zunge ein, umschmeichelte die Perle mit ihrer Zungenspitze, wurde schneller und schneller, Avalons Hüften zuckten unter Ryleighs Griff, ihre Laute über Ryleigh wurden so abgerissen wie Avalons Atem, dann erstarrte sie und sank zusammen, so dass Ryleigh sie auffangen musste.

Sie trug Avalon zum Bett hinüber und legte sie vorsichtig nieder, glitt neben sie, streichelte sie. »Du warst so leise heute«, fragte sie neckend, während sie Avalons entspanntes Gesicht mit den immer noch geschlossenen Augen lächelnd betrachtete. »Hat es dir nicht gefallen?«

Avalons Mundwinkel zuckten, aber sie schlug die Augen nicht auf. »Ich dachte, du bist heute damit dran«, sagte sie.

»Wenn du mir eine Chance dazu gibst ...« Ryleigh küsste Avalons Augenlider, bis sie sich öffneten. »Beim ersten Mal warst du etwas ungeduldig.«

Avalon sah ernst aus, während sie von unten in Ryleighs Gesicht blickte. »Warum tust du das?«, fragte sie.

»Warum tue ich was?« Ryleigh runzelte die Stirn.

Avalon antwortete nicht darauf. Sie zog Ryleigh über sich und stellte ein Bein zwischen ihren Schenkeln auf. »Sag mir, was ich tun muss, um dir so einen Lustschrei zu entlocken«, meinte sie lächelnd.

»Das ist schon mal ein guter Anfang.« Ryleigh begann sich auf Avalon zu bewegen, ihr Atem wurde schwerer, als das Kribbeln zwischen ihren Beinen zunahm, während sie ihre Nässe auf Avalons Oberschenkel verteilte.

Der zweite Orgasmus an diesem Tag war ganz anders als der erste, er kam in kleinen, sanften Wellen, baute sich langsam auf, ließ Ryleighs Haut prickeln und sie die Verbundenheit mit Avalon spüren, die Ryleighs Reaktionen aufmerksam beobachtete und genau darauf einging.

Nach diesem kleinen, sanften Intermezzo ließ sie Ryleigh jedoch nicht ausruhen, sondern drehte sie um und setzte sich auf sie. Ihre Augen blitzten, aber offensichtlich nicht vor Wut, sondern vor Vergnügen, als sie auf Ryleigh hinuntersah. »Ich bin noch lange nicht mit dir fertig, Sheriff.«

Ryleigh grinste. »Freut mich zu hören.« Sie griff hinauf und massierte sanft eine der weichen Kugeln, die so verführerisch über ihr schwebten. »Ich auch nicht.«

Avalon legte den Kopf zurück und genoss Ryleighs Berührungen, dann beugte sie sich hinunter und verwöhnte Ryleighs Brüste mit ihrem Mund, bis Ryleigh sich unruhig unter ihr hin und her warf.

Die nächsten Stunden vergingen wie in einem Rausch, bis sie beide vor Erschöpfung einschliefen.

Als Ryleigh erwachte, wusste sie für einen Moment nicht, wo sie war. Das Schlafzimmer der Präsidentin von *Hadock Enterprises* war nicht gerade ihr normaler Aufenthaltsort. Sie musste lächeln. Wer hätte das gedacht?

Sie warf einen weichen Blick auf Avalon neben sich, die immer noch schlief. Avalon war so ungefähr alles, was man sich von einer Frau wünschen konnte. Im Bett auf jeden Fall.

Ryleigh seufzte. *Nur* im Bett. Davon konnte sie wohl ausgehen.

In diesem Moment hörte sie, wie unten eine Tür ging.

In derselben Sekunde schoss Avalon neben ihr hoch. »Maude! Du liebe Güte!«, flüsterte sie mit aufgerissenen Augen. »Meine Haushälterin«, erklärte sie schnell. »Sie kommt gleich hier rauf.«

Ryleigh sprang hektisch aus dem Bett und versuchte dabei kein Geräusch zu machen. »Was jetzt?«, flüsterte sie zurück.

»Du musst verschwinden.« Avalons Augen wanderten zum Fenster.

»Oh nein.« Ryleigh schüttelte den Kopf.

»Oh doch.« Avalon nickte heftig. »Oder willst du, dass sie uns beide hier zusammen erwischt? In dieser Situation?« Sie war schon dabei, sich rasend schnell anzuziehen. Ihre gewohnte Perfektion würde dabei auf der Strecke bleiben, aber für die Haushälterin würde es gut genug sein.

Ryleigh verzog das Gesicht. Nein, das wollte sie natürlich nicht. »Na gut«, gab sie nach und schlüpfte in Pullover und Hose, alles andere nahm sie über den Arm. »Aber nur dieses eine Mal.«

»Nun geh schon.« Avalon schob das Fenster für sie hoch und winkte ungeduldig. »Wir können das später diskutieren.«

Ryleigh schlüpfte hinaus und stand auf dem Vordach. *Unglaublich,* dachte sie. *Diese Frau bringt mich noch um den Verstand.*

»Bleiben Sie bitte unten, Maude, ich komme gleich«, hörte sie Avalon drin rufen.

Mit einem großen Satz sprang Ryleigh vom Dach, rollte sich am Boden ab und stand wieder auf. Sie warf einen Blick nach oben auf das Fenster, das jetzt geschlossen war. Sie lächelte, zog ihre Sachen an und verließ über den mit einer dichten Hecke umgegebenen Gartenweg das Grundstück.

Als sie auf die Straße trat, um in ihren Wagen zu steigen, hielt Lynn gerade an und stieg aus. »Du warst bei Avalon?«, fragte sie. »Hast du irgendetwas erreicht?«

Ryleigh warf schnell einen Blick zurück, ob Avalon am Fenster stand, aber das tat sie nicht. Warum sollte sie auch? »Ja«, sagte sie.

»Ich war bei ihr. Ich wollte noch mal mit ihr sprechen. In Ruhe.« *Das war es wirklich nicht,* dachte sie, unterdrückte aber ein Schmunzeln.

»Das wollte ich auch«, sagte Lynn.

Ryleigh runzelte die Stirn. »Das ist jetzt glaube ich keine so gute Idee. Sie ist ziemlich ... durcheinander.«

»Avalon? Durcheinander?« Nun runzelte Lynn die Stirn.

»Nun ja«, sagte Ryleigh. »Sie weiß im Grunde genommen, dass ihre Mutter darin verwickelt ist, aber du kennst sie ja. Sie würde das nie zugeben.«

Lynn presste die Lippen zusammen. »Dann werde ich sie dazu zwingen!« Sie wollte an Ryleigh vorbei auf das Haus zugehen.

»Bitte, Lynn ...« Ryleigh hielt ihren Arm fest. »Das bringt doch nichts. Du machst sie nur wieder wütend, und dann geht gar nichts mehr. Wir müssen jemand finden, der etwas über diese ganze Geschichte weiß. Hatte dein Vater so eine Art besten Freund? Die Leute, die ich im Sägewerk befragt habe, haben nichts gesagt.«

Lynn blieb widerstrebend stehen. »Ja, schon«, sagte sie. »Sean O'Neill.«

»O'Neill?« Ryleigh krauste die Stirn. »Hanks Vater heißt O'Neill. Ist er das?«

»Keine Ahnung.« Lynn zuckte die Schultern. »Ich kenne keinen Hank.«

»Ja, richtig. Der muss ja noch ein Baby gewesen sein, als du mit deiner Mutter weggingst«, überlegte Ryleigh nachdenklich. »Aber ich muss sowieso zu seinem Vater, wegen einer anderen Sache. Dann kann ich ihn gleich mal fragen, ob er der beste Freund deines Vaters war.« Sie schaute Lynn ernst an. »Und solange unternimm bitte nichts. Ich kümmere mich schon darum, keine Angst.«

Lynn sah skeptisch aus.

»Bitte«, sagte Ryleigh. »Du machst es nur schlimmer. Ich kann den Fall besser verfolgen, wenn du nicht dazwischenfunkst.«

»Na gut.« Lynn war nicht zufrieden, das sah man ihr an. »Aber lange warte ich nicht mehr. Sie lässt mich nicht noch einmal im Wald stehen.« Sie warf einen wütenden Blick auf Avalons Haus, drehte sich um und ging zu ihrem Wagen zurück.

Ryleigh wartete, bis sie abgefahren war, dann setzte sie sich in den Streifenwagen und fuhr ihr nach, um zu sehen, ob sie auch wirklich nicht zum Haus zurückkehrte.

Das tat sie nicht. Sie fuhr zum Café.

Ryleigh nahm das zum Anlass und folgte ihr hinein. Ihr Magen knurrte. Sie hatte Hunger. Warum wohl?

Als sie daran dachte, lächelte sie. Sich *nicht* mit Avalon zu streiten hatte entschieden seine Vorteile.

9

Ist Ms. Hadock allein?«, fragte Ryleigh, während sie vor Mollys Schreibtisch in Avalons Vorzimmer stand.

»Ja, sie – Haben Sie einen Termin, Sheriff?« Suchende Augen huschten schnell über den Kalender.

»Ich glaube nicht, dass ich den brauche. Ich wollte nur kurz mit ihr sprechen.« Ryleigh ging bereits auf die Tür zu. »Danke.«

Molly, seit der letzten Situation dieser Art klug geworden, widersprach nicht. Ihre Chefin war heute Morgen ausgesprochen gut gelaunt im Büro eingetroffen, Molly hatte sie beinah nicht wiedererkannt, also würde es wohl keine Probleme geben. Obwohl man das nie sagen konnte. Die Präsidentin von *Hadock Enterprises* war unberechenbar. Molly seufzte und wandte sich wieder ihrer Arbeit zu.

Ryleigh trat in Avalons Büro und schloss die Tür hinter sich.

»Ryleigh.« Avalon schaute sie von hinter ihrem Schreibtisch überrascht an. Sie saß wie immer vor einer Menge Papieren und ihrem aufgeklappten Laptop.

Ryleigh lächelte. »Guten Morgen. Ich fand unseren Abschied gestern etwas überstürzt. Ich konnte dich gar nicht mehr fragen, wie es dir geht.«

Avalon schien für einen Augenblick nicht zu wissen, was sie sagen sollte. »Gut«, antwortete sie dann zögernd. »Sehr gut.« Und es schien so, als könnte sie es selbst kaum glauben.

»Hat Maude etwas bemerkt?« Ryleigh kam zu ihr und blieb vor ihr stehen. Sie hätte sie gern geküsst, aber Avalon wirkte sehr zurückhaltend.

»Nein, ich glaube nicht.« Avalon schüttelte den Kopf.

Ryleigh beugte sich nun doch zu ihr hinunter und küsste sie sanft auf die Lippen. Sie lächelte. »Du warst wundervoll gestern. Ich finde es schade, dass niemand weiß, wie süß du sein kannst.«

Avalon schien verwirrt. Sie hatte sich zwar von Ryleigh küssen lassen, aber nun stand sie auf und ging zum Fenster, schaute hinaus. »Du –«, sie räusperte sich, »du solltest solche Dinge nicht sagen. Nicht hier in meinem Büro.«

»Warum?« Ryleigh trat hinter sie. »Untergräbt das deine Würde als Präsidentin?« Sie hauchte einen Kuss auf Avalons Haar. »Hast du gut geschlafen?« Ihre Stimme klang leise und weich.

»Ja. Ja, ziemlich gut.« Avalon drehte sich weg und verließ den Platz am Fenster. »Einen Drink?« Sie ging zu ihrer kleinen Bar hinüber.

»Ein bisschen früh, oder?« Ryleigh versuchte herauszufinden, wie Avalon gelaunt war. Das schien ziemlich zu schwanken.

»Ich habe auch Saft.«

»Na gut.« Ryleigh nickte. »Dann einen Saft.«

Avalon kam mit zwei Gläsern zurück und reichte eins davon Ryleigh. »Setz dich.« Sie wies auf einen Besuchersessel.

Ryleigh grinste ein wenig. »Setzt du dich auf meinen Schoß?«

Avalon hob die Augenbrauen.

»Versteh schon.« Ryleigh setzte sich. »Nicht hier in deinem Büro.«

Avalon ließ sich elegant auf dem Sessel nieder, der am weitesten von Ryleigh entfernt stand. »Wir sollten das nächste Mal in ein Hotel gehen«, sagte sie, während sie einen Schluck von ihrem Apfelsaft nahm.

Ryleigh stellte mit Erleichterung fest, dass Avalon ihre bisherigen gemeinsamen Aktivitäten offenbar nicht als das Ende aller Dinge betrachtete. »Denkst du, das ist besser?«

»Ja.« Avalon blickte ihr fest in die Augen. »Ich denke, das ist besser.«

»Jeder kennt dich und mich«, sagte Ryleigh. »Das wird nicht unbedingt zur Geheimhaltung beitragen. Wenn es das ist, was du willst.«

»Das wäre mir sehr lieb.« Avalon musterte sie mit einem merkwürdigen Blick. »Es muss kein Hotel hier in der Stadt sein. Das wäre in der Tat nicht so gut. Es gibt genug Hotels in anderen Städten.«

»Hm.« Ryleigh nickte. »Klingt, als ob du die kennst.«

»Ein paar davon«, sagte Avalon.

Avalon war eine komplizierte Frau, stellte Ryleigh fest. Sie hatte nicht angenommen, dass Avalon wie eine Nonne lebte, aber das hier klang, als ob sie regelmäßigen Sex in ihren Kalender eintrug wie einen Geschäftstermin.

Sie stand auf, ging zu Avalon hinüber, beugte sich über sie und küsste sie sehr zärtlich. »Du hast nicht gerade Lust, ins Hotel zu gehen, oder?«

Avalon runzelte die Stirn. »Ich bin eigentlich nicht gewöhnt, das täglich zu tun.«

»Gewohnheiten kann man ändern.«

Avalons Mundwinkel hoben sich leicht. »Es ist eindeutig, dass du als Sheriff nicht genug zu tun hast. Bei mir ist das anders.«

»Entschuldige.« Ryleigh richtete sich auf. »Ich wollte dich wirklich nicht von der Arbeit abhalten.«

»Was ist denn mit *deiner* Arbeit?«, fragte Avalon. »Die unter anderem darin besteht, meiner Familie einen Mord anzuhängen?« Sie stand auf. »Hast du deshalb mit mir geschlafen, um darüber etwas herauszufinden?«

Das war wieder die alte Avalon, die in allem nur Angriffe auf sich oder ihre Familie vermutete, die sie abwehren musste. Anscheinend hatte sie die Ermittlungen im Fall Mullally kurzzeitig vergessen, doch sie waren ihr gerade wieder eingefallen. Was – wie zu erwarten – ihre Wut sofort hochschäumen ließ.

»Aber nein, Avalon.« Ryleigh streckte eine Hand nach ihr aus, doch Avalon zog sich von ihr zurück und ging zum Schreibtisch.

»Du gehst jetzt besser«, sagte sie kalt. »Ich glaube, wir haben uns nichts mehr zu sagen.«

Ryleigh wusste, dass es aussichtslos war, jetzt noch mit Avalon diskutieren zu wollen, sie hatte erneut eine Mauer um sich gebaut, eine ganze Festung. Sie würde sich auf keine Kompromisse mehr einlassen. »Das ist absurd, Avalon«, versuchte sie trotzdem noch einmal, auf etwas sachlicheren Boden zu kommen. »Ich betrachte Sex nicht als Ermittlungsmethode.«

»Du hast ja auch nichts herausgefunden«, sagte Avalon. »Und wirst du auch nicht. Wenn du mich verhören willst, bestell mich aufs Revier. Dann komme ich mit meinem Anwalt.«

»Vor oder nach dem Hotel?«, fragte Ryleigh sarkastisch.

Avalon hob die Augenbrauen. »*Willst* du mich verhören?«

»Nein.« Ryleigh schüttelte den Kopf. »Dazu gibt es keinen Anlass im Moment.«

»Gut«, sagte Avalon. »Dann sollten wir dieses Gespräch jetzt beenden.« Sie setzte sich und schaute in ihren Laptop.

»Wie du willst.« Ryleigh ging zur Tür. »Ach übrigens«, warf sie in den Raum zurück. »Du schuldest mir noch einen Kaffee. Da du deine Schulden immer bezahlst, gehe ich davon aus, dass ich den noch kriege?«

Sie suchte nach einem letzten Strohhalm, damit Avalon den Kontakt zu ihr nicht ganz abbrechen konnte. Denn das wollte Ryleigh nicht. Die Avalon, die gestern in ihren Armen gelegen und geseufzt hatte, die sie angelächelt und geküsst hatte, wollte sie gern wiedersehen.

»Ich werde einen Gutschein im Café hinterlegen«, sagte Avalon, ohne sie anzusehen. »Und ab jetzt, Sheriff«, sie hob den Blick, und er war völlig ausdruckslos, »sollten wir unsere Gespräche auf rein Dienstliches beschränken.«

Ryleigh nickte. Sie konnte nichts mehr sagen, aber als sie die Tür hinter sich zuzog, hätte sie am liebsten geheult.

Was sie eigentlich nie tat. Doch Avalon brachte sie an den Rand der Verzweiflung.

10

Dass ich von dir noch mal was höre …« Eine tiefe Männerstimme klang aus Ryleighs Telefon.

»Ja, ich weiß, Brad.« Ryleigh fühlte sich tatsächlich etwas schuldig. »Ich habe mich lange nicht gemeldet.«

»Seit du aus New York weg bist«, sagte Brad. »Ich dachte, du wärst von den Bären gefressen worden da oben in Maine.«

Ryleigh lachte. »Bis jetzt habe ich noch keine Bären gesehen.« Es war irgendwie schön, die Stimme ihres alten Partners bei der New Yorker Polizei zu hören. Er war doppelt so alt wie sie, und ein bisschen hatte er sich während ihrer Zusammenarbeit zu einer Art Ersatzvater entwickelt. »Es geht mir ziemlich gut hier«, fuhr sie fort, obwohl das im Moment nicht so ganz stimmte. »Es ist so ruhig, dass ich mir mal einen Bären wünschen würde.«

»Dass du das aushältst ...«, sagte Brad. »Gehst du da nicht vor Langeweile ein?«

Na ja, es gibt schon hin und wieder ein paar Aufregungen, dachte Ryleigh. »Ich trinke viel Kaffee«, sagte sie. »Aber selbst bei uns hier gibt es den einen oder anderen Vorfall, und da wollte ich dich mal etwas fragen.«

»Schieß los«, sagte Brad. »Brauchst du Amtshilfe?«

»Nein, nein. Nicht wirklich.« Ryleigh malte mit einem Stift auf dem großen Kalender herum, der als Schreibtischunterlage auf ihrem Tisch lag. ›Gestiftet von *Hadock Enterprises*‹ stand darauf. Was auch sonst? Sie strich das *Hadock* energisch durch. »Ein Junge von hier hat in Portland etwas Ärger gemacht, also eigentlich gar nicht meine Zuständigkeit, aber hier ist sein Mädel, die furchtbar in ihn verliebt ist –«

Brad unterbrach sie lachend. »Ganz was Neues!«

»Ja.« Ryleigh konnte nicht wirklich darüber lachen. Sie musste an Avalon denken. »Also jedenfalls, sein Vater ist ein einfacher Arbeiter, der Junge ist noch in der Ausbildung – sie haben beide kein Geld, und der Schaden muss bezahlt werden, sonst schmort er ewig und drei Tage da in Portland bei den Kollegen.«

»Und was soll ich dabei tun? Ich schwimme jetzt auch nicht gerade im Geld«, sagte Brad.

»Darum geht es nicht«, erwiderte Ryleigh. »Aber dein Bruder hat doch diese Schreinerei. Sucht der nicht immer Leute? Hank kann mit Holz umgehen.«

»Puh, das wüsste ich jetzt nicht, ob er Leute sucht«, sagte Brad. »Aber ich kann ihn ja mal fragen.«

»Es wäre sehr wichtig«, betonte Ryleigh. »Auch deshalb, weil der Junge besser nicht hier nach Hadockville zurückkommen sollte. Er ist vor seinem Vater geflohen, der ihn wahrscheinlich ziemlich schwer verletzt hätte, wenn er hiergeblieben wäre.«

»Der Kerl schlägt seinen Sohn?« Das brachte Brad auf die Palme. Er hatte selbst zwei Söhne.

»Lange Geschichte«, sagte Ryleigh. »Es wäre im Moment am besten, wir könnten eine Lösung für Hank finden. Dass er einen Job hat, mit dem er die Schulden abzahlen kann.«

Brad verstand. »Dann könnte Hank eine Kaution beantragen, weil er einen Job hat. Und die Kaution würde nicht so hoch ausfallen.«

»Richtig«, sagte Ryleigh. »Wir könnten vielleicht einen Kautionsvermittler finden, der das übernimmt. Bis Hank es zurückzahlen kann.«

»Und der Bursche ist es wirklich wert?«, fragte Brad.

»Na ja . . .« Nun musste Ryleigh doch lachen. »Er ist mit einem Messer auf mich losgegangen.«

»Und da hast du ihn sofort in dein Herz geschlossen. Ich verstehe.« Brad grinste offensichtlich. »Aber wenn du denkst, dass er eine Chance verdient hat, werde ich meinen Bruder fragen. Ich verlasse mich auf dein Urteil.«

»Ich werde ihm ganz deutlich sagen, dass er in den Knast wandert, wenn er sich nicht benimmt«, sagte Ryleigh. »Seine Freundin denkt, dass er nicht schlecht ist. Ich hoffe, sie hat Recht.«

»Das hoffe ich auch«, sagte Brad. Im Hintergrund wurden Stimmen laut. »Ich muss weg«, fuhr er fort. »Lass dich nicht von Bären fressen!« Und er legte auf.

Ryleigh lehnte sich lächelnd zurück. Wie gut, dass es noch andere Dinge gab als Hadockville und Avalon.

Avalon. Verdammt. Wieso machte es ihr, Ryleigh, so viel aus, dass Avalon privat nichts mehr mit ihr zu tun haben wollte? Der Sex war gut gewesen, ja. Mehr als gut. Aber Avalon war nun wahrlich nicht die erste Frau, die gut im Bett war. Und nicht die einzige.

Ryleigh konnte das tun, was Avalon offensichtlich auch tat: eine andere Stadt, ein Hotel, eine andere Frau.

Sie wollte aber keine andere Frau, das war das Problem. Avalon übte eine ungeheure Anziehungskraft auf sie aus, neben der alles andere verblasste. Es gab nicht eine einzige Frau in Hadockville, die ihr das Wasser reichen konnte. Niemand.

Nicht, weil sie reich war. Nicht, weil ihr die ganze Stadt gehörte und sie sie beherrschte. Nicht, weil sie gut aussah, weil ihr Körper sich gut anfühlte und Sex zu einer himmlischen Erfahrung machen konnte.

Nein, das alles war es nicht. Es war mehr. Leider.

11

Ich weiß, weshalb Sie kommen, Sheriff. Sie können gleich wieder gehen!« Der wütende Mann starrte Ryleigh von der Veranda seines Hauses herunter an.

»Ich glaube nicht, dass Sie das wissen, Mr. O'Neill«, erwiderte Ryleigh ruhig. »Waren Sie mit Joe Mullally befreundet?«

Sean O'Neill sah aus, als hätte Ryleigh ihn mit einem Brett vor den Kopf geschlagen. »Wie? – Joe?«, stammelte er nach einer Weile überfordert. »Ja. Ja, wir waren befreundet.«

»Wunderbar«, sagte Ryleigh. »Dann sind Sie der Mann, den ich gesucht habe.«

»Was ... was soll das heißen?« Auf einmal sah Sean O'Neill gar nicht mehr so furchterregend aus.

»Darf ich reinkommen?«, fragte Ryleigh. »Es spricht sich so schlecht hier draußen.«

Wieder überlegte Sean O'Neill eine ganze Weile. Er war wohl nicht der schnellste Denker. »Na gut, kommen Sie rein«, brummte er dann. »Aber ich hab trotzdem keine Lust, mit Ihnen zu reden.« Er drehte sich um und ging ins Haus.

Ryleigh folgte ihm. Innen sah es erschreckend aus. Überall Bierflaschen, Reste von Essen, Zigarettenkippen. Ein grässlicher Gestank erfüllte den Raum.

Ryleigh ließ die Tür offenstehen und ging zum Fenster, um es zu öffnen. »Wie können Sie hier nur leben?«, fragte sie.

»Hank hat das immer gemacht«, raunzte Sean O'Neill und nahm einen Schluck Bier aus der Flasche, die er die ganze Zeit in der Hand gehalten hatte. »Er ist weg.«

»Ich weiß«, sagte Ryleigh. »Vermissen Sie ihn?«

Sean O'Neills rötliche Augenbrauen zogen sich zusammen. »Ich dachte, es geht um Joe.«

»Tut es auch.« Ryleigh nickte. »Ich nehme an, Sie wissen, dass Joes Tochter wieder hier ist, Lynn.«

»Süßes kleines Mädchen«, sagte Sean. Offenbar erinnerte er sich.

»Nicht mehr so klein«, korrigierte Ryleigh. »Sie ist jetzt eine erwachsene Frau und Anwältin. Und sie denkt, dass Joe ermordet wurde.«

Sean starrte sie aus wässrigen, von Alkohol und Zigarettenqualm verschleierten Augen an. »Ermordet?« Er schien das Wort nicht zu begreifen.

»Lynn denkt, dass die Hadocks etwas damit zu tun hatten«, ergänzte Ryleigh.

»Die Hadocks?« Immer noch wirkte Sean benebelt. War er vermutlich auch. »Oh, die Hadocks«, wiederholte er. »Ja, Joe hat damals Chrissy gebumst.«

Ryleigh hob die Augenbrauen. Das war mehr an Information, als sie erwartet hatte. »Sie meinen Christine Hadock?«, fragte sie nach.

»So hieß sie erst nach ihrer Heirat. Vorher war sie einfach nur Chrissy.« Er grinste. »Und sie war eine heiße Nummer.«

»Okay«, sagte Ryleigh. »Also Joe Mullally hat Ihnen gesagt, dass er ein Verhältnis mit Christine Hadock hatte, stimmt das?«

»So gewählt hat er es nicht ausgedrückt«, erwiderte er mit schwerer Zunge. »Er hat sie eben flachgelegt. Joe war gut darin. Die Mädels sind ihm nachgelaufen wie sonst was. Keine Ahnung, warum. Und ihn hat's nicht gestört, wenn sie verheiratet waren. Oder dass er verheiratet war. Mary hatte was auszuhalten.«

»Mary war Lynn Mullallys Mutter?«, fragte Ryleigh.

»Klar war sie das. 'n Kuckuckskind wird's wohl nich' gewesen sein.« Er lachte etwas dreckig. »Dazu hatte Joe zu viel inner Hose.«

»Das interessiert mich jetzt weniger«, sagte Ryleigh. »Was mich interessiert, ist, ob Joe mal etwas zu Ihnen gesagt hat darüber, dass er etwas über die Hadocks wusste. Etwas, das die Hadocks nicht gern bekanntgemacht hätten.«

»Oh, da gab's 'ne Menge. Die hatten doch immer Dreck am Stecken. Besonders, seit Chrissy den Laden übernommen hatte. Das konnte sie, das muss man ihr lassen.« Sean wollte noch einen Schluck Bier trinken, merkte, dass die Flasche leer war, und ging zum Kühlschrank. »Scheiße, nichts mehr da.« Mit blutunterlaufenen Augen drehte er sich zu Ryleigh um. »Sie haben nicht zufällig was dabei?«

Ryleigh schüttelte den Kopf. »Was genau sollte denn nicht bekannt werden?«, fragte sie.

»Was?« Seans Augen schienen noch wässriger zu schimmern. Er sah aus, als hätte er nichts verstanden.

»Was wusste Joe?«, fragte Ryleigh klar und deutlich, in der

Hoffnung, dass Sean es so besser mitbekommen würde. »Was gab es da?«

»Oh, er hatte da irgendwas. Papiere. Weiß nicht genau. Er sagte, er könnte alles auffliegen lassen.« Sean schwankte zum Stuhl zurück und ließ sich schwer fallen.

»Was auffliegen?«

Er zuckte die Schultern. »Weiß nicht mehr. Er hat mal was gesagt ...« Schwer legte er den Kopf in die Hände. »Wo ist Hank?«, flüsterte er plötzlich. »Wo ist mein Junge?«

Mehr würde sie wohl im Moment nicht zu der Sache mit Joe Mullally aus ihm herauskriegen, also beschloss Ryleigh, das andere Thema anzusprechen. »Sie haben ihn geschlagen«, sagte sie. »Er ist weggelaufen.«

Erst nach einer langen Weile hob Sean O'Neill den Blick. »Er ist ein guter Junge«, sagte er mühsam. »Guter Junge.«

Kommt mir langsam auch so vor, dachte Ryleigh. *Er hat hier saubergemacht, vermutlich die ganze Sache am Laufen gehalten. Seit er zehn Jahre alt war.* »Sie werden ihm also nichts tun, wenn er zurückkommt?«, fragte sie.

»Ich ... Nein. Ich würde ihm doch nie was tun.«

Ryleigh hob die Augenbrauen. Hatte er schon vergessen, was er getan hatte, und das offenbar nicht nur einmal? »Ich glaube, wir unterhalten uns besser, wenn Sie nüchtern sind«, sagte sie. »Vielleicht fällt Ihnen dann ein, was Joe Mullally gegen die Hadocks in der Hand hatte.«

»Hank«, stöhnte Sean O'Neill. »Hank. Wo bist du? Komm her. Ich brauche dich.«

Er hatte offensichtlich gar nicht gehört, was sie gesagt hatte.

Ryleigh seufzte.

Hier kam sie heute nicht weiter.

Sie ging.

12

»Okay, Hank, hast du verstanden, was ich gesagt habe?« Ryleigh starrte den Jungen, der zusammengekauert in der Ecke der Zelle saß, stirnrunzelnd an.

»Ja, ja, schon klar.« Seine Stimme klang dumpf, denn er hatte die Arme um die Knie gelegt und sprach in den Stoff seiner Jacke hinein.

Ryleigh atmete tief durch und setzte sich neben ihn auf die Bank. »Ich tue das nur für Pacey«, bemerkte sie ruhig. »Mit dir habe ich ja nicht die besten Erfahrungen. Viele andere auch nicht. Aber durch sie kriegst du eine Chance. Wirst du die auch nutzen?«

Er hob den Kopf von den Knien. »Sie wollen mich doch viel lieber hier versauern lassen. Machen Sie's doch. Ich krieg hier jeden Tag was zu essen und hab 'n Dach überm Kopf. Mir geht's gut.«

»Cool«, sagte Ryleigh. »Das hast du dir immer gewünscht, so hinter Gittern zu sein, hm? Und Pacey ist dir egal?« Sie schaute ihn streng an.

»Pacey is' nur 'n Mädel. 's gibt viele Mädel.« Er legte den Kopf etwas schief auf seine Knie zurück und schaute Ryleigh schräg von unten herausfordernd an.

Sie hätte ihm am liebsten eine geknallt, aber sie sah etwas in seinen Augen, das sie sehr gut kannte. »Gibt es«, bestätigte sie nickend. »Aber manche sind was Besonderes, findest du nicht?«

»Was verstehen Sie schon davon?«, brummte er.

Mehr als du denkst, dachte Ryleigh. *Und mehr, als mir lieb ist.* »Ich kenne Pacey«, sagte sie. »Und ich finde, sie *ist* was Besonderes.«

Eine Weile saß er stumm da. »Sie hat sich wirklich für mich stark gemacht?«, fragte er dann leise.

»Hat sie«, sagte Ryleigh. »Ohne sie wäre ich jetzt nicht hier. Oder ich hätte dich zu deinem Vater zurückgebracht.«

»Mein Vater ...« Er schluckte. »Wie geht es ihm?«

»Nicht so gut, seit du weg bist«, erwiderte sie wahrheitsgemäß. »Aber ich finde, das hat er verdient. Für das, was er dir angetan hat.«

»Er ist kein schlechter Mensch«, sagte Hank. »Er meint es nicht so.«

»Sagst du das auch noch, wenn er dich totgeschlagen hat?«, fragte Ryleigh ärgerlich. »Warum bist du dann weggelaufen?«

»Es war der Todestag meiner Mutter«, murmelte Hank mit belegter Stimme. »Dann ist er immer – Früher habe ich mich irgendwo versteckt, in einer Scheune, in einem Lager, im Sägewerk ... aber diesmal dachte ich, ich sage ihm, dass es so nicht weitergehen kann. Da hat er zugeschlagen.«

»Ja.« Ryleigh musterte ihn. Man sah die Spuren der Schläge immer noch in Hanks Gesicht, seine geplatzte Braue war genäht, doch noch lange nicht verheilt, auch wenn sich die anderen blauen Flecken langsam blasser färbten. »Du hast Recht. So kann es nicht weitergehen. Und das Beste ist, wenn du ihn eine Weile nicht siehst. Dann kann nichts passieren.«

»Er kommt nicht zurecht allein«, erwiderte Hank, jetzt auf einmal sehr erwachsen wirkend. »Ich muss zurück.«

»Ja«, sagte Ryleigh. »Irgendwann. Aber nicht jetzt. Ich werde nach ihm sehen, wenn ich wieder in Hadockville bin, versprochen.« Sie stand auf. »Wir zwei machen aber vorher noch einen kleinen Umweg über New York. Komm mit.« Sie ging zur Zellentür.

Hank schaute sie erst nur an, dann stand er ebenfalls zögernd auf. »Sie haben das ernst gemeint?«

»Was sonst?«, sagte Ryleigh. »Wozu habe ich einen Kautionsvermittler aufgetrieben und das alles?« Sie klopfte an das Gitter. »Wir sind soweit.«

Ein uniformierter Beamter kam und öffnete.

Ryleigh drehte sich um. »Kommst du jetzt, oder willst du lieber hierbleiben?«

Als ob er es immer noch nicht glauben könnte, folgte Hank ihr langsam hinaus.

»Wir müssen ein Stückchen laufen«, erklärte Ryleigh ihm, als sie das Polizeipräsidium verließen. »Wegen der Baustelle hier kann man nicht näher parken.« Sie wies auf die großräumig aufgerissene Straße. »Ich musste den Wagen zwei Blocks entfernt stehenlassen.«

Hank nickte nur und trottete weiter neben ihr her.

Ryleigh hob die Augenbrauen. Sie konnte sich ziemlich gut vorstellen, wie der Junge sich fühlte. Aber da musste er durch, es ging nicht anders.

Mit weit ausholenden Schritten ließ sie den ersten Block hinter sich. Als sie ihren Wagen schon am Straßenrand stehen sehen konnte, trat kurz vor ihr plötzlich eine Frau aus einem Hoteleingang. Ryleigh musste abrupt stoppen, um nicht in sie hineinzulaufen.

Die Frau, die vorher nicht genau auf ihre Umgebung geachtet zu haben schien, blickte auf. Ihre dunklen Augenbrauen zogen sich zusammen. »Spionierst du mir nach?«, fragte sie ärgerlich.

Ryleigh war für eine Sekunde sprachlos. In dieser Sekunde verließen zwei junge Frauen das Hotel, blond, groß, sehr schlank und offensichtlich Zwillinge. Sie warfen Avalon einen vielsagenden Blick zu, dann gingen sie an Ryleigh, Hank und Avalon vorbei, und Avalons Augen folgten ihnen kurz.

Ryleighs Mundwinkel zuckten. »Ich sehe, du warst im Hotel?«

Avalons Augenbrauen, die sich für einen Moment entspannt hatten, kehrten wieder in ihre drohende Position zurück. »Ich habe geschäftlich in Portland zu tun«, erwiderte sie knapp. »Irgendwo muss ich ja schlafen.«

»Ach, du hast geschlafen?«, fragte Ryleigh süffisant und schaute den Zwillingen hinterher, die sich noch einmal nach Avalon umdrehten.

»Ich habe mich ... erholt in der Mittagspause, ja«, entgegnete Avalon kühl.

Ryleigh wandte sich an Hank. »Geh schon mal zum Wagen. Hier sind die Schlüssel.« Sie wies die Straße hinunter und hielt ihm die Schlüssel hin. Er starrte sie nur erstaunt an. »Nimm schon«, forderte sie ihn noch einmal energischer auf.

Er nahm die Schlüssel und ging zum Auto, das eindeutig mit *Sheriff* beschriftet war, so dass er es nicht verfehlen konnte.

»Wolltest du mit ihm auch gerade ins Hotel?«, fragte Avalon aufreizend ruhig. Sie hatte sich anscheinend wieder gefangen. »Ist er nicht ein bisschen jung dafür?«

Ryleigh schüttelte augenrollend den Kopf. »Die beiden da eben waren auch nicht gerade alt, oder?«

»Ich habe keine Ahnung, wovon du sprichst«, sagte Avalon.

»Nein, natürlich nicht.« Ryleigh betrachtete Avalons verschlossenes Gesicht. Dagegen war das von Hank wirklich ein offenes Buch gewesen, obwohl er sich bemüht hatte, seine Gefühle zu verstecken. »Ich habe Hank nur abgeholt«, fuhr sie so gleichgültig wie möglich fort. »Er hat hier in Portland einen Unfall gebaut, und ich musste ihn aus dem Gefängnis holen. Du kennst Hank doch?« Während sie das sagte, beobachtete sie Avalon genau. »Er ist der Sohn von Sean O'Neill. Und der war der beste Freund von Joe Mullally.«

Avalon legte leicht den Kopf schief wie ein gelangweilter Vogel, sonst zeigte sie keine Reaktion. »Ach ja?«, fragte sie desinteressiert, wie nur um der Konversation willen.

»Ja«, sagte Ryleigh. »Ich habe mit Sean O'Neill gesprochen. Er kann sich noch an einiges von früher erinnern. Was Joe Mullally ihm erzählt hat.« Vielleicht lockte das Avalon aus der Reserve.

Tat es nicht. »Ich muss zurück zu meinen Geschäftspartnern«, entgegnete sie lässig. »Ich habe keine Zeit mehr zu plaudern.« Sie entfernte sich einen Schritt von Ryleigh. »Über Dinge, die absolut nichts mit mir oder meiner Familie zu tun haben«, fügte sie dann noch abschließend hinzu, trat an den Straßenrand und winkte einem Taxi.

Ryleigh blieb noch einen Moment stehen und beobachtete, wie Avalon einstieg. Sie warf keinen Blick mehr auf Ryleigh zurück.

Avalon definiert den Ausdruck ›harter Brocken‹ wirklich völlig neu, dachte Ryleigh, dann atmete sie tief durch und ging zu ihrem Streifenwagen.

Hank saß auf dem Beifahrersitz und wartete auf sie. »Ich hätte mit dem Auto abhauen können«, sagte er, als Ryleigh einstieg.

»Hättest du.« Ryleigh setzte sich hinters Steuer und warf einen Blick auf ihn. »Bist du aber nicht.«

»Sie haben mir die Schlüssel gegeben.« Hank schien das immer noch nicht glauben zu können. »Einfach so.«

Ryleigh legte den Gang ein und fuhr aus der Parklücke hinaus. »Ich wollte nicht, dass du dich auf der Straße rumtreibst«, erwiderte sie, während sie den Verkehr beobachtete, um die Spur zu wechseln. »Das muss endlich mal aufhören.«

Hank schwieg eine Weile. »Warum interessiert Sie das?«, fragte er dann. »Das geht Sie doch überhaupt nichts an.«

»So was Ähnliches hast du schon mal zu mir gesagt.« Ryleigh grinste. »Als ich gerade in Hadockville angekommen war.«

»Woher hätte ich wissen sollen, dass Sie der Sheriff sind?«, fuhr Hank auf.

»Wärst du dann nicht mit dem Messer auf mich losgegangen?« Ryleigh hob die Augenbrauen und warf kurz einen Blick auf ihn. »Doch, wärst du.«

»Sie hätten uns eben in Ruhe lassen sollen«, brummelte Hank. »Dann wär gar nichts passiert.«

»Hmhm.« Ryleigh nickte nachdenklich. »Hast du dich denn gar

nicht vor Pacey geschämt? Ihre Großmutter vor ihren Augen zu bedrohen?«

Hank antwortete nicht.

»Und außerdem warst du betrunken«, fügte Ryleigh hinzu. »Willst du deinem Vater nacheifern?«

»Mein Dad kann nichts dafür!«, blaffte Hank sie sofort an. »Er war nie so, bevor meine Mom –« Er brach ab.

»Du vermisst sie auch, hm?«, sagte Ryleigh. »Ihr vermisst sie beide.«

»Was verstehen Sie schon davon?« Hank zog die Schultern hoch und verkroch sich in seiner Jacke.

»Ja, stimmt«, sagte Ryleigh. »Was verstehe ich schon davon? Ich hatte nie eine Mom.«

Eine Weile fuhren sie stumm die Straße nach Süden entlang.

»Das geht doch gar nicht«, sagte Hank dann plötzlich. »Jeder hat 'ne Mom.«

»Nur die Glücklichen«, erwiderte Ryleigh. »Wie du.« Sie lächelte Hank schief an. »Ich gehörte leider nicht dazu.«

»Sind Sie auch bei Ihrem Dad aufgewachsen?«, fragte Hank.

»Nope.« Ryleigh schüttelte den Kopf. »Einen Dad hatte ich auch nicht.«

Damit war Hank erst einmal überfordert. »Großmutter?«, kam nach einer langen Weile die Frage von ihm. »Wie Pacey?«

Wieder schüttelte Ryleigh den Kopf, sagte aber nichts.

»Niemand?«, fragte Hank, nachdem er sich erneut lange Zeit gelassen hatte.

»Du hast es erfasst.« Ryleigh schaute auf die Straße vor sich, die nun langsam aus der Stadt hinausführte. »Niemand.«

Stille erfüllte den Wagen, bis Ryleigh nach einer Weile das Radio anstellte. Countrymusik klang heraus.

Sie fuhren etwa zwei Stunden, dann bog Ryleigh an einer Tankstelle ein. »Kleine Pause«, sagte sie. »Ich brauch 'n Kaffee. Sind noch mal mindestens drei Stunden bis New York.«

»Ich kann fahren«, bot Hank an, während er ausstieg.

»Ja, klar, das hast du bewiesen.« Ryleigh rollte die Augen.

»Ich kann's wirklich«, sagte Hank. »Können Sie mir ruhig glauben. Aber wahrscheinlich haben Sie Angst, dass ich doch noch abhaue«, setzte er provozierend hinzu.

»Bestimmt nicht, solange ich die Verantwortung für dich habe«, erwiderte Ryleigh trocken. »Auf jeden Fall würdest du nicht weit kommen.« Sie fühlte die Müdigkeit. Seit heute Morgen war sie unterwegs. Gut drei Stunden von Hadockville nach Portland, jetzt noch einmal fünf, eher sechs Stunden nach New York … »Gut«, sagte sie. »Warum nicht?« Sie sah das Glänzen in Hanks Augen. Welcher Junge träumte nicht davon, mal einen Polizeiwagen zu fahren? »Aber keine Sirene. Versprochen?«

Es war wie ein Déjà vu, als sie endlich in New York ankamen und Ryleigh auf den Parkplatz vor dem Revier fuhr, auf dem sie gearbeitet hatte, bevor sie nach Maine gegangen war. Für einen Augenblick dachte sie, es wäre keine Zeit vergangen, und sie käme zum Dienst.

Hank zog die Augenbrauen zusammen. »Sie liefern mich bei den Cops ab?«

»Bei *einem* Cop«, korrigierte Ryleigh. »Dem, der sich um dich kümmern wird. Hab ich dir doch erzählt.«

Hank starrte sie immer noch misstrauisch an.

»Offenbar hast du nicht richtig zugehört.« Ryleigh seufzte. »Mein ehemaliger Partner wird dich aufnehmen. Er hat zwei Jungs. Seine Frau und er geben dir ein Dach über dem Kopf und zu essen. Das war dir doch so wichtig.« Sie grinste. »Aber du bekommst das alles ohne Gitter vor den Fenstern. Ist doch cool, oder?«

Hank schien das nicht zu finden.

»Nun komm schon«, sagte Ryleigh und stieg aus. »Sein Dienst ist gleich zu Ende, dann nimmt er dich mit nach Hause. Wir sollten ihn nicht verpassen.« Als Hank sitzenblieb, ging sie um den Wagen herum und öffnete die Beifahrertür. »Soll ich dir Handschellen anlegen, oder was?« Sie griff an Hanks Arm und zog ihn hoch.

Widerstrebend folgte Hank ihr ins Revier.

Blicke folgten Ryleigh, als sie mit festem Schritt durch die Eingangshalle ging. Sie erwiderte die Blicke nicht.

Am Ende der Halle stieß sie gegen eine Schwingtür, und vor ihnen tat sich ein großer Raum mit vielen Schreibtischen auf.

»Ryleigh?« Ein Mann, der den Raum gerade hatte verlassen wollen, blieb abrupt vor Ryleigh stehen. »Was machst du denn hier?«

»Ist Brad in der Nähe?«, fragte Ryleigh zurück, ohne die Frage des Mannes zu beantworten.

»Ja. Ja, klar. Da hinten an seinem Schreibtisch.«

Ryleigh nickte dem Mann nur zu und ging dann an ihm vorbei.

Brad blickte hoch, als sie nur noch wenige Meter von seinem Schreibtisch entfernt war. »Leigh!« Er stand auf und kam mit ausgestreckten Armen auf sie zu.

»Brad.« Ein breites Lächeln überzog Ryleighs Gesicht, das bisher einen sehr ernsten, fast verbissenen Ausdruck getragen hatte.

Brad gab ihr die Hand und hielt sie lange fest. »Mensch, ist das schön, dich wiederzusehen!« Sein Blick wanderte an Ryleigh vorbei auf Hank, der ziemlich verschüchtert aussah, auch wenn er versuchte, das zu verbergen. »Und das ist wohl dein Schützling?«

»Ab jetzt deiner«, sagte Ryleigh. Sie drehte sich zu Hank um. »Das ist Detective Fitzpatrick, Hank. Bei ihm wirst du wohnen.«

»Hallo Hank«, sagte Brad.

Hank antwortete nicht.

»He!« Brad warf ihm einen strengen Blick zu. »Aufwachen, Junge! Hast du nichts zu sagen?«

Hank verzog das Gesicht. »Hallo«, brummelte er.

»Ich seh schon ...« Brad wandte sich wieder an Ryleigh. »Ihr könntet verwandt sein.« Er grinste.

Ryleigh runzelte die Stirn. »So war ich nie.«

»Denkst du«, erwiderte Brad immer noch schmunzelnd. »Aber ich hab dich ganz gut hingekriegt.« Fast mit Vaterstolz musterte er Ryleighs Gesicht. Schnell glitt sein Blick auch über Hanks, blieb kurz an der genähten Braue hängen und an dem jetzt leicht gelblich verfärbten Veilchen unter seinem Auge. Brads Zähne knirschten hörbar. »Den Kerl sollte ich mal in die Finger kriegen ...«

»Vorläufig wäre es gut, wenn er Hank nicht in die Finger kriegt«, erwiderte Ryleigh. »Deshalb sind wir hier.«

»Ja, richtig.« Brad nickte. »Eileen hat sein Zimmer schon vorbereitet.« Er hob die Augenbrauen. »Und wo schläfst du? Hast du deine Wohnung noch?«

Ryleigh schüttelte den Kopf.

»Dann schläfst du auch bei uns heute Nacht«, beschloss Brad sofort. »Du kannst jetzt nicht mehr da ans Ende der Welt zu den Bären zurückfahren.«

Ryleigh musste lachen. »Du immer mit deinen Bären!«

»Hallo Ryleigh. Was für eine Überraschung.«

Das Lachen erstarrte auf Ryleighs Gesicht.

Brad warf einen Blick auf eine Person, die offensichtlich hinter Ryleigh stand. »Komm, Junge«, sagte er zu Hank. »Wir müssen uns unterhalten.« Er winkte Hank mit dem Kopf, und Hank folgte ihm zu seinem Schreibtisch.

»Du bist jetzt auch wieder in Uniform?«, fragte die Stimme hinter Ryleigh. »Na, wie fühlt sich das an?«

Langsam drehte Ryleigh sich um. »Nicht schlecht«, erwiderte sie mit unbewegtem Gesicht.

»Ach, tatsächlich?« Die dunkelhaarige Frau in der blauen Uniform, einen Kopf kleiner als Ryleigh, verzog spöttisch die Mundwinkel. »Bist du sicher?« Sie musterte Ryleigh von oben bis unten. »Ich das jetzt chic auf dem Land?«

»Wie du richtig sagtest, ist es eine Uniform, Chloe«, entgegnete Ryleigh kühl. »Da stellt sich die Frage wohl kaum.«

»Ja, die Landpomeranzen stehen wahrscheinlich auf jede Uniform, egal, wie sie aussieht.« Chloe grinste anzüglich.

»Du kannst es gern ausprobieren«, entgegnete Ryleigh trocken. »Komm einfach mal vorbei.«

Chloe lächelte hinterhältig. »Ist das eine Einladung?«

»Nicht wirklich«, sagte Ryleigh.

»Immer noch böse?«, fragte Chloe mit einem unschuldigen Augenaufschlag, der gar nicht zu ihrem bisherigen Gesichtsausdruck passte.

»Immer noch nicht wieder Detective?«, fragte Ryleigh zurück. »Ich dachte, das hättest du mittlerweile geschafft.«

»Kommt schon«, behauptete Chloe selbstbewusst. »Ich bin nah dran. Meine goldene Marke liegt schon poliert bereit.«

»Na dann: Herzlichen Glückwunsch«, sagte Ryleigh.

»Und du?«, fragte Chloe. »Keine Lust mehr auf Gold?« Sie musterte Ryleigh noch einmal eindringlich. »Du willst doch wohl nicht ewig so rumlaufen.« Ihre Mundwinkel verzogen sich nach unten.

»Nachts ziehe ich die Uniform aus«, sagte Ryleigh.

Chloes Augen wanderten über Ryleighs Brüste und sanken dann immer tiefer. »Ja …«, bemerkte sie gedehnt. »Ich erinnere mich.«

Ryleighs Mundwinkel zuckten. »Manche Erinnerungen sind es nicht wert«, sagte sie, drehte sich um und ging zu Brad und Hank an den Schreibtisch hinüber.

13

Und wann kann ich ihn wiedersehen?« Pacey war natürlich nicht glücklich über die neue Regelung. Sie zog einen Schmollmund, als Ryleigh nach ihrer Rückkehr aus New York das erste Mal wieder im Café frühstückte.

»Du wolltest, dass ich mich um ihn kümmere, oder?«, fragte Ryleigh zwischen zwei Bissen. Heute hatte Elaine wieder einmal ihre hervorragenden Pfannkuchen gemacht.

»Ich wollte, dass du ihn zurückbringst!«, protestierte Pacey. »Nicht dass du ihn ans andere Ende der Welt verfrachtest!«

Ryleigh lachte. »Für die Leute in New York ist das hier.«

»Ist mir doch egal«, sagte Pacey. »Jedenfalls ist es so weit weg, dass Granny mich nicht gehen lässt.« Sie runzelte schlechtgelaunt die Stirn. »Du hast dich mit ihr abgesprochen. Sie wollte noch nie, dass ich was mit Hank zu tun habe.«

»Ich habe mich nicht mit ihr abgesprochen. Es war einfach die beste Lösung.« Ryleigh legte die Gabel hin und schaute Pacey eindringlich an. »Glaub mir. Es ist gut für Hank, wenn er seinen Vater eine Weile nicht sieht. Und es ist gut für ihn, wenn er einen Beruf lernt. Schreiner werden immer gebraucht.« Sie lächelte. »Abgesehen davon kann er dir dann alles bauen, was du willst. Wenn ihr mal einen eigenen Haushalt habt.«

Die Vorstellung von einem eigenen Haushalt mit Hank gefiel Pacey offensichtlich. Sie wehrte sich noch ein wenig dagegen, aber dann begann sie auch zu lächeln. »Meinst du?«

»Ja.« Ryleigh nickte und nahm sich den nächsten Pfannkuchen. »Meine ich.«

Paceys Lächeln wurde immer breiter. »Pacey O'Neill«, sagte sie. »Klingt nicht schlecht, oder?«

Ryleigh schmunzelte. »Klingt wunderbar.«

Beiläufig wischte Pacey noch einmal mit dem Tuch über den Tisch, dann ging sie mit beschwingtem Schritt zur Theke zurück.

»Ich wünschte, alle Probleme ließen sich so leicht lösen«, murmelte Ryleigh vor sich hin.

Wie aufs Stichwort betrat Lynn das Café. Sie sah sich um und setzte sich zu Ryleigh an den Tisch, sobald sie sie entdeckt hatte. »Was hast du herausgefunden?«

»Ich war in New York«, erwiderte Ryleigh. »Ich musste mich noch um eine andere Sache kümmern.« Kam sie denn heute überhaupt nicht zum Frühstücken?

»Um etwas, das Avalon nicht stört, wette ich«, versetzte Lynn säuerlich.

»Um etwas, das mit Sean O'Neills Sohn zu tun hat«, berichtigte Ryleigh. »Vielleicht erzählt Sean mir ja jetzt etwas mehr.« Die Hoffnung hatte sie allerdings nicht wirklich. Sean O'Neill würde genauso wie Pacey nicht begeistert über Hanks jetzigen Aufenthaltsort sein. Und über die Länge des geplanten Aufenthalts schon gar nicht.

»Warum hast du ihn nicht schon längst ausgequetscht?«, fragte Lynn erbost. »Ich glaube, ich gehe besser mal selbst zu ihm.«

»Tu das.« Ryleigh nickte. »Aber sieh zu, dass er nicht betrunken ist. Dann ist nämlich nichts mit ihm anzufangen, habe ich bei der letzten Befragung festgestellt.«

Lynn runzelte erst die Stirn, dann verzog sie das Gesicht. »Entschuldige«, sagte sie. »Aber es geht einfach nicht voran.«

»Wem sagst du das?« Ryleigh lehnte sich zurück. »Normalerweise, wenn ein Mord nicht innerhalb einer Woche aufgeklärt ist, wird es schwierig. Und dieser ist schon fünfzehn Jahre alt. Ich tue wirklich, was ich kann.« Sie atmete tief durch. »Ich werde noch einmal mit Sean O'Neill sprechen, wenn er nüchtern ist. Er hat etwas von Papieren erwähnt das letzte Mal, aber er war zu weggetreten, um mir zu erklären, worum es dabei ging.«

»Papiere? Was für Papiere?«, fragte Lynn.

Ryleigh zuckte die Schultern. »Wie ich schon sagte: Er konnte sich an nichts erinnern in seinem Zustand. Hoffen wir mal, dass ihm der Alkohol nicht schon alle Gehirnzellen weggefressen hat und er sich wenigstens in nüchternem Zustand erinnert.«

»Ja, hoffentlich.« Lynn kaute nachdenklich auf ihrer Unterlippe herum. »Du hast doch mit dem alten Sheriff gesprochen. Ich weiß, dass er etwas hatte. Er hat nichts gesagt?«

»Nein.« Ryleigh schüttelte den Kopf. »Mit ihm muss ich auch

noch mal ein Hühnchen rupfen. Avalon wusste sofort Bescheid, kaum dass ich bei ihm gewesen war.«

Lynn lachte trocken auf. »Das überrascht dich? Mich hätte eher das Gegenteil überrascht. Sie hat ihre Augen überall.«

»Scheint so«, sagte Ryleigh. Ihr war nicht wohl dabei, über Avalon nachzudenken. Da kamen zu viele Gedanken, die nichts mit ihrem Job zu tun hatten.

Sie hatte davon geträumt, was Avalon mit diesen Zwillingen gemacht hatte – oder die beiden mit ihr. Es waren keine angenehmen Träume gewesen. Sie wusste schließlich aus eigener Erfahrung, wie leidenschaftlich Avalon war. Sie hatte ihren nackten Körper wieder vor sich gesehen, wie er sich unter ihr wand –

»Ich glaube, ich tu's.«

Ryleigh schreckte aus ihren Gedanken hoch und starrte Lynn an. »Du tust was?«

»Sean O'Neill besuchen«, erklärte Lynn. »Immerhin war es *mein* Vater, dessen bester Freund er war.«

»Er hat sich an dich erinnert«, sagte Ryleigh. »Er dachte, du wärst immer noch ein kleines Mädchen.«

Lynn lachte. »Na, dann wird er feststellen, dass ich das nicht mehr bin! Und jetzt am Morgen habe ich vielleicht eine Chance, ihn noch in halbwegs ansprechbarem Zustand zu erwischen.«

»Könnte sein«, sagte Ryleigh. »Viel Glück. Vielleicht hast du ja wirklich mehr Erfolg als ich. Als Tochter seines besten Freundes wird er dich anders sehen als mich, wenn ich in Uniform ankomme.«

»Genau«, sagte Lynn. Sie stand auf. »Wenn mein Vater jemandem etwas erzählt hat, dann ihm.« Sie nickte Ryleigh zu und verschwand energiegeladen zur Tür hinaus.

Ryleigh beendete ihr Frühstück und ging ins Sheriffbüro hinüber. Aus reiner Gewohnheit machte sie Kaffee, obwohl sie gerade welchen getrunken hatte. Ebenso aus Gewohnheit nahm sie sich eine Tasse, als er fertig war, und setzte sich an ihren Schreibtisch.

Sie hatte es Lynn nicht sagen wollen, aber sie sah keine Möglichkeit mehr, jetzt noch, fünfzehn Jahre später, herauszufinden, was damals passiert war. Sie hatte lange genug in New York Mordfälle bearbeitet, mit Leichen, an denen das Blut noch nicht einmal getrocknet war, und oft hatte sie trotzdem aufgeben müssen.

Christine Hadock, die vielleicht etwas gewusst hatte, war tot. Ebenso Avalons Vater. Und Joe Mullally sowieso. Seine Frau auch. Sich an den Strohhalm Sean O'Neill und an den alten Sheriff zu klammern, der möglicherweise Beweise – für was auch immer – hatte verschwinden lassen, war die reine Verzweiflung.

Ein depressiver Säufer und ein Lakai der Obrigkeit: keine sehr vielversprechende Auswahl.

Ein Luftzug teilte ihr mit, dass gerade jemand von draußen durch die Tür getreten war. Sie wandte den Blick zum Eingang.

Ein Mann trat auf den Glaskasten von Ryleighs Büro zu. »Guten Morgen, Sheriff Grant«, sagte er lächelnd.

Ryleigh stand auf. »Guten Morgen.« Schon als sie gesessen hatte, hatte sie wahrgenommen, dass der Mann nicht besonders groß war. Nun, da sie stand, wirkte er noch kleiner. Sie setzte sich wieder. Manche Leute schüchterte Ryleighs Größe ein, obwohl dieser Mann trotz seiner geradezu zierlichen Gestalt nicht so aussah. »Was kann ich für Sie tun?«, fragte sie.

»Gar nichts«, sagte er. »Im Moment jedenfalls nicht. Aber vielleicht kann ich etwas für *Sie* tun.« Er neigte leicht den Kopf. »Mein Name ist Dunn. Ich habe ein kleines Geschäft an der Ecke gegenüber der Bibliothek.«

»Sie sind der Kreditverleiher«, stellte Ryleigh fest. Sie hatte sich im letzten Moment zurückgehalten, *Kredithai* zu sagen, denn sie hatte von den Wucherzinsen gehört, die Dunn verlangte. Er nutzte die Notsituation der Arbeiter schamlos aus, und viele hatten schon mehr Schulden bei ihm, als sie je in ihrem Leben abzahlen konnten. Wahrscheinlich waren ihre Kinder und Enkel ihm verpflichtet, bevor sie überhaupt geboren waren.

Sie hatte ihn schon ein paarmal auf der Straße gesehen, allerdings ohne zu wissen, wer er war. Nur seine stutzerhafte Kleidung war ihr aufgefallen. So als ob er mangelnde Größe durch auffällige Äußerlichkeiten kompensieren wollte.

Mr. Dunn verzog das Gesicht zu einem Lächeln, das seine Augen nicht erreichte. »Ich bin Juwelier. Und ich bin Sammler. Ich sammle alle möglichen Dinge, und manchmal gebe ich den Leuten etwas dafür, wenn sie mir etwas bringen.«

Oder wenn sie ihm ihren ganzen Lohn verpfändeten, Haus und Hof. Ryleigh kannte diese Art *Sammler* zur Genüge. Sie sammelten menschliche Seelen und saugten sie wie Vampire aus. »Ganz, wie Sie meinen«, sagte sie. »Aber hier«, sie machte eine Geste in den Raum hinein, »gibt es keine Sammlerstücke.«

Mr. Dunn lächelte auf eine eigenartige Weise. »Das kann man nie wissen.« Er kam zu Ryleighs Schreibtisch und setzte sich auf den Stuhl, der davor stand. »Ich hörte, Sie untersuchen den Unfall im Sägewerk von vor fünfzehn Jahren.«

Was interessiert ihn denn daran? fragte Ryleigh sich. »Ich versuche, etwas herauszufinden, ja«, bestätigte sie. »Eine offizielle Untersuchung ist das nicht.«

»Das hätte wohl auch wenig Sinn«, meinte Mr. Dunn. »Nach so langer Zeit.«

»Nun ja.« Ryleigh beugte sich leicht vor und legte ihre Hände vor sich auf dem Schreibtisch zusammen. »Ein guter Hund kann manchmal auch noch nach langer Zeit eine kalte Fährte wieder aufnehmen.« Sie wusste selbst nicht genau, warum sie das sagte, aber dieser Mann, Dunn, veranlasste sie dazu, sich geheimnisvoll zu geben. Vielleicht weil er selbst so eine Ausstrahlung hatte.

Er lachte leise. »Sind Sie ein guter Hund?«

Ryleigh lehnte sich entspannt zurück und lächelte. »Kein schlechter jedenfalls.«

Er schaute sie mit leicht zur Seite geneigtem Kopf an, als müsste er sich seinen nächsten Satz gut überlegen. »Ich glaube, ich habe Sie unterschätzt«, bemerkte er, und es klang erstaunt.

»Wie können Sie das, da wir uns doch gar nicht kennen?«, erwiderte Ryleigh.

In diesem Moment gab ihr Handy eine Melodie von sich. Ryleigh griff danach und nahm den Anruf an. »Ja?«

Lynn meldete sich am anderen Ende. »Ich bin zu spät gekommen«, sagte sie.

Ryleigh setzte sich ruckartig auf, weil Lynns Stimme so unheilschwanger klang. »Wie? Was meinst du damit?«

»Sean O'Neill ist spurlos verschwunden«, sagte Lynn.

14

In den nächsten Tagen versuchte Ryleigh, Sean O'Neill zu finden, doch es war hoffnungslos. Nachdem sie zuerst angenommen hatte, er wäre auf Sauftour und würde sich schon wieder einfinden, kam es ihr dann doch merkwürdig vor, dass er anscheinend in keinem der Läden, in denen er bekannt war, Alkohol gekauft hatte, in keiner Bar und in keiner Kneipe aufgetaucht war.

Sie weitete ihre Suche auf das umliegende Gebiet aus, aber auch das nützte nichts. Zumal Sean O'Neills Wagen immer noch in Portland stand. Er konnte kaum zu Fuß solche weiten Wege gemacht haben. Und wenn ihn jemand mitgenommen hatte, hätte sie das herausfinden müssen. Schließlich kannte hier jeder jeden.

Frustriert kam sie eines späten Nachmittags ins Café, setzte sich an die Theke und starrte unzufrieden vor sich hin.

»Du hast ihn immer noch nicht gefunden?«, fragte Elaine, während sie einen Kaffee vor Ryleigh hinstellte.

Ryleigh schüttelte den Kopf. »Wie vom Erdboden verschluckt. Seine Kollegen denken, er ist wegen Hank abgehauen. Weil er Angst hat, dass ich ihn wegen der Misshandlungen verhafte.«

»Das glaube ich nicht.« Elaine runzelte die Stirn. »Sean war früher kein übler Bursche. Recht gutaussehend sogar. Hat sich schon in der Schule ein sehr anständiges Mädel geschnappt und war ihr immer treu, soweit ich weiß. Ich glaube, er hat sie sehr geliebt. War ein harter Schlag für ihn, als sie bei der Fehlgeburt starb.«

»Und den harten Schlag gibt er gern an Hank weiter, immer und immer wieder«, knurrte Ryleigh.

»Ich wusste nicht, dass es so schlimm ist. Erst Pacey hat es mir erzählt, nachdem Hank weg war. Vorher hat er immer versucht, es zu verschleiern. Hat sich nie beklagt.« Elaine seufzte. »Deshalb war er wohl auch oft so aggressiv. Hat alles in sich reingefressen, der arme Junge.«

»Na ja, mal sehen.« Ryleigh atmete tief durch. »Wenn Brad ihn nicht hinkriegt, weiß ich auch nicht. Ich hoffe, Hank lässt die Chance nicht sausen.«

»Das hoffe ich auch«, sagte Elaine. »Willst du was essen?«

Ryleigh überlegte einen Moment. »Nein, danke.« Sie schüttelte müde den Kopf. »Ich habe keinen Hunger. Ich glaube, ich lege mich ein bisschen hin und ruhe mich aus. Vielleicht kommt mir dabei ja ein genialer Gedanke, wo ich Sean suchen könnte.« Sie grinste schief.

»Ist gut.« Elaine nickte, und Ryleigh rutschte vom Barhocker, verließ das Café und ging in ihr Zimmer hinüber.

Kurz darauf klopfte es an ihrer Tür. »Ich will immer noch nichts essen, Elaine«, rief Ryleigh vom Bett aus, auf dem sie lag. »Danke!«

Es klopfte wieder.

»Elaine ...« Ryleigh lachte ein wenig. »Du bist wirklich unverbesserlich.« Sie stand auf und öffnete. Im nächsten Moment stutzte sie, und ihre Augenbrauen hoben sich erstaunt. »Ich wusste nicht, dass du mit Hotel *dieses* Zimmer meintest«, bemerkte sie mit einem leichten Verziehen der Mundwinkel.

Avalon, die vor der Tür im Gang stand, spitzte die Lippen. »Habe ich auch nicht«, sagte sie. »Lässt du mich jetzt rein, oder muss ich hier draußen stehenbleiben?«

»Oh nein, natürlich nicht, Ms. Hadock«, erwiderte Ryleigh sarkastisch. »Kommen Sie doch herein.« Sie öffnete weit die Tür und trat zurück.

»Du brauchst dich gar nicht so aufzuplustern«, entgegnete Avalon schnippisch, während sie hocherhobenen Hauptes an Ryleigh vorbeischritt. »Nur weil du mich aus diesem Hotel hast kommen sehen. Du wusstest –«

»Oh ja, ich wusste«, unterbrach Ryleigh sie. »Kein Problem. Du musst mir nichts erklären.« Sie steckte die Hände tief in die Hosentaschen ihrer Jeans.

»Soweit kommt's noch«, sagte Avalon. »Das wäre ja wohl lächerlich.« Sie drehte sich um und schaute Ryleigh an. »Ich hatte tatsächlich etwas Geschäftliches zu erledigen in Portland. Ich musste Verhandlungen wegen neuer Verträge für die Holzlieferungen führen.«

Ryleigh zog die Hände aus den Taschen und hob sie an. »Wie ich schon sagte: Du musst mir nichts erklären.« Sie ging zum Fenster. »Das geht mich alles nichts an.«

Allerdings fragte sie sich doch, warum Avalon gekommen war. Dafür gab es keine Notwendigkeit, selbst wenn Ryleigh sie mitten zwischen den Zwillingen erwischt hätte. Es ging sie wirklich nichts an. Nur weil Avalon und sie miteinander geschlafen hatten – Sie spürte ein Kribbeln und versuchte den Gedanken zu verdrängen, die Erinnerung an Avalons weichen, warmen, erotischen, leidenschaftlichen Körper, ihre sinnlichen Lippen ...

Mit einem Ruck drehte sie sich um und warf Avalon einen kühlen Blick zu, der ihre Unbeteiligtheit ausdrücken sollte. »Komm schon, Avalon, sag's. Warum bist du hergekommen?«

»Warum so ungeduldig?« Avalon lächelte süß. »Gefällt es dir nicht, dass ich hier bin?«

Avalon spürte Begehren wie ein Raubtier den Geruch der Angst bei seiner Beute, so kam es Ryleigh vor. Und Avalon reagierte entsprechend. Sie genoss es wie immer, die Überlegene zu sein.

Sie trat auf Ryleigh zu. »Wenn dir die Zwillinge so gut gefallen haben, warum kommst du dann das nächste Mal nicht einfach dazu, wenn ich einen ... Termin mit ihnen habe?«

Ryleigh schnappte nach Luft. »Zu viert?« Sie starrte Avalon entgeistert an.

»Warum nicht?« Avalon zuckte die Schultern. »Sie sind wirklich gut. Du wirst es nicht bereuen.« Beiläufig griff sie an die Krawatte, die Ryleigh pflichtgemäß zum Uniformhemd trug, und spielte ein wenig damit zwischen ihren Fingern. »Steht dir. Überhaupt –«, sie musterte Ryleigh von oben bis unten, »die ganze Uniform. Gefällt mir.«

Ryleigh fühlte Avalons Nähe und Wärme, ihr verführerischer Duft zog in Ryleighs Nase. Sie wollte einen Schritt zurücktreten, um dem zu entkommen, aber Avalon hielt ihre Krawatte fest.

»Wo willst du hin?«, fragte sie mit dem erotisch rauen Ton, der ihrer Stimme eigen war, jetzt klang sie sogar noch rauer. »Unser Gespräch ist noch nicht beendet.«

»Gespräch?« Ryleigh gab ein ironisches Lachen von sich. »Auf ein Gespräch läuft das wohl nicht hinaus, was auch immer du willst.«

»Was auch immer ich will?«, wiederholte Avalon lächelnd. »Geht es nicht eher um das, was *du* willst?«

Diesmal war es Ryleigh, die sagte: »Ich weiß nicht, was du meinst.«

»Du willst mich«, klärte Avalon sie schlicht auf. »Du weißt das, und ich weiß das.« Sie zog Ryleighs Gesicht an der Krawatte näher zu sich heran. »Und ich habe nichts dagegen«, flüsterte sie, zog noch ein wenig und berührte mit ihren Lippen Ryleighs, als sie nah genug waren.

Ryleigh schloss für einen kurzen Moment die Augen. Es war so schön, so sanft, so verlockend ... »Nein«, sagte sie und riss sich los, so dass die Krawatte Avalons Fingern entglitt. Ein sarkastisches Lächeln umspielte ihre Mundwinkel, als sie Avalon ansah. »Sagtest du nicht, du bist es nicht gewöhnt, das jeden Tag zu tun?«

»Es ist schon ein paar Tage her, seit ich in Portland war«, erwiderte Avalon, so kühl, als wäre gar nichts passiert. »Und zudem ist das keine Regel. Ich habe nur einfach zu viel Arbeit, deshalb komme ich kaum je zu ein wenig ... Entspannung.«

»Darum gehst du dann öfter mal auf Geschäftsreise«, stellte Ryleigh fest. »Das Angenehme mit dem Nützlichen verbinden.«

»Ich wüsste nicht, dass das verboten ist.« Avalon lächelte jetzt wieder. Sie konnte das offensichtlich an- und abschalten, wie sie wollte. »Denkst du, ich sollte darauf verzichten?« Sie trat einen Schritt auf Ryleigh zu. »Warum ist dir das so wichtig?« Mit dem nächsten Schritt verringerte sie den Abstand zwischen sich und Ryleigh auf ein Minimum. Er war praktisch nicht mehr vorhanden.

Ryleigh konnte sie erneut riechen. Avalons Duft war betörend. Er machte sie zunehmend schwach. »Ist es nicht«, hauchte sie matt. »Das ist ganz allein deine Angelegenheit.«

»Aber du würdest sie gern zu deiner machen, nicht wahr?« Avalon beugte sich ein wenig vor, berührte Ryleighs Körper mit ihrem, Ryleigh wollte zurückweichen, aber da war nur das Bett, und sie fiel rücklings darauf.

Avalon lächelte von oben auf sie hinunter. »So ist es schon viel besser.«

Ryleigh wollte aufspringen, aber aus irgendeinem Grund fühlte sie sich wie festgenagelt.

Avalon griff an ihren Rücken und zog mit einer schnellen Bewegung den Reißverschluss ihres Kleides herunter. Es fiel zu Boden.

Ryleighs Atem setzte aus, als sie sah, dass Avalon diesmal keine Strumpfhose gewählt hatte, sondern Strümpfe, die an einem spitzenbesetzten schwarzen Strumpfhalter befestigt waren. Dazu trug sie weder Slip noch BH. Sie hatte sich offensichtlich auf diese Begegnung vorbereitet.

»Gefällt dir, was du siehst?«, fragte sie immer noch lächelnd.

Ryleigh konnte nichts dazu sagen. Ihr fehlte im wahrsten Sinne des Wortes die Luft.

Avalon setzte ein Knie neben Ryleigh aufs Bett, dann schwang sie das andere Bein über ihre Hüften und ließ sich niedersinken. Sie atmete tief seufzend aus. »Doch«, sagte sie. »Ich glaube, ich könnte mich daran gewöhnen, das jeden Tag zu tun.«

Ryleigh kam sich komisch vor, so völlig angezogen und auch noch in Uniform unter Avalon zu liegen. »Du bist voller Überraschungen«, bemerkte sie, als sie ihren Atem endlich wieder halbwegs unter Kontrolle hatte. Ihre Brustwarzen hatten sich aufgerichtet und scheuerten am Uniformhemd. Ganz zu schweigen von dem, was weiter unten los war. Avalon so nackt vor sich, wie sie auf ihr saß, hätte sie fast sofort zum Explodieren gebracht.

»Das wird allgemein von mir erwartet«, erwiderte Avalon. »Und ich versuche, dem gerecht zu werden.« Sie wirkte vergleichsweise kühl, wenn auch nicht ganz so kühl wie zuvor, als sie noch angezogen gewesen war.

Ryleigh lachte leicht. »Als ob du dich je nach anderen richten würdest.« Ihre Hände hoben sich ganz von selbst und legten sich auf Avalons Brüste.

Avalon seufzte tief auf und legte den Kopf zurück, so dass ihre Brüste sich noch mehr in Ryleighs Handflächen drängten. Die Spitzen stachen fast schmerzhaft in die Mitte. Wenn Ryleigh zuvor noch Zweifel daran gehabt hatte, ob Avalon wirklich so kühl war, wie sie sich gab, jetzt waren diese Zweifel verschwunden. Avalons Haut glühte.

Sie begann, sich auf Ryleigh zu bewegen.

»Bitte, Avalon ...«, flüsterte Ryleigh. »Ich will mich ausziehen.«

»Nicht jetzt«, flüsterte Avalon zurück. Ihre Hüften stießen immer wilder hinauf und hinunter. Sie stöhnte leise. Offensichtlich unterdrückte sie lautere Geräusche mit Rücksicht auf die Umgebung. Sie beugte sich weit nach hinten und krallte ihre Finger in Ryleighs Schenkel. Ihr Oberkörper dehnte sich wie der eine Zirkusartistin. Ihre Hüften zuckten so hart, dass Ryleigh selbst durch den dicken Stoff der Hose gereizt wurde.

Ryleigh stöhnte genauso unterdrückt wie Avalon auf. Es war fast unerträglich, wie Avalons Bewegungen den Stoff zwischen Ryleighs Beine pressten. Sie warf ihren Kopf herum und fühlte, dass sie sich nicht dagegen wehren konnte, von Avalons Leidenschaft mitgerissen zu werden.

Mit einer ruckartigen Bewegung riss Avalon plötzlich einen Arm nach vorn, presste sich die eigene Faust auf den Mund und ließ ihre Hüften rotieren.

Ryleigh spürte, dass diese kreisförmigen Bewegungen sie endgültig über den Abgrund jagten. Sie bäumte sich unter Avalon auf, während Avalon sich wie eine geschickte Rodeoreiterin auf ihr hielt, ganz egal, wie viel sie bockte.

Beide stöhnten sie tief auf und erstarrten in einem Bild, das wirklich jeder Rodeoshow Ehre gemacht hätte.

Dann fielen sie zusammen, Avalons Schenkel so fest um Ryleighs Hüften geklammert, dass sie rückwärts auf ihr liegenblieb, als könnte sie den Krampf nicht lösen.

»Meine Güte ...« Ryleigh rang um Atem. »Du bist ja wirklich ...«, sie lachte, »gelenkig.« Sie hob ihren Kopf und schaute auf Avalons weit zurückgebeugte Gestalt, die sich immer noch nicht rührte. »Wie kannst du so liegen?«

Avalons Atem übertrug sich über ihren Rücken deutlich auf Ryleighs Beine. Langsam beruhigte er sich. Als wäre es gar nichts, richtete Avalon ihren Oberkörper auf, bis sie wieder auf Ryleigh saß, dann öffnete sie ihre Schenkel, beugte sich nach vorn und streckte die Beine nach hinten, so dass sie ausgestreckt auf Ryleigh lag. »Alles nur Übung«, sagte sie. Ihre Finger begannen, Ryleighs Krawatte zu lösen.

»Avalon ...« Ryleigh schaute sie an und strich eine schweißnasse Haarsträhne aus ihrem Gesicht. »Ruh dich aus. Wir müssen nicht so hetzen.«

»Ich muss mich nicht ausruhen.« Avalon zog die Krawatte aus dem Kragen und öffnete mit geschickten Fingern Ryleighs Hemd. »Wir haben doch gerade erst angefangen.«

Ryleigh schloss die Augen. Avalon hatte wohl viel mit den Zwillingen geübt. Sie spürte, wie Avalons Lippen von Ryleighs Hals hinunter zu ihren Brüsten wanderten, während sie das Hemd immer mehr zur Seite schob. Sie zog es aus dem Bund, glitt tiefer, öffnete Ryleighs Gürtel. Das Klacken der Metallschnalle ließ Ryleigh die Augen aufmachen und nach unten schauen. Sie sah nur Avalons dunklen Kopf, der sich weiter hinunter bewegte, als sie Ryleighs Reißverschluss aufzog und versuchte, die Hose auf ihre Schenkel zu schieben.

Ryleigh hob sich an, und Avalon entblößte Ryleighs Mitte mit warmen, kräftigen Fingern.

Ryleighs Atem hatte kaum Zeit gehabt, sich zu beruhigen, jetzt pochte ihr Herz erneut schnell, und sie hatte das Gefühl, dieses Pochen verselbstständigte sich zwischen ihren Beinen. Avalons Kopf senkte sich, und Ryleigh spürte, wie ihre Zunge zwischen ihre Schenkel drang, die immer noch von der Hose zusammengepresst wurden. Ryleigh ergriff das unbändige Verlangen, ihre Schenkel weit zu öffnen, aber das ging nicht.

»Avalon ...«, stöhnte sie. »Oh, bitte ... lass mich ... das ... ausziehen.« Ihre Schenkel zuckten, während sie verzweifelt gegen den festen Stoff ankämpften.

»Ich mag es so«, flüsterte Avalon, und ihre Stimme klang tief und erregt. »Du wirst es auch mögen.« Ihre Zungenspitze erreichte geschickt das weit hervorstehende Türmchen, das sich aus Ryleighs geschwollenen Schamlippen erhob.

Ryleigh hätte fast laut aufgestöhnt. Es war wie ein elektrischer Schlag. Im letzten Moment presste sie die Lippen zusammen, und nur ein dumpfer Laut durchbebte ihren Körper.

»Es ist etwas ganz Besonderes, sich beherrschen zu müssen, nicht wahr?«, flüsterte Avalon heiser. »Sich nicht bewegen zu können, nicht einfach tun zu können, was man will. Nicht schreien zu dürfen.«

»Ich könnte ... darauf verzichten«, stöhnte Ryleigh. »Ich muss das nicht haben.«

»Ich finde, es steigert die Erregung enorm«, wisperte Avalon, die Ryleigh bei jeder Gelegenheit mit ihrer Zungenspitze quälte.

»Die lässt sich ... gar nicht mehr ... steigern«, stieß Ryleigh abgerissen hervor. Sie hob ihre Hüften immer wieder an, aber nie erwischte sie mehr als Avalons Zungenspitze. »Wenn du das ... so toll findest ... mach du's doch.«

Avalon lachte leise. »Später.«

Sie drang mit ihrer Zunge so tief zwischen Ryleighs Beine, dass Ryleigh sich fragte, wie sie das machte. Und wie Avalon diese lange Zunge normalerweise so unscheinbar in ihrem Mund unterbrachte. Rollte sie sie zusammen?

In diesem Moment läutete Avalon den Endspurt ein und ließ ihre Zunge so sehr tanzen, dass Ryleigh keine Faser mehr frei hatte, um zu denken. Sie gab sich Avalon nur noch hin, wie die es wollte.

Als Ryleigh zitternd erstarrte, weil sie keine Kraft mehr hatte, war Avalon endlich zufrieden. Sie half ihr sogar dabei, sich nackt auszuziehen.

»Siehst du?«, sagte sie lächelnd. »Ich tue doch immer, was du willst.«

Ryleigh holte mehrmals tief Luft, um normal sprechen zu können, weil ihre Lunge nur noch flatterte. »Aber nur dann, wenn du es willst, und genau zu dem Zeitpunkt, zu dem du es willst.«

»Ich wusste nicht, dass du so viel Wert auf Details legst«, erwiderte Avalon gegen jede Erwartung immer noch lächelnd. Ryleigh hatte eher mit einem Wutausbruch gerechnet, wenn sie sie kritisierte. »Ist nicht das einzige, was zählt, das Ergebnis?« Sie beugte sich über Ryleighs Gesicht. »Und das war hoffentlich befriedigend.«

»Dem kann ich nicht widersprechen.« Ryleigh betrachtete Avalons Augen, die wie zwei dunkle Sterne über ihr schwebten. So wunderschöne Augen. Glänzend wie poliertes Ebenholz und gleichzeitig so weich schimmernd wie Samt. Sie hob eine Hand und strich mit zwei Fingern vorsichtig an Avalons Schläfe entlang.

Avalon lachte nervös und wich vor der Berührung zurück. »Zählst du meine Falten?«

»Was für Falten denn?« Ryleigh lächelte. »Du hast keine.« Sie legte ihre Hand in Avalons Nacken und zog sie sanft zu sich herunter, um sie zu küssen.

Avalon schien zuerst Widerstand leisten zu wollen, aber dann gab sie Ryleighs Druck nach und ließ ihre Lippen weich auf Ryleighs sinken.

Ryleigh seufzte leise auf. Sie legte ihre Hände sacht an Avalons Wangen und dirigierte so den zärtlichen Kuss, damit er nicht sofort wieder in Leidenschaft überging. Sie wollte Avalons Sanftheit genießen, solange sich ihr Gelegenheit dazu bot. Das konnte schnell vorbei sein.

Als sie merkte, dass Avalon ihrer behutsamen Führung folgte, verlagerte Ryleigh ihr Gewicht und drehte sich mit ihr um, bis Avalon unter ihr lag. Sie betrachtete lächelnd Avalons Gesicht. »Wenn Schönheit einen Namen hat, ist er Avalon«, sagte sie leise.

»Du hast eine poetische Ader?« Avalons Mundwinkel zuckten. »Du musst wirklich noch mal über deine Berufswahl nachdenken. Wolltest du tatsächlich schon immer Polizistin werden?«

Ryleigh lachte ein wenig. »Nein, das war eher ein Zufall.«

»Sieh an.« Das schien Avalon zu interessieren. »Ein Zufall?«

»Lange Geschichte«, sagte Ryleigh. »Zu lang ...«, sie machte eine vielsagende Pause, »für jetzt. Das hält uns von wichtigeren Dingen ab.«

Sie hatte durchaus bemerkt, dass Avalon wieder einmal erfolgreich vom Thema abgelenkt hatte. Dagegen, bewundert zu werden, hatte sie nichts, aber es durfte ihr nicht zu nahe kommen. Sie genoss Bewunderung anscheinend lieber aus der Distanz, wie die königlichen Hoheiten, die bei aller Volksnähe immer noch eine Art Rüstung um sich trugen, die andere auf Abstand hielt.

Eine Rüstung. Ja, den Eindruck hatte Ryleigh manchmal bei Avalon. Oder sogar eine Festung – aus Eis. Eine Festung der Einsamkeit.

Ryleigh verstand sehr viel von Einsamkeit, und sie hätte gern mit Avalon darüber gesprochen, was sie beide anscheinend verband. Aber jeder kleinste Vorstoß in Richtung Gefühle wurde von Avalon abgewehrt. Sie war bestimmt die erfolgreichste Abwehrspielerin ihrer Mannschaft gewesen, welchen Sport auch immer sie in der Schule betrieben hatte. Sie konnte jeden noch so gut gezielten Ball abblocken, wenn er ihr zu nah kam.

»Ich glaube, wir waren da bei etwas sehr, sehr Wichtigem stehengeblieben«, fuhr Ryleigh fort. »Und da sollten wir jetzt weitermachen.«

Avalon hob die Arme zum Kopfende des Bettes und streckte sich. »Nichts dagegen«, sagte sie lächelnd.

Ryleigh hätte in diesem Lächeln versinken mögen. Es war so ... unerwartet freundlich. So gelassen und zärtlich. So hingebungsvoll. Als ob sie wirklich eine Liebesbeziehung hätten.

Aber die hatten sie nicht. Ryleigh atmete tief durch und senkte ihren Mund auf Avalons lächelnde Lippen, um diesem Lächeln zu entkommen, um ihm die Anziehungskraft zu nehmen, die Ryleigh schwach machte. Schwäche konnte sie sich gegenüber Avalon nicht leisten. Das war viel zu gefährlich.

Avalon seufzte leise in ihrem Mund auf und begann, ihre Hüften unter Ryleigh zu bewegen.

Ryleigh fühlte die Erregung sofort zurückkehren. Was auch immer Avalon tat, im Bett konnte Ryleigh sich ihrem Zauber nicht entziehen. Na ja, sonst fiel es ihr auch schwer, wenn Avalon es darauf anlegte, aber im Bett war es unmöglich.

Sie ließ sich in diesen Zauber hineinfallen und begann Avalon zu verwöhnen, ihre weiche Haut zu genießen und ihre Reaktionen, die mit einem sanften »Ja ... komm ...« begannen und sich dann immer mehr zur Ekstase steigerten.

Am Ende waren sie schweißüberströmt, der Geruch von Sex hing im Raum, und sie lagen keuchend nebeneinander.

Ryleigh wandte den Kopf zu Avalon. Avalons Gesicht wirkte entspannt. Erschöpft, aber entspannt. Es war selten, dass man sie so sah. Immer schien sie sich im Griff zu haben, kein Muskel zuckte ohne ihre Erlaubnis, man konnte nie sagen, was sie empfand. Sie zeigte nur das, was sie zeigen wollte.

Avalon hatte bemerkt, dass Ryleigh sie beobachtete, und wandte ebenfalls den Kopf zu ihr. Für einen Augenblick erschien die alte Anspannung in ihrem Gesicht, dann jedoch löste sie sich, und Avalon glitt völlig unvermutet in Ryleighs Arm, kuschelte sich an.

Ryleigh erstarrte. Das hatte Avalon noch nie getan, und wie immer vermutete Ryleigh eine Absicht dahinter. Avalon tat nichts zufällig. »Ich kann nicht mehr, Avalon«, flüsterte sie. »Wirklich nicht.«

»Ich auch nicht.« Avalons Stimme schien zu lächeln. »Ist es dir unangenehm?«

In Ryleighs Innerem kämpften verschiedene Empfindungen miteinander. Sie konnte einfach nicht glauben, dass Avalon nur kuscheln wollte – dass sie überhaupt dazu in der Lage war. Bisher war es immer so gewesen, dass sie entweder Sex gehabt oder geschlafen hatten. Dazwischen gab es nichts. Wenn Avalon Ryleigh berührte, wollte sie etwas von ihr. Konnte sie sich plötzlich so verändert haben?

»Nein«, erwiderte sie leise. »Es ist mir nicht unangenehm.«

»Schön.« Avalon schmiegte sich noch mehr an sie. »Ich bin einfach so furchtbar –« Weg war sie. Ihr Atem wurde gleichmäßig und tief. Sie schlief.

Müde, hatte sie wohl sagen wollen, und Ryleigh spürte, dass dasselbe für sie zutraf. Wenn Avalon eins war, dann anstrengend. Berauschend anstrengend, aber –

Ryleigh ging es genauso wie Avalon kurz zuvor. Sie konnte ihren Gedanken nicht zu Ende führen, weil sie einschlief.

Wie es oft so ist, wenn man unvermittelt erwacht, hatte sie den Eindruck, sie hätte eben erst die Augen geschlossen, als ein Geräusch sie weckte.

Sie wollte aufspringen und nach ihrer Waffe greifen, als eine flüsternde Stimme sagte: »Ich bin es nur.«

»Avalon?«

»Ja.«

Ryleigh entspannte sich. Sie hätte gleich bemerken können, dass Avalon nicht mehr in ihrem Arm lag. Aber ihre Reflexe waren auf andere Dinge trainiert.

Das erste Licht des erwachenden Tages schlich sich durch die Fenster herein, und während sie immer noch im Bett lag, konnte sie Avalon im Halbdunkel sehen, wie sie den Reißverschluss am Rücken ihres Kleides hochzog und dann in ihre Schuhe stieg. Sie wirkte sofort mindestens zehn Zentimeter größer.

»Diese hohen Schuhe ...« Ryleigh lachte leicht. »Denk an deinen Rücken.«

»Ich wünschte wirklich, du würdest die Wahl meiner Schuhe mir überlassen.« Avalon trat ans Bett und schaute auf Ryleigh hinunter. »Du verstehst sowieso nichts davon.« In diesem schummrigen Licht war schwer zu erkennen, ob sie lächelte, aber es klang fast so.

»Du gehst?«, fragte Ryleigh.

»Du beweist ja erstaunliche geistige Fähigkeiten«, erwiderte Avalon. »Dass du das erkannt hast ...«

Ryleigh bemerkte, dass sich etwas geändert hatte. Es war kein Lächeln mehr in Avalons Stimme zu spüren, nicht mal ein vermutetes. Hatte sie irgendetwas Falsches gesagt? Wenn man das bei Avalon nur immer wüsste. »Es ist kaum zu übersehen, du hast Recht«, sagte sie. »Auf so etwas Offensichtliches hinzuweisen ist überflüssig.«

»Was du nicht sagst.« Avalon drehte sich um und ging zur Tür, während Ryleigh sie vom Bett her beobachtete. Mit einem lässigen Winken ihrer Hand verließ Avalon den Raum, ohne noch einmal einen Blick zu Ryleigh zurück zu werfen.

Das war's dann wohl mal wieder. Ryleigh atmete tief durch. *Ihre Majestät hat das Schloss verlassen.*

Sie hätte so gern einmal mit Avalon gefrühstückt. Aber sie wusste ja noch nicht einmal, ob dies hier ein Abschied für eine bestimmte Zeit oder für immer war.

Wann sehen wir uns wieder? hätte sie fragen können, aber das verbot sich von selbst. Avalon würde sowieso nie auf so eine Frage antworten.

Sie seufzte tief auf, drehte sich um und versuchte, noch ein bisschen zu schlafen.

15

Wie zu erwarten trat Ryleigh ihren Dienst an diesem Tag mit Verspätung an. Normalerweise wachte sie früh auf, aber selbst ihre trainierten Muskeln spürten die Nachwirkungen dieser Nacht und schmerzten an manchen Stellen sogar. An den Stellen, von denen man meistens annahm, dass man dort gar keine Muskeln hatte.

Sie fragte sich, wie Avalon sich fühlte, denn ihre Gelenkigkeit hatte Ryleigh bei weitem nicht erreicht. Avalon war wie eine Balletttänzerin, kräftig und geschmeidig, obwohl man ihr die Kraft nicht ansah. Vermutlich war sie eines dieser kleinen Mädchen gewesen, die als Kinder in einem rosa Tutu herumhüpften.

Ryleigh lächelte bei der Vorstellung. Ein süßes kleines Mädchen mit dunklen Haaren und strahlenden dunklen Augen. Im Allgemeinen hatte Ryleigh nicht viel für Kinder übrig. Wenn sie an ihre eigene Kindheit im Waisenhaus dachte oder mit eifersüchtigen Pflegegeschwistern, die ihre Eifersucht auch handfest ausgedrückt hatten, blieb von dem allseits verbreiteten Bild, dass Kinder harmlos wären, nicht viel übrig. Und später waren ihr dann die älteren Ausgaben dieser Kinder auf der Straße als jugendliche Kriminelle begegnet. Keine sehr guten Voraussetzungen für einen positiven Eindruck.

Aber Avalon war völlig anders aufgewachsen. Behütet, verwöhnt, ohne Geschwister, der Augapfel ihrer Eltern.

Wenn Ryleigh an so etwas dachte, kam es ihr immer vor wie ein Märchen. So etwas konnte es doch überhaupt nicht geben.

Sie atmete tief durch und erhob sich von ihrem Stammplatz im Erker, an dem sie gefrühstückt hatte. Sie hatte manchmal den Eindruck, als hätte sie hier schon ihr halbes Leben verbracht. Es war fast wie ein heimeliges Nest. Etwas, das sie in ihrem Leben bisher nie gekannt hatte. Nicht einmal ihre Wohnung in New York hatte dieses Gefühl in ihr hervorgerufen, obwohl sie mehrere Jahre lang jeden Abend dorthin zurückgekehrt war.

»Leigh? Hast du was von Hank gehört?«, hielt Pacey sie im letzten Moment auf, als Ryleigh das Café verlassen wollte.

Ryleigh schüttelte den Kopf. »Nichts bis jetzt.« Sie lächelte beruhigend. »Das ist ein gutes Zeichen. Wenn irgendetwas schiefgegangen wäre, hätte Brad mich bestimmt angerufen.«

»Verbietet er Hank, zu telefonieren?«, fragte Pacey.

»Brad?« Ryleigh runzelte überrascht die Stirn. »Warum sollte er?«

»Weil Hank seit Tagen nicht angerufen hat, und ich kann ihn auch nicht erreichen.« Pacey sah sehr unglücklich aus.

Hank ist ein junger Mann in einer großen Stadt mit vielen schönen Mädchen, dachte Ryleigh. *Nach Hause zu telefonieren ist wahrscheinlich das letzte, was ihm einfällt.* »Vielleicht hat er kein Geld, um sein Handy aufzuladen«, sagte sie.

»Dann kann man aber immer noch angerufen werden«, wandte Pacey ein.

Ryleigh zuckte die Schultern. »In New York kann eine Menge passieren. Möglicherweise ist es ihm gestohlen worden, und er hat kein Geld, sich ein neues zu kaufen.«

Paceys Gesicht hellte sich auf. »Ja, das wird es sein«, stellte sie erleichtert fest. »Er muss erst eine Weile arbeiten, bis er Geld bekommt.« Sie schaute Ryleigh tadelnd an. »Kann dein Freund ihm kein Geld geben?«

Ryleigh lachte. »Hank wohnt und isst schon kostenlos bei ihm. Denkst du nicht, das ist genug?«

Wie man an Paceys Gesichtsausdruck ablesen konnte, war ihr das völlig egal. »Wenn du meinst«, sagte sie, drehte sich abrupt um und ging zur Theke.

Ryleigh schüttelte den Kopf. Was für Prioritäten man in dem Alter setzte. Alles drehte sich nur um die eigene kleine Welt.

Sie schlenderte gemütlich zum Sheriffbüro hinüber. Bisher hatte noch niemand angerufen, und es gab keinen Grund zur Eile. Noch nicht mal einen Chef, der auf die Uhr schaute. Im Prinzip war Ryleigh ihr eigener Chef.

Mit gesenktem Kopf, tief in Gedanken versunken, betrat sie das

Gebäude. Sie brauchte keinen Schlüssel dazu, es war nie abgeschlossen. Als sie auf ihr Büro zuging, irritierte sie etwas im Augenwinkel. Sie schaute hin.

»Avalon?« Ryleighs Augenbrauen wanderten überrascht in die Höhe.

Avalon saß mit übergeschlagenen Beinen auf dem Schreibtisch des Hilfssheriffs, der nun nicht mehr benutzt wurde, und schaute Ryleigh leicht lächelnd entgegen. »Wen hast du erwartet?«

»Niemand«, antwortete Ryleigh irritiert.

Nun bemerkte sie auch den Duft, der im Raum schwebte. Avalons Parfum. Schon beim Eintreten hatte sie ihn unbewusst wahrgenommen, aber ihr Gehirn hatte das automatisch als Einbildung abgetan. Sie hatte sich gewünscht, Avalon zu sehen, also gaukelte ihr der Wunsch Avalons Gegenwart in Form eines Geruchs vor.

Vielleicht sollte sie sich kneifen, um festzustellen, ob das hier real war.

In diesem Moment glitt Avalon vom Tisch und kam auf Ryleigh zu. »Du bist nicht begeistert, mich zu sehen?«

Teile von mir sind begeistert, dachte Ryleigh. Schon allein Avalons Anblick hatte ihre Brustwarzen anspringen lassen, ein warmes Kribbeln durchzog ihren Körper. *Die Erinnerung an den Sex,* dachte sie. *Nichts weiter.* Sie mahnte sich innerlich streng zur Vorsicht. Sie wusste nicht, was Avalon wollte, und es war schwer zu erkennen, ob das angenehm sein würde oder nicht. Sie rechnete mit dem Schlimmsten.

Sie räusperte sich. »Ich habe schon Kaffee getrunken«, sagte sie. »Falls du mir einen ausgeben wolltest.«

Avalon blieb vor ihr stehen und schaute sie an. »Wollte ich nicht«, sagte sie. Sie hob sich leicht an – selbst mit hochhackigen Schuhen war sie immer noch kleiner als Ryleigh – und hauchte einen Kuss auf Ryleighs Lippen. »Ich bin nicht so gut in Abschiedsküssen«, sagte sie. »In Begrüßungsküssen schon eher.«

Ryleigh wusste immer noch nicht so genau, was sie von dieser Begrüßung halten sollte, aber für den Moment entschied sie sich dafür, Avalon nicht als Gefahr einzustufen. Keine andere Gefahr jedenfalls als die, ihr wohlige Schauer durch den Körper zu jagen.

Sie schluckte. »Du bist in allen Küssen gut«, erwiderte sie heiser.

»Danke.« Avalon lächelte so süß, dass Ryleigh schon wieder eine Bösartigkeit dahinter vermutete. »Ich gebe mir Mühe.«

Nun musste Ryleigh trotz aller Vorsicht doch lachen. »Das könnte man so sagen, ja.« Sie fühlte sich auf einmal etwas entspannter. »Wenn du mir keinen Kaffee anbieten willst, kann ich dir einen Tee anbieten?«

»Ich hätte nicht angenommen, dass du überhaupt welchen hast«, erwiderte Avalon leicht schmunzelnd.

Es schien eine angenehme Konversation zu werden, stellte Ryleigh erstaunt fest. »Für ganz besondere Gäste immer«, sagte sie und ging zum Schrank unter der Kaffeemaschine hinüber.

»Ich hätte ebenfalls nicht angenommen, dass du hier Gäste empfängst«, fuhr Avalon locker fort, während sie Ryleigh folgte.

»Nicht nur du bist voller Überraschungen«, entgegnete Ryleigh flapsig. Sie hatte sich selten so unverkrampft mit Avalon gefühlt, meistens eher das Gegenteil, aus den verschiedensten Gründen.

Avalon lachte leise. »Anscheinend«, sagte sie. Und als Ryleigh sich zum Schrank hinunterbeugte, um die Teebeutel herauszunehmen, fasste sie ihr an den Po.

Ryleigh schnellte hoch und gab einen überraschten Laut von sich. »Nicht hier in meinem Büro«, stieß sie etwas atemlos hervor. Aber selbst diese Anspielung auf ihre damalige zum Schluss sehr unerfreuliche Unterhaltung brachte Avalon nicht aus der Ruhe.

»Ich konnte mich einfach nicht zurückhalten«, sagte sie. »Dein Po sieht so knackig aus in der Jeans.«

»Deiner ist auch nicht von schlechten Eltern«, erwiderte Ryleigh übermütig. »Ganz egal, was du anhast – oder auch nicht.«

Sie fühlte sich wie befreit. Sich mit Avalon wie mit einem ganz normalen Menschen zu unterhalten, mit ihr zu schäkern und zu flirten, das war ihr bisher unmöglich erschienen. Avalon war nie darauf eingegangen, sie hatte es sogar sehr entschieden abgelehnt. Und es hatte immer in einem Fiasko geendet.

Ein leichtes Rosa überzog Avalons Wangen. »Erinnere mich bloß nicht daran.«

»Warum nicht?« Ryleigh lächelte und stellte den Becher mit dem Teebeutel unter den Auslauf der Kaffeemaschine, bevor sie sie einschaltete. »Du warst süß.«

Besonders, als du dich in meinen Arm gekuschelt hast, dachte sie. Das war so überraschend gewesen und ein so wundervoller Abschluss der Nacht, mit dem Ryleigh nicht im entferntesten gerechnet hatte. Wobei Avalons etwas kühler Abschied das wieder relativierte. Sobald die Kuschelhormone abgeklungen waren, hatte sie wohl auch keine Lust mehr dazu.

»Du auch«, sagte Avalon leise, und ihre Augen schimmerten wie ein samtener Nachthimmel. »Sehr süß.«

Dieses Kompliment bekam Ryleigh eher selten – wenn sie überhaupt je Komplimente bekam –, und es verwirrte sie.

Was Avalon sofort bemerkte. »Du darfst das zu mir sagen, aber ich nicht zu dir?«, fragte sie leicht schmunzelnd.

»Es ist ... ungewohnt«, erwiderte Ryleigh, während sie sich dem Tee zuwandte. Nicht nur dieses Kompliment, sondern auch Avalons Verhalten war das: ungewohnt. Ryleigh wusste nicht, was sie davon halten sollte.

»Wie schade«, sagte Avalon. Sie lehnte sich leicht gegen Ryleigh, so dass die ihre Wärme spüren konnte.

Ryleighs Herz machte sofort einen Satz, und sie griff hilfesuchend nach dem Becher, um sich umdrehen und ihn Avalon reichen zu können, was wieder ein wenig Distanz zwischen ihnen schuf. »Zucker?«, fragte sie, und sie merkte, dass ihre Stimme krächzte.

»Weil so viel von süß die Rede ist?«, fragte Avalon zurück. Sie hatte ein schalkhaftes Funkeln in den Augen.

Ryleigh schüttelte irritiert den Kopf. »Was ist mit dir los, Avalon?«

»Zwei Stück, bitte«, erwiderte Avalon statt einer Antwort auf die letzte Frage.

Ryleigh reichte ihr die Zuckerschachtel, und Avalon bediente sich. »Ein Löffel wäre jetzt auch noch hilfreich«, sagte sie. »Zum Umrühren.«

»Oh – Ja.« Ryleigh griff nach einem der Löffel, die neben der Kaffeemaschine lagen.

Avalon rührte gemächlich in ihrem Tee und schaute Ryleigh dabei an. »Mache ich dich nervös?«

»Ja.« Ryleigh nickte heftig. »Ganz entschieden ja.« Sie musterte Avalons entspannt dastehende Gestalt. »Du bist so ... anders.«

»Ach, tatsächlich?« Avalon hob nur eine Augenbraue. »Ist mir gar nicht aufgefallen. Ich dachte, ich bin wie immer.«

Ryleigh verzog das Gesicht. »Wenn du damit meinst, dass du offensichtlich nicht ganz die Wahrheit sagst, stimmt das«, bemerkte sie.

»Ich sage immer die Wahrheit.« Avalon schien nun doch etwas verschnupft. »Alles andere sind Unterstellungen.«

»Schon gut.« Ryleigh hob beschwichtigend die Hände. »Lass uns nicht streiten.«

»Ich will mich gar nicht streiten«, erwiderte Avalon ausnehmend sanft. »Aber ich lasse mich nicht gern als Lügnerin hinstellen. Das bin ich nämlich nicht.«

»Es gibt eine Sache, bei der ich daran keine Zweifel habe«, bemerkte Ryleigh weich. »Und das ist noch gar nicht so lange her.«

Wieder überzog dieser rosa Hauch Avalons Wangen.

»Ich hätte nie gedacht, dass du rot werden kannst«, fügte Ryleigh verwundert hinzu. Sie merkte, wie zärtlich ihre Stimme klang, und sie hoffte, dass Avalon sich davon nicht belästigt fühlte. Ryleigh traute dem Braten immer noch nicht. Sie erwartete jeden Moment einen Wutausbruch. Das hier war zu gut, um wahr zu sein.

»Das ist nur der Tee«, sagte Avalon. »Er ist heiß.«

Das erste Mal hattest du keinen Tee, dachte Ryleigh, aber sie sagte es nicht. »Ja«, stimmte sie zu. »Das ist nur eine Folge des heißen Tees.« Sie beugte sich zu Avalon und hauchte einen Kuss auf ihre Wange. »Aber es steht dir.«

Avalons Mundwinkel zuckten. »Wenn das so ist«, erwiderte sie, »werde ich wohl ab jetzt standardmäßig ein bisschen mehr Rouge auflegen.«

»Ich sage nichts mehr zu Schuhen, und ich werde auch keine Make-up-Tipps abgeben«, entgegnete Ryleigh schmunzelnd. »Denn du hast Recht: Das sind zwei Dinge, von denen ich absolut nichts verstehe. Aber –«, sie beugte sich erneut zu Avalon und sah ihr tief in die Augen, »ich genieße es durchaus, eine Frau anzuschauen, die etwas davon versteht.«

Avalon ließ den Augenkontakt für ein paar lange Sekunden zu, dann drehte sie den Kopf und stellte ihren Teebecher ab. Als sie sich zurückwandte, sah sie sehr ernst aus. »Ich halte das nicht mehr aus«, sagte sie.

Ich wusste es, dachte Ryleigh. *Jetzt kommt's.* Sie versuchte, sich zusammenzureißen. »Was?«, fragte sie, richtete sich auf und bemühte sich, ein möglichst unbeteiligtes Gesicht zu machen.

»Ich möchte mit dir schlafen«, sagte Avalon. »Ich weiß, es ist peinlich, weil es erst ein paar Stunden her ist, und ich hätte nie gedacht, dass ich –« Sie atmete tief durch. »Aber so ist es nun einmal. Ich gehe besser.«

»Um was zu tun? Eine kalte Dusche nehmen?« Ryleigh konnte ein Grinsen nur schwer unterdrücken.

»Ich bin nicht deshalb gekommen«, fuhr Avalon fort, ohne die Frage zu beantworten, das war ja sowieso eine Spezialität von ihr, »auch wenn du mir das bestimmt nicht glaubst. Ich wollte nur – na ja, ist ja nicht wichtig. Auf jeden Fall kann ich das nicht ... so.« Sie holte tief Luft, als ob sie noch etwas sagen wollte, sagte dann aber nichts mehr.

»Was kannst du nicht ... so?«, fragte Ryleigh weich.

Ihr war so ein Stein vom Herzen gefallen, dass Avalon kein größeres Problem hatte als dieses. Was war aus der forschen, rücksichtslosen Avalon geworden, die sich einfach genommen hatte, was sie wollte? Das letzte Mal, als sie hier hereinmarschiert war, um Ryleigh zu verführen, war ihr das in keiner Weise peinlich gewesen. Im Gegenteil, Ryleigh hatte das Gefühl gehabt, das war ihre übliche Vorgehensweise, und Avalon fühlte sich absolut wohl dabei, fand es ganz normal.

»Spielt keine Rolle«, sagte Avalon und ging zur Tür.

Ryleigh machte zwei große Schritte, um sie zu überholen, und vertrat ihr den Weg. »Kalte Dusche?«, fragte sie. »Wirklich?«

»Bitte, lass mich vorbei«, verlangte Avalon gereizt. »Ich finde das nicht lustig.«

»Avalon ...« Ryleighs Augen streichelten ihr Gesicht. »Warum sollen wir denn nicht miteinander schlafen, wenn wir das wollen? Was ist das Problem?« Sie lächelte. »Mir ist es absolut nicht peinlich, dass ich schon wieder Lust auf dich habe. Und wenn es vierundzwanzig Stunden am Tag wären.« *Was es ja irgendwie auch ist,* dachte sie.

»Du verstehst nicht«, sagte Avalon. Sie schaute Ryleigh an. »Ich muss jetzt wirklich gehen.«

»Daran will und kann ich dich nicht hindern.« Ryleigh trat zur Seite. »Bitte.«

Das Klacken von Avalons Absätzen klang erst laut, dann immer leiser, als sie die Polizeistation verließ und die Tür hinter ihr zufiel.

Ryleigh holte tief Luft. Avalon. Wie hätte es auch anders ausgehen können? Sie war einfach nicht der Kuscheltyp.

Dass ihr Sex peinlich war, war zwar neu, aber sie war eben voller Überraschungen.

Ryleigh bemerkte immer mehr, wie sehr das zutraf.

16

Eben hat jemand nach dir gefragt«, sagte Elaine zur Begrüßung, als Ryleigh am Nachmittag zu einem späten Lunch das Café betrat. »Ah, da ist sie ja.« Sie blickte über Ryleighs Schulter. »Sie sitzt dort am Fenster.«

Ryleigh drehte sich um. Für einen Augenblick bewegte sie sich nicht.

»Sie sagt, du kennst sie«, setzte Elaine hinzu.

Ryleigh stand immer noch da wie zur Salzsäule erstarrt. Dann räusperte sie sich. »Ja.« Ihr Blick wirkte ausdruckslos. »Ich kenne sie.«

Sie war versucht, das Café gleich wieder zu verlassen, aber sie wusste, dass das nichts bringen würde. Es gab Dinge, die konnte man nicht abschütteln, und wenn man noch so weit weglief. Sie ging zum Erker.

»Hallo Chloe.« Ihr Gesicht schien versteinert.

Chloe antwortete ihr mit einem Lächeln, das wohl verführerisch sein sollte. »Hallo Leigh. Überrascht, mich zu sehen?«

»Nicht wirklich«, sagte Ryleigh. »Was willst du hier?«

»Du hast mich doch eingeladen«, bemerkte Chloe mit einem unschuldigen Augenaufschlag. »Hast du das etwa vergessen?«

Ich würde gern alles, was mit dir zusammenhängt, vergessen, dachte Ryleigh. »Nein, habe ich nicht«, sagte sie.

»Also?« Chloe hob auffordernd die Hände. »Hier bin ich.«

»Das ist nicht zu übersehen.« Ryleigh wandte sich abrupt zur Tür. »Aber mich musst du leider entschuldigen.« Der Appetit war ihr vergangen. »Ich habe zu tun.«

Sie sah, wie Elaine ihr von der Theke her einen verständnislosen Blick zuwarf. Da Ryleigh gerade erst gekommen war, wunderte sie sich sehr, dass sie gleich wieder ging.

Bedauernd zuckte sie die Schultern, zog die Tür auf und verließ das Café. Direkt, nachdem das Glöckchen einmal für sie geklingelt hatte, klingelte es erneut. Chloe war in nullkommanichts bei ihr.

»Also hör mal, ich komme her, um dich zu besuchen, und du läufst weg?«

»Ich laufe nicht weg. Wie ich schon sagte, ich habe zu tun. Ich habe einen Job hier.« Ryleigh zog unwillig ihre Augenbrauen zusammen.

»Und weshalb bist du dann ins Café gekommen? Machst du das immer so: kurz rein, gleich wieder raus? Nur so zum Spaß?« Es war eine rhetorische Frage, wie man schon am Tonfall erkennen konnte. Chloe wusste genau, warum Ryleigh gegangen war – und sie genoss dieses Wissen offensichtlich wie ein köstliches Dessert. »Oder willst du nur den Trick aus New York wiederholen? Dich einfach so – *puff!* – in Luft auflösen?«

»Das habe ich nicht getan.«

»Ach nein? Dann habe ich mir wohl nur eingebildet, dass ich eines Morgens aufgewacht bin, und du warst weg. Ohne mir einen Ton zu sagen.«

»Du weißt genau, weshalb.« Ryleigh presste die Lippen aufeinander.

»Tu doch nicht so moralisch. Im Gegensatz zu dir habe ich nie im Gefängnis gesessen.«

»Nur weil du Glück hattest.«

»Und du hattest keins, ich weiß. Was du mir immer noch nachträgst.«

Ryleigh schaute sie ärgerlich an. »Das hatte nichts mit Glück zu tun. Ich habe –«, sie brach ab, fuhr dann aber mit zusammengepressten Kiefern fort: »einen Fehler gemacht.«

»Denkst du das wirklich?« Chloe verzog amüsiert das Gesicht. »Du bist eben der Ritter in der glänzenden Rüstung, der immer allen zu Hilfe kommt. Du kannst nicht dagegen an. Ist doch ein schöner Zug von dir.«

»Für dich«, knirschte Ryleigh.

»Ja, das gebe ich zu.« Chloe lächelte zufrieden. »Für mich hatte das durchaus Vorteile.«

»Und? Hast du deine Marke jetzt zurück?«, fragte Ryleigh, während sie mit energischen Schritten auf das Sheriffbüro zusteuerte, was Chloe aber in keiner Weise beeindruckte. Sie blieb ihr auf den Fersen.

»So gut wie«, erwiderte Chloe lässig. »Ich bin froh, wenn ich die Uniform endlich wieder los bin. Ich habe noch nie gern Krawatten getragen.« Sie musterte Ryleighs Dienstkrawatte mit zuckenden Mundwinkeln. »Dir stehen sie natürlich. Das ist etwas anderes.«

»Lass mich in Ruhe, Chloe.« Ryleigh blieb stehen. »Reicht die Entfernung zwischen New York und Maine immer noch nicht? Muss ich einen Posten am Nordpol annehmen?«

»Also doch weggelaufen«, stellte Chloe äußerst befriedigt fest. »Und du würdest es wieder tun. Ich wusste nicht, dass ich so einen großen Einfluss auf dein Leben habe.«

»Den hattest du allerdings!« Ryleighs Augen zogen sich gefährlich zusammen. »Und ich rate dir, das nicht noch einmal zu versuchen. So etwas lasse ich nicht zweimal zu.«

»Ach, tatsächlich?« Chloe trat so nah auf sie zu, dass Ryleigh ihren Atem auf ihrem Gesicht spürte. »Ich denke, es kommt darauf an, was du dafür bekommst.« Ihre Hüften schoben sich vor und schienen mit denen von Ryleigh verschmelzen zu wollen.

Ryleigh rührte sich nicht. Nein, diesmal nicht. Chloe würde sie nicht dazu veranlassen, sich auch nur einen Zentimeter von der Stelle zu bewegen. Sie würde nicht vor ihr und den Problemen fliehen und ihr das Feld überlassen, wie sie es in der Vergangenheit getan hatte. Vielleicht war das ein Fehler gewesen. Vielleicht hätte sie bleiben und die Sache ausfechten sollen.

»Ich bin nicht käuflich«, presste sie voll unterdrückter Wut hervor. »Und bestechlich schon gar nicht.«

Chloe nickte mit geschürzten Lippen. »Klingt gut. So überzeugend. Hast du das geübt?«

Ryleighs Hände schossen vor und packten Chloe an den Schultern. »Treib es nicht zu weit!« Sie starrte Chloe in die Augen. »Ich kann immer noch eine Aussage machen.«

»Und wieder in den Knast wandern?« Chloe hob abschätzig einen Mundwinkel. »Das riskierst du nicht. Und was ist denn mit dem netten, kleinen Städtchen hier, wo du es dir so gemütlich eingerichtet hast? Wären die ganzen Hausfrauen nicht enttäuscht? Die sind bestimmt glücklich, dass du aufgetaucht bist und ihnen die Tage versüßt, bis ihre Männer abends heimkommen.«

»Chloe …« Ryleigh beugte sich bedrohlich vor, und ihre Finger gruben sich wie Krallen in Chloes Fleisch.

Chloe verzog das Gesicht vor Schmerz, nutzte jedoch die Nähe von Ryleighs Mund und presste ihre Lippen darauf.

Ryleigh war so überrascht, dass sie es für einen Moment zuließ, bevor sie Chloe von sich stieß. Wie in Zeitlupe glitt genau in diesem Moment ein schwarzer Mercedes an ihnen vorbei. Ryleigh sah noch Avalons Augen, bevor der Wagen die Straße hinunter beschleunigte und verschwand.

Avalons Augen. Sie hatten Ryleigh angesehen, als wären sie aus Stein. Starr und kalt und ohne jedes Gefühl. Sie hatten sie angesehen, als hätte Avalon sich gewünscht, Ryleigh würde direkt vor ihr auf der Straße stehen, damit sie sie überrollen konnte. Ohne das geringste Bedauern.

Ryleigh stöhnte innerlich auf. Es war schon schwierig genug mit Avalon, musste Chloe es da noch komplizierter machen?

»Du verschwindest hier«, wandte sie sich an Chloe. »Sofort.«

Chloe wusste nicht genau, was passiert war, aber sie merkte, dass sie Ryleigh aus dem Gleichgewicht gebracht hatte, noch mehr als zuvor. »Ist das eine offizielle Anweisung, Sheriff?« Ihre Mundwinkel zeigten deutlich ihr Vergnügen an Ryleighs Unbehagen. »Brauchst du nicht Gründe, um jemanden der Stadt zu verweisen? In New York brauchen wir die.«

Genau dieses Argument hatte Ryleigh gegenüber Avalon benutzt, als sie Lynn aus der Stadt werfen wollte. Sie seufzte innerlich. Sie hatte keine gesetzliche Handhabe gegen Chloe, solange sie nichts tat, das eine Bestrafung rechtfertigte.

»Schon allein deine Anwesenheit ist ein Grund«, erwiderte sie grimmig. »Aber du hast Recht. Es gibt kein Gesetz gegen Belästigungen dieser Art. Wir sind beide Polizistinnen und wissen das.« Sie legte leicht den Kopf zur Seite und musterte Chloe abschätzig. »Aber ich warne dich. Wenn du auch nur einen Kaugummi auf der Straße fallen lässt, buchte ich dich ein und verfrachte dich mit einem Gefangenentransport nach New York zurück.«

Chloe lachte. »Das glaube ich dir sogar!« Sie lächelte süß, aber es war nicht im entferntesten mit Avalons süßem, berauschendem Lächeln zu vergleichen. »Ich werde mich bemühen, meine Kaugummis gesetzestreu zu entsorgen.«

»Das will ich dir auch geraten haben.« Ryleigh drehte sich um und ließ Chloe stehen.

In ihrem Büro zurück erwartete sie sekündlich, dass Chloe ihr nachkommen oder Avalon wie eine Furie hereinstürzen würde. Vielleicht sogar beide auf einmal. Das wäre ein Spaß.

Als sie hörte, wie jemand von außen die Tür öffnete, wappnete sie sich für den Anblick der einen oder anderen wütenden Frau.

Stattdessen jedoch trat ein süffisant lächelnder Mann ein. »Ich wünsche Ihnen einen guten Tag, Sheriff«, begrüßte Dunn sie.

Ryleigh hob die Augenbrauen. »Mr. Dunn.« Sie nickte knapp.

»Haben Sie Sean O'Neill mittlerweile gefunden?«, fragte er, während er sich lässig auf seinen Spazierstock stützte, der mit einem goldenen Schlangenkopf versehen war.

»Nein.« Ryleigh schüttelte den Kopf. »Vielleicht hat er ja erfahren, wo sein Sohn ist und ist ihm nach New York gefolgt. Dort kann er leicht untertauchen.«

Dunn lächelte, wenn das überhaupt möglich war, noch süffisanter. »Was würden Sie sagen, wenn er hier ganz in der Nähe wäre?«

Sprachlos starrte Ryleigh ihn an, bis sie endlich »Wie bitte?« fragen konnte.

»Wenn Sie so wollen, ist er tatsächlich untergetaucht.« Dunn verzog anscheinend höchst vergnügt das Gesicht. »Zumindest ist er unter der Oberfläche. In einer alten Mine.«

»Und woher wissen Sie das?« Ryleighs Stimme klang ungläubig, und sie runzelte die Stirn.

Dunn zuckte die Schultern. »Ich habe so meine Quellen.«

»Sie, aber sonst niemand?«, fragte Ryleigh misstrauisch. Dieser Mann gefiel ihr nicht. Nein, er gefiel ihr ganz und gar nicht. Er hatte etwas Hinterhältiges, Undurchschaubares an sich, das selbst ihr ein kaltes Rieseln den Rücken hinunter verursachte. Ihre Nackenhaare stellten sich alarmiert auf, das war immer ein eindeutiges Zeichen für Gefahr.

Wieder hob Dunn die Achseln. »Vielleicht war niemand interessiert an dieser Information.«

»*Ich* war interessiert«, erwiderte Ryleigh scharf. »Ich habe überall herumgefragt, jeder wusste, dass ich ihn suche.«

Dunn lächelte, und es wirkte wie der Gesichtsausdruck eines Raubtiers kurz vor dem Zubeißen. »Deshalb komme ich ja zu Ihnen. Als ordentlicher Bürger, der die Behörden unterstützt, wo er kann.«

Ryleigh verzog die Mundwinkel. »Da bin ich sicher.« Sie hob fragend die Augenbrauen. »Was für eine Gegenleistung erwarten Sie von den Behörden dafür?« Dieser Mann tat ganz bestimmt nichts Uneigennütziges.

»Aber ich bitte Sie ...« Dunn hob wie ein Unschuldslamm die Hände. »Wie ich schon sagte, empfinde ich es als meine Bürgerpflicht.«

»Tatsächlich?« Ryleighs Misstrauen wuchs. Sie glaubte Dunn kein Wort. »Wo ist diese Mine? Wieso hat mir kein Mensch davon erzählt?«

»Oh, ich denke, niemand hat mehr daran gedacht. Sie ist schon lange nicht mehr in Betrieb.« Mit leicht schief gelegtem Kopf fügte er harmlos hinzu: »Sie gehört den Hadocks. Wie praktisch alles hier.«

Mit aller Gewalt versuchte Ryleigh, ihre Gesichtsmuskeln zu beherrschen. Nichts in ihrer Körpersprache sollte anzeigen, dass sie sofort an Avalon gedacht hatte, als Dunn den Namen erwähnte. »Trotzdem kann jeder sie einfach betreten?«, fragte sie.

»Es gibt keine Mauer drumherum, wenn Sie das meinen«, entgegnete Dunn. »Normalerweise respektieren die Leute das Privateigentum der Hadocks, ohne dass sie es extra schützen müssen.«

Ja, wohl niemand hatte Lust, sich Avalons Zorn zuzuziehen oder sie sich zur Feindin zu machen, das konnte Ryleigh gut verstehen. »Wo ist diese Mine?«, fragte sie. »Können Sie mich hinbringen?«

»He hallo Besuch!«, begrüßte Sean O'Neill sie in bester Laune, nachdem sie durch einen Stollen den Weg zu seinem Quartier gefunden hatten. »Haben Sie mir was mitgebracht, Mr. Dunn? Das haben Sie das letzte Mal versprochen.« Seine Augen suchten Dunns Hände und Gestalt ab.

»Und gehalten«, sagte Dunn. »Ich habe den Sheriff mitgebracht.«

»Ach, den Sheriff ...« O'Neill winkte ab. »Sie wissen genau, dass ich das nicht gemeint habe.«

»Was hätte ich schon mitbringen sollen? Ich sehe, Sie sind gut versorgt«, bemerkte Dunn mit einem Blick durch den Raum, in dem Sean O'Neill mit der unvermeidlichen Bierflasche in der Hand hingefläzt auf einem Bett mit Metallgestell lag.

Der Raum war eine große Höhle am Ende des Ganges, die – außer mit Tageslicht – tatsächlich gut ausgestattet schien. Außer dem Bett gab es einen Tisch und zwei Stühle, in der Ecke surrte ein Campingkühlschrank, und auf der anderen Seite strahlte ein Gaskamin gemütliche Wärme aus. Das Feuer, das darin flackerte, sah geradezu anheimelnd aus.

Ein paar Bierflaschen standen herum und ein Teller mit Essensresten. Fast hätte man meinen können, der Raum hätte große Ähnlichkeit mit Seans Zuhause, jedoch war die Höhle hier viel sauberer als das, was Ryleigh in Seans Küche gesehen hatte.

»Sie waren schon früher hier?«, fragte sie Dunn.

Dunn nickte. »Ich musste doch überprüfen, ob meine Information stimmte. Selbst ich kann mich auf meine Informanten nicht immer verlassen.« Er lächelte wölfisch.

Sie wandte sich ab und musterte Sean. »Was machen Sie hier, Mr. O'Neill? Wussten Sie nicht, dass ich Sie suche?«

Seans leicht gerötete Augen versuchten, sich auf sie zu konzentrieren, nachdem er die Enttäuschung von Dunns leeren Händen überwunden hatte. »Suchen? Wieso suchen?« Er sah wirklich überrascht aus. Anscheinend hörte er das heute zum ersten Mal.

»Weil ich Sie zum Tod Ihres Freundes Joe Mullally befragen wollte«, erklärte Ryleigh geduldiger, als sie sich fühlte, aber sie wusste, mit Betrunkenen hatte es nie Sinn, ungeduldig zu sein. Ihr Gehirn arbeitete einfach zu langsam, um in normaler Geschwindigkeit denken zu können. Unter Druck versagte es dann meistens ganz.

»Joe?« O'Neill sah aus, als hörte er auch diesen Namen gerade zum ersten Mal. »Ach, Joe«, fiel ihm dann plötzlich ein. »Waren Sie deswegen nicht schon mal in meinem Haus?«

»Ja«, bestätigte Ryleigh, erstaunt darüber, dass er sich überhaupt daran erinnerte, so betrunken, wie er damals gewesen war. »Und als ich Sie noch einmal aufsuchen wollte, waren Sie verschwunden.«

»Ich bin umgezogen!«, lallte Sean O'Neill und lachte. »Wie Sie sehen.«

»Ja, das sehe ich«, sagte sie. Sie warf einen Blick um sich. »Aber hätten Sie da nicht genauso gut zu Hause bleiben können? Da haben Sie wenigstens Fenster.«

»Hier ist es viel besser.« O'Neill grinste. »Das ist mit Zimmerservice. Und ich zahle keinen Penny dafür. Seit Hank abgehauen ist …« Seine gute Laune schien auf einmal wie weggeblasen, und sein Gesicht verzog sich zu einem weinerlichen Ausdruck. »Wo ist mein Junge? Warum ist er nicht mehr da?«

»Was mich viel mehr interessiert«, erwiderte Ryleigh, »ist, warum *Sie* nicht mehr da sind, wo Sie sein sollten.« Der Kühlschrank und der Gaskamin sahen funkelnagelneu aus. Die hatte er sich bestimmt nicht selbst gekauft. »Was hat Sie dazu veranlasst, in diese Höhle zu ziehen?«

Bisher hatte noch immer die Möglichkeit bestanden, dass O'Neill sich vor ihr versteckte, aus Angst vor Strafe wegen der jahrelangen Misshandlung von Hank, aber sie glaubte ihm, dass er nichts von ihrer Suche wusste. In betrunkenem Zustand zu lügen war mehr, als ein Sean O'Neill leisten konnte.

»Sie hat gesagt, ich bekomme eine Belohnung«, nuschelte er. »Weil ich so gut gearbeitet habe die ganzen Jahre. Deshalb darf ich jetzt umsonst hier wohnen. Ich darf nur nicht in die Stadt gehen.« Er erhob sich halb vom Bett und zog mit dem Zeigefinger eines seiner Augenlider herunter. »Damit die anderen nicht neidisch werden, verstehen Sie?«, fügte er verschwörerisch hinzu. »Psst.« Er legte den Finger über seine Lippen. »Niemand sagen.«

»Das wird wohl nicht gehen«, entgegnete Ryleigh trocken. »Ich muss Sie zur Befragung mitnehmen.«

»Nein, nein.« O'Neill schüttelte störrisch wie ein Kind den Kopf. »Dann verliere ich das alles hier. Und sie kommt auch gleich. Macht sauber.« Er grinste breit. »Jeden Tag. Meine eigene Putzfrau. So was hatte ich noch nie.« Sein Blick verdüsterte sich. »Ich meine, nicht mehr, seit Lissy gestorben ist.«

»Sie? Wer?«, fragte Ryleigh. Sie versuchte, den Verdacht, der in ihr aufkeimte, zurückzudrängen. Nur weil die Höhle Avalon gehörte, musste sie nicht –

»Da!« Sean flüsterte. »Sie kommt!« Als ob das für ihn ein Signal gewesen wäre, stand er auf und streckte sich, ordnete seine Kleidung, auch wenn man den Unterschied kaum erkennen konnte.

Im nächsten Moment erklang eine Frauenstimme vom Eingang her: »Was ist denn hier los?«

»Besuch«, erklärte Sean schief grinsend. »Ich war nicht in der Stadt. Sie sind hergekommen.«

Eine ältere Frau betrat die Höhle und schaute mit strengem Blick von einem zum anderen. »Sheriff.« Ihr Blick verharrte auf Ryleigh. »Mr. Dunn.« Diesmal enthielt ihr Blick eine merkwürdige Mischung aus Vorsicht und Verachtung. »Was tun Sie hier?«

»Wir waren nur neugierig, Marsha«, beantwortete Dunn die Frage, während Ryleigh noch darüber nachdachte, wer diese Frau war. »Ist Mr. O'Neill einer Ihrer Patienten? Findet in dieser Höhle«, er schaute sich zweifelnd um, »eine Art Therapie statt?«

»Er hat zu viel getrunken«, erwiderte die Frau, die Dunn Marsha genannt hatte, ausweichend.

Ryleigh lachte trocken auf. »Für eine Entzugseinrichtung stehen hier aber entschieden zu viele Bierflaschen herum!«

»Er trinkt jetzt viel weniger«, behauptete Marsha. »Er muss es sich über den Tag hinweg einteilen. Und er bekommt jeden Tag eine kleinere Ration. Ich halte nichts von kaltem Entzug. Da ist die Rückfallquote fast hundert Prozent.«

»Sie sind Krankenschwester?« Ryleigh schaute sie fragend an.

»Ausgebildete Psychiatrieschwester«, erwiderte Marsha stolz. »Ich habe noch jeden dazu gebracht, sich ordentlich zu benehmen.« Sie warf einen strengen Blick auf Sean, der sofort einen Versuch machte, strammzustehen, was ihm jedoch nicht so recht gelang. Er schwankte, während er krampfhaft darum kämpfte, sich gerade zu halten.

Diese Frau hätte auch gut als Gefängniswärterin durchgehen können, dachte Ryleigh. Ihre Autorität war einschüchternd. Sie räusperte sich. »Sie betreiben eine Privatklinik hier?«, fragte sie.

»Ich bin kein Arzt«, bellte Marsha scharf zurück. »Aber ich habe die Lizenz, Patienten privat zu betreuen. Und das tue ich hier.«

»Mr. O'Neill bezahlt Sie dafür?« Ryleigh schaute die Schwester erstaunt an. »Private Krankenbetreuung kostet doch eine Menge Geld.«

»Für so etwas haben wir ja Mr. Dunn«, erwiderte Marsha nebulös. »Er gibt allen Geld, wenn sie es brauchen.«

»*Sie* haben ihm das Geld gegeben?« Nun verstand Ryleigh gar nichts mehr. »Dann hätten Sie mir ja auch gleich sagen können, wo er ist, statt wochenlang zu warten.«

Dunn schüttelte den Kopf. »Ich habe ihm nichts gegeben. Ich bekam nur zugetragen, dass er hier ist, und habe das pflichtbewusst der Polizei gemeldet, mehr nicht.«

»Sie bekommen wirklich alles mit«, entgegnete Marsha mit kaltem Blick auf Dunn. »Ihr Spionagenetz würde dem CIA Ehre machen.«

Dunn verzog eine Seite seines Mundes zu einem herablassenden Lächeln. »Viele haben schon davon profitiert, oder, Marsha? Nicht zuletzt unser hoch ehrenhafter Sheriff hier dieses Mal.«

Aus seinem Mund klang das Wort *ehrenhaft* wie eine Beleidigung.

»Wie Sie schon so richtig bemerkten, Mr. Dunn: Es war Ihre Bürgerpflicht«, erinnerte Ryleigh ihn. »Und nun, Mr. O'Neill«, sie wandte sich um, »bitte ich Sie, mich aufs Revier zu begleiten, um Ihre Aussage zu machen.«

Sean O'Neill warf einen verunsicherten Blick auf Marsha.

Marsha reagierte sofort. »Sein Gesundheitszustand lässt das nicht zu«, sagte sie. »Er muss hierbleiben.«

Ryleigh hob die Augenbrauen. »Mir erscheint er ganz in Ordnung. Und Sie sind kein Arzt. Nur ein Arzt kann ihm Transportunfähigkeit bescheinigen.«

»Alles hier«, sagte Marsha und zog einen schmalen Aktenordner aus der Tasche. »Lesen Sie nach.«

Ryleigh nahm den Ordner, und tatsächlich: Ein Arzt aus Boston hatte Sean O'Neill Bettruhe verordnet und erklärte ihn für transportunfähig. Seine Nerven seien so zerrüttet, dass er sich für unbestimmte Zeit von Menschen fernhalten müsse. Ihn dem Stress einer Befragung auszusetzen würde zu einer schlimmen Krise mit eventuell sogar Gefahr für sein Leben führen und sei deshalb keinesfalls erlaubt. Nur und ausschließlich eine Person seines Vertrauens dürfe ihn versorgen. Da diese Person zudem medizinische Kenntnisse und Erfahrung mit psychisch labilen Patienten haben müsse, käme dafür nur eine ausgebildete Psychiatrieschwester in Frage. Wonach er eine gewisse Marsha Hammersmith empfahl.

»Ich gehe wohl recht in der Annahme, dass Sie Marsha Hammersmith sind?«, fragte Ryleigh.

»Richtig.« Marshas Schultern strafften sich. »Marsha Eleonora Hammersmith. Geboren und aufgewachsen in Hadockville, danach Ausbildung in Boston –«

Ryleigh hob die Hand. »Schon gut. Ich brauche nicht Ihren ganzen Lebenslauf.« Sie gab der Schwester die Papiere zurück. »Ich muss allerdings mit Dr. Evans Rücksprache halten. Er muss mir diese Papiere bestätigen.«

»Natürlich.« Marsha nickte. »Aber würden Sie jetzt gehen, bitte. Mein Patient braucht Ruhe.«

Sean sah wirklich ziemlich erschöpft aus, weil er die ganze Zeit dagestanden hatte wie ein Soldat vor seinem General.

»Sie tragen die Verantwortung, Ms. Hammersmith«, sagte Ryleigh streng. »Sie versprechen mir hoch und heilig, dass Mr. O'Neill diesen Ort nicht verlassen wird. Falls es aus medizinischen Gründen notwendig sein sollte, dass er es doch tut, geben Sie mir unverzüglich Bescheid.«

Marsha nickte noch einmal. »Selbstverständlich, Sheriff. Aber würden Sie jetzt bitte …?« Sie wies mit einem Arm zu dem Stollen, der aus der Höhle hinausführte.

Ryleigh zögerte, aber sie wusste, sie hatte keine Wahl. Diese Papiere wirkten echt. Das musste sie zwar noch überprüfen, aber eigentlich hatte sie schon jetzt keinen Zweifel daran. Irgendjemandem war sehr daran gelegen, dass Sean O'Neill mit keinem Menschen sprach. Und – so vermutete sie – vor allem nicht mit der Polizei.

In Gedanken hatte sie vor Dunns Auftauchen bereits ziemlich mit dem Fall Mullally abgeschlossen gehabt. Der alte Sheriff, mit dem sie noch einmal gesprochen hatte, schwieg wie ein Grab. Als ob sein Leben davon abhinge. Und da Sean nicht aufzufinden war, hatte sie keine Spur mehr, die sie verfolgen konnte. Lynn war sehr böse deshalb, aber sie konnte es auch nicht ändern. Zur Strafe hatte sie beschlossen, nicht mehr mit Ryleigh zu reden. Sie verbarrikadierte sich in ihrem Haus und brütete düster vor sich hin.

Dass Ryleigh nun wusste, wo Sean war, brachte sie auch nicht weiter, wenn sie nicht mit ihm reden durfte. Und selbst wenn, hatte sie so ihre Zweifel, dass Sean O'Neill überhaupt etwas wusste. Selbst wenn er etwas gewusst hatte, konnte es längst durch den Suff aus seinem Gehirn hinausgespült worden sein.

Derjenige, der Sean in die Höhle hatte bringen lassen, war jedoch offensichtlich der Ansicht, dass Sean immer noch eine Gefahr darstellte. Für wen oder was auch immer.

Das wiederum deutete darauf hin, dass Lynn Recht hatte. Irgendjemand hatte irgendetwas zu verbergen. Konnte Sean O'Neill noch etwas anderes wissen als das, was sein Freund Joe Mullally ihm anvertraut haben mochte? War er außer in den Fall vor fünfzehn Jahren noch in weitere Machenschaften verwickelt?

Darauf gab es nirgendwo einen Hinweis, also musste diese Höhlenaktion etwas mit dem alten Fall zu tun haben. Auch wenn sie dessen nicht absolut sicher sein konnte, deutete alles darauf hin. Was aber konnte selbst nach fünfzehn Jahren jemanden noch so bedrohen, dass er eine dermaßen aufwendige Aktion veranstaltete, nur um den einzigen – eventuell außer dem alten Sheriff – Zeugen im wahrsten Sinne des Wortes vom Erdboden verschlucken zu lassen?

Geld schien keine Rolle zu spielen. Eine private Krankenschwester, ein nach seinem Briefkopf zu urteilen teurer Privatarzt in Boston, ein bis ins Letzte durchorganisierter Rückzug an einen Ort, an dem Sean fast unmöglich zu finden war. Und sogar die Berücksichtigung des unwahrscheinlichen Falles, sollte er gefunden werden. Ein Dokument für die Polizei, das es ihr verbot, ihn zu befragen.

Hinter all dem steckte ein kluger Kopf. Ein Mensch, der alle Eventualitäten im Voraus einplante und nichts dem Zufall überließ. Ein geradezu geniales Gehirn.

Aber auch ein kriminelles? fragte Ryleigh sich. Hätte ein Mensch, der kriminell war und so viel zu verbergen hatte, Sean nicht einfach umgebracht? Die Wälder von Maine waren tief und unergründlich. Ryleigh wagte sich gar nicht vorzustellen, wie viele Leichen vielleicht hier vergraben waren.

Sie schüttelte den Kopf. Das alles passte nicht richtig zusammen. Als ob zwei völlig verschiedene Menschen in diese Geschichte verwickelt wären. Hatte sie es vielleicht mit einer ganzen Bande zu tun?

Das war auch wieder unwahrscheinlich. Sie runzelte die Stirn. Banden konnten sich nicht so leicht verstecken. Und wollten es meistens auch nicht. Um Angst und Schrecken zu verbreiten musste jeder sie kennen und wissen, wozu sie fähig waren. Das kannte sie gut genug von den Gangs in New York, mit denen sie zu tun gehabt hatte.

Also worum ging es hier?

17

»Lynn! Komm schon. Mach auf.« Ryleigh klopfte mit dem altertümlichen Metallring an die Tür, der an Lynns Haus als Ersatz für eine Klingel diente.

»Ich rede nicht mit dir«, kam es nach einer Weile dumpf von innen.

»Dann rede nicht mit mir, aber hör mir zu«, sagte Ryleigh. »Und ich habe keine Lust, durch die Tür zu schreien, also mach auf.«

Sie musste eine ganze Weile warten, bis sich der Schlüssel im Schloss drehte. »Komm rein«, sagte Lynn, wandte sich sofort um und ging in das kleine Wohnzimmer zurück.

Ryleigh schloss die Tür hinter sich und folgte ihr. »Ich habe Sean O'Neill gefunden.«

Lynn fuhr herum. »Was?«

»Ich habe Sean O'Neill gefunden«, wiederholte Ryleigh. »Aber ich fürchte, das bringt uns auch nicht weiter, weil ich nämlich nicht mit ihm sprechen darf.«

»Was soll das heißen: Du darfst nicht mit ihm sprechen?« Lynn sah verwundert aus.

Ryleigh atmete tief durch. »Es gibt eine ärztliche Anordnung, dass eine Befragung eine Gefahr für O'Neills Leben bedeuten könnte. Dem kann ich mich nicht widersetzen. Nicht ohne richterlichen Beschluss. Und den bekomme ich nicht, weil es offiziell gar keinen Fall gibt.«

Lynn sank auf das alte, abgewetzte Sofa. »Eine Gefahr für sein Leben? Wenn man nur mit ihm redet?« Sie hob den Blick und schaute Ryleigh an. »Was ist das denn für ein Blödsinn?«

»Als Anwältin müsstest du wissen, was für ein Blödsinn das ist. Du kennst den Trick bestimmt auch.«

Lynn nickte. »Natürlich. Allerdings wende ich ihn normalerweise nicht an. Wenn ich einen Arzt so etwas für einen Mandanten bescheinigen lasse, besteht wirklich eine Gefahr.«

Ryleigh ließ ihren Blick durch das Zimmer schweifen. Es war deutlich zu sehen, dass hier ein bescheidener Mensch gewohnt hatte, dem etwas an seinen Sachen lag. Alles war alt und vieles abgenutzt, aber sorgfältig gepflegt.

»Ist er wieder zu Hause?«, fragte Lynn. »Dann gehe ich einfach zu ihm, wenn du dich nicht traust.«

»Es ist keine Frage von trauen.« Ryleigh stieß einen Seufzer aus. »Ich bin Polizistin. Ich kann mich nicht einfach so über das Gesetz hinwegsetzen.«

»Aber ich schon!« Lynn stand entschlossen auf.

Ryleigh musste lachen. »Na, dann viel Glück«, sagte sie. »Bevor du die Höhle betreten kannst, musst du allerdings erst den Drachen besiegen.«

Lynn runzelte irritiert die Stirn. »Was?«

»Sean ist in einer Höhle, einem alten Bergwerk, um genau zu sein. Aber er hat eine Bewacherin. Offiziell Krankenschwester genannt. Und mit der ist nicht gut Kirschen essen. Würde mich nicht wundern, wenn sie außer ihren Spritzen auch noch eine Pistole in ihrer Medikamententasche hätte.«

Nun zog sich Lynns Stirn zu einem einzigen Fragezeichen zusammen. »Was redest du da? Das ergibt doch überhaupt keinen Sinn.«

Ryleigh nickte. »Für mich bis jetzt auch nicht. Aber Tatsache ist, dass Sean offenbar von jemandem aus dem Verkehr gezogen wurde, dem sehr viel daran liegt, dass er nichts aussagen kann. Was auch immer das sein könnte.«

»Also weiß er tatsächlich etwas«, schloss Lynn daraus.

»Könnte sein.« Ryleigh wiegte zweifelnd den Kopf. »Vielleicht will man uns das aber auch nur glauben machen, um uns von einer anderen Spur abzulenken.«

»Wir haben keine andere Spur«, sagte Lynn.

»Den alten Sheriff.« Ryleigh biss auf ihre Unterlippe. »Er weiß definitiv etwas, aber ich kriege es nicht aus ihm heraus. Es ist, als ob jemand neben ihm stünde und ihm eine Waffe an die Schläfe halten würde, damit er nichts sagt.«

Lynns Kiefer mahlten. »Hast du mit Avalon gesprochen?«

Ein Ruck ging durch Ryleigh. »In letzter Zeit nicht«, erwiderte sie steif.

»Ich bin überzeugt, dass sie es war. Sie hat Sean aus dem Verkehr gezogen. Und sie ist es auch, die den alten Sheriff bedroht.« Lynn starrte wütend in die Luft.

»Dafür gibt es keinen Beweis«, sagte Ryleigh. »Nicht den geringsten. Sie war vor fünfzehn Jahren noch ein Kind, genau wie du. Was könnte sie schon mit der Sache zu tun haben?«

»Wer weiß«, sagte Lynn. »Immerhin geht es um ihre Familie. Und Familie geht Avalon über alles.«

»Du bist ihr immer noch böse«, sagte Ryleigh. »Du würdest ihr gern eins auswischen, weil sie dich aus ihrem Büro geworfen hat. Aber objektiv betrachtet gibt es nichts, was Avalon mit Sean O'Neill verbindet. Außer dass er für sie im Sägewerk arbeitet.«

»Reicht das nicht?«, fauchte Lynn sie an. »Er ist von ihr abhängig. Sie hat ihn in der Hand. Wenn sie wollte, könnte sie ihn einfach zu Staub zerdrücken.«

»Hat sie aber nicht«, sagte Ryleigh. »Und ich glaube auch nicht, dass sie das vorhat. Abgesehen davon, dass ich das Gefühl habe, Dunn steckt hinter der ganzen Sache.«

»Dunn?« Dieser neue Aspekt warf Lynn aus der Bahn. »Was hat der denn damit zu tun?«

»Ich weiß es nicht«, sagte Ryleigh. »Aber vor einiger Zeit kam er zu mir und bot an, mir zu helfen. Das war an dem Tag, an dem Sean O'Neill verschwunden ist. Ein merkwürdiger Zufall, findest du nicht? Und heute war er es, der mir gesagt hat, wo Sean ist. Vielleicht wusste er es die ganze Zeit.«

»Hm.« Lynn verschränkte die Arme und begann, im Zimmer herumzulaufen. »Aber Dunn hatte nie etwas mit meinem Vater zu tun. Mein Vater hat sich immer geweigert, von ihm Geld zu leihen. Er wollte sich nicht von ihm abhängig machen wie viele der anderen Arbeiter.«

»Bist du sicher, dass dein Vater nie Geld von ihm geliehen hat?«, fragte Ryleigh. »Vielleicht hat er es euch nur nicht gesagt, dir und deiner Mutter.«

»Nein.« Lynn schüttelte den Kopf. »Mein Vater hatte seinen Stolz. Er nannte Dunn eine Schlange. Er wäre lieber verhungert, als sich Geld von ihm zu leihen.«

Ryleigh schürzte die Lippen. Sie wollte Lynn nicht schon wieder wütend auf sich machen. »Vieles, was du von deinem Vater geglaubt hast, hat sich als falsch erwiesen«, bemerkte sie vorsichtig.

»Richtig.« Lynn nickte zustimmend. »Aber meine Mutter hat es mir gesagt. Sie sagte, mein Vater hätte viele Laster gehabt, aber in diesem einen Punkt war er eisern. Sie hätte es gewusst, wenn da etwas gewesen wäre.«

»Na gut.« Ryleigh nickte. »Dann gehen wir mal davon aus, dass das stimmt. Hilft uns aber auch nicht weiter. Ich muss mehr über Dunn herausfinden. Warum er ein Interesse an der Sache haben könnte.«

Lynn lachte hohl auf. »Frag einfach Avalon.«

»Was?« Ryleighs Stirn spiegelte ihre Verwunderung wider.

»Er ist doch ihr *guter Onkel*«, sagte Lynn. »Wollte sogar ihre Mutter heiraten nach dem Tod von Avalons Vater. Ist in ihrem Haus ein und aus gegangen.«

Ryleigh sah aus wie vom Donner gerührt. »Dunn ist quasi ihr Stiefvater?«

Lynn zuckte die Schultern. »Wie es dann weitergegangen ist, weiß ich nicht. Christine hat ihn auf jeden Fall nicht geheiratet.«

»Das kann nicht sein.« Ryleigh schüttelte ungläubig den Kopf. »Ich habe in der ganzen Zeit, seit ich hier bin, nichts davon bemerkt, dass er ein enges Verhältnis zu Avalon hat. Schon gar nicht wie ein Vater.«

»Du wirst wohl kaum deine Tage und Nächte mit Avalon verbringen und jeden ihrer Schritte überwachen«, vermutete Lynn harmlos.

Tja, wenn ich das könnte ... Ryleigh versuchte, sich zusammenzureißen. Sie wollte nicht, dass Lynn noch weitere Vermutungen darüber anstellte, wie viele Tage und Nächte sie mit Avalon verbracht hatte. »Aber so groß ist Hadockville ja nun wirklich nicht«, antwortete sie. »So etwas bekommt man doch mit. Elaine hätte mir davon erzählt. Ihr Café ist die reinste Informationsbörse.«

»Avalons Mutter ist ja nun auch schon einige Jahre tot. Vielleicht war er nur hinter ihr her, und an Avalon hatte er kein Interesse. Aber das musst du wirklich sie fragen, darüber weiß ich nichts. Ich bin ja nur noch selten hier gewesen.« Lynn hob die Augenbrauen. »Ich fürchte, da kann ich nicht einspringen. Mit mir wird sie nicht reden. Du kannst dann gleich mitgehen, um mich rauszuwerfen.«

Ich kann gleich mitgehen, um mich selbst rauszuwerfen, dachte Ryleigh. *Mit mir wird sie schon mal gar nicht reden. Da hätte Lynn wahrscheinlich noch bessere Chancen.* »Ich muss auf jeden Fall mit ihr reden«, sagte sie. »Das alles ist viel zu undurchsichtig. Ich glaube, da steckt viel mehr dahinter als nur der Tod deines Vaters.«

»Mich interessiert nur der Tod meines Vaters«, erwiderte Lynn. »Alles andere ist dein Bier.«

»Ein kaltes Bier könnte ich jetzt gebrauchen.« Ryleigh verzog etwas resigniert das Gesicht. »Und danach gehe ich zu Avalon.«

18

Es wurde bereits dunkel, als Ryleigh vor Avalons Haus ankam. In ihrem Büro war sie nicht mehr, da hatte sie nachgefragt. Danach hatte sie sich überlegt, ob sie es auf den nächsten Tag verschieben sollte, aber dann hatte sie plötzlich wieder Avalons Augen vor sich gesehen, als sie Ryleigh mit Chloe auf der Straße anstarrte, während sie in ihrem schwarzen Coupé an ihnen vorbeirollte. Je länger sich dieses Bild in Avalons Gedächtnis eingrub, desto schlimmer. Sie musste das so schnell wie möglich aufklären.

Sie wollte gerade klingeln, als die Haustür sich ganz von selbst öffnete.

»Sheriff?« Erstaunt blickte Maude, Avalons Haushälterin, sie an.

Ryleigh räusperte sich. Das plötzliche Öffnen der Tür hatte sie zusammenzucken lassen, denn sie hatte jemand anderen erwartet. »Ist Ms. Hadock da?«, fragte sie. »Ich muss sie sprechen. Dienstlich«, fügte sie noch hinzu, als ob Maude sie danach gefragt hätte.

»Ja, sie ist da.« Maude drehte sich um. »Ms. Hadock? Hier ist Besuch für Sie«, rief sie die Treppe hinauf. »Ich gehe dann. Essen steht auf dem Tisch. Bis morgen!« Sie ging an Ryleigh vorbei, lächelte sie freundlich an und verschwand den Heckenweg hinunter in Richtung Straße.

Ryleigh blieb vor der Tür stehen, die nun einen Blick ins Haus hinein gestattete. Sie hörte ein Geräusch und hob den Kopf. Oben auf der Treppe stand Avalon und fixierte sie mit maskenhaftem Gesicht. »Avalon, ich –«, setzte Ryleigh an, aber Avalon unterbrach sie sofort.

»Was willst du hier?« Ihre Stimme klang wie pures Eis.

»Darf ich reinkommen?«, fragte Ryleigh. »Ich muss mit dir reden.«

»Ich wüsste nicht, was wir zu reden hätten.« Avalon kam langsam Stufe für Stufe die Treppe herunter, wie eine Königin, die zu ihrem Volk herabsteigt. Dabei ließ sie Ryleigh nicht aus den Augen. Und ihre Augen wirkten unerbittlich.

»Ich bin dienstlich hier«, sagte Ryleigh. »Es geht um Mr. Dunn.«

»Dunn?« Avalon blieb überrascht stehen. Ganz offensichtlich hatte sie etwas anderes erwartet. Sie musterte Ryleigh einen langen Augenblick mit einem unergründlichen Ausdruck. »Na gut, komm rein«, sagte sie dann. »Mein Essen wird kalt. Und ich hasse kaltes Essen.«

Sie stieg die letzten Stufen herab und ging um die Ecke ins Esszimmer. Ryleigh schloss die Tür hinter sich und folgte ihr. »Ich will dich nicht beim Essen stören«, sagte sie. »Vielleicht komme ich besser morgen wieder.«

»Wenn du schon mal da bist ...« Avalon deutete auf den für eine Person gedeckten Tisch. »Willst du mitessen?«

Das ist ja ein unerwartetes Angebot. »Das ist sehr nett von dir«, antwortete Ryleigh. »Aber ich nehme an, deine Haushälterin hat nur für eine Person gekocht.« Dass Avalon selbst gekocht hatte, davon ging sie nicht aus.

»Sie kocht immer zu viel«, sagte Avalon. »Und ich esse wenig. Viel zu wenig ihrer Meinung nach.« Fast hätte sich ein Lächeln in ihre Mundwinkel geschlichen, aber es wurde schnell unterdrückt. »Sie hofft immer, dass ich mehr esse, wenn so viel da ist.«

Ryleigh räusperte sich. »Dann muss ich aber vorher noch etwas sagen«, begann sie schnell, um sich nicht von Avalon unterbrechen zu lassen, die schon dazu ansetzte. »Chloe ist eine alte Kollegin aus New York. Sie ist heute plötzlich hier aufgetaucht. Völlig unerwartet.«

Avalons Mundwinkel zuckten, während sie zum Schrank ging, um einen Teller und Besteck herauszunehmen. »Eine Kollegin? In welchem Beruf?«

»Sie ist Polizistin«, sagte Ryleigh, die genau wusste, worauf Avalon anspielte. »Wir waren beide Detectives, und wir waren ein Team. Dienstlich.«

»Ich liebe Märchen«, sagte Avalon.

Ryleigh senkte den Blick. »Ja, ich gebe es zu. Wir waren nicht nur dienstlich ein Team für kurze Zeit. Aber das hat nichts mehr zu bedeuten. Das ist lange vorbei. Chloe hat den Eindruck zu erwecken versucht, es wäre nicht so, und das hast du gesehen, aber es war ein falscher Eindruck, glaub mir.«

Avalon hielt immer noch den Teller in der Hand, und Ryleigh hatte das Gefühl, er würde gleich an der Wand landen. »Du bist mir keine Rechenschaft schuldig.« Nein, der Teller landete nicht an der Wand, sondern etwas hart auf dem Tisch. Avalon legte ordentlich das Besteck daneben. »Das geht mich nichts an.«

So hast du aber nicht ausgesehen, dachte Ryleigh. *Und so siehst du immer noch nicht aus.* »Ich finde doch«, sagte sie. »Zumindest solltest du es wissen. Weil, wenn ich es dir nicht sage, wird sie es tun, wenn sie herausfindet, dass – Ihretwegen habe ich New York verlassen.«

Avalon hob die Augenbrauen und setzte sich. »Bitte«, sagte sie und wies auf den Stuhl, der an dem großen Esstisch ihr gegenüber stand. Es war ein ziemlicher Abstand quer über den runden Tisch. Sie hob einen Deckel von einer Schüssel. »Bedien dich.«

»Du bist wütend«, sagte Ryleigh. »Das sehe ich doch. Also wenn du mich irgendwie beschimpfen willst, tu es. Dann haben wir es hinter uns.«

Avalon legte sorgfältig die Hände unter ihrem Kinn zusammen. »Ich könnte dich umbringen«, sagte sie. »Mit Beschimpfungen ist es nicht getan.« Sie wirkte merkwürdig ruhig dabei.

»Ich weiß, wie das für dich ausgesehen haben muss –«

»Das –«, Avalon lachte hohl auf, »weißt du nicht. Glaub mir, du hast nicht die geringste Ahnung.« Sie nahm eine Kartoffel aus einer Schüssel und legte sie auf ihren Teller.

»Chloe ist ... nicht besonders zurückhaltend«, sagte Ryleigh. »Ich wollte das nicht. Ich hatte ihr schon im Café gesagt, dass ich das nicht wollte.«

»Du hast dich mit ihr im Café verabredet?«

»Nein, sie hat dort auf mich gewartet. Ich bin sofort wieder gegangen, und sie ist mir gefolgt.« Ryleigh atmete tief durch. »Es war ein Zusammentreffen höchst unglücklicher Umstände, dass du das gesehen hast.«

Avalon verzog die Lippen. »Oh ja, ich bin sicher, dir wäre es lieber, ich hätte es nicht gesehen.«

Ryleigh schaute sie an und lächelte. »Ich möchte dir danken – für eine wundervolle Nacht. Ich glaube, das habe ich noch nicht getan.«

»Oh, du bist unmöglich!« Avalon legte ihre Gabel hart ab. »Das ist nicht fair!«

»Was ist schon fair?«, fragte Ryleigh schmunzelnd. »Ich wollte dich nur daran erinnern, dass ich die Nacht mit dir verbracht habe, nicht mit ihr.« Ihr Schmunzeln verwandelte sich in ein zärtliches Lächeln. »Du warst zauberhaft.«

Avalon sprang auf, entfernte sich vom Tisch und verschränkte die Arme vor der Brust, bevor sie sich umdrehte und Ryleigh ansah. »Deshalb bist du aber nicht gekommen«, sagte sie. »Also – was willst du?« Ihre Augen durchbohrten Ryleigh mit einem dunklen Feuer.

»Sei doch nicht so misstrauisch«, sagte Ryleigh. »Ich habe nur gehört, dass Dunn so eine Art ... Onkel für dich ist, und da dachte ich –«

»Onkel?« Avalon schien geradezu entsetzt. »Wer hat das denn behauptet?«

»Wie es heißt, ist er nach dem Tod deines Vaters im Haus deiner Mutter ein und aus gegangen, wollte sie sogar heiraten«, gab Ryleigh weiter, was sie von Lynn gehört hatte.

Avalon lachte trocken auf. »Das stimmt allerdings!« Sie kam zum Tisch zurück und setzte sich wieder. »Er hat meine Mutter bedrängt. Aber meine Mutter war nicht der Typ –« Sie brach ab. »Es hat mich gewundert, dass sie das überhaupt geduldet hat. Aber ich war dann lange im Internat.«

»Nach dem Tod deines Vaters hat sie dich ins Internat geschickt?« Vielleicht war die Augapfeltheorie, die Ryleigh sich zurechtgelegt hatte, doch nicht so ganz richtig.

»Es war das Beste für mich«, sagte Avalon. »Hier hätte mich doch nur alles an ihn erinnert.«

Ryleigh betrachtete ihr Gesicht. »Du hast ihn sehr geliebt.«

Es schien, als wollte Avalon leer schlucken, aber dann nahm sie schnell ein Stück Fleisch auf die Gabel und aß es. So war das Schlucken ganz natürlich und unverdächtig. »Ja«, sagte sie mit einer Stimme bar jeder Emotion. »Er war ein sehr liebenswerter Mann.«

»Das habe ich schon mal gehört«, sagte Ryleigh.

»Von wem?« Avalon schaute nur kurz auf, bevor sie sich scheinbar wieder ihrem Essen widmete.

»Von Elaine«, sagte Ryleigh. »Sie sind anscheinend fast wie

Bruder und Schwester aufgewachsen.«

Avalon nickte. »Mein Vater sprach manchmal davon. Das hat meine Mutter immer zur Weißglut getrieben. Sie warf ihm dann vor, er hätte lieber Elaine geheiratet als sie. Aber er wäre wohl wie so oft zu langsam und zögerlich gewesen, hätte sich nicht entscheiden können, und deshalb hätte ein anderer sie ihm weggeschnappt. Daraufhin verließ mein Vater meistens das Zimmer.«

»Dann stimmte es wohl«, sagte Ryleigh.

Avalon atmete tief durch. »Ich glaube, mein Vater hat Elaine wirklich wie eine Schwester betrachtet. Er ist nie auf die Idee einer romantischen Beziehung zu ihr gekommen.«

»Deine Mutter war also grundlos eifersüchtig?«

»Meine Mutter ...«, Avalon lehnte sich zurück und starrte in die Luft, »war auf alles und jeden eifersüchtig. Sogar auf mich. Es war ihre Idee, mich ins Internat zu schicken. Mein Vater hätte mich gern hierbehalten. Er nannte mich seine Prinzessin.«

Ryleigh lachte leise. »Offenbar haben dich alle so genannt.«

»Ach ja?« Avalon schien tatsächlich erstaunt. »Das wusste ich nicht.«

»Euer Haus war als ›das Schloss‹ bekannt«, fuhr Ryleigh fort. »Hast du das nie gehört?«

»Nein.« Avalon schüttelte den Kopf. »Ich hatte wenig mit den Leuten aus dem Dorf zu tun. Am Anfang mit den Kindern, aber dann ... war ich ja im Internat.«

Und ich dachte, ich hatte eine traurige Kindheit, dachte Ryleigh. Sie stand auf und ging zu Avalon hinüber. »Ich bin im Waisenhaus aufgewachsen«, sagte sie leise und beugte sich hinunter. »Ich dachte immer, Kindern, die Eltern haben, ginge es besser. Aber wenn ich das so höre ...«

»Es ging mir gut«, widersprach Avalon sofort. »Ich bekam alles, was ich wollte. Ich hatte ein Pferd –« Sie brach ab.

»Jetzt hast du keins mehr«, stellte Ryleigh fest.

»Nein.« Avalon hob den Blick. »Meine Mutter fand, ich rieche zu streng, wenn ich vom Reiten komme. Ein Mädchen hat zu duften, nicht zu riechen. Sie hat das Pferd verkauft. Mein Vater hatte es mir geschenkt.«

»Und er hat sich nicht dagegen gewehrt?«, fragte Ryleigh. »Er war damit einverstanden?«

»Mein Vater war ...«, Avalon lächelte etwas schmerzlich in der

Erinnerung, »sehr weich. Er hasste es, sich zu streiten. Er liebte seine Bücher, seine Musik. Er konnte tagelang in der Bibliothek sitzen. Als ich noch kleiner war, saß ich manchmal auf seinem Schoß. Er hat mir Lesen beigebracht.« Sie lachte warm auf. »Mit Shakespeare!«

So viel Wärme wie jetzt, da sie von ihrem Vater sprach, hatte Ryleigh noch nie in Avalon gespürt. Da war ein kleines Mädchen voller Zärtlichkeit gewesen, voller Gefühle – ein glückliches kleines Mädchen, das bei seinem Vater auf dem Schoß saß und versuchte, Shakespeare Buchstabe für Buchstabe zu entziffern. Das lachend über die Felder ritt.

Wie eine schwarze Wolke hatte ihre Mutter das alles zerstört. Sie hatte ihr Stück für Stück alles weggenommen, was ihr Vergnügen bereitete, was ihre Kindheit lebenswert machte. Und zurückgeblieben war eine junge Frau, die Angst vor Gefühlen hatte, Angst vor Enttäuschung, Angst davor, dass man ihr erneut alles wegnehmen würde, wenn sie sich darauf einließ, etwas zu genießen, sich fallen zu lassen. Zu lieben.

Ryleigh verstand das so gut. Sie selbst war genauso. Sie hatte materiell nie auch nur das geringste von dem besessen, was Avalon besessen hatte, aber auch sie war so oft zurückgestoßen worden, dass sie ein Gefühl wie Liebe eher als bedrohlich empfand. Liebe bedeutete Verletzung, Verlust, ein grausames Spiel, um dir zu zeigen, dass du es nicht wert bist. Was für Avalon ihre Mutter gewesen war, waren für Ryleigh die Erzieherinnen gewesen, die Pflegefamilien, die Kinder nur aufnahmen, weil sie Geld dafür bekamen, die Lehrer, die Kinder aus dem Waisenhaus in die letzte Reihe setzten, weil sie sie für zu dumm hielten, um dem Unterricht zu folgen und die anderen Kinder nicht durch sie ›verderben‹ lassen wollten.

Wie hatte sie das gehasst. Aber nie hatte sie sich vorgestellt, dass ein reiches Mädchen irgendwo in einem teuren Internat sich eventuell genauso verlassen fühlen könnte wie sie.

Sie wurde von Zärtlichkeit überflutet. »Avalon …« Sie beugte sich vor, um Avalon zu küssen. »Süße kleine Ava …«

Avalon sprang so schnell auf, dass sie Ryleigh fast einen Kinnhaken verpasste. Nicht nur fast. Sie traf sie tatsächlich. »Woher hast du das?«

»Was?« Ryleigh wusste nicht, wovon sie sprach. Sie rieb sich den Kiefer, wo Avalon sie getroffen hatte.

»Ava. So hat mein Vater mich genannt. *Nur* mein Vater.« Ihre Augen blitzten wütend.

»Das ...« Ryleigh lachte überrumpelt. »Das ist mir gerade so eingefallen. Du hast einen schönen Namen, und Ava ... na ja, irgendwie passt das zu dir.« Im Moment hätte allerdings eher Xanthippe zu ihr gepasst, stellte sie fest. »Manche Leute nennen mich Leigh, obwohl ich Ryleigh heiße. Das ist so ungefähr dasselbe.«

»Leigh.« Avalon legte den Kopf schief und schien ihre Wut vergessen zu haben. »Ja, das passt zu dir, das stimmt.« Sie überlegte einen Moment. »Wer nennt dich so?«

»Meine ...«, Ryleigh zögerte, »Freunde«, fuhr sie dann fort.

»Und Freundinnen«, ergänzte Avalon. »Oder?«

»Ja«, bestätigte Ryleigh. »Die meisten.«

»Oh, nicht alle? Gibt es da Unterschiede?«, fragte Avalon süffisant. »Wie qualifiziert man sich für *Leigh*?«

Ryleigh musste unwillkürlich grinsen. »Du bist schon qualifiziert«, erwiderte sie. »Wenn du willst.«

»Darüber denke ich noch nach ... Ryleigh.« Avalon war wieder zu ihrer üblichen distanzierten Art zurückgekehrt. »Ich bin sehr im Zweifel darüber, was die Kriterien für diese Qualifikation sind.«

»Du erfüllst alle«, entgegnete Ryleigh. »Darüber musst du nicht nachdenken.«

»Zweifelhaftes Kompliment«, bemerkte Avalon. Sie wechselte das Thema. »Was wolltest du nun eigentlich über Dunn wissen?«

»Zumindest habe ich schon erfahren, dass er für dich wohl *kein* Onkel war«, entgegnete Ryleigh. Sie ging auf den Themenwechsel ein. Wenn Avalon das, was gerade zwischen ihnen vorgegangen war, ignorieren wollte, konnte sie sie nicht davon abhalten. Das hatten ihr ihre Erlebnisse mit Avalon schon gezeigt.

»Ganz sicher nicht«, stieß Avalon abschätzig hervor. »Mir ist es immer kalt über den Rücken gelaufen, wenn er ins Haus kam. Er brachte mir Geschenke. Wohl, weil er dachte, dadurch käme er leichter an meine Mutter heran. Aber meine Mutter empfand mich dadurch nur noch mehr als Konkurrenz. Je älter ich wurde, desto mehr sah sie mich als Frau, nicht als ihre Tochter.«

»Wieso dachte er, dass er sie zu einer Heirat überreden könnte?«, fragte Ryleigh. »Wie mir scheint, war deine Mutter gar nicht daran interessiert.« *Und was Liebe ist, wusste sie sowieso nicht. Das kann es nicht gewesen sein,* dachte sie. *Genauso wenig wie bei ihm. Wenn der überhaupt weiß, wie man Liebe buchstabiert, würde es mich wundern.*

»Nein, war sie nicht. Nachdem mein Vater tot war, hatte sie alles erreicht, was sie wollte«, erklärte Avalon kalt. »Geld. Macht. Und niemand mehr, der sie daran hindern konnte, das zu tun, was sie wollte.«

Aus diesen Worten sprach Hass. So sehr Avalon ihren Vater geliebt hatte, so sehr hatte sie ihre Mutter verabscheut. Das war deutlich zu erkennen.

»Wie kam es dann, dass Dunn so oft bei euch war?«, fragte Ryleigh weiter. »Wenn deine Mutter ihn nicht mochte, hätte sie ihn doch gar nicht ins Haus lassen müssen.«

Avalon runzelte die Stirn. »Ja«, nickte sie. »Das habe ich mich auch gefragt. Ich weiß es nicht. Sie war jedes Mal darauf aus, ihn so schnell wie möglich wieder loszuwerden. Aber er wurde nie an der Haustür abgewiesen. Das Personal hatte Anweisung, ihn vorzulassen.«

»Merkwürdig«, sagte Ryleigh.

»Sehr merkwürdig«, bestätigte Avalon. »Meine Mutter war wirklich nicht der Typ, sich von jemandem vorschreiben zu lassen, was sie tun sollte. Aber bei ihm schien es fast so. Wenn er wollte, konnte er sie zu vielem bringen.«

»Es wäre wirklich interessant, herauszufinden warum«, sagte Ryleigh. »Sag mal, weißt du etwas von einer Höhle im Wald? Einem alten Bergwerk? Soll dir angeblich gehören.« Sie wusste, dass dieser abrupte Themenwechsel Avalon misstrauisch machen musste, und das tat er auch.

»Warum willst du das wissen?«, fragte sie.

»Du weißt also nichts davon?«, fragte Ryleigh.

»Doch, natürlich.« Avalon wirkte unwirsch. »Es ist die alte Mine, die schon vor langer Zeit aufgegeben wurde. Stammt noch aus der Zeit meines Großvaters. Er hatte die Idee, dass da etwas zu holen wäre. War aber nicht.«

»Und jetzt nutzt du sie nicht?«

»Ich?« Avalon schüttelte verblüfft den Kopf. »Nein, warum? Mein Großvater hatte Recht. Es lohnt sich nicht.«

»Man könnte sie vielleicht für etwas anderes nutzen«, schlug Ryleigh vor.

»Wofür denn?« Avalon lachte auf. »Um drin zu wohnen?« Es klang so, als hielte sie das für einen absurden Witz.

»Zum Beispiel«, sagte Ryleigh.

Avalon runzelte die Stirn und schaute sie schräg von der Seite an. »Worauf willst du hinaus?«

»Könnte es sein, dass du weißt, worauf ich hinaus will?«

»Wie kommst du denn darauf?« Avalons Augen begannen unwillig zu funkeln. »Kannst du dich nicht klarer ausdrücken? Ich hasse es, wenn Leute in Rätseln sprechen.«

»Ich dachte, es wäre für dich kein Rätsel«, sagte Ryleigh und beobachtete Avalon genau. »Da du schließlich die Besitzerin der Mine bist. Du sagtest mal, du wüsstest über alles Bescheid, was in der Stadt vorgeht.«

»Da habe ich mich wohl getäuscht«, erwiderte Avalon. »Du scheinst etwas zu wissen, von dem ich nichts weiß.« Es ging eine Spannung von ihr aus, die eindeutig anzeigte, dass Ryleigh ihre Geduld überstrapazierte. Der Faden würde bald reißen.

Zwar war Ryleigh sich nicht ganz sicher, ob Avalon die Wahrheit sagte, aber es schien zumindest so. »Du weißt also nicht, dass die Mine tatsächlich bewohnt ist?«

»Wie bitte?« Avalons Augen öffneten sich weit vor Überraschung.

»Es lebt jemand dort. In einer Höhle am Ende eines Stollens«, erläuterte Ryleigh. Wusste Avalon tatsächlich nicht, wer?

»Irgendein Penner bestimmt«, vermutete sie. »Da muss ich wohl etwas unternehmen. Wenn der Stollen einstürzt, bin ich verantwortlich.« Sie schüttelte den Kopf. »Wie kommt denn jemand auf so eine Idee?«

»Ich glaube nicht, dass er selbst darauf gekommen ist. Er ist dorthin gebracht worden«, sagte Ryleigh.

»Gebracht? Von wem?« Avalon runzelte die Stirn. Als Ryleigh nicht sofort antwortete, fuhr sie argwöhnisch fort: »Du denkst, ich vermiete jetzt schon Höhlen im Wald?« Auf ihrer Stirn bildete sich eine zornige Falte.

»Nicht direkt vermieten«, erwiderte Ryleigh. »Ich glaube nicht, dass er etwas dafür bezahlt.«

»Was soll das alles?«, fragte Avalon, nun bereits offensichtlich am Rande eines Wutausbruchs. »Es hört sich an, als wolltest du mir irgendetwas unterstellen. Nur weil sich irgendein Penner die alte Mine meiner Familie als Wohnplatz ausgesucht hat? Wenn du meinst, dass du mich in deiner Eigenschaft als Sheriff auf das Sicherheitsrisiko hinweisen musst, bitte, das hast du getan. Und ich werde darauf reagieren. Wenn noch irgendetwas anderes dahintersteckt, das du mir verschweigst, sag es oder geh.«

Ryleigh war sich immer noch nicht sicher, ob Avalon die Unwissende nur spielte oder tatsächlich keine Ahnung davon hatte, dass Sean O'Neill in der Höhle untergebracht worden war. Von wem auch immer. Was würde passieren, wenn sie Avalon sagte, was sie wusste, und die daraufhin Sean O'Neill ganz schnell an einen anderen Ort verfrachten lassen würde? Oder – was hatte ihre Bemerkung zu bedeuten, dass die Mine einstürzen könnte? Damit wäre das Problem Sean O'Neill dann endgültig gelöst, und Avalon brauchte sich keine Sorgen mehr zu machen.

»Was ist vor fünfzehn Jahren passiert?«, fragte sie. »Was könnte Sean O'Neill darüber wissen? Was weißt *du*?«

Avalon richtete sich ruckartig auf. Ihre ganze Gestalt schien steif zu werden, abweisend, eine uneinnehmbare Festung. »Gar nichts«, sagte sie kalt. »Warum hast du mir nicht gleich gesagt, dass es darum geht, statt dich hier unter Vorspiegelung falscher Tatsachen einzuschleichen, um mich einem Verhör zu unterziehen, dem ich normalerweise nie zugestimmt hätte? Jedenfalls nicht in Abwesenheit eines Anwalts.«

»Ich beschuldige dich keines Verbrechens«, sagte Ryleigh. »Du brauchst keinen Anwalt.«

»Ach, wie nett von dir«, stieß Avalon geringschätzig hervor, »dass du mich nicht beschuldigst. Und was sollten dann all diese Fragen? Du interessierst dich doch gar nicht für Dunn. Du interessierst dich nur für mich.«

Das ist allerdings wahr, dachte Ryleigh. »Gerade deshalb möchte ich gern wissen, was das alles zu bedeuten hat«, sagte sie. »Ich kann nichts tun, als immer wieder in den Heuhaufen zu stechen, um vielleicht doch noch eine Nadel zu finden. Es gibt keine Anhaltspunkte außer Lynns Überzeugung, dass ihr Vater nicht so gestorben ist, wie es behauptet wird. Und ich habe das Gefühl, du weißt etwas, das du nicht sagst. Auch wenn du damals noch ein Kind warst –«

»Ich weiß gar nichts«, unterbrach Avalon sie kalt. »Und jetzt geh bitte. Ich habe nichts mehr zu sagen.«

»Bitte glaub mir, Avalon, ich will nichts von dir –«

»Du willst nichts von mir?« Avalon starrte sie mit einem glühenden Blick an. »Mir scheint, du willst eine ganze Menge. Oder liegt es vielleicht daran, dass deine alte Flamme wieder aufgetaucht ist? Es ist wohl ziemlich eindeutig, was du von *ihr* willst.«

»Nein, Avalon, wirklich nicht –«

»Ist mir auch völlig egal«, wütete Avalon. »Ich habe ja schon viel erlebt, aber ein Lückenbüßer war ich noch nie. Du kannst dir die Ehre anheften, in der Beziehung die erste gewesen zu sein. Genieß es. Und jetzt verschwinde auf der Stelle!«

»Ava ...«

»Nenn mich nie, *nie* wieder Ava!« Avalon griff nach einem Teller.

Ryleigh sah, dass es ihr ernst war, und zog sich zur Tür zurück. Sie hob die Hände. »Bitte, Avalon, beruhige dich. Ich gehe ja schon. Ich wollte nur noch sagen –«

Ein Geräusch wie ein Knurren drang aus Avalons Kehle.

Ryleigh öffnete schnell die Tür und schlüpfte hinaus. Im nächsten Moment knallte von innen etwas dumpf dagegen und zerbrach.

Das wäre jetzt wirklich nicht nötig gewesen, dachte Ryleigh innerlich seufzend. *Das gute Porzellan.*

19

»Glückwunsch«, begrüßte Elaine sie am nächsten Morgen, als sie zum Frühstück ins Café kam. »Ich höre, du hast Sean O'Neill gefunden.«

»Gefunden wohl kaum.« Ryleigh seufzte. »Er wurde mir sozusagen auf einem silbernen Tablett überreicht.«

»Von wem?«, fragte Elaine.

»Dunn«, sagte Ryleigh.

»Oh.« Elaine verstummte.

»Oh?« Ryleigh hob die Augenbrauen. »Kannst du mir das näher erklären?«

Elaine holte tief Luft. »Wenn Dunn hinter einer Sache steckt, ist nichts Gutes davon zu erwarten.«

»Er vermittelt mir auch nicht gerade ein gutes Gefühl.« Ryleigh nickte. »Er behauptete, er wollte nur seine Bürgerpflicht tun, aber ich glaube, der Typ ist er nicht.«

Elaine lachte auf. »Ganz bestimmt nicht!«

»Wer ist dieser Dunn?«, fragte Ryleigh. »Lynn sagte mir, dass er damals Avalons Mutter heiraten wollte, und Avalon hat das bestätigt. Was mich stutzig macht, ist, dass sie erzählte, ihre Mutter hätte ihn nicht gemocht, aber trotzdem immer wieder ins Haus gelassen. Sehr oft anscheinend. Sie konnte sich nicht erklären, warum. Und nach allem, was ich von Christine Hadock gehört habe, war ein solches Verhalten sehr untypisch für sie. Sagte Avalon auch.«

»Avalon hat dir aber viel erzählt«, meinte Elaine so ganz nebenbei. »Sie ist doch sonst nicht so mitteilsam.«

Ryleigh merkte, dass sie auf dem besten Wege war, Elaines Informationsbörse in Gang zu setzen. Sie musste ganz schnell zurückrudern. »Sean wohnt in ihrer Mine«, sagte sie. »Sie war besorgt, dass die einstürzen und sie dafür verantwortlich gemacht werden könnte.«

»Und deshalb hat sie dir von ihrer Mutter erzählt? Das ist normalerweise ein Tabuthema für sie«, bemerkte Elaine scharfsinnig.

Ryleigh zuckte die Schultern und versuchte, harmlos auszusehen. »Vielleicht hatte sie gerade ihren mitteilsamen Tag.«

»Das wäre ja ganz was Neues«, erwiderte Elaine. »So etwas hatte sie seit ihrer Kindheit nicht mehr.«

Ryleigh schaute nachdenklich in die Luft. »Ich glaube, sie ist sehr allein«, sagte sie leise. »Einsam. Ich dachte, ich wüsste, was Einsamkeit ist. Aber als ich gestern diesen für eine Person gedeckten Tisch sah, dieses riesige Haus, in dem sie ganz allein lebt ... Als Kind habe ich von einem großen Haus geträumt. Aber in einem großen Haus müssten Leute wohnen, eine Familie. Ich hatte nie eine Familie, aber sie hatte eine, und jetzt ist niemand mehr da. Das ist noch trauriger, als wenn man nie eine hatte.«

»Du scheinst viel für sie übrig zu haben«, stellte Elaine fest. »Dafür, dass sie dich nicht gerade gut behandelt. Aber wen behandelt sie schon gut?« Sie seufzte leicht. »Es wundert mich, dass sie dich überhaupt in ihr Haus gelassen hat.«

»Ich habe sie befragt. Wegen Lynns Vater. Und Dunn«, sagte Ryleigh. »Ich bin der Sheriff.«

»Hmhm.« Elaine nickte. »Avalon ist normalerweise sehr – wie soll ich sagen – exklusiv, was ihr Haus angeht. Für Besprechungen hat sie ihr Büro. Du musst sie sehr beeindruckt haben, wenn sie dich hereingelassen hat. Oder du hast sie dazu gezwungen – was ich mir kaum vorstellen kann.«

Ryleigh lachte leicht. »Ich glaube nicht, dass irgendjemand Avalon zu irgendetwas zwingen kann. Ich dachte auch, sie würde mir die Tür vor der Nase zuschlagen. Nur denke ich, dass sie es später bereut hat, es nicht getan zu haben. Sie hat einen Teller nach mir geworfen.«

»Du lieber Himmel«, sagte Elaine. »Und dabei hat sie nur das teuerste Geschirr. Aus Europa importiert. Christine hat nichts Billiges gekauft, und ich glaube, Avalon benutzt immer noch dieselben Sachen.«

»Ja, das Haus sieht aus …«, Ryleigh zögerte, »wie ein Schrein«, fuhr sie dann fort. »Alte Möbel, altes Geschirr, alte Teppiche, alte Skulpturen und Bilder. Eine Atmosphäre wie in einem Museum.«

»Sie hat wohl wenig verändert seit dem Tod ihrer Mutter«, stimmte Elaine zu.

»Komisch«, überlegte Ryleigh. »Aus allem, was sie sagte, sprach nicht gerade Zuneigung für ihre Mutter. Man sollte meinen, dass sie sich sofort aller Dinge entledigt hätte, die sie an ihre Mutter erinnerten, sobald sie tot war.«

Elaine wiegte den Kopf. »Das Verhältnis zwischen Avalon und Christine war immer eine Art Hassliebe. Christine hätte besser einen Sohn gehabt, das wäre weniger schwierig gewesen. Avalon hatte von Anfang an dagegen anzukämpfen, dass Christine Frauen generell hasste. Sie sah in ihnen nur Konkurrentinnen um die Gunst der Männer.«

»Und Avalons Vater hat sie geliebt. Ebenso wie sie ihn«, sagte Ryleigh. »Da ging es wahrscheinlich schon los.«

»Oh ja.« Elaine nickte. »Ron war verrückt nach seiner kleinen Tochter. Sie war sein Ein und Alles. Christine hätte die Kleine dafür wahrscheinlich am liebsten umgebracht.«

»Ich habe das Gefühl, fast hat sie das geschafft«, sagte Ryleigh. »Und trotzdem denkst du, da ist immer noch irgendwo Liebe zu ihrer Mutter in Avalon?«

»Ich sagte ja: Hassliebe. Sie hasst und liebt ihre Mutter gleichzeitig. Ihre Mutter hat sie nie geliebt, hat in ihr immer nur ein Mittel zum Zweck gesehen, Ron an sich zu binden und durch seine Firma Macht auszuüben, reich zu werden. Aber Avalon – sie war ein kleines Kind. Sie muss ihre Mutter geliebt haben, wie das alle kleinen Kinder tun. Sie wird wahrscheinlich heute noch darunter leiden, dass diese Liebe nicht erwidert wurde, dass sie ständig zurückgestoßen wurde. Aber das zeigt sie nicht.«

»Nein, das zeigt sie nicht«, wiederholte Ryleigh. »Sie leidet stumm und lässt die Wut auf ihre Mutter an anderen aus.«

»Gut, dass sie genügend Geschirr hat.« Elaine schmunzelte. Dann auf einmal betrachtete sie Ryleigh mit mütterlicher Neugier. »Warum interessiert dich das so?«, fragte sie. »Was ist zwischen dir und Avalon?«

Ryleigh schnappte unwillkürlich nach Luft. »Zwischen mir und Avalon ist rein gar nichts«, erwiderte sie schnell. »Was soll da schon sein? Durch die Sache mit Lynns Vater habe ich eben ein paarmal mit ihr zu tun gehabt, sonst nichts.«

»Aha«, bemerkte Elaine mit einem Blinzeln und ging zur Kaffeemaschine.

Ryleigh fühlte sich unbehaglich, weil Elaine nichts weiter von sich gab. »Was soll das heißen: Aha? Es ist genauso, wie ich gesagt habe.«

»Das bezweifle ich ja gar nicht«, entgegnete Elaine und kam mit einem heißen Kaffee zurück. »Du musstest sie befragen, weil du Lynn helfen wolltest. Eine ganz logische Erklärung.«

»Die du nicht glaubst«, ergänzte Ryleigh.

Elaines Mundwinkel zuckten. »Ich würde doch niemals das Wort unseres Polizeichefs in Frage stellen.«

Ryleigh atmete tief durch. »Wenn du etwas wissen willst, frag.«

»Das habe ich schon«, sagte Elaine, »und du hast die Frage beantwortet.«

»Nicht wahrheitsgemäß, denkst du.«

»Wahrheit ist immer relativ«, erwiderte Elaine philosophisch. »Es kommt auf den Standpunkt an.« Sie beugte sich vor. »Ich will dich nicht länger auf die Folter spannen. Ich weiß, dass sie die ganze Nacht in deinem Zimmer war, und ich weiß, dass ihr nicht nur geredet habt.«

»Oh Gott.« Ryleigh wurde niemals rot, aber diesmal hatte sie das Gefühl, sie lief an wie eine Tomate.

»Ich habe nicht gelauscht«, sagte Elaine. »Ich kam nur zufällig vorbei. Und bin ganz schnell wieder verschwunden. Aber gewisse Dinge sind eben . . . unüberhörbar.«

Ryleigh versteckte ihr Gesicht in den Händen. »Ich muss sofort die Stadt verlassen«, murmelte sie. Sie hob den Blick. »Wer weiß es sonst noch?«

»Niemand«, sagte Elaine. »Das geht niemanden etwas an. Ihr seid beide erwachsen.«

»Avalon bringt mich um«, flüsterte Ryleigh. »Sie wollte nicht, dass es irgendjemand erfährt.«

»Dann hätte sie nicht in dein Zimmer kommen sollen«, erwiderte Elaine trocken. »Schließlich war das ihre Entscheidung. Und die Folgen muss sie tragen.«

»Oder die ganze Stadt.« Ryleigh hob die Augenbrauen. »Ich fürchte, das geht nicht mit zerbrochenem Geschirr ab.«

»Sie ist ein großes Mädchen. Sie wird darüber hinwegkommen«, bemerkte Elaine amüsiert. »Das Problem ist nur: Was wird Lynn dazu sagen, wenn sie es erfährt? Sie wird dir unterstellen, dass du nicht objektiv ermittelst.«

»Das stimmt aber nicht«, erwiderte Ryleigh. »Das war ja der Grund, warum ich gestern Abend bei Avalon war. Weil Sean in ihrer Mine aufgetaucht ist und ich wissen wollte –«

»Ob sie etwas damit zu tun hat.« Elaine nickte. »Ich verstehe. Und? Hat sie?«

Ryleigh schüttelte langsam den Kopf. »Ich glaube nicht. Ich glaube eher, dass Dunn dahintersteckt. Wenn ich auch nicht weiß, warum. Lynn sagt, ihr Vater hat sich immer geweigert, Geschäfte mit ihm zu machen.«

»Das kann stimmen oder auch nicht«, überlegte Elaine. »Auf jeden Fall würde Dunn sich an Lynn halten, wenn er noch Geld von Joe Mullally zu bekommen hätte. Er würde es von ihr zurückverlangen. Er hat für alles Papiere. Für jeden Penny, den ihm jemand schuldet.«

»Sean in diese Höhle zu verfrachten bringt ihm gar nichts«, bemerkte Ryleigh nachdenklich. »Es kostet ihn nur. Ich dachte mir gleich, dass die Schwester ihn so merkwürdig anschaut. Bestimmt hat er sie engagiert, diese ganze undurchschaubare Geschichte in Gang gesetzt. Aber warum? Wofür der ganze Aufwand?«

»Das ist die Frage«, sagte Elaine. »Die einzige, die sie beantworten kann, ist Avalon. Sie weiß bestimmt eine Menge mehr, als sie dir gesagt hat.« Sie schmunzelte erneut. »Zwischen Tellerwerfen und Bett kannst du sie ja noch mal dazu befragen.«

Ryleigh runzelte äußerst skeptisch die Stirn. »Ich glaube nicht, dass sie mich überhaupt noch einmal vorlässt. Was du gehört hast, bedeutet gar nichts. Nicht für Avalon.«

»Sie ist ein großes Risiko eingegangen, als sie zu dir ins Zimmer kam«, sagte Elaine. »Das muss etwas bedeuten. Sie geht nie unkalkulierbare Risiken ein. Das, was sie sich als Gewinn erhofft hat, muss das Risiko wert gewesen sein.«

»Na ja ...« Ryleigh verzog das Gesicht. »Der Sex war bombastisch.«

»Bei aller Liebe«, entgegnete Elaine schmunzelnd, »aber das reicht nicht. Das kann sie – entschuldige bitte – überall haben.«

»Vielleicht fährt sie ja mal wieder nach Portland«, murmelte Ryleigh.

»Was hast du gesagt?«

»Ach nichts.« Ryleigh blickte hinter Elaine auf die Küchentür. »Willst du mich heute eigentlich verhungern lassen? Ich bin gekommen, um zu frühstücken.«

»Was du nicht sagst.« Elaine lächelte vergnügt und verschwand in der Küche.

20

Ryleigh rechnete sich aus, dass es wenig Sinn hatte, wenn sie Avalon zu Hause besuchen würde, also versuchte sie es in ihrem Büro.

»Sie hat gerade eine Besprechung«, eröffnete ihr Molly Connors, als sie nach Avalon fragte. »Wollen Sie warten oder einen anderen Termin vereinbaren?«

»Sagen Sie mir die Wahrheit«, verlangte Ryleigh. »Hat sie wirklich eine Besprechung, oder will sie mich nur nicht sehen?«

Mollys Augen öffneten sich erstaunt. »Sie hat eine Besprechung.

Mr. Dunn ist bei ihr.«

»Dunn?« In Ryleighs Kopf ratterte es los. Was wollte Dunn bei Avalon? Sie hasste ihn. Es konnte wohl kaum ein freundschaftlicher Besuch sein. »Wissen Sie, weshalb er hier ist?«

Molly zuckte die Schultern. »Das hat er nicht gesagt. Aber er hat viele Aktien von *Hadock Enterprises*. Vielleicht geht es um die Aufsichtsratssitzung nächste Woche.«

Das war ja eine ganz neue Verbindung. Und bei dem Gespräch gestern Abend hatte Avalon sie nicht ein einziges Mal erwähnt. Ryleigh hatte den Eindruck gewonnen, dass die Verbindung zu den Hadocks nur eine private zu Christine gewesen war. Von Geschäften war nie die Rede gewesen.

In diesem Moment öffnete sich die Tür zu Avalons Büro, und Dunn trat heraus. Mit seinem üblichen schmierigen Lächeln begrüßte er Ryleigh. »Sheriff. Was für ein Zufall. Ich habe gerade mit meiner Verlobten über Sie gesprochen.«

Ryleigh erstarrte in Sprachlosigkeit. Sie musste sich verhört haben.

»Sie wussten doch, dass wir heiraten wollten?«, fuhr Dunn voller Genugtuung fort. Ihm war Ryleighs Reaktion nicht entgangen. »Wir haben nur noch auf den richtigen Zeitpunkt gewartet, die Verlobung zu verkünden. Avalon hat ja immer so viel zu tun.«

Weiterhin blieb Ryleigh stumm. Ihre Augen fixierten seinen dünnen, faltigen Hals. Wenn man da einfach zudrücken würde . . .

»Ich wünsche Ihnen einen schönen Tag, Sheriff«, verabschiedete Dunn sich mit einem noch breiteren Lächeln, das vor zufriedener Bösartigkeit nur so triefte. »Dir auch einen schönen Tag, meine Liebe!«, rief er in Avalons Büro und schlenderte dann fröhlich seinen Spazierstock schwingend davon.

Da die Tür immer noch offenstand, ging Ryleigh hinein. Sie fühlte sich wie betäubt.

Avalon stand hinter ihrem Schreibtisch am Fenster und schaute hinaus. Sie schien tief in Gedanken versunken und hatte Ryleighs Eintreten gar nicht bemerkt.

»Avalon . . .« Ryleigh fand endlich ihre Stimme wieder, wenn sie auch recht heiser klang.

Avalon drehte sich langsam zu ihr um. Statt einer wütenden Begrüßung, wie Ryleigh sie erwartet hatte, bekam sie gar keine.

»Avalon«, wiederholte Ryleigh. »Stimmt das?«

»Mach die Tür zu«, erwiderte Avalon in einem so ruhigen Ton, dass es fast schon unrealistisch wirkte, wie in einem Traum.

»Von außen oder von innen?«, fragte Ryleigh.

»Von innen.« Avalon stand immer noch wie ein Schattenriss vor dem Fenster. Ihr Gesicht war kaum zu erkennen.

Ryleigh schloss die Tür und trat ein paar Schritte auf den Schreibtisch zu. »Stimmt es?«, wiederholte sie.

»Was?«, fragte Avalon.

»Du weißt genau, was.« Langsam wurde Ryleigh wütend. Dass Avalon so ruhig war, erzeugte in ihr das gegenteilige Gefühl. »Dunn ist gerade hier rausgegangen.«

»Oh, das«, sagte Avalon, als wäre es völlig bedeutungslos, und sie hätte es fast schon vergessen. »Ja.«

»Du willst ihn heiraten?« Ryleigh sank in einen Sessel. »Aber du magst ihn nicht einmal.«

»Was hat das eine mit dem anderen zu tun?«, fragte Avalon gelassen. Sie strahlte nichts von dem aus, was sie sonst ausstrahlte: Macht, Energie, Entschlusskraft, Willensstärke. Sie wirkte wie ein Ballon, aus dem man die Luft herausgelassen hat.

»Entschuldige bitte, gestern Abend hast du mir erzählt, dass es dir kalt den Rücken herunterläuft, wenn du ihn siehst.«

»Er besitzt viele Aktien der Firma«, sagte Avalon.

»Da hat das eine ja wohl auch nichts mit dem anderen zu tun«, sagte Ryleigh. »Oder heiratest du seine Aktien?«

Avalon trat einen Schritt vor, so dass Ryleigh sie nun besser erkennen konnte, und hob die Augenbrauen. »In gewisser Weise«, sagte sie. »Ich habe zwar die Aktienmehrheit, aber er hat eine Sperrminorität. Er kann jede meiner Entscheidungen in Frage stellen.«

»Bisher hatte ich den Eindruck, du leitest *Hadock Enterprises* allein, und niemand stellt da etwas in Frage«, erwiderte Ryleigh.

»So ist es faktisch auch«, sagte Avalon. »Aber wie gesagt könnte seine Sperrminorität mich ausbremsen. Wenn er das bisher auch noch nicht eingesetzt hat.«

»Und jetzt droht er es einzusetzen, damit du ihn heiratest?«, fragte Ryleigh. »Das ist Erpressung. Ich verhafte ihn sofort!« Sie sprang wutentbrannt auf.

»Ich habe keine Anzeige erstattet«, stellte Avalon in derselben ruhigen Art fest. »Und werde ich auch nicht. Zudem ist das nicht der Grund, warum ich ihn heirate. Diese Entscheidung stand schon lange fest und hat nichts mit seiner Beteiligung an meiner Firma zu tun.«

»Und du fandst nicht, dass du das einmal hättest erwähnen können?«, fragte Ryleigh. »Ich hatte nicht die geringste Ahnung, dass du heiraten wolltest, und dann auch noch ... ihn.«

Avalon verschränkte die Arme vor der Brust und schaute sie kühl an. »Und was bitte, Sheriff Grant, hätte das mit Ihnen zu tun? Warum hätte ich es erwähnen sollen?«

»Du bist wirklich unglaublich, Avalon.« Ryleigh starrte in dieses Gesicht, das sie am liebsten gestreichelt hätte, und fand nichts darin. Einfach nichts. Es war leer. »Du kannst mir doch nicht erzählen, dass du ihn aus Liebe heiratest. Du verabscheust ihn. Und du willst dich von ihm anfassen lassen?«

Schon der Gedanke brachte Ryleigh fast um den Verstand. Nein, das würde sie niemals zulassen. Diese gierigen, knochigen Finger auf Avalons wundervoll samtiger Haut ...

»Er will einen Sohn«, sagte Avalon. »Ich hoffe, ich bekomme nicht zu viele Mädchen vorher, damit ich weiterarbeiten kann und nicht ständig mit Schwangerschaften beschäftigt bin.«

»Avalon!« Ryleigh trat auf sie zu. Am liebsten hätte sie sie geschüttelt. »Bitte, sag mir, was los ist. Warum tust du das?«

Avalon schaute ihr direkt in die Augen. »Weil ich es will«, sagte sie. »Warum sonst?«

»Niemals«, sagte Ryleigh. »Das lasse ich nicht zu.«

»Du?« Avalon lachte auf, aber es klang so hohl wie das Innere eines leeren Eimers. »Was hast du damit zu tun? Das frage ich dich jetzt zum zweiten Mal. Dich geht das alles überhaupt nichts an. Das ist meine Privatsache. Es hat weder etwas mit dem Sheriff noch mit der Privatperson Ryleigh Grant zu tun. Und schon gar nicht hast du da etwas zuzulassen oder nicht.«

»Avalon, bitte ...« Ryleigh versuchte Avalons Augen zu etwas anderem als diesem leeren Ausdruck zu bewegen. »Wir haben erst gestern über ihn gesprochen. Wenn du da schon vorgehabt hättest, ihn zu heiraten, wäre das doch irgendwann zur Sprache gekommen. Du hast nur von der Zeit erzählt, als er zu euch ins Haus kam, nach dem Tod deines Vaters. Nicht mit einem Wort, dass du auch heute noch privat mit ihm zu tun hast. So etwas vergisst man doch nicht einfach so zu erwähnen. Zwischen gestern und heute muss sich etwas geändert haben.«

»Ich war in der Mine«, sagte Avalon. »Sean O'Neill ist nicht mehr da.«

Dann hatte es doch etwas mit Sean O'Neill zu tun. Dunn hatte ihn auftauchen und nun wieder verschwinden lassen. Und er war ein Druckmittel gegen Avalon.

»Um was zum Teufel geht es da?«, fuhr Ryleigh auf. »Was weiß Sean O'Neill?«

»Gar nichts«, sagte Avalon. »Es gibt nichts zu wissen.«

»Und deshalb, weil er nichts weiß, heiratest du jetzt Dunn.« Ryleigh atmete tief durch. »Du erwartest wirklich, dass ich das glaube?«

»Ich erwarte überhaupt nichts.« Avalon ging zu ihrer kleinen Bar hinüber und goss sich einen Whiskey ein. Sie schüttete ihn in einem Zug hinunter. »Wenn du nur hergekommen bist, um mir zu meiner Hochzeit zu gratulieren, war es das wohl.«

»Nein, eigentlich bin ich hergekommen, um dir zu sagen, dass Elaine uns zufällig im Hotelzimmer gehört hat. Ich dachte, das interessiert dich vielleicht.« Ryleigh beobachtete Avalons Rücken. Sie sah ihr Gesicht nicht. »Hast du deinem ... Verlobten davon erzählt?«

Avalon drehte sich nicht um. »Er weiß von meinen Affären mit Frauen«, sagte sie. »Es stört ihn nicht.« Ihre Stimme klang so unbeteiligt, als spielten sie ein Theaterstück.

Und irgendwie kam es Ryleigh auch so vor. Avalon spielte eine Rolle, ganz klar. Sie war nicht sie selbst. Nicht im entferntesten. Dann hätte sie Ryleigh schon längst angefaucht, sie hinausgeworfen, mal wieder Vasen an der Tür zertrümmert oder sonst etwas. Diese Selbstbeherrschung, die sie gerade an den Tag legte, sah ihr überhaupt nicht ähnlich. Sie wirkte, als stände sie unter Schock.

»Avalon, bitte ...« Ryleigh ging zu ihr hinüber und trat hinter sie. »Was hat er zu dir gesagt? Was ist passiert? Vielleicht kann ich dir helfen. Er hat bestimmt eine Menge Dreck am Stecken. Ich kann ihn aus dem Verkehr ziehen.«

»Das würde auch nichts nützen.«

Noch nie hatte Ryleigh Avalon so hilflos erlebt, so ohne jede Widerstandskraft. Dabei war doch gerade das ihre Spezialität. Sie wehrte sich gegen alles, was ihr nicht in den Kram passte. Und diese Hochzeit gehörte ganz sicher in diese Kategorie. Sie war nichts, das Avalon wollte oder ihr irgendwie nützte. Im Gegenteil.

Ryleigh legte vorsichtig ihre Hände auf Avalons Schultern. Avalon reagierte nicht. Weder positiv noch negativ. Sie zuckte noch nicht einmal zusammen. Als ob ihr alles egal wäre.

»Avalon«, wiederholte Ryleigh leise. »Bitte, lass mich dir helfen.«

»Das kannst du nicht.« Avalon drehte sich um und schaute sie an. »Es gibt nichts, wobei du helfen könntest. Es ist alles in Ordnung.«

»Das sehe ich.« Ryleigh musterte ihre Augen, ihr Gesicht. So ausdruckslos, so völlig versteinert. »Du lügst, Avalon, und ich erinnere mich, dass du mal gesagt hast, dass du keine Lügnerin bist. Würdest du das immer noch sagen?«

»Was hat das schon für eine Bedeutung?«, erwiderte Avalon. »Jeder lügt doch. Die ganze Welt lügt und zieht ihren Vorteil daraus. Was hat Wahrheit für einen Wert? Kann man den in Aktienanteilen ausdrücken, in Arbeitsplätzen, in Autos, Häusern, Kühlschränken?«

»Ich interpretiere das als eine Bestätigung«, sagte Ryleigh. »Du lügst, auch wenn du das nicht offen zugibst.«

»Du hast mir immer unterstellt, dass ich lüge«, entgegnete Avalon. »Also was macht das schon für einen Unterschied?«

»Vielleicht den, dass ich jetzt glaube, dass ich mich geirrt habe«, sagte Ryleigh. »Du musst zugeben, dass du sehr gut darin bist, Tatsachen zu verschleiern. Du gibst nur das preis, was du für nötig hältst, nicht mehr.«

»Das ist Geschäftstaktik«, erklärte Avalon. »Was meinst du, was mehr Transparenz bewirken würde? Die anderen würden sich auf mich stürzen wie die Geier.« Sie schaute Ryleigh an, und plötzlich hob sie sich auf die Zehenspitzen und küsste sie. »Küss mich«, flüsterte sie. »Nimm mich. Gleich hier.«

»Hier? In deinem Büro?« Ryleigh starrte sie verwundert an. »Du gibst dein Heiligtum auf?«

»Hier ist nichts mehr heilig«, wisperte Avalon und drängte sich gegen sie.

Ryleigh hielt sie an den Schultern fest und starrte sie an. »Was hat er getan?«, fragte sie erregt. »Was hat er dir angetan? Hat er dich – ?«

»Nein.« Avalon schüttelte den Kopf. »Nein, nein. Es ist nichts passiert. Wirklich nicht.« Sie schaute Ryleigh an. »Oder glaubst du mir das auch nicht?«

Ryleigh betrachtete sie sehr eingehend. »Doch, ich glaube dir«, sagte sie dann. »Wenn ich dir nicht glauben würde, wäre er schon tot.«

»Du würdest ihn umbringen?« Das schien Avalon zu erstaunen. »Für mich?«

»Natürlich«, sagte Ryleigh. »Wenn er dir das angetan hätte, gäbe es keinen Ort auf der Welt, an dem er sich vor mir verstecken könnte.«

Avalon schaute sie lange an. Ihr bislang ausdrucksloses Gesicht geriet in Bewegung. Nur ein angedeutetes Lächeln, das es schwer hatte, sich gegen die Starre durchzusetzen, aber ein Lächeln. »Du bist unglaublich«, sagte sie leise. »Du bist tatsächlich der Ritter in der glänzenden Rüstung.«

Ryleigh verzog das Gesicht. »Das wird mir öfter vorgeworfen.«

»Kann ich mir vorstellen.« Avalons Lächeln vertiefte sich. »Hast du als Ritter jetzt ein Keuschheitsgelübde abgelegt?« Sie schmiegte sich an Ryleighs Brust. »Das würde ich sehr bedauern.«

»Du willst das wirklich? Hier?«, fragte Ryleigh.

»Ich habe ein Hinterzimmer«, sagte Avalon. »Da sind wir absolut ungestört.«

Ryleigh spürte, wie die Erregung von ihr Besitz ergriff. »Du bist die aufregendste Frau, die ich kenne«, wisperte sie in Avalons Haar. »Ich könnte niemals ein Keuschheitsgelübde ablegen, solange es dich gibt.«

»Dann komm«, raunte Avalon und zog sie mit sich auf die Wand zu. Erst, als Avalon sie aufstieß, erkannte Ryleigh die versteckte Tapetentür. Avalon zog Ryleigh in das gemütlich eingerichtete Zimmer hinein. Es hatte keine Ähnlichkeit mit Avalons Büro oder der Einrichtung in ihrem Haus. Das hier war ihr persönlicher Stil. Es sah aus, als schliefe sie hier manchmal auch, denn es gab ein Bett. »Zufrieden?«, fragte Avalon mit einem wieder an ihr altes Selbst erinnernden blitzenden Blick. »Du legst doch so viel Wert auf bequeme Matratzen.«

»Eigentlich ist mir in deiner Gegenwart alles egal«, erwiderte Ryleigh neckend. »Hauptsache, du bist da.«

Avalon löste sich von ihr, ging zum Bett und sank mit einer feenhaften Bewegung darauf nieder. Sie schaute zu Ryleigh zurück. »Bitte, komm zu mir«, wisperte sie. »Lass mich hier nicht so allein.«

Ryleigh trat auf sie zu und blickte auf sie hinunter. »Als ich hierherkam, hatte ich damit jetzt nicht gerechnet.«

»Ich hatte das auch nicht geplant«, erwiderte Avalon. »Ich wusste ja gar nicht, dass du kommst. Obwohl ich fast damit hätte rechnen müssen. Du lässt dich niemals von irgendetwas abhalten, nur weil ich Dinge nach dir werfe.«

Ryleigh lachte und glitt auf sie hinunter. »Du willst einfach nur im Training bleiben, das weiß ich doch.« Sie schaute tief in Avalons Augen, und sie sah, dass kein Schutzwall sie mehr verschleierte. Im Moment lieferte Avalon sich ihr völlig aus. »Ich …«, sie schluckte, »ich finde dich wunderbar. Ich könnte dich immer nur anschauen.« Ihre Lippen verzogen sich zu einem zärtlichen Lächeln. »Aber ich weiß, dass du ein bisschen mehr willst als das.«

»Ach ja?«, fragte Avalon flirtend. »Weißt du denn auch genau, was?«

»Ich glaube schon.« Ryleighs Lippen senkten sich auf Avalons Mund, und sie küsste sie sanft und innig. »Du willst dasselbe wie ich.«

»Leigh …« Avalons Augen verdunkelten sich. »Bitte, sei zärtlich zu mir.«

»Das ist alles, was ich immer wollte«, flüsterte Ryleigh.

Zum ersten Mal hatte Avalon die Abkürzung ihres Namens benutzt, und sie spürte, dass das ein großer Vertrauensbeweis war, ein Zulassen von Nähe, wie sie es sich mit Avalon nie hätte vorstellen können.

Diesmal war es völlig anders. Avalon verlangte keine Härte, keine akrobatischen Übungen, keinen wilden, heißen Sex ohne Ende bis zur Erschöpfung.

Ryleigh streichelte sie, wie es ihr schien, stundenlang. Nur langsam zogen sie sich aus, erst nach einer gefühlten Ewigkeit lagen sie nackt nebeneinander. Immer noch war nichts wirklich Leidenschaftliches passiert. Sie schwelgten in Zärtlichkeit, in vorsichtig zupfenden Lippen, in dem Gefühl von Haut an Haut.

Avalon seufzte leise, wenn Ryleigh sie berührte, bewegte sich wie eine träge Schlange unter ihr, deren Haut warm von der

Sonne glühte. Sie vergaßen die Zeit. Es konnten Stunden oder Tage vergangen sein, das war völlig bedeutungslos.

»Leigh«, hauchte Avalon hin und wieder. »Leigh ... Das ist so schön.«

Ryleigh konnte sich nicht sattsehen an ihr, nicht satt*fühlen*. »Schöner als alles, was ich je erlebt habe«, flüsterte sie. Und wieder sanken ihre Lippen auf Avalons, suchte ihre Zunge nach Möglichkeiten, Avalon zu verwöhnen, erst an ihrem Mund, dann weiter unten.

Avalon stöhnte auf, hob ihre Hüften an, aber alles geschah wie in Zeitlupe, als würden sie die Choreographie zu einem Ballett aufführen, in dem der Ballettmeister alle schnellen Bewegungen verboten hatte.

Langsam drang Ryleighs Zunge zwischen Avalons Schamlippen ein, die so geöffnet waren, dass Ryleigh keinen Widerstand spürte. Sie konnte sich frei in Avalons Innerem bewegen.

Avalons Stöhnen wurde lauter. Auch Ryleighs Erregung stieg an, als das Pochen an ihren Lippen intensiver wurde. Sie sog die wundervolle Blüte in sich ein, die ihren Nektar anbot, immer mehr davon, fuhr mit ihrer Zungenspitze über die Perle. Avalons Bewegungen verwandelten sich von Winden in Zucken, wurden schneller. Dennoch schien sie sich immer noch zurückzuhalten.

»Komm«, flüsterte Ryleigh. »Komm für mich.« Ihre Hände glitten nach oben und streichelten Avalons Brüste, rollten die steinharten Brustwarzen leicht zwischen ihren Fingern.

Avalon schrie leise auf. Sehr leise. Es war kaum als Schrei zu erkennen. Ihre Hüften zuckten. Einmal. Zweimal. Dann lag sie still.

Ryleigh war sich nicht sicher, ob das alles gewesen war, aber es schien so. Avalon lag einfach nur da. Sie glitt an ihr hinauf, küsste sie. »Alles in Ordnung, Liebes?«

Avalon atmete so flach, dass man es kaum als Atmen bezeichnen konnte. Plötzlich holte sie tief Luft. »Oh mein Gott«, hauchte sie schwach. »Das war ein einziger Orgasmus vom ersten Moment an, als du mich berührt hast. Am Schluss hatte ich einfach keine Kraft mehr. Für so eine stundenlange Anstrengung muss ich wohl mehr trainieren.« Sie lächelte matt.

»Ich dachte, es hätte dir nicht gefallen«, lächelte Ryleigh zurück.

»Es war wundervoll.« Langsam klang Avalons Stimme wieder normal, wenn auch leise. »Als ob ich die ganze Zeit geschwebt wäre. Allerdings ein sehr anstrengendes Schweben.« Sie lächelte immer noch. »So etwas habe ich noch nie erlebt. Ich war sofort ganz oben auf dem Berg, und dann blieb ich da. Konnte einfach nicht mehr runterkommen. Dein Streicheln war wie so eine Art Luftkissen, das mich sanft getragen hat. Allerdings musste ich mich dabei festhalten. Das war anstrengend.«

»Das tut mir so leid«, entgegnete Ryleigh und schaute zärtlich auf sie hinunter. »Soll ich versprechen, es nie wieder zu tun?« Ihre Augen funkelten verschmitzt.

»Untersteh dich.« Avalon hob die Hand und strich über ihre Wange. »Ich strenge mich gern an.« Es war, als ob das Innere ihrer Augen in eine unergründliche Tiefe führte, die sich geöffnet hatte. Als ob dort viel mehr schlummerte als nur der allzu bekannte wütende Blick, der alle abschreckte. Ein warmes, tiefes Feuer loderte darin.

»Ava. . .lon«, flüsterte Ryleigh weich. Im letzten Moment hatte sie die Silbe hinzugefügt.

»Sag ruhig Ava.« Avalon lächelte. »Ist schon in Ordnung.«

»Meine süße Ava.« Ryleigh machte sofort von der Erlaubnis Gebrauch. »Du bist das Paradies und der Apfel zugleich.«

Avalon lachte leise. »Du weißt schon, dass ich mit Poesie nicht viel anfangen kann, oder?«

»Ich auch nicht.« Ryleigh schob sich auf sie. »Ich weiß nicht, was das ist. Muss an dir liegen.«

Avalons Augen flackerten. Sie bewegte sich leicht unter Ryleigh. »Oder an dir.« Ihr Atem wurde schwerer. »Komm«, flüsterte sie rau. »Ich warte auf dich.«

Ryleigh fühlte, dass sie nicht mehr lange warten konnte. Avalons Schenkel presste sich gegen ihr Zentrum und ließ sie aufstöhnen. Sie verstärkte den Druck, begann sich immer schneller auf Avalon zu bewegen, seufzte auf, sank auf sie nieder, begann erneut, mit Avalon gemeinsam, die sich wieder erholt zu haben schien.

Diesmal war die Anstrengung beidseitig. Avalon umklammerte ihren Rücken. Es wirkte, als wollte sie Ryleigh in sich hineinziehen, sich ganz mit ihr vereinigen.

Erst starke, dann immer sanftere Wellen durchzogen Ryleighs

Lenden, bis sie zum Schluss ganz auf Avalon sank, neben sie glitt, auf sie hinuntersah. »Du wirst ihn also nicht heiraten«, bemerkte sie lächelnd.

»Doch, selbstverständlich«, erwiderte Avalon mit unbewegtem Gesichtsausdruck. »Wir haben einen Deal. Und Deals halte ich immer ein.«

21

Du siehst aus wie sieben Tage Regenwetter«, bemerkte Chloe.

Ryleigh schaute ruckartig hoch. Sie saß in ihrem Erker am Fenster und hatte Chloe nicht hereinkommen hören. Selbst das Bimmeln des Glöckchens hatte sie nicht wahrgenommen. »Es regnet ja auch«, erwiderte sie und blickte auf die nasse Straße hinaus.

Chloe setzte sich ungefragt zu ihr. »An solchen Tagen ist es am gemütlichsten im Bett«, stellte sie fest. »Ich wohne auch hier im Hotel. Dein Zimmer oder meins?«

Ryleighs Lippen pressten sich aufeinander. »Weder noch«, antwortete sie. »Ich dachte, du wärst schon wieder auf dem Weg nach New York?«

»Ich war noch nie in Maine«, sagte Chloe. »Ich dachte, ich bleibe ein bisschen.« Ihre Lippen verzogen sich zu einem verheißungsvollen Lächeln. »Du hattest mich schließlich eingeladen, das Landleben kennenzulernen. Zeig mir doch mal, wie es ist.«

»Langweilig. Für dich«, erwiderte Ryleigh abweisend. »Keine Nachtclubs, keine Partys, keine . . . Rauschgifthändler.«

Chloes Mundwinkel zuckten. »Das heißt, ich habe mehr Zeit für dich. So wie in den alten Tagen, als wir noch ein Team waren und jeden Tag zusammen verbracht haben, zuerst im Dienst und dann . . .«, sie beugte sich vor und flüsterte, »im Bett.«

»Die Zeiten sind vorbei!« Ryleigh lehnte sich weit zurück, um Chloes betörendem Parfum zu entkommen.

Jedenfalls hatte sie es einmal betörend gefunden. Jetzt fand sie es nur noch aufdringlich. Es war ein starker, süßlicher Duft, der die Sinne benebelte und das Denkvermögen ausschaltete. Etwas, das ganz sicher in Chloes Absicht lag. Sie hatte kein Interesse daran, andere dazu zu animieren, über sie nachzudenken.

»Warum so abweisend?« Chloe lehnte sich ebenfalls zurück. Für den Moment hatte sie ihren Angriff aufgegeben. »Hast du wirklich so viele Hausfrauen hier, die alle deine ... Bedürfnisse befriedigen? Ist die Uniform tatsächlich so überwältigend, dass sie dir nicht widerstehen können?« Erneut beugte sie sich vor. »Nicht, dass ich das nicht nachvollziehen könnte.« Ihre Augen funkelten diabolisch. »Du bist wie dafür geschaffen.«

»Das hat dich geärgert, hm?«, sagte Ryleigh. »Dass du die Uniform wieder anziehen und Strafzettel verteilen musstest.« Sie atmete tief durch. »Dabei weißt du sehr gut, dass du mehr als glimpflich davongekommen bist.«

»Mit deiner Hilfe«, erwiderte Chloe. »Vergiss das nicht.«

»Das werde ich bestimmt nie vergessen.« Ryleigh starrte sie an. »Ich hatte keine Wahl. Du hast die Beweise gefälscht.«

»Du hättest einfach nur sagen müssen, dass er uns angegriffen hat«, entgegnete Chloe schulterzuckend. »Dann wäre alles in Ordnung gewesen.«

»Die Kugel steckte in seinem Hinterkopf.« Ryleighs Kiefer mahlten. »Nur selten greifen Leute rückwärtslaufend an.«

»Partner decken sich gegenseitig, das war schon immer so«, sagte Chloe. »Musstest du unbedingt darauf hinweisen, dass jemand ihn von hinten erschossen hat?«

»Nicht jemand. Du«, sagte Ryleigh. »Und der Coroner hätte die Wunde wohl kaum übersehen können. Oder denkst du, er ist blind? Was hast du denn gedacht, wie die Untersuchung ausgehen würde? Wir Cops sind nicht unbedingt die Lieblinge der Öffentlichkeit. Sobald jemand von einem Cop erschossen wird, geht das alte Lied von der Polizeibrutalität los.« Sie machte eine kurze Pause und fuhr dann fort: »Was in diesem Fall ja noch nicht einmal falsch gewesen wäre.«

»Er war ein Rauschgifthändler«, wandte Chloe ein. »Als ob du schon je etwas für die übrig gehabt hättest.«

»Wir waren Detectives.« Ryleighs Stimme klang, als müsste sie ein Knurren unterdrücken. »Die geschworen haben, das Gesetz zu vertreten. Ohne Ansicht der Person.«

»Einer weniger von denen auf der Straße.« Chloe zuckte die Achseln. »Wen soll das schon kümmern?«

»Einer weniger von denen, die dich bezahlt haben«, erwiderte

Ryleigh. »Ich dächte, das hätte dich gekümmert.«

»Es gibt so viele«, sagte Chloe. »Und die haben alle genug Geld. Daran herrscht kein Mangel.«

Ryleigh betrachtete sie für einen Moment stumm. »Das heißt, du bist immer noch im Geschäft?«, fragte sie dann.

»Noch ein, zwei Verhaftungen, und ich bin wieder Detective«, grinste Chloe. »Solltest du auch mal probieren.« Sie schaute sich mit heruntergezogenen Mundwinkeln um. »Hier versauerst du doch nur.«

Ryleigh dachte an Avalon und ließ sich zu einer Antwort hinreißen, obwohl sie das eigentlich nicht wollte. »Vielleicht hast du Recht«, sagte sie.

»Aber hallo!« Chloes Grinsen wurde noch breiter. »Das hört sich doch vielversprechend an! Weißt du was?« Sie beugte sich vor, diesmal nicht verführerisch, sondern mit einem verschwörerischen Gesichtsausdruck. »Ich könnte die Beweise verschwinden lassen. Sobald ich wieder Detective bin, habe ich Zugriff darauf. Keine Beweise, keine Schuld. Sie müssten deine Suspendierung aufheben.«

»Ich habe gekündigt«, sagte Ryleigh. »Hast du das schon vergessen?«

»Ach was, die nehmen dich doch mit Kusshand zurück. Sie wissen, wie gut du bist.«

Ryleigh lachte trocken auf. »Klar. Das habe ich gemerkt.«

»Der Captain war nie so ganz überzeugt«, sagte Chloe. »Sie musste den Anweisungen von oben folgen. Und was blieb ihr übrig angesichts der Indizien?«

Ryleighs Lippen wurden zu einem schmalen Strich. »Ja, das hast du echt gut gemacht. Zwar konnten sie es mir nicht wirklich beweisen, aber du warst aus dem Schneider.«

Chloe breitete die Arme aus. »Du hättest nur sagen müssen, dass ich es war.«

»Ja, sicher.« Das Knirschen von Ryleighs Zähnen war deutlich zu hören. »Damit sie mir dann auch noch unterstellen, ich wäre meiner Partnerin in den Rücken gefallen, um mich selbst zu retten. Ist ja auch nichts anderes zu erwarten von jemandem, der eine Jugendakte hat. Die kann noch so sehr unter Verschluss sein, alle wissen davon.«

»Dein Pech«, sagte Chloe. »Dafür, dass du damals auf der Straße gelebt hast, hast du es doch weit gebracht.« Ihre Zähne blitzten wie ein Raubtiergebiss.

»Ich habe es mir nicht ausgesucht, auf der Straße zu leben«, sagte Ryleigh. »Ich bin nun einmal nicht mit Papa und Mama in einem schönen Häuschen mit Vorgarten aufgewachsen.«

»Sei froh.« Chloe verzog das Gesicht. »Die haben mir noch mit sechzehn verboten, abends auszugehen.«

»Was dich aber nicht davon abgehalten hat«, sagte Ryleigh.

»Niemand sperrt mich ein«, erwiderte Chloe trotzig, als wäre sie immer noch ein Teenager. »Ich tue, was ich will.«

»Das wird dir noch mal den Hals brechen.« Ryleigh schaute sie ernst an. »Ich dachte, du hättest etwas daraus gelernt, was passiert ist.«

»Was ist denn passiert?«, fragte Chloe. »Ein Rauschgifthändler wurde bei einer seiner illegalen Transaktionen erschossen. Keiner weint ihm eine Träne nach. Und eigentlich hätte der, der ihn erschossen hat, einen Orden verdient.«

»So etwas Ähnliches ist es ja auch, wenn du deine goldene Marke zurückbekommst«, bemerkte Ryleigh. »Die wenigsten Cops, die das getan haben, was du getan hast, haben wohl so ein Glück. Verdammt, Chloe!« Sie schlug hart mit der flachen Hand auf den Tisch. »Hör damit auf. Hör wenigstens *jetzt* damit auf! Dann hast du vielleicht noch eine Chance.«

»Was ist? Willst du mich etwa doch noch verpfeifen?«, fragte Chloe mit hochgezogenen Augenbrauen. »Hast du es dir anders überlegt?«

»Nein.« Ryleigh atmete tief durch. »Es hätte keinen Sinn. Sie könnten dir nichts beweisen. Und du wirst dich nicht ändern. Du wirst dich nicht an den Eid halten, den du geschworen hast. Du wirst dich nicht an die Gesetze halten. Und Moral hat dir ja sowieso noch nie etwas bedeutet.«

»Sie würden mich vielleicht genauso suspendieren wie dich«, sagte Chloe. »Der Captain würde das gern tun. Sie hatte immer viel mehr für dich übrig als für mich.« Sie legte den Kopf schief. »Hattest du mal was mit ihr?«

»Nicht jeder geht nach deinen Prinzipien vor«, erwiderte Ryleigh mit zusammengebissenen Zähnen. »Du wärst nie Detective geworden, wenn du nicht –«

»Na und?« Chloe zuckte die Achseln. »Man muss sehen, wo

man bleibt. Die Kerle treffen sich auf dem Klo oder in der Kneipe, und schon ist eine Beförderung durch. Wir Mädels müssen eben andere Maßnahmen ergreifen.«

»Wenn du meinst«, entgegnete Ryleigh müde. Dieses Gespräch erinnerte sie an zu viele Gespräche, die sie schon mit Chloe geführt hatte. »Ich dachte immer, Leistung hat auch etwas damit zu tun.«

»Du warst der beste Detective, den sie hatten, und was hat es dir gebracht? Ein kleiner Fehler, und sie lassen dich fallen wie eine heiße Kartoffel.« Chloes Gesicht näherte sich Ryleighs und verharrte erst ganz kurz davor. »Du bist mehr wert als das«, hauchte sie.

Das Glöckchen bimmelte. Ryleigh blickte auf – direkt in Avalons Augen.

Für einen Moment starrten sie sich an, dann drehte Avalon sich auf dem Absatz um und verließ das Café wieder, ohne die Tür überhaupt geschlossen zu haben.

Ryleigh sprang auf. Kaffee ergoss sich über ihre Hose. »Mist!« Sie griff nach einer Serviette.

Chloe lachte hell auf. »*Sie* hält dich also hier! Das hättest du mir auch gleich sagen können.« Ihr Blick folgte Avalon, die gerade dabei war, genauso eilig in ihren schwarzen Mercedes zu steigen, wie sie darauf zugelaufen war. Anerkennend verzogen sich ihre Lippen. »Heißer Feger, das muss selbst ich zugeben.«

»Sie hat damit nichts zu tun«, schnarrte Ryleigh. »Merk dir das!«

»Oh Mann.« Chloe seufzte hingerissen auf. Wenn sie eins noch mehr liebte als ihre goldene Marke, dann unaufhaltsame Dramen. »Das muss ja die große Liebe sein. So hast du mich noch nie angesehen.«

»Das bildest du dir ein.« Ryleigh blickte hilfesuchend zur Theke hinüber, aber Pacey war ohnehin schon mit einem Lappen zu ihr unterwegs.

»Du musst dich umziehen«, sagte sie, nachdem sie den Tisch und Ryleigh ein wenig gesäubert hatte. »Wenn du willst, kannst du die Sachen gleich hier hinten in unserer Waschküche lassen.«

Ryleigh nickte. »Danke, Pacey. Wird mir wohl nichts anderes übrig bleiben.«

»Soll ich dir einen neuen Kaffee bringen?«, fragte Pacey.

»Nein.« Ryleigh schaute Chloe an, nicht Pacey. »Ich glaube kaum, dass ich hierher zurückkomme. Ich gehe in mein Büro, nachdem ich mich umgezogen habe. Damit ich ungestört bin.«

Nicht lange danach überquerte sie die Straße, doch sie war noch nicht in ihrem Büro angekommen, als ein zitterndes Beben den Boden erschütterte.

Sie blieb irritiert stehen. Hatte sie je etwas über Erdbeben in Maine gehört? Sie wusste, dass das Erdbeben in Virginia vor zwei Jahren die ganze Ostküste erschüttert hatte, aber in Maine waren davon höchstens Vibrationen zu spüren gewesen. Das hier fühlte sich etwas stärker an als Vibrationen. Nicht lebensbedrohlich, aber durchaus spürbar schwankte der Boden.

Sie schaute sich um. Ein paar Leute liefen auf die Straße, ebenso verwirrt wie sie selbst.

Dunn kam auf sie zu. »Was ist da los, Sheriff?«

»Ich habe keine Ahnung.« Ryleigh wartete, ob weitere Stöße folgen würden. Nichts. Aber das konnte täuschen. »Ich werde mich erkundigen«, sagte sie. Sie hob die Arme und sprach lauter zu den Umstehenden. »Kein Grund zur Aufregung! Ich werde herausfinden, was das war.«

Alle schauten sie von neugierig bis erschreckt an. Sie verließen sich darauf, dass sie die Sache regeln würde.

Ryleigh nahm ihr Handy und rief die Feuerwehr an. »Was ist los, Tom? Habt ihr irgendwas auf dem Schirm?«

»Nichts«, kam die Antwort. »Das muss irgendwo aus dem Wald gekommen sein. Wir fahren sicherheitshalber los.«

»Okay.« Ryleigh legte auf. Aus dem Wald. Ein Erdbeben war höchst unwahrscheinlich, aber es konnte eine Explosion sein. Sie ging zu ihrem Dienstwagen hinüber.

»Was werden Sie unternehmen, Sheriff?« Dunn war ihr gefolgt.

»Ich muss mir erst einmal ein Bild von der Lage machen.« Ryleigh blickte ihn kalt an. Sie hatte wieder das Bedürfnis, ihn zu erwürgen. Dann konnte er Avalon nicht mehr – »Sie werden es genau wie die anderen Bürger dieser Stadt zu gegebener Zeit erfahren.« Sie schlug die Tür des Wagens zu und fuhr los.

Das war wirklich ein phantastischer Tag. Avalon, Chloe, Dunn, durchnässte Kleider und ein Erdbeben. Dazu dieser Regen, der nicht aufhören wollte. So richtig gemütlich.

Als sie bei der Mine ankam, stellte sie fest, dass sie sich nicht getäuscht hatte. Avalon war schon da, und trotz des Regens schoben sich staubige Wolken aus dem Stolleneingang heraus. Er war eingestürzt.

Sie stieg aus und schob ihren Hut tiefer in die Stirn, damit er den Regen abhielt. Avalon stand ohne Hut nur in einem Regenmantel ein Stück vom Stolleneingang entfernt und starrte darauf. Ein paar Leute waren in der Entfernung zugange. Sie trugen Sicherheitswesten und Schutzhelme.

»Du hast die Mine sprengen lassen?«, fragte Ryleigh, als sie Avalon erreicht hatte.

Avalon warf schnell einen Blick auf sie. »Es war ein Sicherheitsrisiko. Ich habe die Verantwortung. Ich möchte nicht, dass sich noch einmal jemand dort einquartiert und vielleicht verschüttet wird. Ich nehme an, das ist auch in Ihrem Sinne … Sheriff.«

Ryleigh seufzte innerlich. Avalon hatte sich wieder in ihre Festung verkrochen, nachdem sie Chloe mit Ryleigh gesehen hatte. »Ich hätte die Höhle gern noch einmal nach Beweisen durchsucht«, erwiderte sie. »Aber das geht ja nun nicht mehr.«

»Beweise für was?« Avalon schaute sie an, als wüsste sie nicht, wovon Ryleigh sprach.

»Vielleicht den einen oder anderen Hinweis darauf, wer Sean O'Neill in dieser Höhle untergebracht hat und wo er jetzt ist«, sagte Ryleigh. »Du weißt es nicht zufällig?«

Avalon antwortete nicht, und in diesem Moment hörten sie einen Wagen auf dem Waldpfad näherkommen. Kurz darauf entstiegen ihm Dunn – und Chloe.

»Meine Liebe!« Dunn kam auf sie zu wie der gute Onkel, den er in Avalons Kindheit gespielt hatte. »Du hast etwas unternommen, wie ich sehe.« Er blieb knapp neben Avalon stehen.

Avalon sagte immer noch nichts. Sie beobachtete Chloe, die hinter Dunn auf Ryleigh zukam.

»Leigh! Was ist hier passiert?« Als wäre es ganz selbstverständlich, hakte sie sich bei Ryleigh ein.

»Nichts«, sagte Ryleigh. »Ms. Hadock hat ihre Mine gesprengt. Aus Sicherheitsgründen.« Sie zog ihren Arm aus Chloes Umklammerung und ging ein paar Schritte auf den Mineneingang zu. Nein, da war wohl nichts mehr zu holen. Avalons Männer hatten ganze Arbeit geleistet.

»Hättest du doch etwas gesagt, meine Liebe«, wandte Dunn sich an Avalon. »Das hätte ich dir abnehmen können.«

Avalon musterte ihn nur kurz. »Wenn etwas richtig gemacht werden muss, mache ich es lieber selbst«, erwiderte sie kühl.

»Du bist wie deine Mutter«, stellte Dunn mit einem Lächeln fest, das seine Eckzähne deutlich zeigte. »Sie war eine großartige Frau.«

Avalon blickte starr geradeaus, dann drehte sie sich um und ging zu ihrem Wagen.

Ryleigh wunderte sich, dass das tiefliegende Coupé den Waldweg überhaupt überlebt hatte. Es war nicht gerade dafür gebaut. »Kann ich Sie kurz sprechen, Ms. Hadock?«, fragte sie und folgte Avalon.

Avalon schaute ebenso kühl in ihre Richtung, wie sie Dunn geantwortet hatte. »Was ist denn noch, Sheriff?« Ihre Stimme klang abweisend und mehr als gefroren.

»Hör auf mit dem Quatsch«, flüsterte Ryleigh, als sie bei Avalon angekommen war. »Ich habe dir gesagt, dass Chloe unerwartet und ohne mein Zutun – und Wollen – hier aufgetaucht ist, und schließlich bist du es, die Dunn heiraten will.«

»Und?« Avalons Augenbrauen hoben sich uninteressiert.

»Und gar nichts«, fuhr Ryleigh immer noch flüsternd und etwas eilig fort, weil sie sah, wie Dunn auf sie beide zukam. »Was immer Chloe veranstaltet, es hat keine Bedeutung. Ich reagiere nicht darauf. Während du –«

»Kann ich noch irgendetwas für dich tun, meine Liebe?«, fragte Dunn mit einem Blick auf Ryleigh. Er blieb neben Avalon stehen, und auch wenn er sie nicht berührte, war das ein eindeutiges Zeichen für *Sie gehört mir*.

»Nein, danke«, sagte Avalon. »Es ist alles erledigt.« Sie stieg ein, und ihre Räder schleuderten schweren Matsch nach hinten, als sie ruckartig losfuhr.

Dunn und Ryleigh sprangen gleichzeitig zur Seite, aber ein paar Matschspritzer trafen sie doch.

»Nun, es ist ziemlich eindeutig, was sie von uns hält, nicht wahr?«, bemerkte Dunn belustigt. »Von uns beiden, würde ich vermuten.« Er schaute Ryleigh mit einem herausfordernden Blick an.

»Ms. Hadock ist eine temperamentvolle Frau«, erwiderte

Ryleigh so unbewegt wie möglich, obwohl es in ihr kochte. Sie konnte diesen Kerl immer weniger ertragen. »Das müssten Sie doch am besten wissen. Sie sind mit ihr verlobt.«

Das auszusprechen ließ ihren Wunsch, sein grinsendes Gesicht in diesen Matsch zu pressen, bis er nicht mehr atmen konnte, übermächtig werden. Sie drehte sich schnell um und ging zum Streifenwagen.

Chloe stolperte ihr hinterher. Ihre Schuhe waren nicht für tiefen Waldboden geeignet. »Kannst du mir verraten, was du hier wolltest? Hier ist absolut nichts.« Sie ließ sich neben Ryleigh in den Wagen fallen.

»Ich habe dich nicht eingeladen, dieses Nichts zu besuchen«, erwiderte Ryleigh, während sie den Motor aufheulen ließ. »Das war deine eigene Entscheidung.«

»Oh, ich verstehe. Du meinst, *dich* zu besuchen. Oder dich in diesem Nichts, das sich *Hadockville* nennt.« Chloe musterte die Spuren, die Avalons Wagen auf dem regendurchtränkten Waldboden hinterlassen hatte. Sie fuhren nun denselben Weg. »Fährst du ihr hinterher? Sie hat dich ja ziemlich abblitzen lassen.« Sie lachte. »Vielleicht hätte ich das auch tun sollen. Das scheint dein Interesse mehr zu wecken, als wenn man ...«, sie beugte sich zu Ryleigh und senkte die Stimme, »dich zuvorkommender behandelt.«

»Es gibt nur diesen einen Weg«, sagte Ryleigh. »Wenn man nicht mit einem Geländewagen das Unterholz durchpflügen will.« Sie fuhr mit starrem Blick geradeaus. Avalons Spuren zeigten, dass sie so schnell wie möglich gefahren und dabei geschlittert war. Hoffentlich war sie nicht im Graben gelandet. Aber das würden sie ja dann feststellen.

»Du bist echt wild auf sie.« Chloe verschränkte die Arme. »So habe ich dich ja noch nie erlebt.«

»Sie ist verlobt. Mit Mr. Dunn«, presste Ryleigh hervor. »Sie wird demnächst heiraten.«

»Dunn?« Chloe hob die Augenbrauen. »Ich hätte ihr ein bisschen mehr Geschmack zugetraut. Der könnte doch ihr Vater sein. Ihr Großvater sogar.«

»Er wäre fast einmal ihr Stiefvater geworden«, sagte Ryleigh. »Aber ich glaube, das spielt keine Rolle. Für sie zählen andere Kriterien.«

»Oh, verdammt, du bist wütend auf sie!« Chloe lachte. »Sie hat dich für ihn sitzenlassen? Was für eine Schande.« Sie lachte erneut, höchst amüsiert.

»Sie hat ihre Gründe für das, was sie tut«, erwiderte Ryleigh mit zusammengebissenen Zähnen. »Du hast keinerlei Recht, dich über sie lustig zu machen. Seit sie einundzwanzig ist, trägt sie eine große Verantwortung, für *Hadock Enterprises*, für die ganze Stadt. Das ist ein Wort, das du noch nicht einmal buchstabieren kannst.«

»Meine Güte, bist du verknallt in sie!«, lachte Chloe. Sie amüsierte sich offenbar köstlich. »Das ist ja nicht auszuhalten. Du, die du dich von Liebe immer so weit wie möglich ferngehalten hast.«

Ryleigh blickte zu ihr hinüber. »Was verstehst du schon davon?«

»Richtig.« Chloe zuckte die Schultern. »Noch weniger als du vermutlich. Aber ich würde mich auch nie dazu hinreißen lassen –« Sie betrachtete Ryleighs starres Profil von der Seite. »Es wäre besser, du kämst mit mir nach New York zurück. Glaub mir, sie ist kein Ersatz für all das, was du hinter dir gelassen hast. Und sie will dich ja noch nicht einmal. Was hält dich also noch hier?«

Das ist eine gute Frage, dachte Ryleigh. *Eine sehr gute Frage.* »Mein Job«, sagte sie. »Ich bin der Sheriff. Und ich muss einen Fall lösen.«

»Hm.« Chloe schürzte die Lippen. »Einen Fall, der mit ihr zu tun hat?« Sie wartete, ob Ryleigh antworten würde, aber das tat sie nicht. »War diese Sprengung der Mine ein Vertuschungsmanöver? Hat sie etwas darin vergraben?«

»Was geht das dich an?«

»Wir waren früher mal ein gutes Team«, bemerkte Chloe. »Ich meine, bevor – Aber wir haben immer gut zusammengearbeitet, wenn es um die Lösung eines Falles ging. Und wir hatten oft Erfolg. Fast immer.«

»Deine Methoden möchte ich hier lieber nicht anwenden«, sagte Ryleigh. »Die Leute in diesem kleinen Städtchen sind nicht so verdorben. Die glauben doch tatsächlich noch an Recht und Ordnung, auch wenn du dir das nicht vorstellen kannst.«

»Oh, ich glaube auch daran«, erwiderte Chloe. »Es hilft sehr, wenn man eine Uniform oder vielleicht sogar eine goldene Marke trägt. Das müsstest du doch am besten wissen.«

Irgendwo war Avalon tatsächlich fast ins Unterholz geschlittert, aber sie hatte es geschafft, den Wagen wieder auf den Waldweg zurück zu manövrieren. Ryleigh sah die Spuren. Sie konnte daraus sehr gut auf Avalons Gemütsverfassung schließen. »Es kommt immer darauf an, wer in der Uniform steckt oder hinter der goldenen Marke steht«, erwiderte sie. »Und das müsstest *du* am besten wissen.«

»Lass uns keine Haarspalterei betreiben«, sagte Chloe. »Was vermutest du? Was vertuscht sie in dieser Mine?«

»Gar nichts«, sagte Ryleigh. »Und selbst wenn, wäre es jetzt zu spät. Die Sprengung hat alles vernichtet.«

»Also doch«, sagte Chloe.

»Nein.« Ryleigh schüttelte den Kopf. »Ich war in dieser Mine. Ich glaube, das ist eine falsche Spur, die extra für mich gelegt wurde. Ein Ablenkungsmanöver.«

22

Sean O'Neill ist schon wieder verschwunden?« Lynn stürmte ziemlich aufgebracht in Ryleighs Büro. »Nennst du das deinen Job als Sheriff tun?«

»Das nenne ich unvorhersehbare Umstände«, sagte Ryleigh.

»Hast du wenigstens mit Avalon gesprochen? Was hat sie gesagt?«

Ryleigh unterdrückte ein Schlucken. »Dass sie heiraten wird. Dunn.«

»Wie bitte?« Lynn stand praktisch mit offenem Mund da.

»Ich möchte das lieber nicht wiederholen«, sagte Ryleigh.

»Der alte Teufel zieht die Strippen wie eh und je«, stellte Lynn fest. »Hat er Avalon dazu gebracht, ihre Mine in die Luft zu jagen? Oder warst du das?«

»Ich? Wieso ich?« Ryleigh wusste wirklich nicht, was Lynn meinte.

»Warst du nicht kurz zuvor bei ihr?«, fragte Lynn.

»Doch«, sagte Ryleigh. Und sie war nicht einmal sicher, ob Lynn nicht Recht hatte. Möglicherweise hatte Avalon die Mine tatsächlich gesprengt, um Ryleigh von der Fährte abzubringen.

Von welcher nur? fragte sie sich. *Was ist die richtige Spur?*

»Und danach ist ihre Mine in die Luft geflogen?«, fragte Lynn.

»Wenn du es so betrachten willst, ja«, erwiderte Ryleigh vage, »aber –«

»Ach, hier verkriechst du dich!« Chloe kam freudestrahlend zur Tür herein. Sie warf schnell einen Blick auf Lynn. »Ah, ich verstehe«, grinste sie. »Hausfrauenversammlung.«

Ryleigh hob die Augenbrauen. »Das ist Ms. Lynn Mullally«, erwiderte sie so kühl wie möglich, um Chloe in ihre Schranken zu weisen. »Sie ist Anwältin. Und sie ist hier wegen des Mordes an ihrem Vater. Des *Verdachts* auf einen Mord, der vor fünfzehn Jahren begangen wurde.«

»Hoppla.« Chloe schaute Lynn an. »Das ist aber lange her.«

»Deshalb ist es ja auch nicht einfach«, sagte Ryleigh. »Aber ich glaube, wir sind auf der richtigen Spur.« *Auch wenn ich sie noch nicht kenne,* fügte sie in Gedanken hinzu.

Leider ließ Lynn das nicht so stehen. »Was für eine Spur meinst du?«, hakte sie nach.

»Ich frage mich, warum Dunn Avalon jetzt auf einmal heiraten will. Und warum sie dem zugestimmt hat.« Ryleigh runzelte die Stirn. Ja, das war ein merkwürdiges Zusammentreffen gerade jetzt. Sie hatte nur nach einer Antwort für Lynn gesucht, aber irgendetwas kribbelte in ihrem Nacken. Dieses Kribbeln kannte sie. Es zeigte ihr immer an, wenn sie auf etwas gestoßen war. Wenn sie doch nur wüsste, auf was.

Lynn lachte trocken auf. »Avalon ist verrückt! Ihre ganze Familie war schon immer verrückt. Wer weiß, was ihr plötzlich diesen Spleen eingegeben hat?«

»Elaine hat gesagt, Avalon geht niemals unkalkulierbare Risiken ein. Wenn sie ein Risiko eingeht, muss es das wert sein.« Ryleigh drängte schnell in den Hintergrund, in welchem Zusammenhang Elaine das gesagt hatte. »Dunn zu heiraten ist ganz sicher ein Risiko. Sie hat es damit erklärt, dass er eine Sperrminorität ihrer Aktien besitzt, der Aktien von *Hadock Enterprises*, aber ich würde sagen, das war nicht der wahre Grund.«

»Nein, bestimmt nicht«, stieß Lynn abschätzig hervor. »Avalon lügt doch, wenn sie den Mund –«

»Das glaube ich nicht«, unterbrach Ryleigh sie.

Chloe grinste. »Du sagtest eben, du denkst, sie hat dir nicht die

Wahrheit gesagt«, erinnerte sie Ryleigh an ihre Aussage. »Das ist eine Umschreibung für lügen, oder nicht?«

»Halt dich da raus, Chloe!«

Lynn starrte von Chloe zu Ryleigh und zurück. »Was ist denn hier los?«

»Gar nichts«, sagte Ryleigh. »Nur, dass diese ... Dame schon längst nicht mehr hier sein sollte.« Ihre Augen erdolchten Chloe fast.

»Ich bin eine ganz harmlose Touristin«, behauptete Chloe mit einem gespielt unschuldigen Augenaufschlag. »Ich will hier nur meinen Urlaub verbringen.«

»Wer's glaubt«, knurrte Ryleigh.

In diesem Augenblick hörte sie das Geräusch von hohen Absätzen auf dem Gang, und im nächsten Moment erschien Avalon.

Meine Güte, das ist ja wie im Taubenschlag hier heute! stöhnte Ryleigh innerlich.

Avalon blickte etwas erstaunt um sich, aber bevor sie etwas sagen konnte, fuhr Lynn sie an: »Herzlichen Glückwunsch zur Verlobung!«

»Danke.« Avalon hielt Lynns Blick stand. »Das bedeutet mir ganz besonders viel von einer alten Freundin wie dir.«

»Warum hast du deine Mine gesprengt?«, fauchte Lynn. »Was hattest du da versteckt? War Sean O'Neill noch drin?«

Avalon hob die Augenbrauen. »Was unterstellst du mir da? Ich bin doch keine Mörderin.«

»Ich traue dir alles zu«, sagte Lynn. »Wenn du nicht noch ein Kind gewesen wärst, damals, als mein Vater starb –«

»Lynn! Hör auf damit. Das geht zu weit«, unterbrach Ryleigh sie. »Es tut mir leid, Ms. Hadock«, fuhr sie an Avalon gewandt fort.

Chloe kicherte.

»Ihr seid per Du?«, fragte Avalon. Sie sah ziemlich gefährlich aus, als sie das sagte. Ihre Augenbrauen trafen sich beinahe in der Mitte.

»Darauf hätte ich auch gern eine Antwort«, schloss Chloe sich an. Sie amüsierte sich mal wieder königlich.

»*Dich*«, zischte Ryleigh sie an, »geht das gar nichts an!«

»Was sagst du nun dazu?«, fragte Avalon.

»Ihr duzt euch?«, fragte Lynn.

»Himmel noch mal!« Ryleigh atmete tief durch. »Was wollt ihr alle von mir? Kann ich dir irgendwie helfen, Avalon?« Sie schaute Avalon fragend an.

»*Deshalb* gehen die Ermittlungen nicht voran!«, explodierte Lynn. »Du steckst mit Avalon unter einer Decke!«

Ja, ab und zu schon, dachte Ryleigh. »Nein«, sagte sie. »Ich stecke mit niemandem unter einer Decke. Ich bin der Sheriff. Dein Fall, Lynn«, sie schaute Lynn an, »beschäftigt mich fast ununterbrochen. Und ich lasse mich nicht beeinflussen bei meinen Ermittlungen. Von nichts und niemandem.« Sie blickte angriffslustig in die Runde.

»Ha!«, machte Lynn und verschränkte die Arme. »Wie viel hat sie dir bezahlt?«

»Ich könnte dich wegen Verleumdung verhaften, wenn du das noch mal wiederholst«, warnte Ryleigh sie.

»Dann darf ich wohl auch nicht fragen, womit *sie*«, Avalon schaute auf Lynn, »sich deine Aufmerksamkeit verdient hat?« Ihre Stimme klang äußerst süffisant. Sie stand kurz vor einem Wutausbruch.

»Nicht mit dem, was du denkst«, antwortete Ryleigh.

»Was meinst du denn damit?« Nun war Lynn verwirrt.

»Ich glaube, Schätzchen«, mischte Chloe sich ein, »das könnte ich dir erklären.« Sie trat nah auf Lynn zu, als ob sie sie berühren wollte.

»Ich warne dich noch mal, Chloe«, knurrte Ryleigh. »Halt dich da raus.«

Chloe lächelte. »Ich glaube, sie ist die einzige von uns hier, die wirklich nicht weiß, wovon wir sprechen.« Sie musterte Lynn von oben bis unten. »Auf sie wartet in ... wo immer sie herkommt ... bestimmt ein netter junger Mann.« Sie warf schnell einen Blick auf Ryleigh und schaute dann Lynn an. »Ich bin eine Kollegin von Ryleigh aus New York. Wir haben über den Fall gesprochen, und ich kann dir versichern, dass sie wirklich alles tut, was in ihrer Macht steht.«

»Warum kommt dann nichts dabei raus?«, fragte Lynn giftig.

»Weil es keinen Fall gibt«, bemerkte Avalon ruhig, aber mit diesem süßen Ton in der Stimme, der sagen sollte: *Tu, was ich will, oder du wirst es bereuen.* »Sieh das doch endlich ein, Lynn. Dein Vater ist bei einem Unfall gestorben. Bei einem sehr bedauerlichen Unfall, aber einem Unfall.«

»Das *musst* du ja sagen!«, schnappte Lynn.

»Welchen Vorteil sollte meine Familie damals vom Tod deines Vaters gehabt haben, dass du denkst, wir hätten etwas damit zu tun?« Avalon schaute Lynn gerade in die Augen. »Sag mir das doch mal. Ich kann es mir nämlich nicht vorstellen.«

»Natürlich nicht!«, fauchte Lynn.

»Das ist aber tatsächlich der Knackpunkt, Lynn«, fiel Ryleigh ein. »Für einen Mord braucht man Motiv, Mittel und Gelegenheit. Wenn ich das Motiv kennen würde, hätte ich die Sache schon längst aufgeklärt. Aber selbst du konntest mir nicht sagen, was das Motiv sein könnte.«

»Wer hat vom Tod deines Vaters profitiert?«, fragte Chloe. Ryleigh sah sie missbilligend an, aber Chloe zuckte die Schultern. »Das ist schließlich immer die erste Frage, die wir bei einem Mord stellen«, erklärte sie unbeeindruckt.

Avalon lachte leise auf. »Es ist ganz klar, wer von seinem Tod profitiert hat. Seine Frau und seine Tochter.«

»Du ...!« Lynn wollte ihr an die Gurgel springen, aber Ryleigh ging dazwischen.

»Sie hat Recht«, sagte sie. »Ihr habt eine Menge Geld bekommen, nachdem dein Vater tot war. Aber abgesehen davon, dass ihr das vermutlich nicht im Voraus wusstet, sehe ich das nicht als Motiv. Dann würdest du jetzt nicht ankommen und den Fall wieder aufrollen wollen.«

Und Lynns Mutter – also nein, dachte sie. *Die Frau, die in diesem Haus mit der bescheidenen Einrichtung gelebt hat? Bestimmt nicht.* Vermutlich hätte sie sich etwas viel Besseres leisten können, aber sie brauchte es nicht. Ihr hatte Geld offensichtlich nicht das geringste bedeutet.

»Ich meinte ja nur.« Avalon zuckte die Achseln. »Schließlich werde ich ständig mit den übelsten Unterstellungen traktiert, was meine Familie betrifft. Ich wollte nur darauf hinweisen, dass *meine* Familie keinerlei Vorteile von Mullallys Tod hatte, *seine* Familie aber schon.«

»Ist ja schon gut«, beschwichtigte Ryleigh, die immer noch zwischen Lynn und Avalon stand. »Chloe hat durchaus die richtige Frage gestellt, aber leider bringt uns die Antwort nicht weiter. Würdet ihr mir da zustimmen?«

»Sie will sich nur rausreden«, grummelte Lynn, aber sie schien besänftigt.

»Ich rede mich nicht raus, ich denke nur logisch«, sagte Avalon. »Und von der Logik her gibt es keinen Grund, warum dein Vater ermordet worden sein soll. Er war ein völlig unbedeutender Arbeiter.«

Wieder wollte Lynn auf Avalon losgehen, aber da Ryleigh immer noch zwischen ihnen stand, gelang ihr das nicht.

»Das war überflüssig, Avalon«, sagte Ryleigh und schaute Avalon mit hochgezogenen Augenbrauen an.

»Ach, tatsächlich – Sheriff?« Avalon blickte genauso zurück.

Ryleigh seufzte tief auf. »So kommen wir nicht weiter. Möglicherweise sind mittlerweile alle Leute, die irgendetwas über die Sache wissen könnten, tot. Bisher habe ich jedenfalls niemanden gefunden, der sich auch nur an die konkreten Umstände erinnert.«

»Außer Sean O'Neill«, bemerkte Lynn scharf. »Und er ist mal wieder verschwunden. Wahrscheinlich endgültig. Begraben unter Tonnen von Geröll in der Mine der Hadocks.«

»Das ist eine Unterstellung, Lynn, und das glaube ich auch nicht«, sagte Ryleigh.

»Vielen Dank, dass du mir so den Rücken stärkst«, warf Avalon sarkastisch ein.

»Vielleicht solltest du mal deinen ... Verlobten fragen«, erwiderte Ryleigh mit einem durchdringenden Blick auf sie. »Ich könnte mir gut vorstellen, dass er mehr darüber weiß. Und wenn ihr demnächst heiratet, solltet ihr doch eigentlich keine Geheimnisse voreinander haben. Möglicherweise sagt er dir ja, was er mir verschweigt.«

Avalon schaute sie lange an, dann meinte sie gedehnt: »Das ... glaube ich kaum.« Sie drehte sich zur Tür, um zu gehen.

»Weshalb bist du gekommen?«, fragte Ryleigh. »Wolltest du nicht irgendetwas?«

Avalon schüttelte leicht den Kopf. »War nicht wichtig. Das hat Zeit. Ein andermal.« Mit demselben klaren Ton ihrer hohen Absätze, mit dem sie wie aus dem Nichts aufgetaucht war, verschwand sie wieder.

»Sie weiß etwas. Sie weiß ganz bestimmt etwas«, quetschte Lynn zwischen zusammengepressten Kiefern hervor. »Sie *muss* etwas wissen!«

Nach diesem Auftritt von Avalon war Ryleigh davon auch mehr denn je überzeugt, aber das vor Lynn zuzugeben, hieß die Lunte an ein Pulverfass legen. »Sie war ein Kind«, wiederholte sie. »Was weißt du denn noch aus der Zeit? Du warst damals genauso alt wie sie.«

Das ließ Lynn für einen Augenblick verstummen.

»Ich sehe, dein Beschützerinstinkt funktioniert immer noch«, grinste Chloe, aber sie sprach so leise, dass Lynn es anscheinend nicht mitbekam.

»Wie oft soll ich dir noch sagen, dass du dich da raushalten sollst?«, knurrte Ryleigh sie an.

»Du hast keinen Hilfssheriff, oder?«, fragte Chloe etwas zusammenhanglos.

»Nein. Habe ich nicht. Und brauche ich auch nicht. Hier ist nichts los. Das habe ich allein ganz gut im Griff.«

Chloe warf einen Blick auf den Gang, in dem Avalon verschwunden war. »Bist du sicher?«

»Also, was willst du jetzt unternehmen?«, fragte Lynn. »Verhaftest du endlich jemand?«

Ryleigh schaute sie kopfschüttelnd an. »Wen denn, Lynn?«

»Dunn, Avalon ... irgendwen«, stieß Lynn hervor. »Verhafte meinetwegen den alten Sheriff, damit er dir endlich sagt, was er verschweigt.«

»Man sollte nicht meinen, dass du Anwältin bist, Lynn«, erwiderte Ryleigh. »Du als Privatperson kannst denken, was du willst, aber selbst wenn du genau wüsstest, was geschehen ist, und es wäre tatsächlich das geschehen, was du vermutest, könnte ich niemanden verhaften, solange ich keine Beweise habe. Beweise, die vor Gericht Bestand haben würden, keine vagen Schuldzuweisungen oder Spekulationen.«

»Du steckst *doch* mit ihr unter einer Decke!«, fauchte Lynn und dampfte wütend ab.

»Wo sie Recht hat, hat sie Recht!« Chloe lachte.

»Warum bist du immer noch da?«, fragte Ryleigh grimmig. »Hier ist für dich doch nun wirklich nichts zu holen.«

»Ich finde es ganz interessant.« Chloe lehnte sich entspannt gegen den Schreibtisch des Hilfssheriffs. »Polizeiarbeit auf dem Land.« Sie grinste. »Mit dem einen oder anderen Sahnehäubchen garniert. Wie ist sie denn so im Bett?«, fuhr sie übergangslos fort. »Sie geht bestimmt ganz schön ab, könnte ich mir vorstellen. Bei ihrem Temperament.«

Ryleigh trat mit einem schnellen Sprung nah vor sie hin und starrte sie mit zusammengepressten Kiefern an. »Noch ein Wort und ... Verschwinde besser, bevor ich mich vergesse!«

»Sie wird heiraten, Leigh«, erinnerte Chloe sie ernst. »Klar könntet ihr weiterhin eine Affäre haben – obwohl ich nicht so sicher bin, dass dieser vertrocknete Zwerg von zukünftigem Ehemann das gern sehen würde –, aber es könnte schwierig werden. Selbst wenn sie Interesse daran hätte, aber willst du wirklich für alle Zeiten die zweite Geige spielen? Und das auch noch heimlich? Du weißt, wie es ist, wenn diese Frauen heiraten. Dann ändern sich ihre Prioritäten. Mann, Kinder, Haus und Garten.«

»Avalon ist Präsidentin von *Hadock Enterprises*«, erwiderte Ryleigh. »Das Unternehmen ist seit Generationen im Besitz der Familie und bedeutet ihr viel. Das ist ihre Priorität.« Aber obwohl sie es versuchte abzuwehren, erinnerte sie sich gleichzeitig daran, wie Avalon von Kindern gesprochen hatte.

»Und seine«, ergänzte Chloe. »Denkst du wirklich, dass ihm etwas an *ihr* liegt? Er will nur den Laden. Als ich mit ihm zusammen im Auto saß, um dir hinterherzufahren, hat er ein paar *sehr* merkwürdige Bemerkungen gemacht.«

»Was für Bemerkungen?«, fragte Ryleigh interessiert.

»Ich würde sagen, die junge Frau sollte sich ganz schön warm anziehen«, meinte Chloe. »Ein Kühlschrank am Nordpol ist nichts gegen ihn. Er hat keinerlei Skrupel oder Gefühle, und sie ist für ihn nur Mittel zum Zweck. Er ist ein Psychopath. Wenn er sie nicht mehr braucht, könnte es sein, dass noch einmal eine Mine explodiert – und sie ist drin.«

Ryleigh runzelte die Stirn. »Er kommt mir ein bisschen schmierig vor – und ganz sicher nicht gerade warmherzig«, entgegnete sie. »Darüber hinaus bedeutet Geld ihm alles, aber ein Mörder?«

Chloe zuckte die Achseln. »Vielleicht hat er schon vor fünfzehn Jahren damit angefangen und ist nie erwischt worden. Du weißt, wie Psychopathen sind: Wenn sie einmal angefangen haben, können sie nicht mehr aufhören. Ein Mord kommt selten allein. Er ist vielleicht kein Serienkiller, aber er wird garantiert zu jedem Mittel greifen, wenn es ihm nützt.«

Ryleigh atmete tief durch. »Davon bin ich allerdings auch überzeugt.« Sie legte nachdenklich einen Finger ans Kinn. »Aber warum sollte er Joe Mullally ermordet haben? Und vielleicht auch Sean O'Neill?«

»Gibt es zwischen den beiden irgendeine Verbindung?«, fragte Chloe.

»Sean O'Neill war Joe Mullallys bester Freund – vor fünfzehn Jahren, bevor Mullally starb«, sagte Ryleigh.

»Na dann ...«, sagte Chloe. »Was willst du mehr? Oder glaubst du nach so vielen Jahren im Polizeidienst noch an Zufälle?«

»Zufälle gibt es«, erwiderte Ryleigh zweifelnd.

»Aber nicht solche«, sagte Chloe. »Und was ist mit deiner ...«, sie schmunzelte, als sie Ryleighs warnenden Gesichtsausdruck sah, »was auch immer sie ist. Willst du wirklich darauf warten, dass sie der dritte Zufall wird?«

»Avalon kann ziemlich gut auf sich aufpassen«, entgegnete Ryleigh trocken. »Viele Leute hier in der Stadt haben Angst vor ihr.« Gleichzeitig kroch in ihr jedoch ein mulmiges Gefühl hoch. Was war, wenn Chloe Recht hatte?

»Ich habe gesehen, weshalb.« Chloe lachte leicht. »Aber glaub mir, wenn du in Dunns Augen schaust, tun sich ganz andere Abgründe auf.«

»Ich habe aber keine Handhabe gegen ihn!« Ryleigh schlug donnernd mit der flachen Hand auf den Tisch. »Nicht die geringste. Ich habe den Verdacht, dass er Avalon erpresst, ihn zu heiraten –«

»Wenn sie das freiwillig tut, hat sie wirklich nicht mehr alle Tassen im Schrank«, warf Chloe ein.

»Aber sie hat keine Anzeige erstattet«, fuhr Ryleigh fort.

»Das darf uns nicht stören«, sagte Chloe. »Hat uns auch früher oft nicht gestört.«

»Uns?« Ryleigh starrte sie an. »Sagtest du: uns?«

»Na ja, da du keinen Hilfssheriff hast: Wie wär's mit mir für eine gewisse Zeit? So ein Dorfdrama ist für mich mal was anderes. Und ich glaube, in diesem Fall kannst du jede Hilfe brauchen, die du kriegen kannst.« Sie grinste. »Außerdem bin ich nicht mit einer der Verdächtigen, einem zukünftigen Opfer oder wem auch immer verbandelt. Das könnte dein Urteil trüben.«

»Tut es nicht«, widersprach Ryleigh.

»Tut es doch«, behauptete Chloe. »Lynn hatte Recht. Wenn du diese dunkle Schönheit anschaust, siehst du nichts mehr um dich herum.« Sie grinste erneut. »Was ich verstehen kann. Selbst ich habe ihre Leidenschaft gespürt, obwohl ich noch nicht einmal mit ihr im Bett war.«

»Nimm dich in Acht!«

»Na, hör mal!« Chloe hob unschuldig die Hände. »Habe ich irgendwas davon gesagt, dass ich das will? Sie ist überhaupt nicht mein Typ. Mir gefällt die Kleine aus dem Café viel besser.«

»Bei der nimmst du dich auch in Acht«, knurrte Ryleigh. »Lass die Finger von ihr. Sie ist viel zu jung. Und außerdem hat sie einen Freund.«

»Das ...«, erwiderte Chloe, »ist ja nun wirklich kein Hindernis. Aber gut. Nonne ist zwar eine neue Rolle für mich, aber man muss alles mal ausprobieren.«

23

Chloe hatte sich erboten, Dunn ein wenig auf den Zahn zu fühlen, da sie den Eindruck hatte, er hielt sie für eine Außenstehende und misstraute ihr nicht. Hätte Ryleigh ihn befragt, wäre das reine Zeitverschwendung gewesen. Er hätte ihr nicht ein Sterbenswörtchen verraten. Obwohl das bei Chloe natürlich auch nicht gesagt war, aber auf jeden Fall bestand eine größere Chance, dass ihm erneut die eine oder andere Bemerkung entschlüpfte, die er in Gegenwart von Ryleigh nie hätte fallen lassen.

Nachdem Ryleigh Chloe in der Nähe von Dunns Geschäft abgesetzt hatte, fuhr sie eine Weile herum. Sie drehte ständig enger werdende Kreise um das Verwaltungsgebäude von *Hadock Enterprises* und um Avalons Haus.

Sie wusste nicht, wo Avalon war, aber sie wusste, dass sie heute ins Sheriffbüro gekommen war, um irgendetwas mit ihr zu besprechen. Die Anwesenheit von Lynn und Chloe hatte sie davon abgehalten, aber Ryleigh glaubte Avalon nicht, dass es unwichtig gewesen war, was sie mit ihr bereden wollte.

Ihre letzten Begegnungen waren nicht gerade positiv verlaufen. Nun ja, bis auf den Sex. Aber danach hatte Avalon deutlich klar gemacht, dass sie in Ryleigh niemals etwas anderes sehen würde als eine Sexpartnerin. Gefühle, auch wenn sie davon gesprochen hatte, wie schön sie gewesen waren, konnten keinen Einfluss auf Entscheidungen nehmen, die ihr Leben betrafen.

Aber dennoch hatte sie Gefühle gezeigt, als sie Ryleigh dann mit Chloe im Café gesehen hatte. Warum hatte sie einfach auf dem Absatz kehrt gemacht? Sie hatte verletzt ausgesehen und – eifersüchtig. Ja, sie war eifersüchtig auf Chloe. Und das bedeutete, sie empfand mehr für Ryleigh, als sie zugab.

Ryleigh lächelte leicht. Aber dann wurde sie schlagartig ernst. Was hatte sie schon davon, ob Avalon etwas für sie empfand oder nicht, wenn sie Dunn heiratete? Nur in einem passten die beiden zusammen: Gefühle erwartete er sicherlich nicht von seiner Ehefrau, und sie würde auch keine von ihm bekommen.

Als sie sich an der Mine getroffen hatten, hatte Avalon sehr nachdenklich ausgesehen, und als sie zurückgefahren war, musste sie in heller Aufregung gewesen sein. Das hatten die Spuren ihres Wagens deutlich gezeigt. Danach hatte sie erneut mit Ryleigh sprechen wollen, aber diesmal hatte sie sie nicht allein erwischen können und deshalb auf ein Gespräch verzichtet. Zumal sie dann ja auch noch von Lynn angegriffen wurde.

»Mist!« Ryleigh schlug mit einer Hand aufs Lenkrad. Wie es schien, hatte Avalon ihr durchaus etwas Wichtiges zu sagen, aber sie hatte Ryleigh immer in der falschen Situation angetroffen.

Sie rief in der Verwaltung von *Hadock Enterprises* an.

»Ms. Hadock ist nicht im Haus«, teilte ihr Molly Connors mit. »Ich weiß nicht, wann sie zurückkommt.«

»Hat sie einen geschäftlichen Termin?«, fragte Ryleigh.

»Nicht in *meinem* Terminkalender«, sagte Molly.

»Einen privaten?«

»Davon hat sie mir nichts gesagt.«

»Danke, Molly. Sagen Sie ihr doch bitte, sie soll mich anrufen, wenn sie zurückkommt.« Ryleigh legte auf. Sie bezweifelte, dass Avalon sie anrufen würde, aber vielleicht hatte sie ja Glück. Bei Avalon konnte man nie wissen.

Als nächstes fuhr sie zu Avalons Haus. Aber auch dort bekam sie dieselbe Auskunft wie von Molly, diesmal von Maude: »Ms.

Hadock ist nicht da.«

»Sie wissen nicht vielleicht, wo sie hin sein könnte?«, fragte Ryleigh. »Anscheinend hat sie keine Termine.«

Maude schüttelte den Kopf. »Nein, tut mir leid. Sie ist heute Morgen nach dem Frühstück ganz normal aus dem Haus gegangen. Ich dachte, sie fährt ins Büro. Sie hat nichts gesagt.«

»Hatten Sie den Eindruck, dass sie ...«, Ryleigh räusperte sich, »irgendwie bedrückt ist? Oder war sie eher gut gelaunt, wegen ihrer bevorstehenden Hochzeit?«

»Hochzeit? Was für eine Hochzeit?«, fragte Maude. Ihre Stirn runzelte sich sehr verwirrt. »Ich weiß von keiner Hochzeit.«

Ryleigh schluckte unauffällig. »Sie will Mr. Dunn heiraten«, sagte sie.

»Dunn?« Maude starrte sie mit offenem Mund an. »Den Kredithai?«

Ryleigh schmunzelte etwas melancholisch. »Wiederholen Sie das besser nicht in seiner Gegenwart. Er sagt, er ist Juwelier. Und Sammler.«

»Ja, sicher.« Maude spuckte die Worte fast aus. »Er sammelt alles, was man nicht schnell genug vor ihm versteckt.«

»Sie kennen ihn näher?«, fragte Ryleigh.

»Ich bin schon lange in diesem Haus«, erwiderte Maude. »Schon seit Avalon ... Ms. Hadock ein Kind war. Und schon damals ist er hier herumgeschlichen wie eine Klapperschlange, die nur auf den richtigen Moment wartet, zuzubeißen. Nach dem Tod des armen Mr. Ron.«

»Ja, das habe ich gehört«, nickte Ryleigh. »Er wollte anscheinend sogar Christine Hadock heiraten.«

»Sie ihn aber nicht!« Maude lachte auf. »Und wenn Christine etwas nicht wollte, dann wollte sie nicht. Ihr hat niemand so leicht den Schneid abgekauft. Davon hatte sie eine Menge.«

»Wie ihre Tochter«, sagte Ryleigh. »Aber trotzdem ist Dunn damals hier im Haus ein und aus gegangen – und jetzt heiratet er Avalon.«

Maude schüttelte den Kopf. »Das kann ich einfach nicht glauben. Sie hat Dunn schon lange nicht mehr ins Haus gelassen. Er hat es noch eine Weile versucht nach dem Tod ihrer Mutter, aber sie hat ihn immer abgewiesen, genauso wie Christine vor ihr. Sie verachtet ihn. Warum sollte sie ihre Meinung geändert haben?«

»Ja, das ist die Frage«, murmelte Ryleigh nachdenklich. »Sie wissen wirklich nicht, wo sie sein könnte? Ich muss sie dringend sprechen.«

»Na ja ...« Maude musterte Ryleigh überlegend. »Sie könnten es mal in ihrer Burg versuchen.«

»In ihrer Burg?« Ryleigh hätte fast gelacht. »Ich dachte, das *Schloss* wäre hier.«

»Ja, schon«, sagte Maude. »Ich weiß, dass alle das Haus so nennen. Aber die Burg ... das ist der Platz, an den Avalon schon als Kind geflohen ist, wenn sie Kummer hatte. Und sie hatte oft Kummer. Mit ihrer Mutter.« Sie verzog mitleidig das Gesicht. »Sie wollte einen Platz, an dem ihre Mutter sie nicht finden konnte.«

Ryleighs Herz schlug lauter. »Und Sie wissen, wo das ist?«

»Ich weiß nicht, ob es den Platz noch gibt«, sagte Maude. »Sie hat mir als Kind einmal davon erzählt. Sie ist mit dem Fahrrad hingefahren. Am Hafen entlang und dann noch eine ganze Weile weiter, bis zu einem kleinen Wäldchen, das hinter einem Hügel liegt. Der Hügel ist vor langer Zeit mal aufgeschüttet worden, als Hadockville gegründet wurde. Dadurch ist dieser Teil des Waldes praktisch vom Rest abgetrennt und nicht zu sehen. Keine Straße führt dorthin. Man muss laufen. Und wenn Christine eins gehasst hat, dann das!« Sie lachte. »Deshalb war Avalon dort vor ihr sicher. Ich muss ehrlich zugeben, obwohl ich hier aufgewachsen bin, war ich noch nie da. Ich weiß nichts darüber. Vielleicht gibt es das Wäldchen auch gar nicht mehr.«

»Das lässt sich ja leicht feststellen«, sagte Ryleigh. »Am Hafen entlang, sagten Sie?«

»Ja.« Maude nickte. »Immer nach Norden. Bis man glaubt, am Ende der Welt zu sein. So hat Avalon es beschrieben.«

»Gut«, sagte Ryleigh. »Vielen Dank.« Sie lächelte Maude an. »Dunn weiß nichts davon, oder?«

»Nie im Leben!«, entgegnete Maude im Brustton der Überzeugung. »Und von mir wird er es auch ganz bestimmt nicht erfahren.«

»Dann bin ich ja froh, dass Sie es mir gesagt haben«, lächelte Ryleigh.

»Sie sind der Sheriff«, erwiderte Maude. »Und der Polizei muss man doch Auskunft geben.« Ihre Augen zwinkerten.

Sie wusste anscheinend mehr, als Ryleigh bewusst gewesen war. Schnell verabschiedete sie sich, um nicht noch mehr Zwinkerer hervorzurufen.

Der Hafen zog sich eine Weile am Meer entlang. Irgendwann sah Ryleigh nur noch Wasser neben sich, keine Boote mehr, keine Anlegestellen, keine Kaimauer. Ein Strand aus Sand und Kieselsteinen hatte sie ersetzt. Die Straße verengte sich zu einem Schotterweg, dann einem Feldweg, zum Schluss hörte sie ganz auf. Niemand hätte vermutet, dass dahinter noch irgendetwas lag. Die Stadt schien bereits in weite Ferne gerückt.

Ryleigh stellte den Wagen ab und stieg aus. Sie schaute sich um. Müsste hier nicht irgendwo Avalons Mercedes stehen, wenn sie sich an ihren geheimen Ort zurückgezogen hatte? Aber sie sah ihn nicht.

Wahrscheinlich hatte Maude sich doch geirrt. Sie war ja auch nicht ganz sicher gewesen. Avalon war kein Kind mehr. Vielleicht war sie ganz woanders hingefahren. Nach Portland.

Ryleigh atmete tief durch. Ja, das wäre eine Möglichkeit. Die Zwillinge. Noch einmal, bevor sie mit Dunn verheiratet war.

Dennoch stieg sie langsam den Hügel hinauf und betrachtete die Landschaft um sich herum. Ein Ort am Ende der Welt – ja, das war es wirklich. Hier war nichts mehr außer dem Meer, einem leeren, unwirtlichen Strand, hin und wieder einmal einem Vogel, der vorbeiflog und einen traurigen Schrei ausstieß. Hier konnte man wirklich depressiv werden.

Der Hügel war ziemlich hoch, sie brauchte eine ganze Weile, bis sie oben angekommen war. Ein bisschen war dieser Hügel geformt wie eine Düne, sie stand nun auf dem Kamm, und auf der anderen Seite ging es gleich wieder hinunter. Und dort lag das Wäldchen. Ganz einsam und verlassen. Als ob nie ein Mensch es betreten hätte. Es wirkte geradezu urzeitlich. Aber das hatten die Wälder in Maine generell so an sich, jedenfalls das, was sie bisher davon gesehen hatte. Sie wirkten, als hätte die Welt sie vergessen.

Von Avalon sah sie nichts, aber die Kronen der Bäume waren so dicht mit Blättern besetzt, dass es praktisch unmöglich war, hindurchzusehen. Sollte sie tatsächlich da unten sein, würde Ryleigh sie von hier oben nicht entdecken. Sie hatte erhebliche Zweifel, dass Avalon in diesem Wäldchen war, aber sie stieg langsam den

Hügel hinunter, aufmerksam nach vorn blickend. Je tiefer sie kam, desto mehr konnte sie unter dem undurchdringlichen Grün entdecken.

Obwohl es sehr dunkel darunter war, zog sie plötzlich die Augen zu schmalen Schlitzen zusammen. Es schien, als lag dort etwas, das ganz sicher nicht hierher gehörte. Sie sprang die letzten Meter den Abhang hinunter und lief darauf zu, bückte sich, hob es auf. Ein Schuh. Ein hochhackiger Damenschuh. Schwarz. Das Leder glänzte, und ein Lichtstrahl, der darauf gefallen war und es hatte aufblitzen lassen, hatte Ryleigh darauf aufmerksam gemacht.

Mit dem Schuh in der Hand blickte sie um sich. Wenn das nicht Avalons Schuh war, würde sie einen Besen fressen. Sie musste tatsächlich hier sein.

Und sie hatte einfach einen ihrer Schuhe hier zurückgelassen? Was war passiert?

Eine kalte Hand legte sich um Ryleighs Herz. War Avalon nicht allein hier? War sie vielleicht noch nicht einmal freiwillig hier? Gab es deshalb keine Spur von ihrem Wagen, weil sie, statt selbst zu fahren, hierher gebracht worden war? Dieser Platz konnte vielen Menschen bekannt sein, und wer wusste, wer sich hier vor der Welt versteckte? Vielleicht hatte Avalon jemanden aufgescheucht, der nicht gestört werden wollte.

Für einen Augenblick dachte Ryleigh an Sean O'Neill, aber nein – er würde Avalon nichts tun. Wirklich? Ihre Besorgnis wuchs.

Sie ging tiefer in den Wald hinein, vorsichtig, mit einer Hand an ihrer Waffe.

Ihr schien, als würden die Bäume immer größer, der Wald immer undurchdringlicher. Es gab keinen Weg, Zweige knackten unter ihren Füßen, wenn sie auf märchenhaft verwobenes Unterholz trat.

Eine kleine Lichtung öffnete sich vor ihr. Obwohl man es kaum Lichtung nennen konnte, denn von oben drang genauso wenig Licht herein wie zuvor, das Blätterdach spannte sich ohne Unterbrechung weiter.

Angestrengt in die schummrige Dunkelheit blickend meinte Ryleigh hinter einem Baum eine etwas hellere Stelle zu entdecken. Sie schaute sich um, horchte. Nichts. Dann plötzlich ein unterdrückter Laut. Es klang wie ein Schmerzenslaut, der schnell abgebrochen wurde.

Vielleicht von jemandem, der einem anderen den Mund zuhielt? Ryleigh nahm vorsichtig ihre Waffe aus dem Holster und schlich voran, versuchte, kein Geräusch zu verursachen. Der Laut war eindeutig von der Stelle gekommen, an der etwas Helleres auf dem Waldboden schimmerte.

Nachdem sie sich dem Baum bis auf wenige Schritte genähert hatte, bewegte sich die helle Stelle plötzlich. Sie verschwand.

Es konnte kein Lichtreflex sein, der durch den Lauf der Sonne beeinflusst wurde, dazu kam hier zu wenig Sonne an. Ryleigh hörte ihr Herz laut pochen, in ihren Schläfen schien das Blut zu rauschen. War da jemand, oder hatte sie sich das nur eingebildet? Verursachte dieser düstere Märchenwald ihr Halluzinationen?

Sie konnte nichts sehen, sie wusste nicht, ob dort ein Angreifer lauerte. Sie atmete tief durch, so leise wie möglich. Langsam schlug sie im Schutz anderer Bäume einen Bogen von dem beobachteten Baum weg, und langsam sah sie, was dort hinter dem Baum war.

Sie richtete sich auf. Obwohl sie immer noch nicht genau wusste, ob sich jemand im Unterholz versteckte, entspannte sie sich. Dennoch behielt sie ihre Waffe schussbereit in der Hand. Man konnte nie wissen.

Sie ging auf den Baum zu. »Avalon ...«

Avalon blickte auf. Sie hockte am Fuß des Baumes zwischen gewaltigen Wurzeln, die sie fast wie die Mauern einer Burg umschlossen. Ihre Arme hatte sie um die Knie gelegt, ihre unbedeckten Füße stachen hell gegen den dunklen Untergrund hervor. Ein Schuh lag neben ihr.

Ihr Blick wanderte über Ryleigh, als würde sie die Landschaft betrachten. Er zeigte keinen Ausdruck des Erkennens. Als er bei Ryleighs Hand ankam, schien etwas Leben in Avalon zurück zu fließen. »Willst du mich erschießen?«

Ryleigh lächelte. »Nein. Natürlich nicht.« Sie schaute sich noch einmal um. »Bist du allein hier?«

»Wer sollte sonst noch hier sein?« Avalons Antwort wirkte müde und gleichgültig.

Ryleigh steckte die Waffe weg. »War nur so ein Gedanke.«

Von der einen Hand wanderte Avalons Blick zur anderen. »Du

hast meinen Schuh gefunden.«

»Ja.« Ryleigh hob den Schuh hoch und hockte sich neben Avalon hin. »Er lag direkt hinter dem Hügel am Anfang des Wäldchens.«

»Ich habe ihn verloren«, sagte Avalon, und ihre Stimme klang genauso.

»Sieht so aus«, erwiderte Ryleigh mit Blick auf den anderen Schuh, der neben Avalon lag.

»Man kann hier nicht mit hochhackigen Schuhen laufen«, fuhr Avalon fort, als würde sie etwas erklären, das sie nicht interessierte. »Deshalb musste ich sie ausziehen.« Eine Weile saß sie nur stumm da, den Kopf auf die Knie gelegt, leer vor sich hin starrend.

Ryleigh betrachtete sie besorgt. Das war nicht die Avalon, die sie kannte, die noch vor kurzem in ihrem Büro gewesen war und Lynn die Stirn geboten hatte.

»Wie kommst du hierher?«, fragte Avalon plötzlich ansatzlos aus dem Blauen heraus.

»Ich ...« Ryleigh räusperte sich. »Ich habe dich gesucht«, antwortete sie vage. Sie wusste nicht, wie Avalon reagieren würde, wenn sie ihr sagte, dass Maude ihr Geheimnis verraten hatte.

»Und da kommst du hierher?« Avalon hob ihr Kinn von den Knien und schaute sie an.

Nun erst sah Ryleigh, dass ihre Augen gerötet waren, als ob sie geweint hätte. Avalon. Geweint. Unvorstellbar.

»Es geht dir nicht gut.« Ryleigh hob eine Hand und strich sanft über Avalons Wange.

Avalon zuckte zurück. »Was geht das dich an?« Die Leblosigkeit schien sie zu verlassen. Ihre Augen wirkten nicht mehr so stumpf wie eben noch.

»Du bestreitest es also nicht?«, fragte Ryleigh. Das war doch schon mal ein Fortschritt.

»Wen interessiert das schon?«, sagte Avalon. Sie legte ihr Kinn auf die Knie zurück.

»Mich.« Ryleigh ließ sich neben Avalon an den Baum sinken, neben der *Burg*. »Wenn es dir schlecht geht, will ich bei dir sein, dir helfen. Wenn ich kann.« Sie warf einen Blick auf Avalon.

»Warum?« Avalon schüttelte leicht den Kopf. »Du hast doch gar nichts davon. Und was sagt deine alte Flamme dazu?«

Ryleigh begann zu lächeln. »Sie sagt, dass du ein heißer Feger bist.«

»Wie bitte?« Avalons Kopf zuckte hoch.

Ryleighs Lächeln vertiefte sich. »Sie hat Recht. Ich würde das sofort unterschreiben.«

»Ist sie auf einen Dreier aus oder was?« Avalon krauste unwillig die Stirn.

»Damit kann sie dich immer noch nicht schlagen«, erwiderte Ryleigh lässig. »Du hast mir mal einen Vierer angeboten.«

Avalon starrte sie wortlos an, dann wandte sie ihren Blick von ihr ab und schaute über die dunkle Lichtung. »Das hat alles keine Bedeutung mehr.«

Ryleigh fühlte, wie sich ein Klumpen in ihrem Magen bildete. »Weil du Dunn heiratest?«

Eine Weile war es still. »Ja«, bestätigte Avalon dann, ohne sich zu rühren. »Als verheiratete Frau habe ich andere ... Pflichten. Da werde ich wohl kaum Zeit für derlei Vergnügungen haben.«

Ryleigh war ihr Zögern nicht entgangen. »Du sagtest, er wüsste von deiner ...«, sie suchte nach dem richtigen Wort, »Vorliebe für Frauen, und es störe ihn nicht. Jetzt auf einmal doch?«

»Nein. Es wäre ihm absolut egal. Solange er seinen Sohn bekommt.« Avalon wandte ihren Kopf zu Ryleigh. »Es ist keine Liebesheirat, falls du das angenommen hast.«

Ryleigh atmete tief ein. »Nein, ehrlich gesagt habe ich das nicht angenommen.« Eindringlich schaute sie in Avalons Augen, die jetzt wieder stumpf wirkten, so leblos wie am Anfang. »Warum tust du das, Avalon?« Sie hörte selbst, wie verzweifelt ihre eigene Stimme klang. Sie konnte es nicht mehr verbergen.

Avalon antwortete nicht, entzog Ryleigh den Blick, starrte düster vor sich hin.

»Avalon ...«, flüsterte Ryleigh. »Ava ...«

Ein trockenes Lachen kam aus Avalons Richtung. »Das nützt alles nichts mehr. Begreifst du das nicht? Es ist vorbei.« Nach einer kleinen Pause setzte sie leise hinzu: »Wenn da je etwas war.«

Ryleigh schluckte. »Du weißt, dass es das war. Dass es das immer noch ist. Von mir aus jedenfalls.« Sie wandte sich Avalon zu. »Bitte, sag mir die Wahrheit. Ich schwöre, ich werde es nicht gegen dich verwenden.« Mit einer bitteren Note in der Stimme lachte sie auf. »Das ist mehr, als man normalerweise von einem Sheriff erwarten kann.«

»Bist du als Sheriff hier?«, fragte Avalon. »Habe ich irgendetwas verbrochen?« Sie starrte Ryleigh ins Gesicht. »Hat Lynn dich jetzt doch davon überzeugt?«

»Nein.« Ryleigh schüttelte den Kopf. »Du bist ins Polizeirevier gekommen, um irgendetwas mit mir zu besprechen. Es tut mir leid, dass ich gerade nicht allein war.«

»Ist schon in Ordnung«, sagte Avalon. »Es war nicht wichtig.«

»Dann wärst du nicht gekommen«, entgegnete Ryleigh entschlossen. Wenn sie eins nicht so einfach aufgeben würde, dann die Absicht, zu erfahren, was Avalon ihr hatte sagen wollen. »Hier wird uns bestimmt niemand stören. Niemand weiß, dass ich hier bin – oder du. Also haben wir alle Zeit der Welt. Was war es, das du mir mitteilen wolltest?«

»Nichts«, sagte Avalon müde. »Warum gehen wir nicht einfach zurück?« Sie machte Anstalten aufzustehen.

Ryleigh hielt ihren Arm fest. »Ich lasse dich nicht einfach so gehen.«

Das alte Blitzen erschien für einen Moment in Avalons Augen. »Was willst du tun? Mich an den Baum fesseln?«

Obwohl das wohl das gewesen wäre, was sie hätte tun sollen, ließ Ryleigh Avalon nicht los. »Nein«, sagte sie. »Aber ich –« Sie schluckte. Chloe hatte Recht gehabt. Liebeserklärungen waren noch nie ihr Gebiet gewesen. »Mir liegt sehr viel an dir, Avalon«, fuhr sie leise fort. »Mehr, als du dir vorstellen kannst. Ich kann dich nicht leiden sehen.«

»Ich leide nicht«, behauptete Avalon sofort. »Es war nur … eine harte Zeit. Ich fühle mich ein wenig erschöpft. Aber das geht vorbei. Wenn ich eine Nacht durchgeschlafen habe –«

»Warum kannst du nicht schlafen?«, fragte Ryleigh sanft. Sie spürte, dass Avalon sich nicht mehr gegen ihren Griff wehrte, und ließ sie los.

Avalon saß wieder nur da und sprach nicht.

»Es ist wegen Dunn, oder?«, fragte Ryleigh. »Du willst ihn nicht heiraten.« Es war ihre eigene Hoffnung, der sie damit Ausdruck gab.

Avalon gab ein hohles Geräusch von sich. »Das liegt nicht in meiner Hand.«

»Aber in seiner?«, fragte Ryleigh. »Womit erpresst er dich?«

»Er erpresst mich nicht.« Die Antwort kam, als hätte Avalon sie von einem vorbereiteten Tonband abgespult.

»Es ist keine Liebesheirat, und er erpresst dich nicht«, fasste Ryleigh zusammen, auch wenn sie Letzteres auf keinen Fall glaubte. »Was ist es dann?«

»Das habe ich dir schon gesagt«, erwiderte Avalon gereizt. »Es ist ein Deal.« Sie verzog abschätzig das Gesicht. »Er liebt Deals.«

»Ein Deal? Ein Geschäft?«, hakte Ryleigh nach. »Wie sehen die Vertragsbedingungen aus?«

»Oh bitte ...« Avalon hob die Augenbrauen. »Willst du das wirklich im Detail wissen?«

»Ich weiß eins«, sagte Ryleigh. »Dass du ihm einen Sohn versprochen hast. Unter den gegebenen Umständen ist das ein ziemlich großes Versprechen, dein Teil des Vertrages. Aber was ist sein Anteil? Was muss er leisten? Was bekommst du von ihm für deine ...«, sie musste schwer schlucken, »Mühe?«

»Was denkst du wohl?«, erwiderte Avalon. Ihre Augen blitzten abweisend.

»Nein, nein.« Ryleigh schüttelte den Kopf. »Das machst du mir nicht weis. Es geht nicht nur um Geld.«

»Warum sollte es das nicht tun?«, bemerkte Avalon hochmütig. »Es geht immer um Geld. Und er hat die Sperrminorität. Ich muss seine Aktien haben, wenn *Hadock Enterprises* weiterhin *Hadock* Enterprises bleiben soll.«

»Niemals«, sagte Ryleigh. »Ich weiß, wie viel dir an deinem Familienunternehmen liegt, aber wenn es nur um Geld ginge, würdest du eine andere Lösung finden. Du bist gewiefter als er.«

»Denkst du das wirklich?« Avalon verzog schief das Gesicht. »Danke für die Blumen, aber nein, bin ich nicht. Sonst wäre ich nicht in der Situation, in der ich jetzt bin.«

»Was zum Teufel hast du getan?«, fuhr Ryleigh auf. »Womit hat er dich in der Hand? Er führt dich an der Leine wie einen dressierten Affen, und du wehrst dich nicht einmal. Das passt ganz und gar nicht zu dir.«

»Vielleicht bin ich ein dressierter Affe«, sagte Avalon. »Vielleicht war ich nie etwas anderes als das.« Sie wirkte mutlos.

»Das denkst du nicht wirklich.« Ryleigh musterte Avalons gesenkten Kopf, der fast schon wieder auf ihren Knien lag. »Das kannst du nicht denken. Du bist Avalon Hadock, die Königin der Stadt, vor der alle zittern. Ich weiß, dass du Dunn jahrelang abgewiesen hast, dass schon deine Mutter es getan hat –«

Avalons Kopf zuckte herum. »Lass meine Mutter aus dem Spiel!«

Ryleigh stutzte. »Deine Mutter ...«, wiederholte sie langsam. »Es hat etwas mit deiner Mutter zu tun.« Es war wie ein Blitz, der die Dunkelheit plötzlich erhellte. »Aber sie ist schon lange tot, sie kann nicht –« Sie brach ab und starrte Avalon an. »Oder ist sie gar nicht tot?«

Avalons Mundwinkel, den Ryleigh gerade noch sehen konnte, zuckte. »Doch. Soviel ich weiß, ist sie tot.«

»Was kann sie dir dann noch tun?«, fragte Ryleigh. »Ich weiß, dass sie dich nicht gut behandelt hat, als du ein Kind warst –«

»Wer hat dir das denn erzählt?«, fragte Avalon in einem ätzenden Tonfall. »Lynn?« Sie drehte den Kopf halb zu Ryleigh und schaute sie aus dem Augenwinkel heraus an wie ein Adler, der die Beute anvisiert.

»Nein. Lynn meinte nur, dass du ... Ach nein, das gehört nicht hierher.« Ryleigh ärgerte sich, dass sie nicht überlegt hatte, bevor sie antwortete. »Das war in einem völlig anderen Zusammenhang.«

»Aber es ging um mich?« Avalon richtete sich auf. »Um mich und Lynn?«

»Ja ... Ja, irgendwie schon.« Ryleigh runzelte entschuldigend die Stirn. »Aber es hat nichts zu bedeuten. Es hatte nichts mit deiner Mutter zu tun.«

»Wer redet denn noch in der Stadt über mich? Und meine Mutter?«, fragte Avalon ärgerlich.

»Ich bitte dich, Avalon.« Ryleigh lachte, als ob das alles nur ein Scherz wäre. »Jeder redet über dich. Das weißt du doch. Du bist nun mal ... nun ja, Avalon Hadock.«

»Die böse Hexe«, murmelte Avalon. »Die allen nur Unglück bringt.«

»Das ist nicht wahr, Avalon.« Ryleigh hob die Arme. »Du bist ... du hast die Verantwortung. Du musst Entscheidungen treffen. Das verstehen viele nicht.«

»Was hat Lynn über mich gesagt?«, fragte Avalon, auf einmal sehr ruhig. »Ging es wieder um ihren Vater? Habe ich ihn jetzt persönlich umgebracht? Mit meiner Sandkastenschippe?«

Diesmal war Ryleighs Lachen echt. »Nein.« Sie warf einen Blick auf Avalon und seufzte, als sie sah, dass Avalon nicht nachlassen würde. »Sie hat nur behauptet, dass du schon als Kind ... na ja, launisch warst. Dass du plötzlich alle Kinder, die bei dir zum Spielen waren, rausgeschmissen hättest. Dass du nicht gekommen wärst, obwohl du dich mit ihr im Wald verabredet hattest. Das ist doch Kinderkram. Wir müssen nicht darüber reden. Kinder sind eben so. Du warst nicht anders. Lynn überbewertet das.«

Avalon saß da, als wäre sie völlig in sich versunken. »Es war meine Mutter, nicht ich«, sagte sie plötzlich, sehr leise. »Sie wollte, dass die Kinder meine tollen Spielsachen sehen, dass sie mich beneiden, dass sie unsere ganze Familie beneiden um das, was wir haben. Sie lud die Kinder nur ein, um sie auf ihren Platz zu verweisen. Offiziell hatte ich die Kinder zu mir eingeladen, aber ich wollte das nicht. Ich wusste, was dabei herauskommen würde. Doch ich konnte es nicht verhindern. Wenn die Kinder wirklich anfingen, sich zu amüsieren, wenn *ich* anfing, mich zu amüsieren und wir miteinander spielten, holte sie mich plötzlich heraus, brachte mich aus dem Zimmer und ließ den Kindern sagen, ich hätte keine Lust mehr, mit ihnen zu spielen. Sie sollten sofort gehen.«

Avalons Stimme klang so dünn, als ob sie fast gar nicht da wäre. Ryleigh hätte sie gern in den Arm genommen, aber die *Burg* verhinderte das.

»Die meisten Kinder waren viel zu ängstlich, um sich meiner Mutter zu widersetzen«, fuhr Avalon in dem gleichen, fast schwebenden Tonfall fort. »Aber Lynn ... Lynn hatte immer ihren eigenen Kopf. Ich habe sie dafür bewundert. Ich wollte nichts lieber, als mit ihr befreundet zu sein. Und manchmal ... manchmal schafften wir es, uns im Wald zu treffen. Das waren die schönsten Stunden meines Lebens. Ich war frei. Aber eines Tages kam meine Mutter dahinter. Ich wollte gerade zu Lynn, da fing sie mich ab. Ich hätte jetzt Ballettstunde, sagte sie. Obwohl es nicht der richtige Tag war. Aber die Ballettlehrerin war schon da. Ich musste bleiben.« Sie atmete tief durch. »Als Lynn mich dann fragte, war meine Mutter in der Nähe. Sie beobachtete mich. Sie hatte mir eingetrichtert, was ich zu sagen hatte. Und das habe ich gesagt.« Avalon schloss die Augen und legte ihre Hände darüber.

»Ich konnte Lynn nicht mehr in die Augen sehen. Es war mir so peinlich. Ich habe mich furchtbar geschämt, denn ob du es glaubst oder nicht, ich hasse es, zu lügen. Ich war froh, als sie und ihre Mutter dann wegzogen.«

Auch wenn Ryleighs eigene Kindheit alles andere als rosig gewesen war, erschütterte sie Avalons Erzählung. Auf einmal ergab das, was Lynn erzählt hatte, einen Sinn. Avalons Launen, Avalons angeblich immer größer werdendes Ego, ihre Arroganz, der Titel *Prinzessin*. In gewisser Weise war sie eine Prinzessin gewesen, aber eine Prinzessin im goldenen Käfig.

Sie lehnte sich über die hoch aufragenden Wurzeln zu Avalon hinüber. »Das ist vorbei, Avalon. Sie kann dir nichts mehr tun.«

Avalon lachte trocken auf. »Das denkst *du*.«

Ryleigh stutzte und runzelte erstaunt die Stirn. »Was meinst du damit? Sie ist doch wirklich tot, oder?«

»Oh ja.« Avalon nickte schwer mit dem Kopf. »Körperlich ist sie tot. Aber ihr Geist ... ihr Geist lebt immer noch.«

Nun war Ryleigh noch verwirrter. »Ist das irgend so ein esoterisches Zeugs? Damit kann ich nichts anfangen.«

Avalon verzog schief die Mundwinkel. »Das hat nichts mit esoterisch zu tun. Es hat nur etwas damit zu tun, dass manche Dinge, die man zu Lebzeiten tut, selbst nach dem Tod noch lange Schatten werfen.«

»Du sprichst in Rätseln«, sagte Ryleigh. »Ich dachte, das hasst du.«

Avalon hob die Hände. »Du hast Recht. Es *ist* esoterisch. Ihr Geist schwebt über mir und zwingt mich dazu, Dunn zu heiraten. Ist das besser?« Sie starrte Ryleigh unwillig an.

»Wenn jemand nicht der Typ für Esoterik ist, dann du«, entgegnete Ryleigh und betrachtete Avalons Gesicht, das nun wieder wie versteinert wirkte. Als ob sie sich mit etwas abgefunden hätte, das unvermeidlich war. Als ob sie zum Galgen geführt worden wäre und froh wäre, wenn es vorbei war.

»Dann glaubst du mir eben nicht«, sagte Avalon und stieg aus der *Burg*. »Das ist ja nichts Neues.« Sie nahm ihre Schuhe in die Hand.

Ryleigh stand auf. »Doch, ich glaube dir«, sagte sie ernst. »Ich sehe, dass du etwas zu tun bereit bist, das dir ohne Zwang nie in den Sinn gekommen wäre. Aber genauso wenig, wie du der Typ für Esoterik bist, bist du jemand, die sich irgendeinem Zwang beugt. Im Gegenteil.«

»Die Umstände haben sich geändert«, erwiderte Avalon kühl und ging los.

»Avalon.« Ryleigh packte ihren Arm und hielt sie fest. »So kommst du mir nicht davon. Ich lasse dich Dunn nicht heiraten, und wenn ich ihn dafür umbringen muss!«

Avalon schaute zuerst auf ihren Arm, bis Ryleigh sie losließ, dann schaute sie ihr ins Gesicht, ziemlich gelassen. »Das wäre auch keine Lösung«, sagte sie. »Er hat für alles vorgesorgt.« Sie verzog die Lippen. »Im Übrigen hast du nicht darüber zu entscheiden, wen ich heirate oder nicht. Das ist absolut nicht deine Angelegenheit.«

»Ich mache es dazu«, entgegnete Ryleigh, während Sie Avalon fest in die Augen blickte. »Ob du willst oder nicht.« Sie stemmte die Hände in die Hüften.

»Was willst du nur von mir?« Avalon schüttelte verständnislos den Kopf. »Das habe ich bis jetzt nicht herausfinden können. Wir hatten Sex, aber das scheint dir nicht zu reichen.«

»Nein, das reicht mir nicht. So schön es auch ist.« Ryleigh lächelte und streckte einen Arm nach Avalon aus. »Ich will *dich*.«

»Oh, klar. Sex im Wald. Das ist natürlich ganz etwas anderes.« Avalon tat, als hätte sie nicht verstanden. »Warum nicht? Gleich hier? Wäre dir das genehm?« Sie begann, ihre Bluse aufzuknöpfen.

Ryleigh trat auf sie zu und packte ihre Schultern, zwang sie, ihr ins Gesicht zu sehen. »Das habe ich nicht gemeint. Und das weißt du ganz genau.«

Avalons Hände sanken herab. »Hier ist nichts, was du haben kannst«, murmelte sie leise. »Nichts außer meinem Körper.« Sie hob den Kopf. »Wir können das tun, was wir immer getan haben, und unseren Spaß haben.« Sie näherte ihre Lippen Ryleighs. »Jetzt gleich, komm«, flüsterte sie. »Das war kein Scherz.« Ihre Arme legten sich um Ryleighs Nacken, um sie zu sich herunterzuziehen. »Ich brauche dich so.«

Ryleigh gab nach, Avalons warmer und weicher Körper ließ ihren Kopf schwirren, und sie versanken in einem Kuss, der zuerst zärtlich war, bis Avalons Mund mehr forderte. Sie begann zu seufzen, stöhnte leise, ihre Hände wanderten zu Ryleighs Brüsten und glitten darüber, massierten sie, reizten die harte Spitze.

»Ja, komm«, flüsterte sie heiser. »Das ist alles, was du willst. Gib es doch zu.« Mittlerweile waren ihre Finger an Ryleighs Gürtel angekommen, öffneten ihn.

»Nein.« Ryleigh hielt sie auf. »Das ist nicht alles, was ich will. Du willst dich nur drücken. Sex ist leicht für dich, aber weiter willst du nicht gehen.«

»Weiter als Sex?« Avalon lachte auf. »Da gibt es nichts mehr.«

»Oh doch«, sagte Ryleigh. Ihre Augen hielten Avalons fest. »Und du hast es gespürt.«

»Verdammt noch mal!« Avalon riss sich los und drehte sich von ihr weg. Ihr Rücken dehnte sich, als sie ihre Arme um sich legte, als wollte sie sich in einen Kokon zurückziehen. »Lass mich doch endlich in Ruhe!«

»Ich verstehe dich so gut«, sagte Ryleigh leise. »Glaub mir, ich verstehe dich besser, als du glaubst. Ich bin in Heimen aufgewachsen und bei sadistischen oder gleichgültigen Pflegeeltern. Wenn jemand dich versteht, dann ich. Liebe war für mich immer nur ein inhaltsleeres Wort, und ich wollte nichts damit zu tun haben. Denn was unter dem Mantel der Liebe alles versteckt wurde ...« Sie schauderte.

»Dann müsstest du doch –« Avalons Rücken entspannte sich etwas. »Dann müsstest du doch wissen, dass es keinen Sinn hat, sich darauf einzulassen«, fuhr sie nach einer Weile mutlos fort.

»Das dachte ich.« Ryleigh nickte, obwohl Avalon es nicht sehen konnte. »Bis ich nach Hadockville kam. Bis ich dich traf.«

Langsam drehte Avalon sich um. »Ja, natürlich«, erwiderte sie sarkastisch. »Du hast dich auf den ersten Blick in mich verliebt, und an Sex hast du nie gedacht.«

»Ganz und gar nicht.« Ryleighs Lippen verzogen sich zu einem Schmunzeln. »Ich wollte vom ersten Moment an mit dir schlafen und habe mich mit Händen und Füßen dagegen gewehrt, dass ich mich verliebt haben könnte.«

Avalon stand für eine Weile reglos da. Als ob sie Ryleighs Antwort nicht gehört hätte. Plötzlich holte sie tief Luft. »Dann ging es uns wohl beiden gleich«, sagte sie.

Ryleigh hätte am liebsten einen erleichterten Stoßseufzer von sich gegeben, aber sie unterdrückte den allzu heftigen Atemzug. »Ich sagte ja, ich verstehe dich.«

Avalon hob die Augenbrauen und schaute sie mit einem verlorenen Blick an. »Das ändert aber auch nichts.« Ihr Blick kehrte wieder zu dem Ausdruck zurück, den er meistens trug: unergründlich und abweisend. »Und da es nichts ändert, warum sollten wir etwas an dem ändern, was wir tun? Wir können einen Termin ausmachen, ein Hotel ... und uns regelmäßig treffen.«

Ryleigh verzog die Mundwinkel. So einfach, wie sie gedacht hatte, war es wohl doch nicht. Avalon konnte alles Mögliche zugeben, aber es hatte keine Konsequenzen. Jedenfalls nicht die, die Ryleigh sich wünschte. »So, wie du es immer schon getan hast.«

»Ja«, bestätigte Avalon. »Das war eine sehr angenehme Regelung.«

»Ohne jede Verpflichtung. Ohne dass du zugeben musst, Gefühle zu haben.«

»Was sind Gefühle schon wert?« Avalon musterte sie ungerührt. »Das müsstest du doch am besten wissen. Du hast es gerade eben beschrieben.«

»Ich glaube, alle Heime und alle Pflegeeltern, mit denen ich zu tun hatte, waren nicht halb so schlimm wie deine Mutter«, sagte Ryleigh.

Avalon zuckte zusammen. Ihre Mutter war definitiv ihr wunder Punkt. »Du hast sie nicht gekannt«, erwiderte sie mit zusammengepressten Kiefern. »Du hast kein Recht, dir ein Urteil über sie zu erlauben.«

»Aber du hast sie gekannt, und ich sehe, was sie dir angetan, was sie aus dir gemacht hat.« Ryleigh wollte Avalon so gern in die Arme nehmen, ihr zeigen, wie gut sie sie verstand, aber Avalon sah nicht so aus, als ob sie darauf in diesem Moment Wert gelegt hätte.

»Was hat sie denn aus mir gemacht?« Avalon lachte hohl auf. »Ein Monster? Na gut, dann bin ich eben ein Monster. Ich kann es auch nicht ändern.« Sie drehte sich um und stapfte mit so wilden Schritten los, dass das Unterholz vor ihr zu flüchten schien.

Ryleigh folgte ihr ruhiger, holte sie aber schnell ein, weil sie größer war. »Du bist kein Monster. Du bist verletzt. Tief verletzt. Du glaubst, dass alles keinen Sinn mehr hat.«

»Ach, bist du jetzt unter die Psychologen gegangen?«, fragte Avalon beißend, während sie mit den Schuhen in der Hand weiterstapfte. »Ist das nicht so etwas Ähnliches wie Esoterik? Ich dachte, darauf stehst du nicht.«

»Das ist nicht auf meinem Mist gewachsen. Eine Polizeipsychologin hat mir das einmal gesagt.« Ryleigh lachte leise auf. »Und ich habe genauso reagiert wie du.«

»Was du nicht sagst. Und das ist jetzt wieder ein Beweis dafür, wie ähnlich wir uns sind, und dass wir uns selig in die Arme sinken und uns gegenseitig unserer Liebe versichern sollten. Bis ans Ende unserer Tage.« Avalon blieb stehen und fixierte sie mit einem glühenden Blick. »Schlag dir das aus dem Kopf. Das steht nicht zur Debatte.«

»Und für mich steht nicht zur Debatte, dass ich das einfach so hinnehme. Nicht unter den gegebenen Umständen. Mit Dunn vor der Tür deines Schlafzimmers«, gab Ryleigh ebenso glühend zurück.

»Ach, ist es das?« Avalon hob die Augenbrauen. »Du bist eifersüchtig?«

»Wenn du nicht verstehen willst, dann eben nicht«, entgegnete Ryleigh aufgebracht. »Du wirst schon sehen, was du davon hast. Ich werde ihn verhaften. Er hat genug Dreck am Stecken, ich werde schon etwas finden.«

»Nein!« Es war ein verzweifelter Aufschrei, der Avalons Lippen entfuhr. »Nein, bitte nicht. Leigh ...« Sie kam auf Ryleigh zu. »Ich tue alles, was du willst. Bitte, lass ihn in Ruhe. Er darf nicht – Bitte ...« Sie schmiegte sich an Ryleigh wie ein Schutz suchendes Kätzchen. »Sag mir, was du hören willst, und ich sage es. Ich liebe dich. Alles, was du willst.«

Ryleigh hörte die drei Worte und erstarrte fast. Aber Avalon hatte es nicht so gemeint, sie hatte diese drei Worte nur als Beispiel genannt für das, was sie sagen würde, wenn Ryleigh es von ihr verlangte. Das allerschlimmste Beispiel. Das, was sie nur im äußersten Notfall von sich geben würde, unter Zwang. Das war definitiv nicht das, was Ryleigh wollte.

»Ist schon gut«, sagte sie, während sie es noch einen Augenblick genoss, Avalon im Arm zu halten. »Ich werde ihm nichts tun. Du hast gewonnen.«

Am liebsten hätte sie nun Avalon die drei Worte gesagt, aber sie hatte genauso viel Angst davor wie Avalon. Sie sagte es nicht.

Ein Teil der Spannung, die Ryleigh in Avalons Körper gespürt hatte, schien zu weichen.

»Danke«, flüsterte sie. Sie löste sich jedoch nicht von Ryleigh. Ihr Körper schmiegte sich noch mehr an sie. »Ich –« Sie schluckte. »Hast du grundsätzlich was gegen Sex im Wald?«

Ryleigh musste lachen. »Nein, gar nicht«, sagte sie. »Ich dachte, du.«

»Nein ich ... ich würde jetzt wirklich gern mit dir schlafen.« Avalons Stimme klang unsicher. »Aber nur, wenn du willst.«

»Nur Sex«, sagte Ryleigh. »Es wird sich nichts ändern.« Es war eine Feststellung, keine Frage.

»Nein, es wird sich nichts ändern.« Avalon trat einen Schritt zurück. »Wenn du nicht willst, verstehe ich das.« Ihr Blick nahm Ryleighs Gesicht in sich auf. »Aber ich kann dir nichts anderes anbieten. Das liegt nicht in meiner Macht.«

Ryleigh fragte sich, von welcher Macht sie sprach, und wollte es doch gar nicht so genau wissen. Sie hätte nie gedacht, dass in dieser Stadt irgendetwas, irgendjemand mächtiger sein konnte als Avalon Hadock. Und doch war es so.

»Meine süße Ava ...«, flüsterte sie. »Wie kann ich deinem Zauber widerstehen?«

Avalons Lächeln glitt nur ganz vorsichtig über ihr Gesicht, als ob sie ihm nicht traute. »Du bist alles, was ich will«, wisperte sie.

Sie sanken gemeinsam auf den weichen Waldboden, und das Blätterdach beschützte sie, als sie sich umarmten.

24

»Die alte Natter«, schimpfte Chloe, »hat mich am ausgestreckten Arm verhungern lassen!«

»Er weiß, dass wir uns kennen«, seufzte Ryleigh. »Das war zu erwarten.«

Chloe nickte. »Ich habe es mit der erprobten Strategie *Dein Feind ist auch mein Feind* versucht, aber er hat mir nicht geglaubt.«

Ryleigh grinste. »Dann warst du wohl nicht überzeugend genug.«

»Vielleicht liegt es daran, dass ich noch nie deine Feindin war«, sagte Chloe und beugte sich zu Ryleigh über den Tisch. »Das hast du nur gedacht.«

Ryleigh lehnte sich in ihrem Sheriffstuhl nach hinten und vergrößerte den Abstand wieder. »Du bist niemandes Feindin und niemandes Freundin. Außer dir selbst. Alles, was du tust, tust du, um für dich den besten Profit herauszuschlagen.«

Chloe lachte und lehnte sich ebenfalls zurück. »Wenn du es so sehen willst ... Auf wen außer auf sich selbst kann man sich im Leben auch schon verlassen? Sogar du hast mich im Stich gelassen, als ich dich brauchte. Und das will schon was heißen, edler Ritter.«

»Fang nicht wieder damit an.« Ryleigh atmete tief durch. »Ich habe dich in jeder Form unterstützt, die legal war. Sogar darüber hinaus. Aber irgendwo gibt es Grenzen. Dass ich diese Grenzen so weit gesteckt habe, hat mich immerhin meinen Job gekostet.«

»Du hast doch einen viel besseren jetzt hier.« Chloe grinste. »Mit Zusatzvergünstigungen.«

Ryleigh hob nur die Augenbrauen.

»Okay«, sagte Chloe. »Und was machen wir jetzt? Hast du noch irgendetwas herausgefunden?«

»Es hängt mit Avalons Mutter zusammen.« Ryleigh kaute nachdenklich auf ihrer Unterlippe. »Aber sie will mir nicht sagen, was es ist.«

»Und ihre Mutter selbst können wir nicht fragen?« Chloe verzog anzüglich die Lippen. »Ich hatte immer einen Schlag bei älteren Frauen.«

Ryleigh schüttelte den Kopf. »Bei ihr kannst du schlagen, soviel du willst. Sie ist tot.«

»Oh.« Chloe wirkte aus der Bahn geworfen. Vielleicht hatte sie sich schon auf ein Treffen mit Christine Hadock gefreut.

»Ja«, sagte Ryleigh. »Wir sind auf andere Quellen angewiesen. Ob wir wollen oder nicht. Avalon wird nichts verraten.«

»Was werde ich nicht verraten?«, erklang Avalons Stimme von der Tür her.

Ryleigh fiel fast vom Stuhl, in dem sie sich weit zurückgelehnt hatte, und hielt sich gerade noch so am Schreibtisch fest. Chloe grinste.

»Was ich von dir zu Weihnachten bekomme?«, versuchte Ryleigh sich in einen Witz zu retten, während sie ihren Stuhl wieder in eine aufrechte Position brachte.

»Du denkst schon an Weihnachten?« Avalon kam auf sie zu. Ihre Mundwinkel zuckten.

»Ich bin immer gern vorbereitet. Ich hasse überstürzte Einkäufe«, erwiderte Ryleigh. Sie lächelte Avalon an. Sie konnte nicht anders. Avalons Anblick brachte wundervolle Erinnerungen zurück und ein warmes Gefühl in ihrem Bauch.

Avalon war am Schreibtisch angekommen und beugte sich zu ihr hinunter. »Was bekomme *ich* denn?«, hauchte sie.

»Oh Mann!« Chloe stand auf. »Nehmt euch ein Zimmer!« Sie ging zur Tür.

Avalon drehte auf den Schreibtisch gestützt ihren Oberkörper ein wenig, so dass sie Chloe ansehen konnte. »Ich habe schon gehört, dass du gern dabei wärst«, bemerkte sie mit einem unwiderstehlichen Augenaufschlag.

Chloe grinste sie an. Dann wanderte ihr Blick zu Ryleigh. »Junge, Junge, da hast du dir ja was vorgenommen!« Sie schüttelte lachend den Kopf und ging hinaus.

»Bekomme ich gar keinen Kuss zur Begrüßung«, fragte Avalon, als sie sich wieder zu Ryleigh zurückwandte.

Ryleigh zog sie auf ihren Schoß und küsste sie. »Zufrieden?« Sie lächelte Avalon zärtlich an.

»Für den Anfang«, erwiderte Avalon neckisch. Sie schien bester Laune zu sein.

»Es freut mich, dass es dir so gut geht.« Ryleigh konnte sich gar nicht sattsehen an Avalons glänzenden Augen, die auf einmal keine Geheimnisse mehr zu bergen schienen, sondern nur reine Lebensfreude.

»Es geht mir wunderbar.« Avalon senkte ihre Lippen und küsste Ryleigh noch einmal. »Was so ein paar Stunden im Wald doch ausmachen . . .«

»Dass du danach noch zur Arbeit gegangen bist . . .«, bemerkte Ryleigh schmunzelnd.

»Ich hatte einiges zu erledigen, das sich nicht aufschieben ließ«, erwiderte Avalon und erhob sich von ihrem Schoß. »Gehst du mit mir Mittag essen? Deshalb bin ich eigentlich gekommen.«

Ryleigh fragte sich, ob Avalon tatsächlich nur deshalb gekommen war. Aber sie würde diese entspannte Stimmung jetzt sicherlich nicht zerstören, indem sie die Frage laut stellte. »Natürlich«, sagte sie. »Gern.«

Sie gingen gemeinsam ins Café hinüber. Auf dem Weg dorthin sprachen sie nur über belanglose Dinge, das Wetter, die Arbeit. Es war, als wären sie ein altes Ehepaar, das den Alltag miteinander teilte, ohne Hast, jede Sekunde für etwas Bedeutungsvolles ausnutzen zu müssen.

Als sie das Café betraten, sahen sie Chloe an der Theke sitzen und mit Elaine plaudern. Wenn Ryleigh sich nicht täuschte, plauderte Chloe jedoch nicht nur, sie schäkerte mit Elaine.

Ryleigh hob die Augenbrauen und warf einen Blick in ihre Richtung. Chloe grinste und schaute mutwillig zurück.

Avalon hatte sich mittlerweile an dem Tisch im Erker niedergelassen. Ryleigh folgte ihr und setzte sich ihr gegenüber.

»Sie lässt wohl nichts aus«, bemerkte Avalon mit einem Blick auf Chloe.

Ryleigh schmunzelte. »Sie hat mir eben noch erzählt, dass sie etwas für ältere Frauen übrig hat.«

»Weiß Elaine das?«, fragte Avalon skeptisch.

»Ich glaube, sie ist erwachsen genug, um mit Chloe fertig zu werden.« Ryleigh lachte leicht.

Pacey kam zu ihnen. »Hast du was von Hank gehört?«, fragte sie ohne Einleitung und starrte Ryleigh direkt an.

»Nein.« Ryleigh betrachtete Paceys angespannten Mund. »Aber du hast Recht. Ich sollte Brad ohnehin einmal anrufen. Dann werde ich ihn nach Hank fragen.« Ihr tat Pacey leid. Dass Hank sich nicht meldete, war eindeutig. Aber Pacey hing immer noch an ihm. Sie wollte es wohl nicht wahrhaben.

»Können wir bestellen?«, fragte Avalon.

Pacey zuckte zusammen, als wäre ihr jetzt erst bewusst geworden, dass Ryleigh nicht allein am Tisch saß. »Ja ... äh ... Entschuldigung, Ms. Hadock. Ich bringe sofort die Karte.« Sie lief schnell zur Theke zurück.

»Sie ist ein bisschen durch den Wind«, erklärte Ryleigh, weil sie das Gefühl hatte, sie müsste Pacey in Schutz nehmen. »Wegen Sean O'Neills Sohn. Sie ist ziemlich vernarrt in ihn.«

»Ach ja?« Das Thema schien Avalon nicht zu interessieren, obwohl Ryleigh sich einbildete, dass sie bei der Erwähnung von Sean O'Neills Namen zusammengezuckt war.

Pacey kehrte mit zwei Speisekarten zurück und reichte sie ihnen. »Getränke?«

Avalon bestellte ein Tonic Water und Ryleigh einen Kaffee. Pacey verschwand wieder.

»Es ist schön, dass du mich abgeholt hast«, wandte Ryleigh sich lächelnd an Avalon. »Wir waren noch nie zusammen essen.«

Avalons Mundwinkel hoben sich ebenfalls. »Mir war so danach«, sagte sie. Sie griff nach einer Serviette und spielte damit. »Heute Nacht ...« Sie schien sich nicht sicher zu sein, ob sie fortfahren sollte. »Ich hatte lange gearbeitet und kam erst spät nach Hause. Maude war nicht mehr da, sie hatte mir ein paar Brote vorbereitet im Esszimmer. Es war alles wie immer. Aber«, sie schaute nachdenklich in die Luft, »das Haus kam mir leer vor.« Ihr Blick kehrte zu Ryleigh zurück. »Es ist immer leer. Ich bin immer allein, wenn ich von der Arbeit komme. Das ist normal. Gestern«, sie räusperte sich, »erschien es mir auf einmal nicht mehr normal.«

Ryleighs Lächeln vertiefte sich. »Ich habe von dir geträumt«, erwiderte sie leise. »Es war, als ob du bei mir wärst. Ein wundervoller Traum.« Sie schaute in Avalons samtene Augen, die jetzt sehr warm erschienen. »Und ich muss zugeben, ich hatte auch das Gefühl, das müsste ... normal sein.« Sie lachte etwas verlegen. »Das ist etwas völlig Neues für mich. Ich habe noch nie –«

Sie brach ab, weil Pacey mit den Getränken kam. Sie stellte sie vor Ryleigh und Avalon hin und fragte: »Kann ich die Bestellung fürs Essen aufnehmen?«

Als ob sie das Essen, weswegen sie hergekommen waren, völlig vergessen hätten, blickten die beiden Pacey überrascht an.

»Das Tagesgericht«, sagte Ryleigh schnell.

»Ich auch«, schloss Avalon sich an.

»Okay.« Pacey nickte und ging zur Kasse, um die Bestellung einzugeben.

Avalon und Ryleigh schauten sich an und lachten.

»Alles, was Elaine kocht, ist gut«, bemerkte Ryleigh schulterzuckend. »In Grunde genommen ist es egal, was man bestellt.«

»Ich komme nicht so oft her«, sagte Avalon. »Maude kocht ja für mich.«

Eine etwas verlegene Stille breitete sich aus.

»Was hast du noch nie?«, fragte Avalon dann plötzlich.

»Was?« Ryleigh runzelte die Stirn.

»Du hattest eben einen Satz angefangen: *Ich habe noch nie ...*«, erinnerte Avalon sie. »Aber du hast ihn nicht zu Ende geführt.«

Ryleigh zögerte. Diese Dinge waren für sie nicht einfach. Noch nie gewesen. »Ich habe noch nie …«, setzte sie langsam an, »mit einer Frau zusammengewohnt. Eine Wohnung geteilt, ein Haus. Es ist mir nie – Ich wollte es nicht. Ich bin immer gegangen, nachdem –«

»Nachdem ihr Sex hattet?«, setzte Avalon fort.

Ryleigh hob verlegen die Schultern. »Nicht nur, aber auf jeden Fall wollte ich in meiner eigenen Wohnung schlafen, meine eigenen vier Wände, eine Tür, die ich hinter mir abschließen kann. Niemand dort außer mir.«

»Ja, das ist wirklich normal, nicht?« Avalon nickte gedankenverloren. »Das habe ich auch immer gedacht.«

»In meinem Traum gestern Nacht war es das nicht«, fuhr Ryleigh fort. »Du warst bei mir. Wir haben gelacht. Wir waren zusammen. Irgendwo, ich weiß nicht, wo. Aber es fühlte sich an, als wäre es …«, sie zögerte erneut, »*unser* Zuhause. Unser gemeinsames.« Sie schaute Avalon unsicher an. Sie selbst fand es schon höchst merkwürdig, was sie geträumt hatte, aber wie würde Avalon es erst finden?

»Ein schöner Traum«, sagte sie leise. »Ich wünschte, ich hätte ihn geträumt.« Sie lächelte leicht. »Aber meiner war auch nicht schlecht. Maude war heute Morgen sehr überrascht, als ich singend die Treppe herunterkam.«

»Singend?« Ryleigh verschluckte sich fast. Sie konnte sich Avalon singend überhaupt nicht vorstellen. Aber wenn sie bedachte, wie gut gelaunt sie gewesen war, als sie vorhin in ihr Büro kam … Ja, das passte. Sie beugte sich vor. »Ich würde dich gern einmal singen hören.« Sie lächelte zärtlich in Avalons Augen. »Du hast bestimmt eine …«, sie grinste fast, »sexy Stimme.«

»Ich singe eigentlich nie«, entgegnete Avalon und verstummte irritiert. Anscheinend fiel ihr jetzt erst auf, wie ungewöhnlich ihr Verhalten tatsächlich gewesen war.

»Was hast du denn geträumt?«, fragte Ryleigh.

»Das …«, dieser rötliche Schimmer auf Avalons Wangen, den Ryleigh schon einmal gesehen hatte, erschien erneut, »möchte ich lieber nicht sagen.«

Ryleigh öffnete den Mund, aber sie kam nicht mehr dazu, etwas zu erwidern.

»Zweimal Tagesgericht!«, verkündete Pacey und stellte die Teller schwungvoll vor sie hin. »Guten Appetit!«

Avalon nahm ihre Gabel auf und stocherte in den Salatblättern, die als Dekoration auf dem Teller lagen.

»So schlimm war es?«, fragte Ryleigh schmunzelnd.

Avalon blickte auf. »Nein, es war nicht schlimm. Es war schön. Sehr schön.« Es wirkte, als wäre ihre gute Laune auf einmal verflogen. »Es war nur leider nicht sehr realistisch. Wie Träume eben so sind.«

»Warum, Avalon?«, fragte Ryleigh. »Warum ist es nicht realistisch?«

»Das habe ich dir doch gesagt!« Avalon legte ihre Gabel heftig auf den Tisch zurück. Nun wirkte sie wieder gereizt. »Es geht eben nicht!«

»Und danach hast du mit mir geschlafen, als ob es kein Morgen gäbe«, erwiderte Ryleigh. »Das passt für mich nicht zusammen.«

»Wie oft hast du mit einer Frau geschlafen, als ob es kein Morgen gäbe, und bist danach zu dir nach Hause gegangen, hast die Tür hinter dir zugemacht und sie vergessen?«, fragte Avalon bissig zurück.

Ryleigh schüttelte leicht den Kopf. »Vergessen habe ich gar nichts.« Sie beugte sich so weit vor, dass sie sehr leise sprechen konnte. »Und du auch nicht. Du hast sogar davon geträumt. Aber du tust den Traum einfach als unrealistisch ab, und das war's dann. Du versuchst gar nicht, eine andere Lösung zu finden.«

»Es gibt keine andere Lösung!« Avalon warf die Serviette auf den Tisch. »Sieh das doch ein. Ich muss tun, was ich tun muss.«

»Ekelt es dich nicht, dir vorzustellen, wie er dich anfasst, wie er mit dir schläft?«, fragte Ryleigh direkt. Sie hatte das Gefühl, mit Subtilität kam sie nicht weiter. »Wie er dich . . . schwängert?«

»Hör auf damit!« Avalon stellte die Ellbogen auf den Tisch und verbarg ihr Gesicht in den Händen. »Ich versuche, nicht daran zu denken. Musst du unbedingt –«

»Ja, ich muss«, sagte Ryleigh. »Ich muss herausfinden, warum du das tust. Du verachtest ihn. Du hast ihn nicht einmal in dein Haus gelassen. Er widert dich an. Und jetzt willst du zulassen, dass er zu dir ins Bett kriecht, dass er sich auf dich legt, dass er dir –?«

Avalon sprang auf und rannte zur Toilette.

Ryleigh wartete einen Moment, dann ging sie ihr nach. Von draußen hörte sie würgende Geräusche, aber als sie den Vorraum betrat, stand Avalon bereits am Waschbecken, stützte sich darauf ab. Sie war leichenblass.

»Es tut mir leid.« Ryleigh musterte sie beschämt. »Das wollte ich nicht. Wirklich nicht. Ich fühle mich nur so . . . hilflos.«

Avalon gab ein hohles Geräusch von sich. »Willkommen im Klub.«

»Du kannst das nicht tun«, fuhr Ryleigh sanft fort. »Wenn du nur daran denkst, musst du dich übergeben. Du wirst das nicht durchstehen, selbst wenn du dich dazu zwingst.«

»Ich muss!« Avalons Finger krampften sich um den Rand des Waschbeckens. »Ich muss einfach!«

Ryleigh berührte sie an der Schulter. »Komm her.« Sie zog Avalon in ihre Arme, streichelte beruhigend ihren Rücken. »Es tut mir so leid. Ich hätte das nicht sagen sollen.«

Avalon schluckte. »Es ist die Wahrheit. Es hat keinen Sinn, wenn ich sie noch länger verdränge. Ich muss mich an den Gedanken gewöhnen, ohne gleich – Du hast mir einen Gefallen getan. Ich muss jeden Tag daran denken, es mir vorstellen, bis ich weit genug abgestumpft bin . . .«

»Ava . . .« Ryleigh hauchte einen Kuss auf Avalons Haar. »Das ist nicht die Lösung. Das *kann* nicht die Lösung sein. Du darfst ihn nicht heiraten.«

»Das geht nicht.« Avalon löste sich von Ryleigh und beugte sich übers Waschbecken, drehte den Wasserhahn auf, ließ Wasser über ihre Hände laufen, nahm Seife, wusch ihre Hände, spülte sie wieder ab, griff erneut zum Seifenspender und wiederholte den Vorgang.

Als sie zum dritten Mal zur Seife greifen wollte, hielt Ryleigh sie auf. »Du kannst es nicht abwaschen. Und wenn du dich jetzt schon so fühlst, wie soll es dann«, sie schluckte, »*danach* sein? Du kannst nicht den ganzen Tag in der Dusche verbringen. Außerdem wird er das nicht nur einmal tun. Er wird dein Ehemann sein und er wird sicherstellen wollen, dass du auch wirklich schwanger wirst. Solange du es noch nicht bist –«

»Ja, verdammt!« Avalon schrie auf. »Und ich werde sein Kind im Bauch tragen und zur Welt bringen, unter Schmerzen, vielleicht sogar mehrere, bis endlich ein Junge dabei ist. Dieses Kind wird mein Kind sein, aber auch seins. Ich werde es hassen.« Sie brach über dem Waschbecken zusammen. »Wie meine Mutter«, flüsterte sie.

Ryleigh beugte sich über sie, umarmte sie. »Deine Mutter hat dich nicht gehasst«, flüsterte sie erschüttert. »Ganz bestimmt nicht.«

»Oh doch.« Avalons Körper straffte sich. Sie richtete sich unter Ryleigh auf, schaute sie an. Ihr Blick war stumpf und leer. »Hast du dich jemals gefragt, warum deine Mutter dich weggegeben hat?«, fragte sie. »Warum du ohne sie aufwachsen musstest?«

Ryleigh schloss kurz die Augen. »Jeden Tag«, antwortete sie leise. »Wir alle haben das getan. Im Heim, bei den Pflegeeltern ... Und dann haben wir uns ausgemalt, wie schön es wäre, bei unseren echten Eltern zu sein, eine Mutter zu haben.«

»Ich habe mir oft gewünscht, *keine* Mutter zu haben, im Heim aufzuwachsen, mit anderen Kindern, mit denen ich hätte spielen können«, sagte Avalon tonlos. »Ich habe mich gefragt, warum sie mich *nicht* weggegeben hat. Ich war froh, als ich dann ins Internat kam. Nicht sofort, aber nach einer Weile ... schon. Ich wäre am liebsten immer dort geblieben, auch in den Ferien.«

»Das ist für mich schwer vorstellbar«, sagte Ryleigh. »Wie kann eine Mutter ihrem Kind so etwas antun?«

»Sie konnte es, weil ich für sie dasselbe war, was mein Kind für Dunn sein wird. Und für mich. Etwas, das nie entstanden wäre, wenn es nicht einen bestimmten Zweck hätte erfüllen müssen. Nur ein Ding, kein lebendes Wesen, das Gefühle hat oder Gefühle braucht.«

»Aber dein Vater war anders«, sagte Ryleigh. »Er hat dich geliebt.«

»Ja.« Avalons Gesicht wurde weich. »Aber er konnte sich nicht durchsetzen. Schon gar nicht gegen meine Mutter. Er war kein Beschützer. Er zog sich in seine eigene Welt zurück. Wo sie ihn nicht erreichen konnte.«

»Arme kleine Ava ...«, murmelte Ryleigh und zog Avalon an sich. »Aber jetzt ist das alles vorbei. Sie ist tot. Dein Vater ebenfalls. Du –«

Avalon riss sich von ihr los. Sie war so schnell aus dem Waschraum verschwunden, als ob sie sich hinausgebeamt hätte.

Ryleigh folgte ihr mit gerunzelter Stirn, sah aber nur noch, wie sie aus dem Café geradezu flüchtete. Sie wollte ihr schon hinterherlaufen, aber dann hielt sie sich zurück. Es hatte keinen Sinn, Avalon zu bedrängen. Das hatte noch nie etwas gebracht. Außer bei Dunn …

Sie ging nachdenklich zur Theke hinüber.

»Na? Ärger im Paradies?«, begrüßte Chloe sie grinsend. »Wird wohl nichts mit dem Zimmer heute. Dabei sah es vorhin doch so vielversprechend aus.«

»Halt die Klappe!«, fuhr Ryleigh sie an. »Noch ein Wort, und du bereust es!«

»Hoho!« Chloe hob belustigt die Hände und wollte noch etwas hinzufügen, als Elaine sie scharf ansah.

»Lass das lieber, Chloe«, warnte sie. »Ich glaube, Leigh meint es ernst.«

Chloe schien zu überlegen, blieb aber still. Sie beobachtete Ryleigh nur höchst interessiert von der Seite.

»Einen Schnaps?«, fragte Elaine Ryleigh.

»Nein.« Ryleigh schüttelte den Kopf. »Nein, danke. Ich habe noch etwas zu erledigen.«

Mit großen Schritten verließ sie das Café.

Kurz darauf betrat sie durch eine Tür, die wie eine Antiquität aussah, einen mit allem Möglichen vollgestopften Laden. In Vitrinen glitzerten Schmuckstücke, aber es gab auch anderes, schön bemaltes Geschirr, alte Bilder, Kleidungsstücke. Da sich im Verkaufsraum niemand befand, stürmte sie nach hinten, durch eine weitere Tür, die in eine Art Lager führte.

»Sie sind zu alt für sie, Sie lieben sie nicht, und sie liebt Sie nicht!«, überfiel sie die kleine Gestalt, die vor einem antiken, schön verzierten Schrank stand. »Sie dürfen sie nicht heiraten!«

Dunn drehte sich zu ihr um. »Sheriff. Was für eine nette Überraschung.« Sein Gesicht erschien wie die Maske eines Harlekins. Das pure Vergnügen.

»Hören Sie auf mit den Spielchen.« Ryleigh wischte seine Begrüßung mit einer Handbewegung beiseite. »Sie wissen, weshalb ich hier bin. Sie passen nicht zu ihr. Lassen Sie sie in Ruhe!«

»Sie finden, Sie selbst passen viel besser zu ihr, nicht wahr?«, fragte er süffisant grinsend.

»Wenn Sie es schon ansprechen …« Ryleigh verschränkte die Arme vor der Brust. »Ja, das finde ich. Und ich muss sie auch nicht erpressen, damit sie –«

»Damit sie mit Ihnen schläft«, setzte er fort.

Ryleigh starrte ihn mit zusammengebissenen Zähnen an.

»Oh, ich weiß Bescheid. Haben Sie etwa gedacht, ich wüsste nicht alles über die Frau, die ich heiraten will? Die ich von Kindesbeinen an kenne?« Er grinste wieder auf diese äußerst schmierige Art.

»Sagen Sie mir, womit Sie sie erpressen«, knirschte Ryleigh. »Sofort!«

Er verschränkte ebenfalls die Arme und lächelte selbstbewusst. »Sie hat es Ihnen nicht verraten?«

»Sie geben zu, dass Sie sie erpressen?«

Er verzog die Lippen, höchst zufrieden. »Habe ich das gesagt? Ganz sicher nicht.«

Ryleighs Lippen zitterten. »Ich könnte es aus Ihnen herausprügeln.«

Er grinste noch zufriedener. »Sind Sie sicher, dass meine ... Verlobte damit einverstanden wäre?«

»Treiben Sie es nicht zu weit!« Ryleigh trat auf ihn zu und umfasste mit einer Hand seine Kehle. »Ich hatte schon öfter das Bedürfnis, Sie zu erwürgen«, knurrte sie. »Eines Tages könnte ich mich vergessen.«

»Ist ja schon gut.« Er hob die Hände. »Sie wollten über Avalon reden, nicht ich.«

Obwohl Ryleigh schon spürte, wie ihre Finger sich ganz von selbst schlossen und zudrücken wollten, befahl sie ihnen, sich zu öffnen und sich von seinem Hals zu entfernen. »Es geht nicht um Avalon«, entgegnete sie mühsam. »Sie wollten schon ihre Mutter heiraten. Da steckt ganz etwas anderes dahinter.«

»Was Sie nicht sagen.« Dunn entfernte sich von ihr und schlenderte zu einer antik aussehenden Kommode hinüber. »Sie helfen Avalon jedenfalls nicht mit Ihrem unbeherrschten Verhalten. Selbst wenn Sie mich töten würden, würde das für sie nichts ändern.«

»Sie müsste Sie nicht mehr heiraten!«, stieß Ryleigh hervor.

Dunn neigte leicht den Kopf zur Seite. »Dieses kleine Detail fiele dann weg, das ist richtig. Aber glauben Sie mir, das ist wirklich nur ein Detail.« Er verzog mit sadistischem Vergnügen die Mundwinkel. »So unangenehm Avalon es auch finden mag.«

Ryleigh ballte ihre Hände zu Fäusten. Sie konnte nicht dafür garantieren, dass sie sich nicht doch noch vergaß. »Was wollen Sie von ihr?«, presste sie zwischen schmalen Lippen hervor. »Vielleicht könnten wir eine andere Regelung finden.«

»Oh, Sie bieten mir einen Deal an?« Er hob interessiert die Augenbrauen. »Sie wollen sich sozusagen für Ihre Liebste opfern? Wie romantisch.« Er schüttelte den Kopf. »Das bringt mir aber leider nichts. Nur Avalon kann mir das geben, was ich brauche.«

»Was in aller Welt ist das?« Ryleigh starrte ihn mit glühenden Augen an. »Sie sind geldgierig, das ist mir klar. Jeder hier in der Stadt hat das schon zu spüren bekommen. Aber wenn es nur um Geld ginge ... Ich bin überzeugt, Avalon würde Ihnen alles geben, was sie erübrigen kann, sie ist nicht arm. Sie würde Ihnen Ihre Aktien zu einem weit überhöhten Preis abkaufen, der Sie endgültig zu einem sehr reichen Mann machen würde. Warum reicht Ihnen das nicht?«

Dunn betrachtete sie mit diabolischem Vergnügen. Die Qual anderer schien ein Lebenselixier für ihn zu sein. »Wissen Sie, woher ich diese Aktien habe?«

Ryleigh schüttelte mit gerunzelter Stirn den Kopf.

»Von Chrissy. Christine«, sagte Dunn.

»Christine Hadock?«, fragte Ryleigh erstaunt.

»Als ich sie kannte – als wir beide sehr jung waren – hieß sie noch nicht Hadock«, erwiderte er. »Wir wollten tatsächlich einmal heiraten. Aber wir hatten beide kein Geld damals, und Chrissy ...«. Er verzog das Gesicht. »Glauben Sie mir, wenn Sie mich geldgierig finden, haben Sie Christine nicht gekannt.« Er winkte ab. »Natürlich haben Sie das nicht. Sie können sich nicht vorstellen, was Geld für sie bedeutete. Macht. Die große Familie Hadock, der alles gehörte. Sie hat zu ihnen aufgeschaut, als wären sie eine alte Dynastie, eine Königsfamilie, ein regierendes Haus.« Er legte die Stirn in Falten. »Und das waren sie ja auch. Sie haben die Stadt regiert, seit sie gegründet wurde. Sie haben sie gegründet.« Er verzog wie in Erwartung eines köstlichen Desserts den Mund. »Aber damit ist es jetzt vorbei.«

»Und deshalb hat sie Ihnen die Aktien gegeben?«, fragte Ryleigh. »Aus alter Freundschaft?«

»Ron Hadock hat sie mir weggenommen«, knirschte Dunn. »Dieses Weichei, dieser Nichtskönner. Selbst für seinen Vater war er eine Enttäuschung, für jeden. Aber nicht für Christine. Für sie war er der Prinz aus dem Märchenland, der ihr die Krone aufsetzen würde. Der dafür sorgen würde, dass *ihr* Blut in den Erben der Hadocks floss.« Er stieß abschätzig die Luft durch die Nase aus. »Er selbst war ihr egal. Ihr lag nicht das Geringste an ihm. Er wusste gar nicht, wie ihm geschah, nachdem sie beschlossen hatte, ihn zu heiraten. Er hatte keine Ahnung, wozu eine Frau wie Christine fähig ist.«

»Das glaube ich gern«, sagte Ryleigh. Sie erinnerte sich an Avalons Beschreibung ihres Vaters, an seine Bibliothek, seine Musik, seine Liebe zu Avalon, die er jedoch noch nicht einmal dann durchsetzen konnte, wenn seine Frau seiner Tochter ein Pferd wegnahm, dass er ihr geschenkt hatte. »Dann hatte sie also ein schlechtes Gewissen und hat Ihnen quasi als Entschädigung die Aktien gegeben?«

»Als Entschädigung?« Dunn lachte wie es schien wirklich erheitert auf. »Nein, auf so einen Gedanken wäre sie nie gekommen. Sie war der Meinung, alles, was sie hatte, stand ihr zu. Schließlich hatte sie den Hadocks dafür ein Kind geschenkt. Eine Erbin.«

»An der ihr genauso wenig lag wie an ihrem Mann«, murmelte Ryleigh.

»Sie hatte große Erwartungen in Avalon gesetzt«, erklärte Dunn. »Sie wollte, dass Avalon die Prinzessin war, die sie als Königin des Hadockreiches verdient hatte. Die nächste Königin. Dass sie genauso wie Christine Gefallen daran finden würde, reich zu sein, Macht zu haben, anderen ihre Überlegenheit zu zeigen. Weil Christine arm geboren war, dachte sie, Avalon müsste das, was sie ihr schon von Geburt an bot, zu schätzen wissen. Aber für Avalon war es ... normal, reich zu sein. Sie kannte es nicht anders. Sie wollte nicht die Prinzessin spielen, sie wollte mit anderen Kindern spielen, reiten, sich in der Natur aufhalten, mit ihrem Vater Musik hören und Bücher lesen. Lachen.« Er schien für einen Moment so in Erinnerungen versunken, dass seine sonst so diabolische Maske beinah zu bröckeln schien. »Sie war ein süßes Mädchen«, fügte er hinzu. »Fröhlich, lebhaft, immer nett zu allen.« Er schürzte die Lippen. »Das hat Christine gestört. Ihre Tochter sollte sich nicht mit dem gemeinen Volk abgeben, das erinnerte Chrissy zu sehr an ihre eigene Vergangenheit.«

»Deshalb hat sie ihr alles weggenommen, was ihr Spaß machte«, sagte Ryleigh.

Dunn zuckte die Achseln. »So hat sie es nicht gesehen. Sie wollte Avalon standesgemäß erziehen. Sie sah keinen Wert darin, im Wald herumzulaufen und mit schmutzigen Kleidern heimzukehren, keinen Spaß. Sie empfand es als erniedrigend, wenn ihre Tochter genauso aussah wie all die anderen Kinder. Als ob sie nicht schätzen würde, was ihre Mutter erreicht hatte. Als ob sie ihr nicht dankbar wäre für das, was sie für ihre Tochter getan hatte. Sie wollte, dass Avalon sich als etwas Besseres fühlte – und sich auch so benahm.«

»Zumindest, seit sie erwachsen ist, tut sie das wohl auch.« Ryleigh erinnerte sich an ihre ersten Begegnungen mit Avalon. »Ihre Mutter hat ihr Ziel erreicht.«

Dunn schüttelte zweifelnd den Kopf. »Nicht so ganz. Avalon ist eine Hadock. Was Christine nie war, auch wenn sie deren Namen trug. Mit der Zeit hat sie die Hadocks dafür gehasst, dass sie nie so sein konnte wie sie.«

»Die Hadocks? Also auch Avalon?« Ryleigh lief es kalt den Rücken herunter. »Ihre eigene Tochter?«

Er lächelte auf eine merkwürdige Art. »Sie kannten Christine nicht. Ihr ganzes Universum bestand nur aus ihr selbst. Alle anderen existierten nicht. Oder nur, um ihren Zwecken zu dienen.«

Ryleigh verzog die Mundwinkel. »Dann müssten Sie beide sich doch wunderbar verstanden haben. Warum haben Sie dann nicht geheiratet nach dem Tod von Ron Hadock?«

»Der Tod von Ron Hadock ...« Sein Lächeln veränderte sich. »Danach war Christine Alleinherrscherin. Das hätte sie um nichts auf der Welt wieder aufgegeben.«

»Also waren die Aktien doch so eine Art ... Entschädigung«, sagte Ryleigh. »Weil sie Sie noch nicht einmal heiraten wollte, nachdem sie wieder frei war.«

»Frei ... ist ein relativer Begriff«, erwiderte Dunn geheimnisvoll. »Fragen Sie Avalon. Ich glaube nicht, dass sie sich je frei gefühlt hat.«

Ryleighs Kiefer pressten sich ganz von selbst zusammen. »Und darum wollen Sie ihr das letzte bisschen Freiheit auch noch nehmen?«

Sein teuflisches Grinsen kehrte zurück. »Chrissy und ich waren auf eine ganz ... außergewöhnliche Art verbunden. Avalon hätte meine Tochter sein sollen. Zumindest aber ist sie Christines Tochter – und eine Hadock. So wird sich mein Blut doch noch mit dem von Chrissy vereinen. Und mit dem der Hadocks, wie es Chrissy immer wollte. Mein Sohn wird mein und Chrissys Blut in sich tragen.«

»Dann ist Avalon nur so eine Art ... Brutkasten?« Ryleigh spürte, wie ihr Blut in ihren Adern zu rauschen begann. »Für das, was Sie mit Christine nie haben konnten? Warum muss es unbedingt ein Sohn sein?«

»Oh«, er zuckte uninteressiert die Schultern, »das ist nur so ein Spleen von mir. Vielleicht hat Avalon ja Glück, und es klappt gleich beim ersten Mal. Ich möchte eigentlich auch nicht, dass sie sich ihre tolle Figur mit einem Dutzend Schwangerschaften ruiniert. Aber wenn es sein muss –«

Ryleighs Faust zuckte vor und landete in seinem Gesicht. Er taumelte nach hinten und fiel gegen die Kommode. Ein paar silberne Kerzenständer nahmen den Weg zum Boden, und Dunn gesellte sich dazu, hielt sich an einem Tisch fest, starrte trotz des Blutstropfens, der von seiner geplatzten Lippe rann, selbstbewusst grinsend zu Ryleigh auf.

»Glauben Sie, dass Sie ihr damit einen Gefallen tun? Sie wird nicht von unserem Deal zurücktreten, das kann ich Ihnen versprechen, aber ich könnte ihn platzen lassen. Erzählen Sie ihr, was Sie getan haben ... was ich gesagt habe. Und dann schauen Sie mal, wie sie reagiert. Sie wird mit fliegenden Fahnen in mein Bett gesprungen kommen, nur um das Platzen des Deals zu verhindern. Ganz egal, wie sehr ich sie anwidere. Sie wird alles über sich ergehen lassen und tun, was ich will, nur weil Sie ...«, er rappelte sich auf, »sie dazu zwingen. Ist das nicht ein tolles Gefühl?«

Ryleigh zitterte am ganzen Leib. Sie wollte ihn umbringen. Und er wusste das.

»Tun Sie es nur«, forderte er sie auf. »Lassen Sie Ihrem Killerinstinkt freien Lauf. Das wird Avalon nicht retten. Nicht vor dem, was für sie schlimmer ist als der Tod – und die Heirat mit mir, meine Kinder auszutragen.«

»Es gibt nichts Schlimmeres«, knurrte Ryleigh so unterdrückt, dass es wie das Grollen eines Gewitters klang. »Das ist das

Schlimmste, was ich mir vorstellen kann.«

Er lachte, jetzt wieder ganz Herr der Lage. Er stand vor ihr wie ein Gnom, der sich kichernd über das Schicksal der Menschen amüsiert. »Avalon nicht«, sagte er. »Sie wird es nicht riskieren.«

Ryleigh hob die Hände, als wollte sie endgültig seinen Hals dazwischen zerquetschen. »Was haben Sie gegen sie in der Hand? Avalon kann nichts so Schlimmes getan haben, das sie zu so einer Vereinbarung bringen könnte.«

»Fragen Sie sie doch«, grinste er. »Ich werde es Ihnen ganz bestimmt nicht verraten. Und sie auch nicht – wenn sie klug ist. Was sie ist. Schließlich ist sie Christines Tochter.«

»Damit haben Sie zumindest zugegeben, dass Sie sie erpressen«, sagte Ryleigh. »Ich könnte Sie verhaften.«

»Zugegeben? Vor wem?« Er hob unschuldig die Augenbrauen. »Hier war niemand außer uns. Ihr Wort gegen meines. Und auch wenn Sie der Sheriff sind, es gibt keinen Beweis für eine Erpressung. Abgesehen davon«, er lächelte mit dem Charme einer Kobra, »dass auch das Avalon sofort in mein Bett treiben würde. Und das wollen Sie doch so lange wie möglich verhindern, oder nicht?«

»Sie widerwärtiges kleines Stinktier!«, fuhr Ryleigh ihn wutschnaubend an. »Ekeln Sie sich nicht manchmal vor sich selbst?«

»Oh, das habe ich mir abgewöhnt. Und Sie müssen zugeben, dass Avalon an meiner Seite ... wo auch immer, Tag und Nacht ... einen mehr als angenehmen Ausgleich dafür schafft.«

Eine Zornesader pochte auf Ryleighs Stirn. Sie fühlte sich wie in einem Käfig gefangen.

»Nun, Sheriff«, fragte Dunn in einem süffisant überlegenen Tonfall, »haben Sie sich entschieden? Bringen Sie mich jetzt um, oder darf ich weiter meinen Geschäften nachgehen? Ich hätte da nämlich noch einiges zu tun.«

Ryleigh starrte ihn an, zwang ihre zu Fäusten geballten Hände mit Gewalt zu sinken, dass ihre Muskeln an den Armen krampfhaft hervortraten, drehte sich um und verließ mit wutentbrannten Schritten das Lager.

Als sie die Außentür des Ladens schloss, hörte sie Dunn zufrieden hinter sich lachen.

»Avalon! Sag mir endlich, was los ist!« Wie ein Stier, der versuchte, das rote Tuch auf die Hörner zu nehmen, stürmte Ryleigh in Avalons Büro.

Avalon saß hinter ihrem Schreibtisch und blickte auf. Sie schien sich wieder gefangen zu haben. Es war nichts mehr davon zu erkennen, dass es noch gar nicht so lange her war, als sie sich im Café übergeben hatte. Sie hob die Augenbrauen. »Würdest du bitte die Tür schließen?«

Das war jedoch gar nicht nötig, denn in diesem Moment kam Molly Connors hereingekeucht. »Ms. Hadock, es tut mir so leid, ich war nur kurz –«

»Schon gut, Molly.« Avalon hob die Hand. »Der Sheriff und ich haben einen Termin. Bitte lassen Sie uns allein.«

Molly, erleichtert darüber, dass Avalon sie nicht wegen ihrer Unachtsamkeit in den Boden stampfte, ging schnell hinaus und zog die Tür hinter sich zu.

»Was soll das?«, fragte Avalon mit einem unwilligen Blick auf Ryleigh. »Warum erstürmst du mein Büro wie eine Barrikade? Hättest du nicht vorher anrufen können?«

»Weshalb? Damit du dich wieder rausreden oder verschwinden kannst?« Ryleigh ging auf Avalons Schreibtisch zu und beugte sich darüber. »Das lasse ich nicht mehr zu. Du sagst mir jetzt endlich, worum es hier geht. Ich war bei Dunn –«

»Was?« Avalon wurde blass.

»Ja, genau.« Ryleigh sah sie an. »Du hast Angst vor ihm. Vor nichts und niemandem hast du Angst, aber vor ihm. Das ist nicht nur Ekel.«

Avalons Mundwinkel zuckten. »Ist das so wichtig? Du willst im Grunde genommen doch gar nicht wissen, warum ich ihn heirate. Du willst es nur verhindern.«

»Da hast du verdammt Recht!« Ryleigh schlug direkt vor Avalons Nase mit der Faust auf den Tisch, dass ihre Papiere auf und nieder hüpften. »Du bist mir viel zu wichtig, als dass ich dich einfach so in dein Verderben rennen lasse! Und wenn ich dich festbinden, entführen, einsperren muss: Du wirst ihn nicht heiraten!«

Avalon saß da und starrte sie an, als ob direkt vor ihr eine Bombe eingeschlagen wäre.

»Du sagst ja gar nichts«, fuhr Ryleigh fort. »Wo bleibt dein *Das steht nicht zur Debatte?*«

Avalon schüttelte irritiert den Kopf, als müsste sie etwas abschütteln, das sich in ihrem Haar verfangen hatte. »Ich bin sprachlos«, sagte sie.

»Gut«, erwiderte Ryleigh und richtete sich auf. »Vielleicht können wir dann mal vernünftig reden.«

»Leigh ...« Avalon lehnte sich zurück und blickte ruhig zu Ryleigh auf. »Ich verstehe, dass das für dich schwer zu akzeptieren ist, aber ... es gibt nichts zu reden. Das hatten wir doch schon.«

»Vielleicht kann ich es akzeptieren, wenn ich weiß, worum es geht«, sagte Ryleigh, obwohl sie sehr daran zweifelte, dass es irgendetwas gab, das sie davon überzeugen würde, dass Akzeptieren möglich oder nötig war, »aber auf keinen Fall werde ich etwas akzeptieren, von dem ich noch nicht einmal weiß, was es ist.«

Avalon seufzte. »Was würde dir das bringen?« Sie stand auf und kam um den Tisch herum auf Ryleigh zu. »Denk an gestern, denk an alles, was wir hatten, seit wir uns kennen. Denk an unsere Träume. Das kann uns niemand nehmen, was immer auch passiert. Ich werde daran denken, wenn –« Sie schluckte. »Ich danke dir, dass du mir etwas gegeben hast, woran ich dann denken kann«, fügte sie leise hinzu. »Immer. Auch wenn du nicht mehr da bist.«

»Warum sollte ich nicht mehr da sein?« Ryleigh schaute erstaunt auf sie hinunter, wie sie so verloren vor ihr stand.

»Seien wir doch ehrlich.« Avalon holte tief Luft. »Du gehörst nicht hierher. Du bist ein Großstadtmensch.« Sie blickte zu Ryleigh auf. »Du wärst vielleicht meinetwegen geblieben, aber selbst das hätte auf die Dauer nicht gereicht. Du gehörst nach New York, zu all den vielen Gangstern, die du jagen kannst. Zusammen mit Chloe oder anderen. Ich werde nichts weiter als eine nette Erinnerung sein an ein Dorf namens Hadockville, in dem du mal für eine Zeit Station gemacht hast, Urlaub vom Big Apple in Maine, wenn du es so nennen willst.«

Ryleigh hatte ihr zugehört, während ihre Mundwinkel verdächtig zuckten, mehr und mehr, nun begann sie zu lachen, zog Avalon an sich und umarmte sie. »Schöne Ausrede, die du dir da ausgedacht hast! Aber so leicht wirst du mich nicht los.« Sie hielt Avalon auf Armlänge von sich weg. »Ich weiß, du willst es mir leichter machen. Nur ... selbst wenn das funktionieren würde, für dich würde es dadurch nicht leichter. Wie hast du dir das gedacht: Ich streue schnell noch Blumen bei deiner Hochzeit, und dann verschwinde ich? Überlasse dich deinem Schicksal? Mit Dunn? Nie im Leben!«

Avalon wandte sich abrupt von Ryleigh ab. »Leigh, bitte ... Es ist schon schwer genug. Warum musst du alles noch zusätzlich komplizieren? Vor ein paar Wochen kanntest du mich noch nicht einmal.«

»Aber jetzt kenne ich dich.« Ryleigh hauchte einen Kuss auf Avalons Haar, während sie sie von hinten umarmte. »Es hat sich alles geändert. Ich werde um dich kämpfen. Ob du willst oder nicht. Es sei denn, du sagst mir, dass du Dunn liebst und nicht ohne ihn leben kannst.«

Ein kleiner Ruck ging durch Avalons Körper. »Das ist albern. Das weißt du ganz genau.« Sie drehte sich zurück und schaute Ryleigh an. »Hör auf damit. Es nützt nichts. Es nützt nichts, wenn du es ins Lächerliche ziehst, dadurch wird es nicht besser und löst sich auch nicht in Luft auf. Und es nützt nichts –« Sie senkte den Blick. »Es nützt nichts, wenn du versuchst, um mich zu kämpfen. Ich bin es nicht wert.«

Ryleigh stutzte und blickte sie irritiert an. So eine Aussage hätte sie niemals von Avalon erwartet. Selbst wenn Dunn sie auf irgendeine Weise in der Hand hatte, das konnte doch ihr Selbstbewusstsein nicht derartig erschüttern. Dass sie nicht mehr wusste, wer sie war.

»Bist du verrückt geworden?« Sie legte einen Finger unter Avalons Kinn und hob es an. »Mein Gott, Ava ...« Entsetzt sah sie die Tränen in Avalons Augen, die langsam überliefen, ihre Wangen hinabrollten. »Oh, mein Schatz!« Sie nahm sie so fest in die Arme, wie sie konnte. »Nicht weinen. Es wird alles gut. Ich verspreche es. Was auch immer es ist, wir werden es besiegen, gemeinsam.«

»Selbst wenn du Dunn austricksen könntest«, wisperte Avalon mit erstickter Stimme, »das würde immer noch nichts daran ändern, was ich bin, was ich immer war. Ich könnte niemals –« Sie schluckte. »Es ist schon gut so, wie es ist. Ich habe es verdient. Das ist die gerechte Strafe.« Sie holte tief Luft. »Nein, sie ist nicht gerecht. Sie ist noch viel zu milde.«

»Du bist wirklich verrückt geworden«, sagte Ryleigh. Sie konnte nicht glauben, was sie da hörte.

»Warum musstest du auftauchen?«, wisperte Avalon. »Gerade jetzt. Warum musstest du mir zeigen, dass es eine Alternative gibt? Vorher wäre es nicht so schlimm gewesen.«

In Ryleigh stieg ein Verdacht auf. »Seit wann wolltest du Dunn heiraten?«

»Ich? Ich wollte ihn gar nicht –« Avalon schniefte etwas, und Ryleigh zog ein Taschentuch aus der Tasche und reichte es ihr. »Er kam zu mir an dem Tag, als ... na ja, als auch du es erfahren hast.«

»Warum nicht früher?«, fragte Ryleigh. »Hatte er vorher nichts gegen dich in der Hand?«

Avalon lachte hohl auf. »Doch. Schon seit fünfzehn Jahren.«

»Seit fünfzehn Jahren? Seit fünfzehn Jahren wusstest du –?«

»Nein.« Avalon schüttelte den Kopf. »Ich weiß es auch erst seit jenem Tag. Vorher hatte ich nur ... Träume.«

»Träume? Seit fünfzehn Jahren?«, fragte Ryleigh. Das schien ein merkwürdiger Zufall zu sein. Ausgerechnet fünfzehn Jahre. Alles drehte sich um diese fünfzehn Jahre. Um das, was vor fünfzehn Jahren passiert war.

»Ja. Ich wusste nicht, was sie bedeuten. Jetzt weiß ich es. Er hat es mir gesagt.« Avalon wirkte auf einmal wie eine Statue. »Er hat die Beweise. Und wenn ich ihn nicht heirate –«

»Beweise? Was für Beweise?« Ryleigh runzelte die Stirn. »Vor fünfzehn Jahren warst du noch ein Kind. Es kann nichts mit dir zu tun haben.«

Avalon verzog die Lippen. »Doch, es hat mit mir zu tun. So ein kleines Kind war ich nicht mehr. Ich war alt genug, um –« Sie brach ab.

Ryleigh schaute sie an. »Was für Beweise, Avalon?«, fragte sie eindringlich. »Beweise wofür?«

»Dafür, dass ich meinen Vater umgebracht habe«, sagte Avalon.

Auf einmal war es totenstill im Raum. Man hätte eine Stecknadel fallen hören können.

»Du? Deinen Vater? Aber das ... das ist doch völlig unmöglich!«, platzte es dann aus Ryleigh heraus. »Du hast ihn geliebt! Wie –?«

»Ich habe ihn erschossen. Ich war der ... *Einbrecher*.«

»Nein.« Ryleigh schüttelte ungläubig abwehrend den Kopf.

»Nein, nein, nein. Niemals. Das kannst du nicht getan haben. Wieso solltest du?«

Avalon hob unglücklich die Schultern. »Ich weiß es nicht. Ich erinnere mich nicht. So wie ich mich auch an alles andere bis vor kurzem nur schemenhaft erinnert habe. In Träumen, die mich gequält und gejagt haben. Denen ich nicht entkommen konnte. Obwohl ich nicht wusste, was sie bedeuteten.«

»Und jetzt erinnerst du dich an alles? Du weißt nur nicht, warum?«

»Ich weiß, dass ich meiner Mutter Unrecht getan habe. Sie wollte mich beschützen. Deshalb hat sie mich weggeschickt. Deshalb hat sie –« Sie biss sich auf die Zunge und sprach nicht weiter.

»Deshalb hat sie was?«

»Ach nichts«, entgegnete Avalon plötzlich auf eine verdächtige Art ruhig. »Reicht es dir nicht, dass ich eine Mörderin bin? Eine Vatermörderin?« Sie ging ans Fenster und schaute hinaus, den Rücken zu Ryleigh gewandt.

»Das glaube ich einfach nicht.« Ryleigh blieb stehen und betrachtete das Bild eines Mannes, das auf Avalons Schreibtisch stand. Es musste ein Bild ihres Vaters sein. Sie hatten dasselbe Kinn, denselben Mund, dieselbe Nase. Allerdings wirkten diese Merkmale bei Avalon wesentlich entschlossener als bei ihrem Vater.

»Wieso wird einem die Wahrheit oft so schwer geglaubt, während jeder mit Leichtigkeit eine Lüge akzeptiert?«, sagte Avalon leise.

Ryleigh starrte immer noch auf das Bild. »Wieso bist du auf einmal so sicher?«, fragte sie. »Du sagtest, deine Träume wären nur Schemen gewesen, fünfzehn Jahre lang. Und nun, mit einem Fingerschnippen von Dunn, weißt du alles ganz genau?«

»Er hat Beweise«, sagte Avalon. Ihre Stimme klang wie ein Tonband, das langsam zu leiern begann.

»Was für Beweise?«

Avalon schluckte. »Joe Mullally hat es gesehen. Er hat es aufgeschrieben.«

»Joe Mullally war in jener Nacht im Haus?«, fragte Ryleigh erstaunt.

Avalon drehte sich zu ihr um. »Er war öfter da. Wenn mein Vater nicht da war.« Ihre Augen wirkten wie Fenster, vor denen man die Jalousien heruntergelassen hat. Undurchdringlich. »Meine Mutter schickte mich immer ins Bett, wenn er kam.«

Ryleigh räusperte sich unbehaglich.

»Oh, du wusstest es schon?«, fragte Avalon mit hochgezogenen Augenbrauen.

»Sean O'Neill hat es mir gesagt. Joe hat es ihm wohl erzählt.«

»Das kann ich mir vorstellen!« Avalon lachte trocken auf. »Er hat sich wahrscheinlich vor allen seinen Kumpels damit gebrüstet.«

»Anscheinend nur vor Sean, seinem besten Freund. Sonst hat mir niemand etwas darüber gesagt«, erwiderte Ryleigh.

Avalon zuckte die Schultern. »Ist ja auch egal. Jedenfalls war er da, mein Vater kam unerwartet nach Hause, ich wachte auf, weil ich einen Riesenkrach hörte, Streit, Geschrei, die Stimme meiner Mutter, meines Vaters – und dann ist es passiert.«

Irritiert runzelte Ryleigh die Stirn. »Ich denke, du warst in deinem Zimmer?«

»Ja, war ich auch. Aber das Geschrei ... es klang so bedrohlich. Obwohl ich nie gesehen hatte, dass mein Vater auch nur einen Finger gegen meine Mutter hob, bekam ich Angst. Ich stand auf und lief über den Gang bis zum Schlafzimmer meiner Mutter. Die Tür stand offen, weil mein Vater hineingegangen war.«

»Und du hattest zufällig vorsichtshalber schon mal eine geladene Pistole mitgebracht – aus deiner Barbiepuppenkiste?«, fragte Ryleigh kopfschüttelnd.

»Nein, die Pistole war schon da.« Avalon runzelte die Stirn, als versuchte sie verzweifelt, sich zu erinnern. »Joe Mullally sagt, mein Vater hatte sie, Joe schlug sie ihm aus der Hand, sie fiel mir direkt vor die Füße, mein Vater ging auf meine Mutter los, sagte, er würde sie umbringen, würgte sie – ich hatte die Pistole aufgehoben ... und da habe ich geschossen.« Sie schloss die Augen, und als sie sie wieder öffnete, waren sie dunkel vor Schmerz. »Blut ... da war so viel Blut ... alles rot ... es lief aus ihm heraus ... Ich habe immer wieder von Rot geträumt, die ganzen Jahre ...« Ihre Augen wurden glasig.

Ryleigh sprang mit einem großen Satz auf sie zu, und als Avalon zusammenbrach, fing sie sie auf. Avalon hing in ihren Armen wie eine leblose Puppe. Sie hob sie hoch, ging auf die Wand zu, stieß mit einem Fuß die Tapetentür auf und brachte Avalon in das Zimmer dahinter, legte sie aufs Bett.

Besorgt schaute sie in ihr Gesicht, das selbst jetzt noch, da sie ohnmächtig war, verzerrt wirkte, gequält von einer Schuld, die sie seit so vielen Jahren mit sich herumtrug, die sie innerlich aufgefressen und für ihre Umwelt unerträglich gemacht hatte.

In einer Ecke des Zimmers war ein kleines Bad eingebaut. Ryleigh ging hinüber und tauchte einen Lappen in Wasser, kam zu Avalon zurück, fuhr ihr damit sanft über Stirn und Augen.

Es dauerte eine ganze Weile, bis die Lider zitterten, sich ein winziger Schlitz öffnete, der dann größer wurde, bis Avalon sie ansah. »Jetzt weißt du es«, sagte sie. »Warum bist du immer noch hier?«

»Das war ein Unfall, Ava«, erwiderte Ryleigh ernst. »Du hast deinen Vater nicht mit Absicht erschossen, nicht aus bösem Willen. Du warst ein Kind und wolltest deine Mutter beschützen. Ein furchtbares Unglück, aber doch kein Mord.«

»Joe Mullally hat es anders gesehen. Er sagt, es war kaltblütiger Mord. Ich hätte meinen Vater beschuldigt, mich ...«, Avalon schluckte, »mich missbraucht zu haben, und als er sich zu mir umdrehte, hätte ich mit Vergnügen abgedrückt. Sie hätten noch versucht, mich davon abzuhalten, aber ich hätte gesagt: *Dieses Schwein hat es verdient.*« Ihre Stimme brach. Sie wandte ihr Gesicht von Ryleigh ab.

Ryleigh brachte kein Wort heraus. Sie kannte all diese Geschichten aus New York, es war nichts Neues für sie, aber hier in Maine ... und Avalon ... in einer kleinen Stadt wie Hadockville ... Sie schluckte. »Du hast so warm von deinem Vater gesprochen, du hast ihn so geliebt ... Und er hat –«

»Ich kann es immer noch nicht glauben«, wisperte Avalon. »Ich kann mich nicht daran erinnern. Nicht ein einziges Mal hat mein Vater ... Ich weiß es nicht! Ich kann mich nicht erinnern!« Sie schlug die Hände vors Gesicht. »An gar nichts kann ich mich erinnern außer an das Blut. Aber es steht in Joe Mullallys Aussage. Dunn sagt, meine Mutter war froh, dass ich unter Gedächtnisverlust litt. Sie hoffte, dass ich das alles einfach vergessen würde, auch den Rest, und dadurch alles wieder gut wäre. Sie schickte mich weg, damit nichts hier die Erinnerung wieder hervorrufen konnte. Um mich zu schützen.«

»Aber du warst ein Kind!« Ryleigh fuhr ärgerlich auf. »Das alles hätte untersucht werden müssen, du hättest eine Therapie gebraucht, um diese furchtbaren Dinge zu verarbeiten. Vor Gericht hätte das Ganze zu einem ordentlichen Ende gebracht werden können. Um dich zu entlasten. Dann hättest du nicht fünfzehn Jahre unter Träumen gelitten, die du dir nicht erklären konntest.«

»Meine Mutter wollte mich dem allen nicht aussetzen, verstehst du das nicht?« Das Leben kehrte in Avalons Glieder zurück, und sie richtete sich auf.

»Oh ja ... deine liebevolle, besorgte Mutter, der nichts mehr am Herzen lag als dein Glück«, entgegnete Ryleigh sarkastisch. »Das kaufe ich nicht. Irgendetwas ist da faul.«

»Du willst es einfach nicht verstehen«, sagte Avalon.

»Was ich auf alle Fälle nicht verstehe, ist, wie Dunn dich damit erpressen kann.« Ryleigh hob fragend die Augenbrauen. »Ich würde ja noch verstehen, wenn du ihm Geld geben würdest, damit das alles nicht ans Licht kommt, aber dich selbst ... für immer? Es zulassen, dass er dein ganzes Leben zerstört, nicht nur deinen Körper, sondern auch deine Seele? Das ist es nicht wert.«

»Missbrauchte Kinder sind so«, entgegnete Avalon steif, glitt an Ryleigh vorbei vom Bett und stand auf. »Unsere Seele wurde schon als kleines Kind zerstört. Und unser Körper zu einem wertlosen Ding gemacht, das man einfach so benutzen kann. Das habe ich nachgelesen. Also –«, sie hob die Hände, »da ist nichts mehr zu zerstören. Warum sollte ich nicht die Ehre meiner Familie schützen? Mein Vater ein Kinderschänder, meine Mutter eine Ehebrecherin, die Tochter eine Mörderin ... ist es das wirklich nicht wert? Und außerdem –« Sie ging zum Waschbecken hinüber, ließ Wasser in ein Glas fließen und trank es aus, sprach aber nicht weiter.

»Außerdem?«, hakte Ryleigh nach.

»Außerdem bin ich die Erbin. Wenn ich meinen Vater umgebracht hätte, um dieses Erbe zu erhalten, kann mir das alles entzogen werden. *Hadock Enterprises*, Hadockville, alles, was meine Vorfahren aufgebaut haben, ginge den Bach runter. Und ich könnte nichts dagegen tun. Verstehst du denn nicht?« Avalon sah sie mit glühenden Augen an. »Ich habe die Verantwortung für das Erbe, für all diese Menschen, für ihr Wohlergehen, nicht nur für mein eigenes. Was ist es da schon, wenn ich, eine einzelne Person, einiges auf sich nimmt, um das ganze Gemeinwesen zu erhalten, die Arbeitsplätze, die Existenzgrundlage hunderter Familien? Wie kann ich sie einfach im Stich lassen, wegen eines Fehlers, den *ich* als Kind gemacht habe?« Sie trank noch ein Glas Wasser. »Dafür hat sie Mullally nicht umgebracht«, setzte sie murmelnd hinzu.

»Wer?« Ryleigh riss die Augen auf. »Wer hat Mullally umgebracht?« Das war schließlich die Ausgangsfrage gewesen, die zu all dem hier geführt hatte.

Avalon atmete tief durch. »Du kannst ihr nichts mehr tun, also kann ich es auch sagen. Nachdem du nun alles andere schon weißt, macht es auch keinen Unterschied mehr. Meine Mutter. Meine Mutter hat ihn umgebracht. Mit derselben Pistole, mit der ich meinen Vater umgebracht habe. Da ist der Sheriff wohl misstrauisch geworden, als er die Kugeln vergleichen ließ, überhaupt, dass da eine Kugel war, nicht nur ein durch einen Unfall verbrannter Leichnam, aber meine Mutter hat es ihm ... ausgeredet. Auf ihre Art. Seine Lippen sind versiegelt.« Sie verzog schief die Lippen. »Und jetzt kannst du zu Lynn gehen und es ihr sagen. Sie wird begeistert sein. Sie hatte Recht.«

»Woher weißt du, dass es deine Mutter war?«, fragte Ryleigh. »Warst du dabei?«

»Nein, natürlich nicht. Dunn hat es mir gesagt. Er hat sie wohl verfolgt, als sie sich mit Mullally im Sägewerk traf. Mullally hat sie erpresst. Was auch sonst? Es war eine Goldgrube für ihn. Es gab wohl einen Streit, die Pistole ging los ... Danach hat meine Mutter das Sägewerk in Brand gesetzt, um alles zu vertuschen. Um mich zu schützen.«

»Davon gehst du nicht ab, hm?« Ryleigh musterte sie.

»Warum sollte ich?«, erwiderte Avalon. »Es ist das einzig Gute, das meine Mutter für mich getan hat. Ich werde ihr immer dankbar sein.«

»Dafür, dass sie dich in Dunns Arme treibt?«

Avalon schauderte. »Es gibt keine andere Lösung. Nur, wenn er den Mund hält, kann alles so bleiben, wie es ist. Meine Mutter gab ihm die Aktien, um sein Schweigen zu erkaufen, und ich – ich habe nur mich. Er will nichts anderes. Ich habe es ihm angeboten.«

»Aber wenn ich ihn ausschalte –«

»Selbst wenn du ihn umbringst –« Avalon schüttelte den Kopf. »Er hat für alles vorgesorgt. Alle Informationen sind offenbar sicher hinterlegt, und sie werden veröffentlicht, wenn er es befiehlt – oder wenn er stirbt. Ich sagte ja, es gibt keinen Ausweg. Außer natürlich –«, sie schaute Ryleigh fast neugierig an, »du verhaftest mich jetzt, wegen des Mordes an meinem Vater. Der ist ja wohl noch nicht verjährt.«

»Mord verjährt nie«, sagte Ryleigh. »Aber ich glaube nicht, dass es das war. Irgendetwas ist da mehr als faul.«

Avalon kam auf sie zu. Sie schluckte, als sie vor Ryleigh stehenblieb. »Es ist nett von dir, dass du mich beschützen willst. Und wenn es nur um mich ginge ... Aber es geht nicht nur um mich, es geht um das Unternehmen, die ganze Stadt, die Ehre meiner Familie. Ich kann das nicht gefährden. Ich bin schuld daran, dass es so ist, wie es ist, und ich muss dafür büßen. Das ist nur gerecht.«

»Du hast eine merkwürdige Auffassung von Gerechtigkeit.« Ryleigh hob eine Hand und streichelte sanft ihre Wange. »Was ist mit Dunn? Er ist derjenige, der am meisten von dem allen profitiert hat. Und in Zukunft profitieren wird. Ohne dass er irgendetwas dazu beigetragen hat, diesen Profit zu verdienen. Ist das gerecht?«

Avalon zuckte die Schultern. »Ich kann es nicht ändern. Ich muss mich damit abfinden. Und du auch. Es sei denn, du willst alles zerstören, was mir etwas bedeutet. Willst du das?« Sie schaute Ryleigh ernst an. »Vielleicht musst du es tun. Als Sheriff. Bist du da nicht irgendwie verpflichtet, alle Verbrechen zu verfolgen, ohne Ansehen der Person?«

»Wenn es ein Verbrechen gibt – und eine noch lebende Person, die es verübt hat«, nickte Ryleigh. »Aber der einzige, auf den diese Beschreibung zutrifft, ist Dunn. Und ihn könnte ich nur verfolgen, wenn du mir dabei hilfst, Anzeige erstattest, eine Aussage machst. Was du nicht tun wirst. Also sind mir die Hände gebunden. Was auch immer vor fünfzehn Jahren passiert ist, erscheint mir immer noch schleierhaft.«

»Aber ich habe dir doch erzählt –«

»Ja, hast du«, sagte Ryleigh. »Aber du hast mir auch erzählt, dass du dich im Prinzip an nichts erinnern kannst. Du glaubst es, weil du es in Joe Mullallys Aussage gelesen hast, weil Dunn es dir bestätigt hat. Aber du wirst mir ja wohl wenigstens darin zustimmen, dass die Wahrheit und Dunn nicht unbedingt verwandt sind.«

»Ich erinnere mich an das Blut«, sagte Avalon mit toter Stimme. »Seit fünfzehn Jahren erinnere ich mich daran. Ich war da.«

»Ja«, sagte Ryleigh. »Das glaube ich auch. Du warst da.«

»Leigh ...« Avalon legte eine Hand in ihren Nacken. »Lass uns das alles vergessen, bitte. Küss mich.«

Ryleigh beugte sich zu ihr hinunter und tat ihr den Gefallen. Aber so sehr sie Avalons Gegenwart normalerweise in Erregung versetzte, sie konnte sich nicht darauf konzentrieren. In ihrem Kopf versuchten wie in einem Kaleidoskop Puzzleteilchen den Weg zueinander zu finden.

»Bitte, Leigh ...«, flüsterte Avalon an ihrem Mund. »Hilf mir, das alles zu vergessen.« Sie zog Ryleigh mit sich aufs Bett hinunter. »Hilf mir.«

Ryleigh folgte ihr, lag neben ihr, streichelte sie gedankenverloren, während Avalon begann, sie auszuziehen, sich ihren Hals hinunterküsste.

Ryleigh war nicht bei der Sache. Sie ließ Avalon machen, aber sie beteiligte sich nicht. »Ja, ich werde dir helfen«, sagte sie plötzlich und sprang auf, ließ Avalon völlig verblüfft auf dem Bett zurück. Sie stopfte ihr Hemd in die Hose und knöpfte es zu, während sie schon auf dem Weg nach draußen war.

»Leigh!«

»Schon gut. Mach dir keine Sorgen.« Sie drehte sich um und warf einen Blick auf Avalon zurück, die immer noch auf dem Bett lag. »Es wird alles gut. Das habe ich dir versprochen, und das halte ich auch.«

Schnell glitt sie durch die Tapetentür hinaus.

»Wo ist Lynn?«, fragte sie kurze Zeit später Elaine im Café. »Hast du sie gesehen?«

Elaine musterte sie von oben bis unten. »Wie siehst du denn aus?«

»Was? Das ist nicht wichtig.« Ryleigh runzelte unwillig die Stirn.

»Na ja, weißt du ...« Elaine schmunzelte. »Mir ist klar, Avalon und du seid ein heißes Team, aber du könntest dich wenigstens richtig anziehen, wenn du aus ihrem Bett kommst.«

Ryleigh schaute an sich hinunter. Ihre Knöpfe waren schief zugeknöpft, und aus ihrem Hosenstall lugte eine Ecke des Uniformhemdes, weil er aufstand. Ihr war gar nicht bewusst gewesen, dass Avalon mit ihren Bemühungen schon so weit unten angekommen war.

Sie stopfte es schnell hinein und zog den Reißverschluss hoch. »Es ist nicht so, wie du denkst«, sagte sie.

»Ich betreibe ein Café«, sagte Elaine. »Ich habe es mir abgewöhnt zu denken. Ich sehe nur.« Sie hob die Hand. »Und da wir gerade davon sprechen: Da kommt Lynn.«

Lynn betrat das Café, kam auf die Theke zu und sah Ryleigh an.

»Dich habe ich gesucht«, sagte Ryleigh.

»Ach ja? Warum?« Lynn glitt auf einen Barhocker. »Ich sterbe vor Hunger, Elaine. Gibst du mir was?«

Elaine nickte. »Was willst du?«

»Irgendwas.« Lynn seufzte. »Ich hatte ein Vorstellungsgespräch mit einer Anwaltskanzlei in Boston und bin gerade erst zurückgekommen. Ich war den ganzen Tag unterwegs.«

»Und?«, fragte Elaine. »Wie ist es gelaufen?«

»Gut, glaube ich«, nickte Lynn. »Sie wollen mich unbedingt haben. Meine Zeugnisse haben sie anscheinend schwer beeindruckt.« Sie lächelte müde.

»Du bist bestimmt sehr gut«, sagte Elaine. »Ich habe Lasagne gemacht. Ich hole dir eine Portion.«

»Warum hast du mich gesucht?«, fragte Lynn Ryleigh.

»Dein Vater ...«, setzte Ryleigh an.

Lynn richtete sich sofort auf. »Du weißt etwas Neues?«

»Ja und nein«, sagte Ryleigh. »Ich bin noch nicht so ganz sicher. Deshalb brauche ich eine Auskunft von dir.«

Lynn hob etwas resigniert die Arme. »Ich habe dir alles gesagt, was ich weiß.«

»Ja, sicher.« Ryleigh nickte ungeduldig. »Aber versuch dich doch noch mal zu erinnern. Dein Vater hatte wirklich nie etwas mit Dunn zu tun? Hast du die beiden nie zusammen gesehen?«

»Ich sagte doch, mein Vater hat sich nichts von ihm geliehen«, entgegnete Lynn verärgert.

»Das meinte ich nicht. Dein Vater hat vielleicht nichts von Dunn bekommen, aber hat er ihm etwas gegeben? Papiere? Einen

Umschlag vielleicht?«

»Einen Umschlag?« Lynn wirkte überrascht. »Warum sollte er ihm einen Umschlag geben?«

»Kann ich dir nicht sagen«, erwiderte Ryleigh. »Ich will nur wissen, ob du vielleicht so etwas gesehen hast. Vielleicht hat dein Vater auch darüber gesprochen, dass er sich mit Dunn treffen wollte.«

»Bestimmt nicht.« Lynn machte ein hohles Geräusch. »Er hat immer nur über ihn geschimpft.«

»Schade.« Ryleigh fuhr sich mit einem Finger übers Kinn. »Wenn ich genau wüsste, dass er ihm nichts gegeben hat –«

»Doch.« Plötzlich öffneten sich Lynns Augen in überraschter Erkenntnis. »Er muss ihm etwas gegeben haben. Meine Mutter hat ihn dafür getadelt. Ich habe das Gespräch zufällig gehört, konnte aber nichts damit anfangen. Sie sagte, dass es immer ein Fehler wäre, sich mit Dunn einzulassen, egal, auf welche Art. Und mein Vater lachte und sagte, dass es keinen besseren Tresor gäbe als den, den Dunn hat. Keiner könnte ihn knacken. In keiner Bank wären die Sachen so sicher. Nicht mal die Hadocks kämen da ran.«

»Also hat er ihm tatsächlich etwas gegeben«, murmelte Ryleigh. Sie hatte sich der Hoffnung hingegeben, dass Dunn das alles nur erfunden hatte, dass er die Aussage von Joe Mullally gefälscht hatte, um Avalon zu erpressen. Dann hätte sie, Ryleigh, vielleicht etwas machen können. Aber wenn die Aussage wirklich existierte, wenn sie echt war ... »Danke, Lynn«, sagte sie. »Das wollte ich nur wissen.« Sie drehte sich um und verließ das Café.

Als sie gerade die Straße überquerte, vibrierte ihr Handy in ihrer Tasche. Sie zog es heraus und hob ab.

»Brad!« Sie war sehr erstaunt, Brads Stimme zu hören.

»Tja, wenn der Prophet nicht zum Berg kommt, muss der Berg eben zum Propheten kommen!«, lachte Brad. »Ich dachte, es interessiert dich vielleicht, dass Hanks Vater hier aufgetaucht ist, sturzbetrunken und die Taschen voller Geld.«

»Was?« Ryleigh blieb mitten auf der Straße stehen.

Zwischenzeitlich hatte sie tatsächlich angenommen, Sean O'Neill könnte tot sein, weil er nicht mehr aufgetaucht war. Sie war sogar schon nahe daran gewesen, Avalons Mine aufgraben zu lassen. Obwohl sie nicht davon ausgegangen war, dass Avalon die

Mine gesprengt hätte, wenn sie jemanden darin vermutete, traute sie Dunn zu, dass er Sean O'Neill umgebracht und Avalon dafür benutzt hatte, die Leiche verschwinden zu lassen. Ohne ihr Wissen.

»Na, das ist ja eine Überraschung«, sagte sie.

»Und für Hank erst«, erwiderte Brad. »Ich hätte dem Kerl ja am liebsten eine verpasst«, seine Zähne knirschten durch die Leitung, »aber Hank hängt an ihm und sagt, es war alles nur ein Missverständnis.«

»Apropos Hank ...« Ryleigh erinnerte sich an etwas. »Pacey beklagt sich, dass er sie nicht anruft. Könntest du ihm sagen, das soll er mal tun?«

»Oh-oh.« Brad klang skeptisch. »Du sagst ihr besser, sie soll Hank vergessen.«

»Er hat eine neue Freundin?«

Brad lachte. »Er ist ein attraktiver Junge. Er hat jede Woche eine neue. Er genießt die Großstadt.«

»Das dachte ich mir schon.« Ryleigh seufzte. »Wie bringe ich das nur Pacey bei?«

»Gibt es denn da bei euch im Wald außer Bären nicht auch ein paar attraktive Jungs?«, fragte Brad.

Ryleigh musste lachen. »Ich habe immer noch nicht einen einzigen Bären gesehen. Aber jeder versichert mir, dass es hier tatsächlich welche gibt. Pacey ...« Sie seufzte erneut. »Sie hängt wahnsinnig an Hank, hat ihn immer gegen ihre Großmutter verteidigt, und eigentlich verdankt er meinen Einsatz, ihn zu dir nach New York zu bringen, auch ihr. Ein bisschen Dankbarkeit könnte er schon zeigen.«

»Er ist siebzehn«, sagte Brad.

»Ja, schon gut, ich sage nichts mehr.« Ryleigh rollte die Augen. »Wenigstens könnte er sie anrufen und ihr sagen, dass sie nicht mehr auf ihn warten soll.«

»Ich werd's versuchen«, sagte Brad. »Aber wenn ich da so an meine Jungs denke ...« Er machte eine kleine Pause. »Wie geht's dir denn sonst so?«, fragte er dann.

»Oh, gut ... gut. Chloe ist hier.«

»Chloe?« Brad schüttelte hörbar den Kopf. »Hat sie dir nicht schon genug angetan?«

»Sie hat mir ein bisschen geholfen bei einem Fall hier. Den, in den auch Sean O'Neill verwickelt ist. Irgendwie. Oder auch nicht. Ist nicht so ganz klar. Vielleicht – wenn er wieder nüchtern ist, kannst du ihn ja dazu befragen. Er hat mir mal etwas von Papieren erzählt, die sein Freund Joe Mullally hatte. In betrunkenem Zustand konnte er sich nur vage daran erinnern. Ohne Alkohol kommt vielleicht mehr dabei raus.«

»Ich sage Hank, er soll sich darum kümmern. Sein Vater weiß, dass ich ihn nicht mag. Außerdem würde er Hank wohl mehr sagen als einem Fremden.«

»Kann sein.« Ryleigh nickte. »Meld dich, wenn du etwas erfährst. Würde mich sehr interessieren. Ich dachte, ich hätte eine Idee, aber leider – hat die sich in Luft aufgelöst.«

»Ja, so ist das manchmal mit Ideen.« Brad kannte sich da aus. »Ist Sean wegen irgendwas verdächtig?«

»Nein, nein«, sagte Ryleigh. »Er ist nur ein Zeuge. Vielleicht.«

»Schade«, knurrte Brad. »Ich würde ihn gern mal eine Weile im Kittchen verschwinden sehen.«

»Nach allem, was ich höre, soll er gar kein so übler Kerl sein, wenn er nicht trinkt«, sagte Ryleigh. »Aber im Grunde genommen geht mich das nichts an. Und ich kann es auch nicht beurteilen. Immer, wenn ich ihn gesehen habe, war er betrunken.«

»Er soll nur Hank in Ruhe lassen«, bemerkte Brad in drohendem Tonfall. »Sonst finde ich einen Grund, ihn einzubuchten.«

»Du magst den Jungen wohl ziemlich gern?« Ryleigh grinste.

»Ach, er ist in Ordnung, kommt gut mit meinen Jungs klar, arbeitet ordentlich, zahlt seine Schulden ab ... Ich denke, er wird schon im Leben zurechtkommen.« Brad klang wirklich zufrieden.

»Mit einem Ersatzvater wie dir auf jeden Fall«, erwiderte Ryleigh warm. »Mich hast du ja auch gerettet.«

»So schlimm warst du gar nicht«, wehrte Brad ab. »Bist nur in schlechte Gesellschaft geraten. Kann jedem passieren.«

»Auf jeden Fall war es das Beste, was mir je passiert ist, dass du mich verhaftet hast.« Ryleigh lachte leicht. »Klingt komisch, aber es ist wahr.«

»Ladendiebstahl ist kein Schwerverbrechen«, wiegelte Brad ab. »Ich habe sofort gesehen, dass mehr in dir steckt.«

»Ich dachte damals, es ist ein bequemer Weg, seinen Lebensunterhalt zu verdienen. Hättest du mich nicht verhaftet und mir den

Kopf zurechtgesetzt, während ich im Bau saß, hätte ich das vielleicht zu meinem Beruf gemacht.« Ryleigh wusste sehr genau, was sie Brad zu verdanken hatte, und wollte ihn das nicht bestreiten lassen.

Für eine Sekunde war es still in der Leitung. »Ich wollte eigentlich nichts sagen«, begann Brad dann irgendwie vorsichtig, »aber jetzt tue ich es doch. Es wäre besser, wenn Chloe nicht zurückkommt.«

Ryleigh runzelte die Stirn. »Sie freut sich schon darauf, ihre Marke wiederzubekommen«, sagte sie. »Sie sagte, sie stände kurz davor.«

»Sagt sie das?« Brads Stimme klang auf einmal kühl. Er hatte Chloe nie leiden können, schon gar nicht, wenn er sah, wie sie Ryleigh behandelte.

»Also ist es nicht so?«, fragte Ryleigh.

Brad schnalzte mit der Zunge. »Ich würde sagen, wenn sie zurückkommt, bekommt sie schon etwas Glitzerndes – aber um die Handgelenke.«

»Oh.« Ryleigh war überrascht. Bisher hatte sie immer erlebt, dass Chloe sich überall hindurchmanövrierte.

»Ja«, sagte Brad. »Du weißt, dass ich nie daran geglaubt habe, was dir vorgeworfen wurde. Auch wenn du mir nichts darüber sagen wolltest. Trotzig wie ein kleines Kind. Ts, ts.« Er holte Luft. »Ich wusste immer, dass Chloe dahintersteckt und du sie nur geschützt hast. In deinem falschen Verständnis von Loyalität.«

»Musst du gerade sagen«, warf Ryleigh ein. »Du hättest mich einfach fallenlassen können.«

»Das ist etwas anderes«, behauptete Brad. »Du warst unschuldig. Sie nicht.«

»Die Beweise sprachen dagegen«, sagte Ryleigh.

»Solange sie niemand in Frage gestellt hat.« Brad schnalzte erneut. »Aber der Captain und ich haben sie in Frage gestellt. Sie hat nie gewollt, dass du gehst.«

»Sie wollte meine Kündigung nicht annehmen«, sagte Ryleigh.

»Eben.« Brad atmete hörbar. »Aber du musstest dich ja unbedingt durchsetzen. Wie ein trotziges kleines Kind, sag ich ja.«

»Hör auf damit, Brad, ich bin kein Kind mehr.«

»Äußerlich nicht«, erwiderte Brad launig. Er liebte es, Ryleigh aufzuziehen. »Also langer Rede, kurzer Sinn: Es ist ein glaubwürdiger Zeuge aufgetaucht, der alles gesehen hat. Sobald die Sache vom Staatsanwalt bestätigt worden ist, kannst du deine goldene Marke wiederhaben. Und Chloe geht ins Gefängnis.«

»Wenn sie aus ihrem Urlaub zurückkommt«, ergänzte Ryleigh.

»Ja, *wenn* sie zurückkommt. Natürlich hätte ich dir das eigentlich gar nicht sagen dürfen, aber nun habe ich es eben getan. Ich weiß, dass du ... dass du sie mal sehr gemocht hast. Und wenn sie jetzt bei dir ist –«

»Oh nein, so ist es nicht!« Ryleigh unterbrach ihn. »So ist es auf gar keinen Fall! Sie ist hier einfach aus dem Blauen aufgetaucht und wollte – Tja, ich weiß eigentlich gar nicht so genau, was sie wollte. Jedenfalls habe ich alle ihre Angebote abgelehnt. Bis auf das, mir bei dem Fall zu helfen. Sie war schließlich mal eine gute Polizistin.«

»Nie so gut wie du«, sagte Brad. »Nicht halb so gut. Als wir keine Partner mehr waren, du und ich, und du sie als Partnerin bekamst, habe ich mir Sorgen gemacht. Eure gemeinsamen Erfolge waren hauptsächlich deine.«

»Lass uns nicht darüber streiten, Brad. Ich weiß, was sie getan hat, und ich habe sie gedeckt. Das macht mich auch nicht gerade zu einer Top-Kandidatin für den Preis *Beste Polizistin des Jahres*.«

»Das macht dich zu jemandem, der eine sehr altmodische Vorstellung von Ehre hat«, sagte Brad. »Willkommen im Klub.« Er räusperte sich. »Und übrigens gehört der Captain auch dazu. Sie hat angedroht, ihren eigenen Abschied einzureichen, wenn sie sich weigern, dich aufgrund der neuen Beweislage zu rehabilitieren. Sie rechnet damit, dass du zurückkommst.«

Ryleigh atmete tief durch.

»Gibt es da irgendein Problem?«, fragte Brad. »Du willst doch nicht wirklich den Rest deines Lebens da oben im Wald verbringen?«

»Es gibt hier auch noch andere Dinge als Wald«, sagte Ryleigh.

»Aha«, sagte Brad. »Und da Chloe es nicht ist, ist es wohl eine Dorfschönheit, die dich da oben hält.«

»Das trifft es nicht ganz«, sagte Ryleigh. »Sie ist gerade dabei zu heiraten. Nicht mich.« Sie lächelte. »Aber schön ist sie, das ist wahr.«

»Aber wenn sie heiratet ...«

»Ja, genau ... *wenn* sie heiratet. Da gibt es nämlich noch so einiges zu klären. Sie tut es nicht freiwillig.«

»Wie bitte?« Brad klang alarmiert wie eine Feuerwehrsirene. »Das gibt es heute doch gar nicht mehr. Nicht bei uns in Amerika.«

»Habe ich auch geglaubt. Bis vor kurzem«, sagte Ryleigh. »Aber es gibt Umstände ...«

»Oh, sie ist schwanger?« Das schien Brad zu verstehen.

»Noch nicht«, sagte Ryleigh. Sie fühlte, wie ihre Muskeln sich verkrampften. Wie waren sie nur auf dieses Thema gekommen? »Aber darum geht es. Dieser Mann erpresst sie, ihn zu heiraten und Kinder von ihm zu bekommen. Auf jeden Fall einen Sohn.«

»Du nimmst mich auf den Arm. Wie kann man eine Frau dazu erpressen? Und warum tust du nichts dagegen? Du bist der Sheriff, soweit ich mich erinnere.«

»Ich kann nichts dagegen tun, wenn sie es nicht will«, sagte Ryleigh, und langsam wurde ihr kalt bei der Vorstellung. »Du weißt, wie es ist. Sie muss Anzeige erstatten, eine Aussage machen. Wenn sie das nicht tut –«

»Wer ist dieser Kerl?«, fragte Brad mit seiner autoritärsten Polizistenstimme. »Jemand, der so etwas tut, ist doch bestimmt im System. Der tut das nicht zum ersten Mal.«

Ryleigh wiegte zweifelnd den Kopf. »Ich weiß nicht, Brad. Er ist ein Kredithai, aber nichts Illegales, soweit ich das beurteilen kann. Die Leute kommen freiwillig zu ihm. Er zwingt sie nicht dazu. Und er scheint auch keine Schläger zu beschäftigen, die seinen *Kunden* die Beine brechen, wenn sie nicht zahlen. Die Leute hier sind ... nun ja, sie zahlen ihre Schulden von selbst, man muss sie nicht zwingen.«

»Das reine Paradies«, bemerkte Brad sarkastisch. »Für Kriminelle.«

»Es gibt nicht viel Kriminalität hier«, sagte Ryleigh. »Aber selbst wenn ich ihm etwas nachweisen könnte, das würde nichts an der Tatsache ändern, dass sie ihn heiraten muss. Er hat etwas gegen sie in der Hand, das sich nicht einfach so aus der Welt schaffen lässt.«

»Und du willst mir nicht sagen, was es ist«, stellte Brad fest.

»Das möchte ich lieber nicht tun«, sagte Ryleigh. »Es ist etwas sehr ... Persönliches.«

»Oh-oh«, machte Brad. »Das erinnert mich doch an was.«

»Nein, es ist nicht wie mit Chloe«, wehrte sich Ryleigh sofort. »Es ist ganz anders. Sie hat nichts getan. Ich bin überzeugt davon, dass sie nichts getan hat. Sie denkt das zwar, aber –«

»Sie denkt es?«

»Lange Geschichte«, sagte Ryleigh. »Ein Teil davon ist Sean O'Neill. Wenn du was aus ihm rauskriegen könntest . . .«

»Okay«, sagte Brad. »Wenn du nicht willst, dass ich dir darüber hinaus helfe, kann ich dich nicht dazu zwingen. Aber sag mir Bescheid, wenn ich irgendetwas für dich tun kann.«

»Immer«, erwiderte Ryleigh dankbar. »Ich melde mich. Versprochen.« Sie legte auf, drehte auf dem Absatz um und ging ins Hotel.

»He«, begrüßte Chloe sie überrascht, als sie ihr die Tür öffnete. »Hast du es dir anders überlegt?« Sie schien hocherfreut.

»Du musst dir ganz schnell was überlegen«, schnitt Ryleigh ihr jedes weitere Wort ab, »und hier verschwinden.«

Chloe hob fragend die Augenbrauen. »Der Sheriff verweist mich der Stadt?«

»Nein«, sagte Ryleigh. »Aber du darfst nicht mehr nach New York zurückkehren. Und da Brad nun weiß, dass du hier bist –«

»Brad? Was hat denn dein großer Übervater damit zu tun?« Chloe verzog abschätzig die Mundwinkel. »Mischt er sich immer noch ein?«

»Diesmal kannst du nur darüber froh sein«, sagte Ryleigh. »Dein Kartenhaus ist zusammengebrochen. Wenn du zurückkommst, wirst du verhaftet. Das hat er mir gerade am Telefon gesagt. Niemand außer ihm weiß bis jetzt, dass du hier bist, und mich hat auch noch niemand offiziell informiert. Also hast du noch eine Chance.«

»Du lässt mich einfach so laufen? Was ist, wenn in deinem Büro schon ein Haftbefehl für mich liegt?«

»Ich bin nicht in meinem Büro.« Ryleigh wies auf Chloes Koffer. »Am besten, du packst gleich und haust ab. Sollte ich den Haftbefehl irgendwann finden, muss ich ihm Folge leisten.«

»Verdammt.« Chloe fuhr sich durch die Haare. »Was soll ich jetzt tun?«

»Hast du keinen Notfallplan?«, fragte Ryleigh. »Bist du davon ausgegangen, dass immer alles glatt geht?«

»Ja. Ja, irgendwie schon.« Chloe ließ sich aufs Bett fallen. Zum ersten Mal sah Ryleigh sie wirklich ratlos.

»Oh Mann, Chloe ...« Ryleigh legte den Kopf in den Nacken.

»Ich weiß.« Chloe sah sie an. »Du hattest immer einen Plan. Aber ich bin nun mal nicht so. Ich lasse die Dinge auf mich zukommen.«

»Bis sie dich überrollen«, seufzte Ryleigh. »Aber ich kann mich jetzt wirklich nicht darum kümmern, wie du wieder mal deinen Kopf aus der Schlinge ziehst. Ich muss etwas finden, um Dunn außer Gefecht zu setzen. Sonst ist Avalon verloren.«

»Du hast etwas Neues erfahren?« Chloe schien auf einmal gar nicht mehr so sehr an einem Plan interessiert.

»Ja. Aber es stimmt nicht. Es kann einfach nicht stimmen. Trotzdem will sie ihn deshalb heiraten und ihr Leben wegwerfen. Wenn ich doch nur diese Papiere hätte ...« Sie biss sich auf die Lippe.

»Papiere? Was für Papiere?«, fragte Chloe.

»Ach, Papiere, die Avalon angeblich belasten. Deswegen heiratet sie ihn. Weil alles den Bach runterginge, wenn sie es nicht täte. Ohne diese Papiere könnte er sie nicht festnageln.«

»Na ja, nageln will er sie auf jeden Fall.« Chloe grinste. »Scheint ein Volkssport hier zu sein.«

Ryleigh zog die Augenbrauen zusammen. »Du bist nah daran, dass ich dich teeren und federn lasse und eigenhändig aus der Stadt hinausschleife – an der Stoßstange meines Streifenwagens.«

»Wo hat er die Papiere denn?«, fragte Chloe, ohne darauf einzugehen. »Kann doch nicht so schwierig sein, sie zu besorgen.«

»Das denkst du.« Ryleigh kaute immer noch auf ihrer Unterlippe. »Ich habe da so einen Verdacht. Lynn sagte, ihr Vater hätte gemeint, Dunn hätte den besten Tresor der Welt. Wo noch nicht einmal die Hadocks etwas finden könnten.«

»Ein Tresor? Einen Tresor kann man knacken«, sagte Chloe. »Wenn man die richtigen Leute und die richtige Ausrüstung hat ...«

»Das findet man hier ja auch an jeder Ecke«, brummte Ryleigh. »Avalon meinte, er hat die Sachen sicher versteckt, er kann sie jederzeit veröffentlichen lassen – und wenn er tot ist, werden sie automatisch veröffentlicht. Also muss noch jemand seine Hand im Spiel haben.«

»Hm«, sagte Chloe. »Ich war ja bei ihm im Laden –«

»Ich auch«, sagte Ryleigh. »So dumm wird er ja wohl nicht sein.«

»Ich bitte dich«, sagte Chloe. »Weshalb haben wir so viele Leute geschnappt? Weil sie dumm waren. Obwohl sie sich selbst nicht dafür hielten.«

»Das ist wahr. Aber Dunn betreibt das Spiel schon so lange. Ihn hat nie jemand erwischt. Er ist wirklich schlau.«

»Er kann nicht schlauer sein als wir«, meinte Chloe überzeugt. »Da, wo die Hadocks es nicht finden können ...«, wiederholte sie nachdenklich. »Wo könnte das sein?«

Ryleigh hob ratlos die Hände. »Überall und nirgends. Papiere sind leicht zu verstecken.«

»Ja, das sind sie.« Chloe runzelte die Stirn.

Ryleigh holte tief Luft. »Ich würde sagen, das ist nicht dein Problem. Sieh zu, dass du über die Grenze nach Kanada kommst. Da bist du erst mal in Sicherheit.«

Chloe lächelte. »Immer einen Plan in petto. Das bist du.«

»Kanada ist um die Ecke. Das kann man kaum einen Plan nennen«, sagte Ryleigh. »Ich würde jedenfalls nicht mehr allzu lange warten. Ich weiß nicht, wie lange Brad den Mund hält. Er ist nicht gerade dein Freund. Und als Polizist ist er dazu verpflichtet –«

»Das weiß ich«, unterbrach Chloe sie. »Bin ja schließlich selbst eine – gewesen, muss ich jetzt wohl sagen.« Sie verzog das Gesicht und begab sich ans Packen.

Ryleigh verließ das Hotelzimmer, um ins Café zurückzugehen. Sie musste nachdenken. Nachdenken. *Da, wo die Hadocks es nicht finden können ...*

Sie zermarterte sich das Gehirn, aber ihr fiel nichts ein. Avalon hatte nichts erwähnt, das sie auch nur im geringsten weiterbrachte. Avalon ... Ryleigh dachte an sie, sie schloss die Augen, Avalons Duft schien ihr in die Nase zu steigen. Sie sog ihn tief ein.

»Du warst bei Chloe?«, fragte Avalons Stimme.

Ryleigh riss die Augen auf. »Wie kommst du darauf?«, fragte sie verdattert.

»Ich wollte zu dir, war fast schon an deinem Zimmer, da sah ich dich aus ihrem Zimmer kommen«, sagte Avalon. Sie stand einfach nur vor Ryleighs Tisch und tat nichts.

»Es war nicht das, wonach es aussah«, sagte Ryleigh.

Avalon zuckte die Schultern. »Es hat keine Bedeutung. Wieso solltest du dich zurückhalten, wenn ich Dunn heirate? Du hast jedes Recht, dich anderweitig umzuschauen. Ich begrüße das sogar. Denn ich ...«, sie schluckte, »werde wohl bald nicht mehr zur Verfügung stehen. Du solltest mir nicht nachtrauern.«

»Lass uns nach Kanada gehen«, sagte Ryleigh.

»Was?« Avalon wirkte entgeistert.

»Wir können zusammen nach Kanada gehen, neue Namen, eine neue Existenz. Irgendwo, wo uns Dunn nicht finden kann. Wo er dich zu nichts zwingen kann.« Warum sollte nicht einmal etwas, das mit Chloe zu tun hatte, für etwas gut sein?

Avalon setzte sich zu Ryleigh an den Tisch. »Dann würde er die Papiere veröffentlichen, der Name Hadock wäre für immer ruiniert, in den Schmutz gezogen. *Hadock Enterprises* würde aufgelöst, Hadockville würde zur Geisterstadt. Ich wäre zwar in relativer Sicherheit, aber um mich geht es nicht.«

»Doch, es geht nur um dich«, sagte Ryleigh und schaute ihr in die Augen. Es war offensichtlich, dass sie erneut geweint hatte. Sie versuchte, stark zu sein, sie *war* stark, aber so eine schreckliche Sache ging selbst über ihre Kräfte.

Avalons Mundwinkel zuckten, hoben sich leicht. »Du bist süß. Aber siehst du irgendwo eine Lösung? Ich sehe keine. Ich kann nicht weglaufen. Ich darf es nicht.« Sie hielt Ryleighs Augen mit ihren fest. »Lange Zeit habe ich mich danach gesehnt, mein Herz zu verlieren«, sagte sie leise, »aber jetzt verliere ich fast den Verstand.«

Ryleigh griff nach ihrer Hand, hielt sie fest. »Warum musst du nur so verdammt loyal sein?« Sie streichelte Avalons Hand in ihrer. »Bitte, verlier nicht den Verstand«, flüsterte sie. »Ein verlorenes Herz findet man manchmal wieder.«

»Ich glaube nicht«, sagte Avalon. »Und ich möchte es auch gar nicht wiederhaben. Es tut so weh.« Ihre Augen zeigten den Schmerz, den sie empfand.

Ryleigh sah aus dem Augenwinkel, wie Chloe das Hotel verließ und in den Mietwagen stieg, den sie fuhr. Die Rücklichter leuchteten auf, und sie glitt davon. Merkwürdig sanft für eine Frau wie sie. »Chloe ist gerade abgefahren«, sagte sie leise. »Sie wird nicht wiederkommen.«

»Warum?« Avalon wirkte erschrocken. »Meinetwegen? Das

muss sie nicht. Ich verstehe das.«

Ryleigh schmunzelte. »Du würdest mir die Augen auskratzen, wenn Dunn nicht wäre.«

Avalon schien sich zurückhalten zu wollen, aber dann platzte es doch plötzlich aus ihr heraus: »Ja, würde ich. Würde ich sogar jetzt am liebsten.«

»Es war nichts, Ava.« Ryleigh streichelte Avalons Hand, hob sie an ihre Lippen, küsste sie. »Ich habe ihr nur gesagt, dass sie gehen muss. Deshalb war ich in ihrem Zimmer. Es war nie etwas zwischen uns, solange sie in Hadockville war. Wann glaubst du mir endlich?«

»Ich verliere wirklich den Verstand«, sagte Avalon. Sie schloss die Augen. »Vielleicht wäre das am besten. Dann spüre ich nichts. Dann ist mir alles egal. Und ihm wäre es bestimmt auch egal. Solange ich in der Lage bin, in einem Bett zu liegen und ein Kind in mir wachsen zu lassen.« Sie öffnete die Augen wieder. »Ich halte das nicht mehr lange aus«, hauchte sie kraftlos, so kraftlos, dass man es noch nicht einmal mehr Verzweiflung nennen konnte. »Bitte, bitte, bitte, lass mich verrückt werden. Im Grunde genommen lebe ich doch schon seit fünfzehn Jahren am Rande des Wahnsinns. Lass mich diesen letzten Schritt tun.«

»Was redest du denn da?« Ryleigh fasste sie an den Schultern und schüttelte sie. »Und wer führt dann *Hadock Enterprises*? Er etwa?«

»Ja, richtig.« Avalon atmete tief durch und riss sich zusammen. »Das darf ich nicht zulassen.« Sie straffte ihre Schultern. »Danke, dass du mich daran erinnert hast. Ich darf nicht in Selbstmitleid zerfließen. Es hängt zu viel davon ab, dass ich es nicht tue.«

»Bitte«, sagte Ryleigh, »lass uns jetzt das Essen beenden, das wir letztes Mal nicht beenden konnten. Lass uns nicht mehr an all diese Dinge denken. Lass uns jede Minute genießen, jede Sekunde, die wir noch haben.«

»Du hast Recht.« Ein schwaches Lächeln huschte über Avalons Lippen. »Ich will nicht mehr daran denken. Ich will nur daran denken, dass du hier bei mir bist. Dass ich dich berühren kann.« Sie hielt Ryleighs Hand ganz fest.

Als ob nichts geschehen wäre, bestellten sie etwas bei Elaine, schauten sich stumm in die Augen, bis es kam. Es gab nichts mehr zu sagen, nur noch zu fühlen.

Gerade hatten sie das Essen beendet, als Chloe zur Tür hereinstürzte, das Glöckchen zu einem protestierenden Laut zwingend. »Hier«, sagte sie und legte etwas zwischen sie auf den Tisch. »Und jetzt werdet glücklich.« Sie grinste über beide Ohren.

»Was ist das?« Ryleigh runzelte die Stirn und sah sie an.

»Joe Mullallys Aussage«, erklärte Chloe. »Und ein paar andere ganz interessante Papiere. Jedenfalls kann er dir jetzt nichts mehr tun, Schätzchen.« Sie schaute Avalon an. »Und du weißt noch ein paar Sachen über ihn, die ihn ganz bestimmt nicht freuen werden.«

Avalon schien verdattert. »Sagtest du nicht, sie kommt nicht mehr zurück?«, fragte sie dann, als ob das das Einzige wäre, was ihr zu dieser Situation in den Sinn käme.

»Das dachte ich.« Ryleigh war auch immer noch verdutzt. »Wo hast du das her, Chloe? Wie hast du das so schnell gefunden? Und wieso bist du so sicher, dass er Avalon jetzt nichts mehr tun kann? Er könnte immer noch erzählen, was er weiß. Auch ohne Papiere wäre das eine große Katastrophe. Außerdem könnte er Kopien haben.«

»Glaube ich nicht«, sagte Chloe. »Außerdem wäre es egal. Lies das, und du weißt, warum. Ich glaube nicht, dass er sein Leben im Knast aushauchen möchte. Ohne all die Annehmlichkeiten, auf die er sich gefreut hatte.« Sie schaute Avalon an. »Und ich«, fügte sie hinzu, »möchte ebenfalls nicht hinter Gittern landen. Deshalb nun endgültig Ciao.« Sie grinste Ryleigh an. »Das war mein Dankeschön an dich, vielleicht ein bisschen eine Entschuldigung – obwohl ich nicht auf Entschuldigungen stehe – und ... na ja, mein Hochzeitsgeschenk. Genießt es ... neben allem anderen.«

»Aber wie –?« Ryleigh konnte es immer noch nicht fassen.

»Denk an Sherlock Holmes«, schmunzelte Chloe. »Die alte Geschichte. Der beste Tresor ist der, den man nicht abschließen muss. Als ich bei ihm im Laden war, ist mir da etwas aufgefallen. Du hast es natürlich nicht gesehen, weil du in Gedanken mit anderen Dingen beschäftigt warst, aber ich habe mich sehr genau umgeschaut. Ein Sandkorn versteckt man am besten am Strand, und Papiere versteckt man am besten unter Papieren. Es war ganz einfach. Wie wir schon festgestellt haben: Die Leute halten sich immer für ein bisschen schlauer, als sie sind.«

Und fast wie die Grinsekatze verschwand sie, als ob sie sich in Luft aufgelöst hätte.

»Ich verstehe kein Wort«, sagte Avalon.

»Ich auch noch nicht so ganz«, sagte Ryleigh.

Avalon starrte auf den Umschlag. »Willst du ihn nicht aufmachen?«

»Ach, wieso?« Ryleigh schob den Umschlag auf die Seite. »Wir wissen doch, was drinsteht.«

»Bist du dir da wirklich so sicher?«, fragte Avalon. »Bei Chloe?«

»Oh. Ja.« Daran hatte Ryleigh überhaupt nicht gedacht. Chloes merkwürdiger Sinn für Humor oder dafür, anderen einen Streich zu spielen, konnte wieder zugeschlagen haben. Ein übler Streich, aber auch das wäre ja nichts Neues.

Sie öffnete den Umschlag und zog ein paar Blätter heraus. Einiges davon waren offensichtlich Abrechnungen und Kontoauszüge. Auch etliche Verträge. Das würde sie sich später anschauen.

Dann sah sie den Brief. Zuerst sah sie die Unterschrift. Joe Mullally. Und sogar zwei Zeugen, die gegengezeichnet hatten. Wie bei einem Testament. Joe hatte offensichtlich nichts dem Zufall überlassen.

Sie sah, wie Avalon sich abwandte. Vielleicht hatte sie Angst, wie Ryleigh reagieren würde, wenn sie das, was sie ihr erzählt hatte, nun schwarz auf weiß las.

Ryleigh hatte auch Angst davor. Aber sie musste es tun. Sie konnten dann zusammen dafür kämpfen, das alles aufzuklären, aber erst einmal musste sie den Wortlaut kennen.

Sie begann zu lesen, und schon nach einem Satz stutzte sie. Was war das denn? Sie las weiter. Wie bitte? Völlig fassungslos ließ sie den Bogen sinken. »Ava?«

Avalon sah sie nicht an. »Soll ich gehen?«, fragte sie durch das Fenster in die Nacht hinaus.

»Hast du das hier je gesehen?«, fragte Ryleigh. »Oder hat Dunn dir nur davon erzählt?«

»Natürlich habe ich es gesehen. Ich habe es gelesen.« Avalon wandte sich ihr widerstrebend zu.

»Bist du sicher?«, fragte Ryleigh.

Avalons typische Gereiztheit kehrte zurück. »Denkst du etwa, ich bilde mir das alles nur ein?«

»Du hast etwas gelesen, und es sah so aus wie dieser Bogen?«, fragte Ryleigh und hielt ihr das Blatt hin.

Avalon warf nur einen flüchtigen Blick darauf. »Ja, genauso.«

»Dann liest du es besser noch mal«, sagte Ryleigh.

»Warum? Damit ich mir noch schlechter vorkomme? Oder willst du einfach nur genießen, wie ich dabei aussehe?«, fauchte Avalon. »Denkst du, du kannst dadurch herausfinden, ob ich eine Mörderin bin oder nicht?«

»Das muss ich nicht herausfinden«, sagte Ryleigh. »Das weiß ich. Ich wusste es schon immer, aber jetzt ... weiß ich es bestimmt.«

»Na also. Dann hast du jetzt deine Bestätigung. Du kannst mich verhaften«, sagte Avalon. »Du bist der Sheriff. Es ist deine Pflicht.«

»Ja, ich würde die Mörderin in der Tat gern verhaften«, sagte Ryleigh. »Aber leider geht das nicht.«

»Wieso nicht?«, fragte Avalon hitzig. »Ich sitze doch hier.« Sie schaute Ryleigh an. »Oh, du meinst, wegen deiner Gefühle für mich. Das darf dich nicht hindern. Und außerdem: Kannst du wirklich eine Mörderin lieben? Falls du ...«, fügte sie etwas verwirrt hinzu, »falls du es so nennen willst. Du hast es mir noch nie gesagt. Entschuldige, wenn ich dir da etwas Falsches unterstelle.«

»Ich –« Ryleigh räusperte sich heftig. »Ich liebe dich, Avalon.« Die Worte fühlten sich furchtbar fremd an. Sie hatte sie noch nie ausgesprochen. Es war das erste Mal. »Du unterstellst mir da nichts Falsches.«

»Ich – Es tut mir leid, Leigh!« Avalon starrte sie verzweifelt an. »Jetzt tu doch endlich, was du tun musst, damit es vorbei ist!«

»Gern«, sagte Ryleigh, beugte sich vor und küsste Avalon in aller Öffentlichkeit auf den Mund.

Avalon starrte sie entgeistert an, als Ryleighs Lippen sie wieder verließen. »Was –?«

»Du solltest das wirklich lesen«, sagte Ryleigh und wies auf das Blatt Papier. Als Avalon keine Anstalten machte, fuhr sie fort: »Du hast deinen Vater nicht umgebracht. Nicht in Notwehr und auch nicht kaltblütig. Überhaupt nicht. Und er hat dir auch nichts angetan.«

»Aber ... aber ...« Avalon stammelte herum, was überhaupt nicht zu ihr passte. »Aber das Blut. Ich weiß ...«

»Ja.« Ryleigh nickte. »Du musst es gesehen haben. Wahrscheinlich war tatsächlich alles so, wie du es mir erzählt hast. Bis auf den Schluss. Du hast vermutlich durch die Tür in das Schlafzimmer deiner Mutter gelinst und gesehen, wie sie ihn erschoss. Der Schock hat dich dein Gedächtnis verlieren lassen. Du hast dich nur noch an das Blut erinnert. In deinen Träumen.«

»Sie …« Avalon war so blass wie der Türrahmen hinter ihr. »Sie hat ihn umgebracht?«

»Er wollte sich scheiden lassen«, sagte Ryleigh. »Und offenbar gab es im Ehevertrag eine Klausel, dass sie nichts bekommt, wenn sie die Schuldige ist, wenn sie Ehebruch begangen hat. Sie wäre aus dieser Ehe genauso herausgegangen, wie sie hineingekommen ist. Ohne einen Penny. Ohne den Namen Hadock. Ohne dich.«

»Und dann hat sie Joe Mullally umgebracht, weil er es wusste.« Avalon war zutiefst erschüttert. »Nicht, um mich zu schützen.«

»Das wäre doch auch ganz untypisch für sie gewesen, denkst du nicht?« Ryleigh hielt ihre Hand. »Der Sheriff wusste es. Sie muss irgendetwas gegen ihn in der Hand gehabt haben, womit sie ihn zum Schweigen gebracht hat. Und dich hat sie weggeschickt, damit du dich nicht erinnerst. Hat dich diesen Träumen ausgesetzt, dieser Qual.« Dafür hätte sie Christine immer noch umbringen können. »Hat dir jede Chance genommen, zu lieben oder geliebt zu werden.«

Avalon atmete tief durch. Einmal. Zweimal. Sie versuchte offensichtlich, mit all dem fertig zu werden, ohne in Ohnmacht zu fallen. Und sie schaffte es. »Das … das ist nicht möglich«, flüsterte sie.

»Doch. Lies es. Und selbst, wenn das ans Tageslicht kommen würde, könnte es dich nicht deines Erbes berauben, deiner Zukunft. Dunn könnte dich damit nicht erpressen. Und ich glaube«, sie lachte leicht, »das wird er sich ohnehin aus dem Kopf schlagen. Chloe hat ganze Arbeit geleistet. Hier ist eine Menge, das du gegen ihn verwenden kannst. Gegen dieses Schwein.« Langsam kam ihr zu Bewusstsein, wie nah sie gerade durch Chloes Hilfe an der Katastrophe vorbeigeschlittert waren. Dunn würde auf jeden Fall noch mit ihr zu tun kriegen. Jetzt musste sie sich nicht mehr zurückhalten. Sie war der Sheriff.

Das Türglöckchen bimmelte.

Lynn blieb direkt an der Tür stehen, als sie Avalon sah, und wollte umdrehen.

Ryleigh sprang auf. »Lynn! Komm her. Setz dich zu uns.«

»Davon träumst du ja wohl.« Lynns Augenbrauen richteten sich wie Pfeile auf Avalon.

»Lynn.« Avalon sah immer noch erschüttert aus, aber ihre alte Stärke, die sie all die Jahre aufrecht gehalten hatte, kehrte langsam zurück. »Ich muss dir etwas sagen.« Sie stand auf. »Du hattest Recht. Ich stehe tief in deiner Schuld. Die Hadocks sind für den Tod deines Vaters verantwortlich. Ich habe es erst vor kurzem erfahren, aber das ändert nichts daran, dass ich mich dir gegenüber unverzeihlich verhalten habe.« Sie lächelte schief. »Und damals im Wald ... ich bin nicht gekommen, weil meine Mutter es nicht wollte. Und sie wollte auch nicht, dass ich es dir sage. Ich weiß, ich habe dich als Freundin für immer verloren, aber ich hoffe, du nimmst wenigstens meine Entschuldigung an.«

Lynn stand sprachlos da. »Wie? Wie, du gibst es zu? Dass ihr für den Tod meines Vaters verantwortlich seid? Dass ihr ihn umgebracht habt?«

Avalon nickte. »Und da niemand mehr außer mir da ist, der den Namen Hadock trägt, nehme ich die Schuld auf mich. Ich bin verantwortlich.«

»Nein, nein, nein!« Ryleigh stand ebenfalls auf. »Du wirst nicht schon wieder die Verantwortung auf dich nehmen. Das hast du lange genug getan.« Sie schaute Lynn an. »Nicht die Hadocks sind für den Tod deines Vaters verantwortlich, nur eine Frau, die den Namen Hadock trug, aber keine war«, sagte sie.

Lynn runzelte verwirrt die Stirn.

»Willst du dich wirklich nicht zu uns setzen?«, fragte Ryleigh. »Zwei alte Freundinnen und eine neue?«

»Das ... das kommt mir jetzt ein bisschen schnell«, sagte Lynn. »Ich glaube, ich gehe lieber ... an die Bar.« Sie warf noch einmal einen Blick auf Avalon, aber er war nicht mehr hasserfüllt. Dann ging sie langsam, als ob sie jeden Schritt überlegen müsste, zur Theke hinüber, wo Elaine schon auf sie wartete, die bereits eine ganze Weile immer wieder zum Tisch herübergeschaut hatte.

»Ich glaube, daran hat sie noch eine Weile zu knabbern«, sagte Ryleigh. »Vielleicht könnt ihr euch irgendwann einmal aussprechen.«

»Das hoffe ich.« Avalon setzte sich wieder. »Sie war wirklich meine beste Freundin. Ich hatte in meinem Leben nicht viele davon.« Sie schaute Ryleigh an. »Ich –« Ihre Augen sprachen, aber ihre Lippen nicht.

Ryleigh legte einen Finger darauf. »Du musst nichts sagen«, wisperte sie zärtlich. »Ich weiß, wie schwer es ist.«

»Ich würde so gern«, flüsterte Avalon erstickt. »Aber ich weiß nicht sehr gut, wie es ist, zu lieben. Ich kann mich kaum noch daran erinnern.«

»Du wirst es wieder lernen«, sagte Ryleigh zuversichtlich. »Ich bin auch noch im Anfangsstadium. Wir können es zusammen lernen.«

»Oh Gott, Leigh!« Avalons Augen wurden feucht. »Ich kann nicht. Nicht hier.« Sie stand schnell auf und lief aus dem Café.

Epilog

Ein wunderschöner Baum«, sagte Ryleigh, während sie Avalon im Arm hielt und gemeinsam mit ihr aus dem Fenster in den Garten schaute.

»Er ist genauso alt wie ich.« Avalon lächelte. »Mein Vater hat ihn gepflanzt, als ich geboren wurde. Er hat die schönsten Äpfel, die ich kenne.«

»Das stimmt.« Ryleigh lächelte auch. »Das hat dein Vater gut gemacht. Die schönsten Äpfel für die schönste Frau.«

Avalon drehte sich in ihrem Arm und schaute verschmitzt zu ihr auf. »Könnte es sein, dass du zwei andere Äpfel meinst?«

»Wie kommst du darauf?« Ryleighs Hände wanderten zu Avalons Brüsten, streichelten sie, als wollten sie sie prüfen. »Selbstverständlich sind die auch wunderschön. Perfekt.« Sie ließ ihre Hände fallen und hauchte einen harmlosen Kuss auf Avalons Wange. »Aber das habe ich wirklich nicht gemeint.«

»Bist du wahnsinnig?«, flüsterte Avalon. »Warum hörst du auf?« Sie schmiegte sich mit ihrem ganzen Körper an Ryleigh und seufzte leise.

Ryleigh spürte Wärme und Zärtlichkeit und Leidenschaft. Das alles war Avalon. »Ich möchte nie mehr aufhören«, erwiderte sie mit leicht zitternder Stimme. Immer noch wurden ihre Knie weich, wenn sie Avalon so nah war, auch wenn sie jetzt wusste, dass sie ihr niemand mehr wegnehmen konnte.

»Dann tu's auch nicht.« Noch mehr schmiegte Avalon sich an sie. »Sonst denke ich vielleicht noch darüber nach, die Zwillinge anzurufen.«

»Untersteh dich!« Ryleigh ließ ihre Hände unter Avalons Achseln gleiten und begann sie zu kitzeln.

Avalon kreischte auf, machte sich schnell von ihr los und lief davon.

Ryleigh ihr hinterher. Sie erwischte sie gerade noch an der Tür und drückte sie dagegen. »Du entkommst mir nicht«, stieß sie atemlos hervor. »Es war mühsam genug, dich einzufangen.«

Avalon hob die Augenbrauen. »Du hast mich eingefangen? Bist du sicher?«

»Ich wäre es gern.« Ryleigh blickte sie ernst an.

Avalon schaute zu ihr auf, und langsam öffnete sich die samtene Tiefe ihrer dunklen Augen zu einem Eingang in ihre Seele. »Ich liebe dich«, flüsterte sie.

ENDE